血脉之河的上游

李登建 ○ 著

山东文艺出版社

目 录

卷一 踩不断的乡路

血脉之河的上游　………　2
千年乡路　………　15
死胡同　………　22
刷屋·大地·蜘蛛侠和我　………　33
临渊起舞　………　42
台子的光芒　………　56
风雪裹住平民的节日　………　67
守庙人　………　74
兄弟们　………　79
齐王一夜　………　84
最后的乡贤　………　93

卷二 平原苍茫

啊！平原　………　108
平原走笔　………　116
平原的高度（二题）　………　125
奔向大东洼　………　130
田野飘香　………　136

羊将军 ………… 140

黑　伯 ………… 144

清脆的红缨长鞭 ………… 149

无言的平原 ………… 154

平原的时间 ………… 159

卷三　疼痛的旧风景

大雾弥漫（四题） ………… 164

大门过道 ………… 177

李家祠堂 ………… 182

庙学校 ………… 187

铁匠铺 ………… 193

对一座桥的凭吊 ………… 198

谁偷走了那一地纯银的月光 ………… 205

肌块塌方 ………… 210

村庄和墓地的错位 ………… 214

钉在老树上的故乡 ………… 219

卷四　高楼背后的他们

正　午 ………… 226

红木"王朝" ………… 229

高楼背后的他们 ………… 237

折翅之鹰 ………… 241

她、"十八盘"和一支小曲儿 ………… 244

看看他的脸　…………　250
沾一身夜色　…………　253
夜色荡漾　…………　259

卷五　处处是吾乡

天穹下（四章）　…………　266
仰望一棵大树　…………　275
一片枣林的召唤　…………　283
古镇之古　…………　288
醉在华陶窑　…………　292
在舜耕路与大舜相遇　…………　296
春秋寨忧思　…………　299
小调三听　…………　302
买石记　…………　306
在慢城　…………　312

卷一

踩不断的乡路

血脉之河的上游

一

在我试图破译家族的生命密码，悉数祖父、父亲、哥哥从事的职业的时候，那两个黑乎乎的家伙又浮现在眼前。又笨又丑，像两只大螃蟹，霸占了小小东屋的一大块地盘。这两个讨厌的黑家伙是什么呢？

少时我羸弱而孤独，胡同里没有同龄的孩子，到别的胡同去玩又常挨欺负，母亲在正屋忙她手里的活儿，无暇管我，我便自己钻进东屋，再掩上门。不知道为什么，东屋里幽暗的光线是那么契合我的心情——至今我还喜欢这种色调——我能在那里一待一个上午。屋子北面一间摆着几个盛粮食的大缸，缸后面不时有老鼠打闹，发出尖叫。我胆怯地摸着缸沿窥视，警觉的它们却仓皇逃窜。南面一间就是这两个黑乎乎的家伙了，横横斜斜躺在地上，很惬意的样子。起初它们并不惹我反感，我歪着脑袋从它们的圆形大口往里瞅，黑洞洞，那深处的黑一次次诱惑着我。但后来我想开辟一块场地，弄来木头制作小手枪、冲锋枪，削陀螺，做一些不为人知的私密事情——我有了独立意识，要找一个属于自己的空间。这里是我最好的选择，它们就碍手脚了。"这是啥，不能把它们扔掉？"我问父亲。"你爷爷给我的，说不定还有用哩……"父亲丢下这么一句，急急忙忙奔田野去了。我只好费尽力气把它们竖起来，移到墙根，并狠狠地踹了两脚，但我的小脚却被它们硬邦邦的壳弹了回来。

哦，它们不就是祖父的油篓吗？

一个黑大汉，两只大油篓，外加一支民间小调随着汉子的脚步忽高忽低。这个默契的组合持续了十多年——新中国成立前，祖父是个卖油郎。

那时祖父正当壮年，个头高大，肩膀宽阔，脚底生风。如果在好路上，挑着一百多斤油，他能让担子扇起来。一前一后两只笨重的油篓变成了宽大的翅膀，引得路旁干活的人朝这边看。这，我听上过抗美援朝前线的石爷描述过。石爷说这些时不停地啧啧咂嘴，我则听得入迷，心驰神往。作为一个挑夫，祖父是好样的，但作为卖油郎，祖父却有天生的短板：他太要脸面，认为当小商贩丢人。第一回串乡，他练叫卖，一路对着杏花河两岸的树丛练，对着青龙山的大青石练，很熟练了，可是到了人家村里，却像一块石头搁在嘴里，怎么也喊不出声。他悄无声息地在街头站着，又溜到巷尾，做贼似的。尤其怕小媳妇们来买他的油，他平时见了俊女人都脸红。祖父此时的难堪我是能体会到的，读小学时每次上课我都羞于从讲桌前走；如今已年近花甲，也算见过一些大场面，还常常有模有样地坐在主席台上，但要让我独自从一个会场穿过，我还是感觉众目之下如有乱箭射来。这好像是老李家血液里的东西。

祖父从北乡解家赊上油，到南山里去卖。南山里不种油料作物，没有油坊，吃油都是卖油郎送上门。解家距南山山口十几里，这段路祖父并不打怵，怵的是进了山，上坡下坡，一个崖头接一个崖头。大油篓开始捣蛋了，前后摆动，拉扯得你腰挺不直，身子拧着，一步迈不出半拃。好不容易找到一块平地，祖父放下担子，活动活动脚腕儿，然后敞开嗓门："卖油了——"这个黑大汉早就不腼腆了。他的声音很高，像一声牛哞，据说他在村这头喊，村那头都听得见。以我的经历，不好理解祖父怎么像换了一个人，这不是祖父的性格。只能这样想，都是给逼的，家里穷得叮当响，老婆孩子在家张着嘴等着，脸面值多少钱？但可惜了这么响亮的叫卖声，这村里的人听而不闻，任你吆喝，就是不出来买油。那年月农家都吃油少，一小陶罐油一家人能吃半年。

是南山里地势高、离太阳近的缘故吗？祖父在山旮旯里转来转去，本来就黑的脸酷似那两只油篓的表皮了，衣服上也沾满了油——他成了一个真正的卖油郎。而至于手艺，即使和欧阳修笔下那个通过铜钱孔把油倒进葫芦都沾不湿铜钱的卖油翁相比，我都丝毫不怀疑。祖父晚年，我懂点事了，对他的生活习性有些注意。有一次，父亲从集上买回一小兜咸鸭蛋，我给祖父送去两个。祖父馋这一口。自从叔叔患精神病，家境每况愈下（祖父和叔叔在一个家里过），碗里很少见荤腥。祖父把鸭蛋拿在手里，把玩一会儿，轻轻磕开，掏一个小孔，用筷子戳一下放在嘴里咂。这是他的吃法，这样吃，一个鸭蛋四五天还没吃完！家里病死了一只鸡，吃了病鸡肉会致病，母亲把它埋在院子西墙根枣树下。可祖父知道了，他不在乎这个，又扒出来放在锅里煮，结果真的就大病一场，他却不后悔……

以祖父这样的习性，他怎么肯让油滴到外面，哪怕是一滴！

二

那时候，祖父肯定怀揣着一个梦——成为叫人羡慕的小地主。这个梦就像天边的月亮一样遥远，但我相信祖父是有这个野心的。我的祖父少言寡语，但他绝不是那种老实、愚鲁的人。年轻时的他挺拔得好像村东李家茔的那棵黑松，两道粗黑的眉，目光明亮而深沉，有几分英气。我能想象出祖父的心高气傲，他怎么甘心活得不如人？小村庄里个个都像五月田野里争相秀穗的麦子，为了出人头地，苦苦寻找着发家的门路。祖父不会没有干大事的冲动和谋划，可能是家底薄限制了他，选择贩油这一与他的性格极不协调的营生纯属不得已。贩油本钱小，不存在风险。卖一天油大约可赚一斗高粱米，家里人填饱肚子后有了剩余，祖父一点一点地把钱攒起来，置地用。

慢慢尝到甜头的祖父一心想把他儿子、我的父亲也培养成一个卖油郎。父亲十三四岁，刚刚读小学四年级（那时穷人都上学晚），就被祖父从课堂里拽出来，不情愿也不行。先是跟着他卖瓜果、柿饼，好像是他的跟脚的。到父亲能够自己上路的时候，祖父有了腿疾，不能再串乡，这副担子就交给了父亲。然而，出乎祖父意料的是，没过多久，村里成立互助组，乡亲们推选小小年纪的父亲当组长。父亲心实得很，一是新时代的热浪鼓荡着他的脉管，二是怕有负重望，他没白没黑地在组里忙活。油篓便搁在东屋里，被厚厚的尘土封住了。

油篓成为祖父留在我们家的一份"遗产"。

祖父还有一件被认为是"传家宝"的东西，那不过是一副石头镜子，但那是曾祖父传给祖父的。曾祖父是个私塾先生，据说存有很多书，到我们这一代，那些书却散失了，石头镜子是这个家族唯一可珍藏的物件。祖父弥留之际把哥哥叫到身边，叮嘱保存好它。"传家宝"只传长孙，哥哥一度对这件"宝物"爱不释手。石头镜子有治眼病的功效，村里某人患了眼病，借去戴，哥哥很是舍不得，小心地攥着，人家接住了还不松手。"可别摔了，可别摔了……"啰唆半天，好像那是一枚夜明珠。但是后来我发现，这副石头镜子缺了一条腿，被搁在抽屉里，和用坏的手电筒、打火机、剪指刀等杂物混在一起，往昔的神采荡然无存。

我没有资格接受祖父的"传家宝"，好多年对那副石头镜子垂涎三尺。可是祖父的体貌特征却复制到了我身上。祖父眉粗黑，我的眉也粗黑；祖父唇厚，我也唇厚；祖父背上有一颗红痣，从我背上或者肩膀上也能找到差不多的一颗；前些年我走路还不歪身子，可过了五十岁，竟也像祖父那样一肩高一肩低了。

生命真是神秘莫测，走不出祖父的影子，叫我心生恐惧。

祖父患"梦游症"，这是村人嚼得稀烂的一个谈资。人们背着我们家人谈论祖父梦游，好像在说一头驴被蒙住眼在野外瞎撞，叽叽喳喳，又爆出哄然大笑。村人把笑话人、戏耍弱者当成一种娱乐。我万分震惊，我高大的祖父，我拿破仑似的祖父——那时候祖父在我心目中就像拿破仑，其实我也不清楚拿破仑是个多么伟大的人物，我只见过他的画像。画像上的拿破仑目光如鹰隼，我祖父两只深深凹进去的眼睛就是那样；老师还讲拿破仑有一双铁臂，我祖父的肩膀能把陷在泥水里的大车扛起来，那不就是铁臂吗？石爷说过拿破仑脾气暴躁，我祖父在家里怒吼的时候简直是一头雄狮——现在却成了最卑微的人，我感到无比耻辱。我是隐隐约约听到的，那些龇着大黄牙的嘴巴、那些搅拌机一样的长舌，却在我眼前挥之不去。心上更是盘旋着一条蛇一样的阴影，老害怕哪一天自己也梦游。

但是，"梦游症"还是在我身上出现了：深夜三四点钟，我"定时"醒来，脑子里又缠绕着正在写作的一篇文章中的句子。如果躺在床上，它们会越缠越紧，我索性下床，打开客厅里的灯，一幅幅地欣赏字画，换换脑筋。我客厅、书房里挂着二十多幅名人字画，看一遍得半个多小时。看完，平静下来了，回去躺下，很快又进入梦乡，有时还能接着原来的梦做下去。

我由此可以想见祖父的"梦游"——鸡刚叫两遍，祖父就睡不着了，因为叔叔拖累，这个家犹如风雨中的一只破船，身为艄公的祖父愁肠百结。土炕像一盘热鏊子，他在上面"翻饼"。忽然想起傍晚收工路上看到的那摊牛粪——不是忽然想起，是一个晚上都惦记着——披上衣服，背着粪筐出门，拱开夜幕的一角。这几千年的夜，它的黑一成没减，浓浓的墨汁泼洒开，路坑坑洼洼，祖父深一脚浅一脚，险些被绊倒。可能是路过村头的时候，住在湾边的于咧咧恰好起来小解。于咧咧看见一个黑影就喊了两声。祖父也许迷迷糊糊没听见，也许老想着那冒着热气的牛粪，总之没搭腔。祖父找到牛粪，铲进筐，背回家，上床又睡了一觉。第二天，于咧咧问祖父夜里做啥去了，祖父正琢磨到哪里弄钱给叔叔治病，心思集中在一个点上，被问得张口结舌，于是"新闻"便从于咧咧这里向外扩散了……

我多么想为祖父辩解，洗刷耻辱啊，可是我的辩解有用吗？祖父成了村里的"底子户"，成了一个弱者、一个任人嘲弄的人，他的"梦游"才被人们当作笑料。好事的乡亲是专门向这类人开刀的。如果有人知道了我的"梦游",说不定会把它渲染成一种雅习呢!

三

要说祖父留在我生命里最深的印记,还得说我的名字。

在我们家族,祖父以他至高无上的权威给两个孙子起名。他像一位打制金银首饰的巧匠,精心地在我哥的名字里嵌进"勤"这颗绿宝石之后,又在我的名字里装上了"俭"字的翡翠。

大字不识一马车的祖父绝不会知道诸葛亮的"静以修身,俭以养德",也不懂老子的"俭故能广",他的"俭"不过是一个咸鸭蛋吃四五天。祖父兄弟四人,四条大汉,四只饿虎,足以把一个穷家吃漏了底。那个晃着脑袋、拖着长腔诵诗书的私塾先生,喊破嗓子挣来的米面养活不了他们,便早早给他们分开家,各顾各。兄弟中祖父最小,也顶起一片天。他十六七岁就出去当长工,在村西头于家铡草六年,在村东头孙家赶大车四年,后又"流落"到街心王家。他勤快,打水、喂牛、扫院子,干完这些天还不亮,别人刚上坡,他已锄过一遭地了。东家心里有数,每天都额外赏给他一块黑面饼子。祖父把这块黑面饼子悄悄盖在衣衫下,收工时拿回家,奶奶便有了口粮。大热黄天,青纱帐里的活要人命,祖父膀粗腰圆,胳膊上凸起块块肉疙瘩,锄把在手中像魔术师挥舞的魔杖,锄头翩翩飞舞。可是日头才三竿子高,锄头发沉,两臂发僵,腿也拖不动,肚子咕咕叫起来。祖父无力地到树底下躺一躺,那块黑面饼子就在一旁,伸手可及,但祖父把头扭向别处。

祖父是这样"抠牙缝"过日子,攒钱买了这副油挑子的。自古"卖席的睡凉炕,卖盐的喝淡汤",祖父也不例外,一桶一桶黄澄澄的油从祖父手里流过,自己的饭菜里却不舍得放。做菜从来不炒,都是清水煮,然后拿小铁勺蜻蜓点水似的蘸一蘸油,在锅里画个圈,油花漂在水上,满锅都是,吃着那么香!这个过法还能不发家吗?没几年,兄弟分家时两手空空的祖父,居然置了八官亩薄地!

"勤俭"二字是祖父的哲学，以他的哲学为依据，祖父为我们规定好了人生之路。

大凡有遗传就有变异，有继承就有叛逆。我怎么也不能领会祖父哲学的深意，从读初中就听着这个名字别扭，到高中阶段我悄悄鼓起勇气向祖父的权威挑战，私自重新起了个名，却只能当笔名用。来到大城市上学，见识了城里人的阔绰和酒绿灯红，更加感觉原来的名字土气、寒酸，就像披着一件破衣烂衫，夹在服饰华贵的人群里，我瑟瑟缩缩，自惭形秽。我恨黑大汉祖父把他的意志强加给我，终于不能忍受，找到公安机关把名字彻底改掉了——拿到新身份证的一刻，浑身轻松，仿佛卸掉一块压在身上的巨石，好像成了一个全新的人！

哥哥青年时代也曾自己改过名，他用"芹"字取代"勤"。"芹"一般是女子名字里用的字，作为血性男儿的哥哥宁肯用它，这说明了什么？但是后来哥哥又改了回去，且再没变过。一个人的名字和他的命运是否有某种对应关系？我说不清。哥哥的大半生确实是"勤"字的生动注解。哥哥初中毕业正值招生工作中断，参加了升学考试却没有如期收到入学通知，父亲送他到五十里以外的坡庄油棉厂干临时工，扛棉包。偌大的棉包驮在背上，他小白杨似的躯干弯作九十度直角，一天下来，累得趴在床上挪不动身子。苦力换来的是四十元的月资，这些钱使我们干瘪的家得到滋润。这样过了三个月，邹平一中的录取通知书却鸟儿样翩翩飞来了，村里只有哥哥一人考取。不知是穷怕了太稀罕钱，还是觉着读书无用（大喇叭里正批"读书做官论"），父亲竟把哥哥的通知书锁进了抽屉！

才华横溢的哥哥，胸壁被远大的理想顶得阵阵作痛，他多么渴望读书。他嗜书如命，书不离手，吃饭眼睛都盯在书上，连同一字一句吞下去，自然才思敏捷，出口成章，同学、老师都喊他"大才子"。"大才子"干完临时工回到家乡，"嗅"出了压在抽屉底的秘密，号啕大哭。继而，他瞪圆两只血红的眼睛，像扫荡的日本鬼子一样，在院子、屋里乱窜，寻衅，但结局已无法改变。父亲自知理亏，托人求佛，又在公社给哥哥找过两份工作。可是也怪，哥哥去哪座庙哪座庙倒塌，那两个单位先后撤销。越两载，兴开推荐上大学，候选名单上有我根正苗红、在广阔天地滚了一身泥巴的哥哥。全公社选拔五名，多轮筛选，哥哥终止在第六名上，而最终淘汰他的理由就是他缺高中文凭那张纸！

被祖父赐予的名字笼罩，回乡知青李登勤绝望地跑到大东洼，发疯一般，呼哧呼哧抡铁锨，把满腔的痛苦、悲愤倾泻到田垄里。田垄长得看不到尽头，瘫倒的哥哥仰天长啸，声声凄厉如猿鸣。

哥哥重复了祖父的命运，出脱为一个像祖父一样又勤劳又会过日子的庄稼汉，脸朝黄土背朝天，累死累活讨生活。"开放搞活"后，他又像当年祖父一样做起了小买卖，走街串巷卖暖瓶。不过在我看来，哥哥和祖父还是不一样，不仅是他没有用祖父留下的那两只大油篓，卖的东西不同，就本质意义上也有区别。哥哥晚年轻松多了，他的三个孩子都吃"皇粮"，也都很孝顺，按时往回捎钱、捎东西。他喝上了瓷罐子装的茶叶，小北屋里摞着一箱箱好酒。理想由儿女们代他实现，对他也算是一种补偿，顶得胸壁疼痛的"硬块"变软、消失。他依然串乡，只是"权当散散心，活动活动"，而不是像祖父那样为了生存。我觉得，哥哥是过上了好日子，可是在与命运搏斗的疆场上，他却是退却了，而祖父是拼杀到最后的。

四

祖父没留下一张照片。有一年，一个照相师傅来到我们村，在中温大爷家的大门过道里支起相机架。街前街后男女老少都跑来，老人们瞅来瞅去看"变戏法儿"，姑娘们则抢着坐在相机对面的板凳上摆弄姿态。父亲也想照张"全家福"，可是却怎么也请不来祖父，祖父的借口是那蒙着黑布的照相机是妖魔，咔的一下，能把你的魂抓去，实际上他是不舍得花那两毛钱。我现在已想象不出祖父的模样，在我的头脑里，祖父模糊的面影好像一团灰。父母一结婚就被祖父"赶"出来，他和我叔叔一块生活，我们成了两个家。他收工回来，托着叔叔的儿子、我的堂弟在大门口玩耍，记忆中他从没有对我这样亲过，这造成了我们祖孙的疏远。对祖父知之甚少，回溯的路上几乎无迹可求，我的灵魂难得与祖父的灵魂碰撞，无疑是我"寻根"的障碍。

但是我血脉之河的上游在祖父那里，我从下游完全可以想象到上游的景观。以我和哥哥的人品、性格推测祖父，他应该是一个正直、善良、厚道、本分、勤劳、节俭、不善交往、要面子的人，也是那类不服输、打碎牙往肚里咽的硬气汉子。如果上苍眷顾，他会成就一份家业。中年的他已经离小地主仅一步之遥，可遗憾的是祖父一生倒霉，贫穷和忧愁始终在追赶、逼迫他，我甚至没见他痛痛快快地笑过，一次都没有，他的脸总是阴沉得像要下雨的天空。但是祖父在逆境中不断挣扎，特别是晚年，在苦难的泥沼中越陷越深，也不悲观绝望垮塌下来，使他的生命有了真正的质量。我远远望着这位只留给我一个背影的老人，他黑红的肌肤像镀了一层金，闪闪发光。

叔叔的病治好了复发，复发了又治。他的病是由穷苦、艰辛、烦闷、焦虑、再婚、村人欺负歧视等多种原因导致的，这样的病无法根除。这可苦了祖父，他"牵"着叔叔到处寻医问药，心力交瘁加穷困潦倒。草棚子里的木头卖光了，家里再没有值钱的东西可倒腾。这时，祖父瞅准一个差事——割草。生产队饲养棚门口贴出"告示"，为牲口"征粮"，一般青草一斤二分钱，嫩芦芽可按三分一斤收购。为了割嫩芦芽，七十多岁的祖父跑十多里，出征芽庄湖。早晨披星戴月上路，中午在太阳底下（荒洼里连棵树都没有）啃冷干粮。水葫芦不能补充淌尽热汗的身体，半下午时口干舌燥，实在渴极了就扑向湖面，狠狠地灌一肚子生水。傍晚，祖父满载而归，小山一样的草捆把他压扁，只剩两条蹒跚的腿。他尽量把头埋在草下，从人们怜悯的目光里走过（生产队里只有那些学生娃才去挣这份牛粮钱，大人去挣被人瞧不起）。短短的村街，对这个很要脸面的老人来说是这么漫长，他的每一步都是沉重的，屈辱的。后来他麻木了，两边门洞里传来的议论他已听不见。

时光是最阴毒残忍的杀手，祖父一天天老了，芽庄湖已可望而不可即。这个倔老头却仍不死心，他又找到一个门道：赶明家集买来红麻批子，搓成经子卖钱。这个活不用大力气，且可以在自己家里干。倔老头噘着厚嘴唇，甩掉外衣，扫出一块地面，摊开一把麻批子，先一缕一缕析成细条，喷上少量水，然后取两根麻绞搓，不断续料，经子的长度便不断延伸。祖父的手很粗大、笨拙，搓得很慢，但他有耐性，白天夜晚，不歇一歇，在那里一蹲就是两个时辰。手掌全是厚厚的茧子，像裹上了一层铁皮。指甲比鹰喙还长，留着析麻。屋子里一股挺冲的臭泥巴味，那是麻批子带来的（红麻秆子泡在湾里，沤烂了，才能剥下皮）。粉尘、毛屑满屋飞就不用说了。早晨起来，祖父圪蹴在门槛上，大口吸烟，大声咳嗽，很长时间。他的肺里积压了成吨成吨的尘埃，得靠烟刺激咳出来。他咳得很凶，震天动地，这咳声把这个在外面没有发言权、被村人遗忘的人还活着的消息带到村子的角角落落。有时候咳得喘不上气，"死"过去了，半天又缓醒过来。我不敢看这死去活来的咳嗽，它让我的心一阵阵抽紧、痉挛。但他咳完却有了精神，又回到屋里抓起麻批。祖父明白：他只能干这种活了，如果放弃这个活，他就什么都不能干了。

那个说话呱呱呱像驴叫的于咧咧，晚年给镇上一个公司看大门，天天端着一只大茶缸子，晃着肉乎乎的脑瓜儿在门口兜圈子，见了熟人就说很粗俗的笑话。祖父本也应该有这样一份清闲的，如果看大门，他会比于咧咧做得好。他看过坡，眼尖得很，可是他哪里有这福气？近八十岁的人了，还得豁出一把老骨头，和命运进行决一雌雄的摔跤。

祖父一天能搓一斤经子，卖掉可挣三四毛钱。五天赶一次集，卖货进料，乐此不疲。赶集是乡村的节日，只要不是抢收抢种的农忙时节，平日，庄稼人这一天准会撂下手里的活，到集上蹓一趟，买不买、卖不卖东西不是主要的，来松松枷，解解闷，沉重的岁月需要撕开一道缝吹进一缕微风。乡间小路上，两两成对的，三五一伙的，有说有笑，慢慢悠悠，好好地享受享受这一份情趣。祖父赶集却都是"走单帮"，匆匆赶路。他不嫌孤单，早年卖油路上还借一支小曲儿驱遣寂寞，现在连这小曲儿也不哼了，一路只有橐橐的脚步声跟随。村子和明家集之间，有一条废弃的河道，从河底穿过能省不少脚力，然而那几乎被踏平的河岸，祖父经过却犯了难。因为有一回叔叔犯病，连踢带咬，把上前牵制他的祖父撞倒，从此祖父多了一根木头腿。上坡时手扶拐杖拖着身子走还好说，下坡，整个人的重量几乎都集中到拐杖上，稍不留神就会连人带背上的麻批摔下去，滚成一团。但祖父咬着牙，颤颤巍巍，一次次把河岸踩在脚下！每次爬上岸，他驻足，大喘粗气，再挺挺桅杆一样瘦硬的身躯，迷惘的眼睛望向远处。老北风呼啸着，把他单薄的衣衫鼓成一片帆……

五

暴雨刚刚停歇，团团黑云扬着长鬃驰向天边，不远处，隆隆的"雷声"反而更响了——青龙山山洪狂泻，千军万马呼啸而来。杏花河暴涨，大水漫过了老石桥，站在这边的人满脸惶恐，等水位落下去。祖父等不迭，他折了一根树枝子探路，战战兢兢到对岸去，我紧紧扯着他的衣角。

这是我还能记得的为数不多的与祖父在一起的情景，小时候我曾跟着祖父到大东洼看庄稼。他爬上瞭望台，手搭凉棚四下张望，我在台子下追逐我的蝴蝶或者蚂蚱。他望了远处望近处，用目光逐一翻动排排绿浪，偷庄稼的小蟊贼休想得逞，就是一只田鼠的跳跃也逃不过他的眼睛。他唯独忘记了我的存在，好像我不是他的孙子。回家吃饭的时候，我却跑过来把小手塞进他铁钳似的手掌。

蹚水过桥的情形深深刻在我的心底，我常常想起，并浮想联翩：河道是水的命，河水跑不出堤岸；而如果漫溢出来，那会是多么壮观的景象。河水溢出堤岸对河来说是壮举还是悲哀？在梁邹平原上，更多的河流却是干瘦在河底，弥漫着死亡的气息，给人以伤感、绝望。还有一种情况，大河的上游波澜壮阔，下游水跑进了一条条斜出的沟渠，沟渠上也有些小花小草，但这里的风光可与大河两面的林木森森媲美吗？

祖父是一条河流，至少是一段河流，这段河流水面上不曾跳跃阳光的金斑，总蒙着一层尘土样的黯淡。它也没有欢快的哗哗波涛声，当然更缺少滔滔激浪。但是它的下面，却有一股暗流涌动。

在我记忆中，祖父不擅在人前讲话，没出过风头；他不爱凑热闹，从不往人堆里钻。以我的性格来推测祖父，他有内向的一面，但骨子里并不乏血性，且易冲动，到底是什么让他变得如此沉默，如此孤僻和古怪？村人在背地里嘲笑他"梦游"，我想祖父是知晓的，他完全可以站出来澄清，但他一直装聋作哑，一直背着这口黑锅默默地度日。

小胡同很窄，高高的墙把阳光挡在外面，除了正午之外，街面差不多都是暗红色的。祖父的家在小胡同深处，小胡同是他走得最多的一条路。就是在小胡同里走路，祖父也总是闷声不响，对面来了人他看也不看，你不和他打招呼，他绝不先开腔。如果有后生恭敬地问他："大爷，你上坡回来了？"他也只是哦一声。

蹋蹋而来，蹋蹋而去，空空的小胡同把他沉闷的脚步声放大着。

"批林批孔"那年，村里住进了工作组。那位工作组组长，长长的绒线围巾搭在胸前，大背头梳得锃亮，走路把手倒剪在身后，迈四方步，会场上讲起话来，说古道今，口若悬河，震得村人一愣一愣的。人们都很崇拜他，都争相亲近他，老远就嘘寒问暖。有一天，他在小胡同里遇到了我祖父，两双眼睛对视，他等着我祖父跟他说话，可我祖父竟没吭声。他很意外，再次把目光投过来，恰巧我祖父也抬头看他，然而我祖父仍然不语。倒是他憋不住，主动跟我祖父打了招呼——这件事被当作一个笑话在村里传了好久。

我觉得这是祖父生命中很精彩的一笔！原先我很同情祖父，以为他自卑，软弱，以为他缩在自己孤寂、昏黑的世界里，逃避一切，现在我愿意从另一个角度来理解祖父，他多么了不起！内心多么强大才能让

13

他沉默不语，让他像老牛反刍一样，一下一下消化掉闷在心里的屈辱和愁苦，把自己铸成一块铁！我对祖父刮目相看了，我觉得我无法和祖父相比，我没有了祖父高大结实的身板，没有了他黧黑粗糙的脸膛，没有了他的坚韧、苍劲、铮铮硬骨和无视俗世的孤傲。高考使我走出小村来到城市——这纯属偶然，农家子弟考出来的有几人？作为一个整体的农家子弟很难改变命运，他们一代一代后辈踩着前辈的脚印走——成了一个体面的城里人，但是我身上脱不尽的泥土气味与城市的气味还不相融，尴尬、困厄、压抑、孤独，仿佛我又还原为东屋里那个沉迷于幽暗的孩子。这是一个我，另一个我，虽然还保留着祖父那独来独往的秉性（这方面我像极了祖父），虽然也像祖父那样固执、死板、倔头犟脑，然而很多时候却一有压力就"扁"了、"小"了，受不了一点冤屈，碰到一点磨难就哀叹不止；还有，我学会了点头哈腰，学会了趋附、奉迎、说溜话……

离那块肥沃而贫瘠的土地越来越远，离祖父越来越远，我已退化成一副卑怯、猥琐的模样，退化得一点不像我祖父了……

卷一 踩不断的乡路

千年乡路

  这条路和这个村子一样古老，和这个村子的历史一样绵长。

  自有了村子，或者说自最早那座茅棚在这里扎下，庄稼人到田里去刨食吃，去播种、栽秧、锄地、浇水，再把收割了的庄稼拉回。去去来来，很快，清风一吹，一条亮带子就在美丽的梁邹平原上飘拂了。

  我不知道该炫耀一番还是闭口不提为好，我们村子这棵古树是明初生根发芽的。听老人们说，洪武年间有一家逃难的由北向南而来，男人的担子一头挑着一领烂席卷着的破被褥，另一头是一个盛杂物的大筐，一扇一扇，仿佛一只疲惫的大雁；俩儿子搀扶着咳嗽不止的病弱母亲，走走歇歇，歇歇走走，被他落下老远。走到这里，天又漆黑如墨了，他们也累得迈不动步了，男人便卸下担子，解开席子，草草搭个棚子过夜。不幸，女人就死在了这个夜里。男人带着儿子把女人埋葬，回头却不再摸扁担，望着无边的荒野，目光茫然。犹豫、踯躅半晌，他决定不走了。他们找了一洼水脱土坯，垒了一座低矮的土屋遮风挡雨；开出一块巴掌大的地，撒上仅有的一瓢秫秫粒儿。头三年，老天有意养活这家人，旱涝保收，打的粮食稍有剩余。但接下来是连年的灾荒。一天傍晚，一个逃荒的小女孩路过土屋时突然昏倒，汉子收留了这个孤苦伶仃的孩子。半月后，大儿子却因吃黄蓿菜患水肿病不治而亡。小儿子和小女孩像屋前的那两棵槐树一天天长高，老人倾尽积蓄又盖了一座屋，让他们住进去完婚。新一茬庄稼收割的时候，这座土屋里传出了婴儿清亮的啼哭。

  过了数年，又有两家学着他们的样子，在一东一西造土屋，房子们也相互有了倚靠。可近坡的好地种遍了，得到远坡开荒，路就跟着脚印

15

走，慢慢地越来越长，慢慢出了叉和须。要是有一只巨手把它提起，那形状就像一个不小的根系了。

一出村庄这段路应该是它粗大的主根，它宽且高。梁邹平原这一带古时候是退海之地，海水虽被黄河赶走，沉下的泥沙却饱浸着盐分，捧一捧湿土闻一闻，咸腥味刺鼻。春天盐碱泛上来，一圈圈一圈圈的"绒花"盛开，地里白茫茫，如同下了一场雪。种地前得先刮碱，锨板贴着地面将碱土刮成一堆一堆，这时候农人总要装两袋子扛回家淋盐——水从碱土上淋下，蒸发后盆底就结出亮晶晶的盐末儿。这好看的东西却苦得要命，只能腌咸菜，万不得已才直接食用（实际上我的先人没少吃这种盐）。这能取走多少碱土？于是荒原上隆起了一道道土堰。横土堰和竖土堰相接，被其包围的地块人们称为"抽匣子地"。梁邹平原上这类抽匣子地随处可见。而在大路附近刮碱，碱土自然就拽到路上，土路便一岁岁地加宽增高。

但是，我却宁愿相信它是一层一层的脚印叠起来、铺厚了的。祖祖辈辈走在这条路上，从春到夏，从夏到秋，从秋到冬，从冬到春。农人们出工的时候，刚睡了一宿觉起来，养足了精神，胸中丰收的希望鼓胀着，巴不得插翅飞到等在地里的庄稼面前，步子轻快，脚印就像路旁的杨树柳树飘下的叶子那么薄。收工回来情形却不同了，在田垄上与泥土摔了一天跤，身上丁点儿力气都没有了，骨头散架了，简直像堵土墙要坍塌。而我会过日子的父老乡亲又没有空着手回家的习惯，就是累死也得捡回一把柴火，或者背着一捆压弯了腰的草。这时候他们拖着的双腿是多么沉重，每一步都是一块半尺厚的青砖。这条路就是由这样的脚印一层一层修筑，并用那汗水和的泥灰勾了缝儿。它的坚固程度是无可比拟的！

我说不清我是第一位在这里垒土屋的祖先的三十几代裔孙。我还不会走就爬上了这条路，还举不动镰刀就到大东洼挖野菜、割草，我是在它上面颠大的。

从什么时候起村东出现了一条河？源头不是山西杏花村，岸上也没栽杏树，可是它的名字却叫杏花河，我故乡那些大字不识一箩筐的庄稼汉并不缺少诗情。杏花河南北穿越梁邹平原，河水日夜流淌，两岸农田的盐碱被雨水压到地下，随着水脉汇入河里，被河水带走，原来的盐碱滩悄悄地变为沃土。这时候在抽匣子地里干活就嫌不透风，不敞亮，闷得慌，长龙似的土堰还占地不少。乡亲们粗糙的手掌搓得迸出火星子：平掉它！冬闲时节，生产队老老少少男男女女呼啦啦出发了，马萧萧，车辚辚，碾得土路轰轰隆隆。我们小孩子冲在头里，骑在堰脊上，抓住枯草喊："驾，驾！"大人们却不是玩游戏，他们是在玩命。要将几百年刮起来的碱土一锨锨摊到田里，整平，得掷多少力气？光大车拉土太慢了，精壮劳力一人一辆小推车，篓子都装得像小山，车襻直往肉里勒。姑娘喊着号子抬筐，垫着棉垫子还磨破左右肩。柱子正咬着牙推着车拱土坎儿，车把突然咔嚓一声断裂，众人投来羡敬的目光。柱子五短身材，车轴汉子，臂膊上一块一块肉疙瘩，干起活来不知死活。他早就被本村的一个漂亮姑娘相中，这就是梁邹平原上的白马王子。休息时，女人们偎在堰根儿捶背揉膀子，只见大梅还捏着针，在给未婚女婿四喜的鞋垫子上绣鸳鸯。大梅人高马大，腰粗腿壮，撸锄杠抡镰把样样敢跟小伙子比试。老人们都说："四喜娃儿有福气啊！"乡里择偶就这标准，身板结实、能干活才是好媳妇，娶个花瓶有啥用？我记得，这样苦拼了五六个冬天，那一道道土堰被铲除。平展展的原野上，这条路就是历史遗留下来的唯一的"宏伟建筑"了……

我已成长为一匹还未套进车辕、踩得在原野上又蹦又跳的马驹子一样的后生，但我却没沿着这条路走下去，我奋力挣脱了它。我是村里为数不多的挣脱它的人中的一个，我儿时的伙伴大都认了命，一辈子推着车子，扛着铁锨、镢头在这条土路上跋涉。但当在外面世界，走过现代化广场的闪闪发光的大理石路，走过五星级宾馆的红地毯路，走过游人如织的江南园林里鹅卵石镶嵌的弯曲小径，走过太多豪华、飘逸，仿佛通向天堂的路之后，我好像才懂得了村前这条坑坑洼洼的土路，我又返身朝它走来。

在每年回故乡居住的日子里，我每天都要踏上这条路，流连忘返。每次来我都抑制不住激动。我走得很慢，我在以脚掌为手轻轻抚摸它。我走到南边去看一望无际、生长茂盛的庄稼，从起伏的绿浪里捕捉那黑豚一样蹿动的脊背；再回首凝望一会儿被雾霭笼罩的村庄，那若隐若现的红瓦白墙、缕缕袅袅升起的炊烟，仔细分辨着那里混杂在一起的狗吠、鸡鸣和孩子的哭叫。这时候，挨近地平线的夕阳吸引我侧过脸，这一瞬的夕阳是最美的，一泓熔金似的鲜亮，又丹柿一样柔和，它低低地悬着，平原愈加平坦、辽阔。而它红绸缎似的霞光披在一草一木上，更创造了一种全宇宙一片欢腾的动人景象。但是，我的目光却每每落在近处一个个夕阳涂红的坟头，凝滞不动。与村子的地盘拓了又拓对应的是，墓地也不断扩大。平土堰的年月，老坟都平光了，可新坟又挤满路边的"三角地"。生与死原来就是这样相依存。连接这两个所在的恰是这条路，这条路就是这二者之间的桥梁，好像村人的一生只不过是走完这条路——从村子里起步到墓地停止，就这么短暂，这么平淡。村人尤其是村里的老人们不把活着看得多么了不起，死也不是多么悲伤的事。我参加过给李二爷出殡，那天送葬的队伍浩浩荡荡，魂幡遮天蔽日，纷扬的纸钱使路面又厚了一层。李二爷当过队长、村长，号召、率领大伙儿平土堰，平土坟，打井，挖沟，修桥，建窑厂，算得上叱咤风云；上了年纪又被尊为族长，"执政"期间，曾逼得自由恋爱的小兰投河自尽，在族里享有很高的威望。这是李二爷最后一次走这条路了，族人该痛不欲生啊，可是我却注意到那高调门的哭声多是用假嗓子唱出来的，人们眼里根本没有泪。甚至刚转入小道，把灵柩放进墓穴，填土还没结束，两个长辈就交头接耳、窃窃私语："死了好，死了就不再受罪了。"瘦子长辈还拿尖尖的下颔指指大路："就不再在这条土路上滚了……"我虽然不能原谅李二爷晚年的愚昧、专横、顽固，但此时此地我却理解不了他们这举动，愤恨地白了一眼。什么东西在眼前一晃，我把目光移开，夕照中的美景立刻驱散了这抹"阴影"。我继续轻轻迈动步子，走一节，倒回来；倒回来又走一节。这条路就像一个高高的看台，我站在上面，可以尽情地远瞻、近观。傍晚的豆子、谷子、红薯、棉花都不蔫了，活泼、快乐的少儿一般，风翻动它们的叶子，像无数只小手在摇；高粱、玉米俨然英姿飒爽的军人，一个方队跨过，又走来一个方队；鸟儿们花样表演似的掠着庄稼梢头低飞，划出道道优美的弧线，个别懒鸟躲在大树上的巢里，只伸出剪刀似的嘴巴，叽叽喳喳；穿着各种彩衣的飞虫在过狂欢节，漫天飞舞，如同撒向空中的五颜六色的小颗粒，煞是好看。我欣赏着这蓬勃、欢畅、自在的大自然的万千生命，深深陶醉。

在路旁地里劳作的乡亲亲热地和我打招呼，却用奇异的眼神瞧我。我则遗憾他们不扔下农具，来这高高的看台上走一走，欣赏欣赏风景，他们怎么就没有这份雅兴？——我竟渐渐得意忘形，我忘记了他们的心思哪在这里！况且这条路他们早走厌了，再不愿多走一回。他们出门就是这条路，就连耕地的牛，不用人吆闭着眼打着盹也能慢吞吞地回到圈里；就是那运肥的车，拐拐拉拉咣咣当当也从没错过辙。都麻木了。不，他们痛恨它，狠狠地咒骂它是下地狱的道，是魔鬼抽死人的鞭子；他们眼里哪还有它的存在？然而另一种情况却例外——电闪雷鸣，风雨大作，农人们被困在屋里，坐立不安，从天上倾下的水柱似乎在捣他们的心肝。雨还没有完全停，一家家大门洞开，男人们披着蓑衣出来，来到大路上。这里聚了很多人。如果这场雨不大，他们就走下大路，顺着田埂到地头，手插入泥土。这边喊："嘀，二指雨！"声调流露出虚惊后的欢喜。那边就有人接茬儿："他娘的，那块黑云彩一眨眼就跑到北乡去了。"听话语，得意中有不满足。他们拍拍手上的土，扶直一棵留着风雨痕迹的秧苗，回到大路上，却不回家，而是东逛逛，西瞅瞅，然后仨人一伙，五个一堆，谈论谁家的庄稼长得好，谁家地里的草没薅干净，谁家头晌施肥雨下晌就到，天爷爷还不收他柴油钱……要是地里积了水，庄稼七倒八歪地淹在水里，叶子泡得发了黄，而沟满壕平，地里的水没处排；前方又咋呼青龙山发山水，杏花河暴涨，漫过老石桥了；天却还阴得像黑锅，空气里拧得出水来，他们阻

19

止不了天，又下不去地，只能站在路上观看。这种观看对他们来说是怎样的折磨！路堤上蹲着两溜儿勾着背、垂着头的庄稼人，团团愁苦的浓烟把他们裹住，你一声短叹，我一声长吁，低沉但却震得耳膜嗡嗡响。农人面对受灾的庄稼的那种绝望，那种死灰一样的面色是可怕的。庄稼是他们的命，从小芽芽钻出土就像喂养宝宝一样侍弄，心甘情愿地为它们当牛做马，做梦梦得最多的就是金灿灿的粮食流进粮囤，可是顷刻间都成水泡泡了，谁能受得了？去年夏天我回老家，正遇上一阵鸡蛋大的冰雹把即将开镰收割的麦子砸在泥里，看灾情的村人大半天呆立在土路上。女人群里爆发出裂肺断肠的哀号，呼天抢地，疯了一般；汉子们的泪无声地流过嘴角，手里撕扯着麦秆，撕出了血也不觉。在哀号的人群中，我看见大梅姑也来了，她已经是白发老人，腰弯了，拄着拐棍，颤颤巍巍。我还看到柱子叔两眼红肿，他是孙子驾着地排车拉来的，他年轻时干活凶毁了身子，五十多岁就浑身疼，瘫在床上。下了冰雹，他吵嚷着要出来看看他的麦子，说不来死不瞑目。我感慨：柱子叔、大梅姑这一代人就这么老了，可这方人还是灾后来这里，眼睁睁地看着自己的希望破灭，这条土路还是这么和他们一同痉挛、疼痛着。而梁邹平原上有几个年景是风调雨顺？农人那揣得热乎乎的希望有几回不落空？你就是石头也早被打穿了，揉碎了，但是这条默默不语的土路却以脚印为底片、为文字清楚地记载着，我的父老乡亲一百次被绝望击倒，又一百零一次像泥水里的庄稼棵子，经过痛苦艰难的挣扎、抗争，挺了起来！他们什么都不再怕，连死都不怕了，看淡了，还有什么能摧折他们活着的信念？他们仍朝朝夕夕、月月年年，不怨天不尤人地从这条路上奔向召唤他们的原野，那无比广大的后土……

大路永在。

哦，古镜一样映现岁月的乡路，磐石一样承载苦难的乡路；突凸的大地的脉管般的乡路，踩得扁却踩不断的藤蔓般的乡路；我心头的一道伤痕似的乡路，我梦中的一弯彩虹似的乡路！乡路，乡路，你到底是什么？但不论你是什么，你都时时萦绕在我的情怀，牢牢地把我的心拴在故乡的树桩上。在远离你的这座小城里，我一遍遍、一遍遍登上高楼，向云水迷蒙处寻找你一条扁担、一根草绳似的踪影。突破空间的阻隔，透过时间的烟尘，我看到你了，我看到你了，我看到你正在苍茫的梁邹平原上，缓缓向前伸展……

死胡同

一

往里走了几步，天色就暗下来。路也变得狭窄，就像一条淤塞的河道。同时闻到发霉的气味，一阵浓一阵淡，空气很污浊。我屏住呼吸往前走，好歹，离婶子家很近了。

这条胡同里还有婶子一户人家。中温大爷嫌老宅天井小，在村头生产队废弃的打麦场上盖了新房。登常哥的儿子在县城上班，孙子从一落地到读初中都要人照看，登常哥和老伴也习惯了住儿子那里。广玉奶奶去世后，大门被一条白纸封住，好像就再没打开过。赵老五在南方打工，一去不返，锁锈成了铁疙瘩，可惜了那座二层小楼……婶子家北面胡同头上，是登望家。登望的姐夫在村里当支部书记，登望翻盖北屋，地基向西扩出两米多，把胡同占为己有，这样胡同就被截断了。他的大门则建在了宅院东北角，朝北开，面向大街——他离开了这条胡同。

那年我回老家，听说婶子正为这事找村干部评理，因为这等于堵了她家的路，还有这么欺负人的吗？但早年叔叔患精神病，不被当一个人看，虽说他已去世多年，村人歧视的目光却仍压得那么低，个头高大的堂弟也没能顶起这个家。结果可想而知，书记说他小舅子占胡同是按新村规划来的（也许真有这么一个规划），一句话就把婶子挡在门外。知道我回来，婶子很希望我出面替她出口气，她以为我是吃"皇粮"的。她眼里含着泪，几乎是乞求我。我的心拧绞着，我不敢看婶子的眼睛。但我清楚一个文人在人家的天平上有多重，他们过年过节都到我居住的城市看望村里一个当了局长的年轻人，路过我家门，却从不来我家坐坐。我没有照婶子的愿望去做。自此，她出门就不能往北走了，她家的天地少了一面。

在乡村，这种走不通的胡同叫死胡同。

二

小胡同的早晨好像总是从这眼水井开始。天刚蒙蒙亮，汉子们要出工，出工前，得先来挑水，把水缸挑满，主妇这一天就无忧无虑了。担杖钩子摇晃水桶的声音，水桶碰井口石沿的声音，水面被水桶荡得哗哗响的声音，以及担着水走和空着桶来的人的相互问候，闹醒小胡同。一个儿童背着书包上学，他是以井上的音响为闹钟的，这个儿童就是当年的我。

水井在登常哥家门口的一侧，这里有一块凹进去的空地，砌了井台，用的全是青龙山上的大青石，平整又不至于打滑，但仍被祖祖辈辈的脚掌磨得发了亮。这口井的水碧绿澄净，刷水缸的时候，缸底只几颗细细的沙粒儿。都说它是村里最好的一口井，这并无科学证据，但有一点却是真实的：有一年大旱，村里东西南北各个角落的井都枯了，唯独这口井里水还不见少。这成为我们胡同引以为傲的事。

别的胡同的人也来挑水，甚至大街以北的人也来，来的多是小伙子，奇怪的是，他们多半是晌午头来。晌午头，登常哥大门前有一块阴凉地，姑娘们凑在一起做针线活，有说有笑，大概这就是"磁场"。这帮姑娘中有一个叫梨花的，眉眼俊秀，体态丰盈，两条又长又粗的大辫子垂到腰间。天天在坡里干活，太阳却晒不黑她红里透白的肌肤；薅草拔禾，细嫩的手也磨不糙。村里好几个小伙子暗恋着她，中午以挑水为由看她一眼，胆大的放下水桶过来搭讪，黏着不走。梨花姐姐也明白这些帅气小伙的心思，可是她却嫁给了一个黑牛粪一样的汉子，正应了那句"一朵鲜花插在牛粪上"的话。"黑"在乡村不是贬义词，问题是他的黑并非来自阳光，他在城里蹲办公室，与阳光隔着一道墙。懂了点世事的我很为梨花姐姐惋惜，可大人们却都说这桩婚姻美满，羡慕她有福气。梨花姐姐哭过两回，不久就又笑成了一树梨花，并且一口气为他生了三个小黑猪崽一样的胖娃。

嫁闺女，娶媳妇，再就是淘井，这可说是小胡同里的节日。水井两三年淘一回，不淘泉子不旺。年纪大的长辈商定了淘井的日子，这天，吃过午饭，全胡同的人，男男女女，都聚在井台子周围。井口上搭起木架，顶端装上滑轮。铁塔汉子顶子叔往腿上搓两把白酒，下井挖淤泥，其他人在上面等候。"上——"井下传出吆喝声，人们忙用齐了力拉动绳索，一筐淤泥被吊上来。"下——"上面的人大声喊，随着滑轮一阵哗啦啦响，空筐又系到井里。"上——""下——"两只筐倒替着进出井口，隆隆的脚步滚动如雷。顶子叔在井下撑不住了，山子叔又下去换他，墩子哥已做好"接班"的准备。一筐筐淤泥倒在井台旁边，老人和孩子们拿着棍子扒开。"哟，一支玉簪！"——这是登常嫂去年打水掉下去的。"嘀，赵宗宝的钢笔！"——当时宗宝叔捞了三四个晌午头也没捞上来……一件一件，谁丢的归谁，这些丢失的"宝贝"重新回到主人手里，自是又有一份欢喜。而淘完井好长一段时间，人们的心情还清亮亮的。水格外甜不用说，大家见了面脸上都挂着笑，就连为了争自留地地边打仗的中树大娘和广财奶奶，从一前一后拉滑轮那天起也言归于好了。

然而现在，这口井却废了。县里一家私营企业，制造大量含有重金属和化合物的污水，汩汩地往河里排，往地下注，方圆百里水被污染，人们不得不花钱买从远处运来的桶装水吃。"这不是富人发财，让咱穷人买单吗？"怨声载道。但这怨声太微弱了，传不到县长耳朵里，或者县长听而不闻，总之污水照排不误。井水不能吃，当然也就不再淘井，眼睁睁看着这口井一天天淤死。井口上压了一块石板，井台子成了堆放柴草的地方。这堆柴草好像也没人来取（如今做饭、取暖都不烧这个了），且越垛越高，从外面看，底部落了厚厚的碎屑，里面恐怕早已腐烂成泥。

我路过水井，突然听到一声闷声闷气的长叹。附近并没有人呀，这叹息从哪里来？难道是这口沉寂的水井发出来的？

三

村子里有好多条胡同，但它们不是我的，我在那些胡同里被大孩子打破过头，伤痕和恐惧感都很深。而在我们这条胡同，我却仿佛一只小船漂荡在风平浪静的港湾，自由自在。

下午放了学，我冲出学校大门，飞也似的穿过一条条胡同，跑到我们胡同口，才放慢脚步。

阳光已从墙壁爬上屋脊，胡同地面呈现暗红色，像一张涂了颜色的彩纸。我一个人趴在上面，拿一截树枝子，在这张彩纸上写字、画小人。我能画到暗红色里掺进灰色。我从小喜欢独处，耐得住寂寞，我是个孤僻的孩子——多少年来，这片暗红色嵌在我的脑海，是我记忆的底色。

少不了到奶奶家（就是现在的婶子家）打个逛，奶奶总是跟那群鸡说话，絮絮叨叨。她说了些什么，我一句也听不懂，我无趣地离开。

赵家爷爷还坐在胡同中段、他家门前的石头上，一动不动。

这个老头儿瘦得只剩下一副骨头架子了，这个架子好像镀了铜。他一年前就不能下地劳作，不能再接受烈日的暴晒，可是脸、身子都没有变白，似乎阳光沉积下来的黑色素太多太多，短时间内无法去除，或者它们已经浇铸在他的体内，永远不能改变。他一个人无声地坐在这里，闭着眼睛，气息微弱，仿佛睡着了，但偶尔爆发的吭吭的剧烈咳嗽，还透露出他早年是个烈性汉子。赵家爷爷的"凶"在全村都数得着，女人们习惯拿他的名字吓唬孩子，一说他来了，正哭闹的孩子立刻噤声。但没有人把他当坏蛋看。他干起活来也"凶"，锄高粱地，砍玉米棵，他光着膀子，嗷嗷叫着，挥锄抡锨，左冲右突，所向披靡。

他是胡同里年纪最大的老人了，他那一代人一个个地都"走"了。

从泥土里来，在泥土里滚成一块土坷垃，又化为泥土。这条胡同就是在他这代人的手上兴旺起来的，一座一座宅院连成片，向南、向北各延伸出一段。"走西口"回来的七爷，没用两年，就在一个闲园子里盖起五间北屋，拉一圈院墙，有了自己的家。中兴大爷完成了父辈的梦想，把小柴门改成了高门楼，宽宽敞敞，大马车都能赶进去。

我蹑手蹑脚从赵家爷爷身边绕过去，可是每次绕过后，我都忍不住好奇地回头看他——现在想来，那绝不是点缀胡同的一块皱、瘦、漏、透的太湖石，那是耸立在胡同里的一座纪念碑！

我真后悔没有在他面前停下来，不能深刻地理解他的孤独和痛苦，体会不到一头在田野里奔走一生，老来却无力下田耕作的老牛的悲哀。我注意到，坐在这里的赵家爷爷，对我们小孩子是闭着眼默不作声的；而有大人经过，他却又"活"了过来，含糊不清地问地里的庄稼熟了没有，继而瞪圆了两眼，挣扎，叫喊，要求再派给他活，骂儿子不扶他下地。可是农忙时节，谁有空闲和耐心安慰他？只有那根拐棍在墙根忠实地陪伴他。闹腾半天，情绪渐渐平静，用回味、咀嚼以往在田野里拼杀的畅快来打发时光，一点点地忍受胡同里寂寥的煎熬。等到广财奶奶背着一捆柴回来，中瑞大爷推着草车子回来，王瘸子一拐一拐地赶着牲口回来（这是大伙儿收工的先头），胡同里牛、马、羊、猪的合唱奏响序曲，他又开始狂躁、吵闹、大骂。不过这时他是骂他自己，骂自己这一天白活了，这样活着还不如死了好……

大东洼的红高粱一茬接一茬，小胡同里后继有人。赵家爷爷他们的身影隐于胡同深处，顶子叔这一代又出挑为一个个好汉。高粱棵子在风中晃动，大东洼弥漫着一派阳刚之气；汉子们从小胡同走出来，脚下卷起一股雄风，他们个个强壮如牛，个个是顶呱呱的庄稼把式……

四

屋山墙从中间往下表皮大片大片脱落，露出一层一层的黄泥土坯。

上半截残存的白灰墙，像一块被烧毁、边缘参差破碎的幕布垂挂下来——画家把油彩调好，用油画刀唰唰几下，就出了这个效果；又加入些许熟褐，用刀尖在画布右上角斜着往下勾了一笔，使墙上那条裂缝赫然在目；他退到远处端详，又走过来，随意往上点油彩，并不抹平，油彩就那么厚厚地堆着，却明显增强了破败墙壁的质感。在我印象中，油画笔触是粗放的，这次我改变了旧有的看法，你瞧，红砖门把子上岁月之虫咬噬出的小洞和门槛朽烂的痕迹，画家都通过调配不同颜色，把它们表现得非常逼真。"运用色彩的高手！"我赞叹。他不以为然地一笑。我也清楚这不是他的代表作，这幅画比起他的其他作品，色彩并不丰富。它的主调是发暗的土黄色，打眼一看就像一堆黄泥，只有天空是靛蓝加白色调出来的明丽。

这是一幅实写我的旧居的油画——近年我深深思念故乡，受杨朔启发，想请一位画家依据照片画出我的旧居，挂在墙上，天天看。画家王黎明先生刚刚获了巴黎首届国际艺术博览会金奖，我便"瞄"上了他。

经名家之手，描摹我旧居的这幅油画，实际已成为一幅再现乡村凋敝面貌（也可说是古村落的一个缩影）的艺术作品。市里正搞"记住乡愁"的画展，特意要去，在色彩纷呈、争奇斗艳的展厅里展览一周。

闲暇时我便瞅这幅画。伫立在它面前，我却不是在作一般的艺术欣赏，而是像看到离别三十多年、白发苍苍、风烛残年的亲人，亲切，又心疼。有一天深夜睡不着，爬起来看它，望着那老态龙钟的土屋，那门框上发白的对联，我眼里不知不觉蓄满泪水。其实，这还不是我家宅院最后的状貌。哥哥另立门户，姐姐妹妹们陆续出嫁，母亲、父亲先后去世，没人住的宅院没了生气，雨浸雪压，北屋屋顶塌了一角，墙壁跟着坍圮，院墙的一头也断开一个缺口。但这个沦为废园子的旧宅院对我的意义却丝毫没有减少，只要回故乡，我的第一件事就是从缺口进去，在里面待半天。一院子杂草，半人多高，蓬蓬勃勃，恣意蔓延，显然这里已被它们主宰；葛藤也不示弱，由着性儿疯长乱爬，打结织网，叫你下不去脚，迈不动腿（院子里那棵正值壮年的枣树却死了。据说，父亲去世的第二年春天，万物生发，它却没再抽芽）。我依次走进小南屋、饭棚、茅房，窗台上的灰尘全面覆盖了旧报纸、旧书；电灯线结了比它还长的蛛网。我不敢喘气，近于窒息，却迟迟不肯离去。而后来我再来旧宅院，发现哥哥为了防止别人乱进，在缺口挡上了一捆荆棘。我再不能到里面摸摸那一草一木，嗅一嗅那尘土的气息，我只能踮起脚，仰疼脖颈，向里张望，久久注视北屋最终倒塌后遗留的废墟、西墙根敞棚下面那只三根腿的矮凳……

旧宅院尘封着我们全家多少艰难而快乐的时光！父母一结婚，爷爷奶奶就把他们"赶"出来，住进胡同南头爷爷的三哥、我无后的三爷留下来的这所院子。虽然家徒四壁，年轻的父亲母亲却兴奋不已。他们的六个孩子相继出生，又不断给这个家增添新的希望。哥哥十七八岁的时候，到五十里路以外的坡庄油棉厂干临时工，扛棉包，辛辛苦苦挣的钱一分不舍得花，全部寄回家。第二年冬天，他又跟着顶子叔他们远行百里去麻大湖运苇子，回来在天井里支起杆子，打箔，打帘子。这活儿第一步是把苇草根部的泥清洗掉，盆子里的水结了冰碴儿，哥哥两只红萝卜似的手上冻裂的口子张着大嘴。大家约好，一辆辆小推车推着苇箔、帘子，到集上卖了换回粮食。混在他们中间，哥哥努力做出一个大人的样子，他的身量还没长好，但他要像一根柱子一样，和父亲并立在屋檐下。踩着哥哥的脚印，姐姐走来了。姐姐在家里贡献最大，索取最少，为了这个家，她甚至没有上学读书。母亲下地劳动，六七岁的姐姐照看着我和妹妹。十一二岁出没于大东洼，打猪草，砍柴。十四五岁就到生产队挣工分，由梨花姐姐她们带着在棉田里打药治虫。矮小的姐姐背着很重的一管子药水，在田垄里来来回回，身子一溜歪斜，肩膀上勒出血印。那时候农药都是剧毒的，药液通过汗腺被吸收，时间长了人会中毒，姐姐每年夏天都中毒一次。那一年姐姐在公社医院昏迷了好几天还不睁眼，吓得母亲跑到会仙山庙里去求菩萨保佑……

南屋窗前有一棵枣树，树冠遮住小半个天井，秋天结一树玛瑙似的红枣，晚上映亮了天空，院子里像掌着灯笼。母亲又在饭棚墙边栽了一棵榆树，树身子很快高过墙头，把一团绿荫洒在胡同里。

那个年代有一个口号"先治坡，后治窝"，这个口号对父亲影响最深。父亲很少待在家里，我记忆里没有父亲和我们玩耍、疼爱我们的细节。因为老是等他（他收工后迟迟不回家），家里早饭吃得晚，害得我上学常常迟到。母亲不满父亲不顾家，没少和他吵架。父亲是生产队队长，相当于部队的连长、排长，是冲锋陷阵的角色。说起来，父亲并不人高马大，脾气也不粗蛮，也没有三兄六弟帮衬（仅有的一个弟弟还患精神病），可他从互助组组长干到生产队队长、村长，直到年老"退休"。他是凭啥让那一个个牤牛犟驴似的汉子服气的？他有"杀手锏"，比如割麦子，众人来到地头，父亲喊一声"开镰了！"，插镰就割，你一眨眼的工夫他先割下去两三丈远了；你就不能迟缓，而你刚割到两三丈远，他已经"拱"到地半截腰了；你始终只能紧紧跟随，手忙脚乱，腾不出嘴来指手画脚、说东道西。

早早晚晚，霜前雨后，父亲多半是在田野里转悠，站在堰脊上思量。但我想，在那弯弯曲曲的田间小道、沟沟坎坎上，他脑子里除了琢磨哪块玉米地该追肥了、哪块谷子地该松土了，不可能不装着小胡同里他的宅院，恐怕这是最让他头疼的事情。在乡村，衡量一个男人有没有能耐，重要的一条是看他的宅院，有了钱就盖房子，把宅院拾掇得招人艳羡。然而我家，哥哥结婚，父亲倾其所有，在村外给他们小两口盖了七间北屋，之后家里多年缓不过劲来。我和二妹读大学，三妹读中学，都要花钱，都是在敲他的骨髓。恰恰这时村里兴起一股盖屋热，这家大厦檐屋矗起，那家二层小楼完工，胡同里就是我家还住在低矮的土屋里。父亲一向要面子呀，他的脸面往哪里搁？再借钱吧，父亲已经步入暮年；就这样认输？这又不是他的性格。愁苦、焦虑、无奈、不甘，但父亲终于有了办法：他今年攒钱，给北屋穿上"小红马褂"（屋顶中间铺麦草，四周镶红瓦）；明年攒钱，屋顶全换成大红瓦；

后年攒钱，梱地面、吊顶棚……年年宅院焕然一新，年年脸上有光彩。特别是白石灰泥墙，一两年就来一遍，小胡同里数我们家的墙壁白，好像这样就能跟人家的大厦檐屋、二层小楼抗衡了。我和妹妹背后笑："父亲怎么越老越像阿Q了？"可我们不说破，全由着父亲。父亲未必不明白，只是他只有这么做，他还有另外的招数吗？

可怜我的父亲，用一层薄薄的灰泥维护着他的自尊！

晚年父亲多是住在我和妹妹家，我的楼房一百八十九平米，四室三厅两卫，亮亮堂堂。单独给父亲一个房间，可父亲并不说好，他还是老念叨他的老屋。病重之后，他要我们一定把他送回老家，送回小胡同那个凝结着他的心血，又让他忍受屈辱的小院……

五

婶子家很冷清，院子里家什凌乱地扔着，没有收拾。屋内靠墙生着炉子，但烧的柞子里掺土太多，炉火半死不活，仅仅发红而已，散不出多少热量，坐在正堂沙发上就觉得清冷。清冷使这个空间不大的屋子显得空荡荡。

婶子正偎在炉前烤火，见我来，站起身："别给我带礼物了，人回来我就高兴。"

趁婶子刷那只满是黄渍的茶杯，我从背后打量她，婶子头发全白了，但身子骨还算硬朗。

生前患精神病的叔叔苦了婶子一辈子。婶子一辈子在村子里挺不直腰，本指望儿子长大后能好起来，可是父贵子亦荣，父窝囊子也难有出息。对于穷苦人来说，处境、命运改变太难了。堂弟到了成婚的年龄，没有一个媒婆上门。婶子到处求人，于二姑从北乡里给寻摸了一个姑娘。人很老实，但患有家族遗传性糖尿病，过门没几年就发现并发症，治疗花了不少钱也没挡住死。

堂弟哪还有能力续弦？可天上有时也掉馅饼，一个蓬头垢面、衣着破烂的女人流浪到这里。谁也不知道这个女人的根底，她经过两个光棍汉家，后来在堂弟家住下不走了。这可能是个遭受过很多磨难、看透了人世的苦命人，她认定堂弟，不是因为堂弟富，倒是因为堂弟穷，穷人跟穷人，踏实。堂弟给这个女人换了一身新衣裳，她变成了另外一个人，干净、利索，能吃苦，一心一意地和堂弟过起了日子。可旧愁消了新愁又添，堂弟前妻生的儿子，现已二十多岁，却不愿务农——这是一股风气，村里的年轻人谁还种地？就连女孩子都成群结伴到城里去打工，大东洼里的地都荒了。不种地，他们的肌肉都在萎缩，像顶子叔那样的铁塔大汉早没有了。他好歹进了一家乡镇企业，母亲的基因却过早地在身上暴露出来，显出了一副病态，女孩子没有愿意靠近他的。堂弟为儿子的婚事愁得睡不着觉。婶子这个家，在泥坑里挣扎，哪年哪月能拽出来啊！婶子命苦。

"也没有啥好吃的给你。" 婶子很不好意思，催我喝口热水，祛祛寒。我每年春节都回来看她，是她盼望的。她已经七十多岁，也"熬"成族里的长辈了。可是由于家境窘困，一些晚辈眼里却没有她，过年拜年都"忘"了到她这条胡同里来。现在拜年，人们都去拜那些有钱的人，辈分未必高，也不一定年长。你有钱，家里就人来人往，熙熙攘攘。而我婶子的小胡同却门可罗雀。

人心不古！村里类似的现象还有很多，比如人情淡薄如纸。街坊邻居之间，过去盖屋垒墙，都是你帮我我帮你，现在不行了，用人就得动钱。比如为了利益，什么事都做得出来。李小喜拉民间借贷，"抠"走他四大爷的钱。不想资金链断裂，四大爷大半辈子的积蓄打了水漂。四大爷受不了，把自己"挂"在了树杈上。再比如，不少长者老来无人管。你不能干活了，白吃饭了，就成了"一害"，儿媳妇恨不能把你"晾"起来，儿子也和媳妇一个腔调，真是"痴心父母古来多，孝顺儿孙谁见了"……

我和婶子唠了一会儿嗑儿。虽然已是腊月二十八了，马上就要过年了，她脸上漾着喜气，但某一瞬间仍露出忧郁的"底子"。她还是忘不了那件事，说自书记的小舅子堵住胡同，截断她家的路，风水就坏了，日子咋过也不见好。"这条胡同里是没法住了！"她声音很小，也许她自知说这话也没有用，她能到哪里去？无处可去。我低头不语，我愧对婶子。

堂弟赶年集倒腾青菜赚点钱，很晚了还没回家，我没见上他。从婶子家出来，一股冷风直扑我胸口，我打了个寒战。一路上我脚步沉重，忧心忡忡：不同于原来"死胡同"的含义，这条百年老胡同正在慢慢死去。而更为可怕的是，死去的还不只是这条百年胡同。它们都死了，这块土地上还能剩下什么？真的就留不住它们了？我四顾茫然。

不远处，好像就在北面的大街上，噼噼啪啪炸响一串爆竹……

刷屋·大地·蜘蛛侠和我

一

这个时候，我竟想到了烟，极想美美地吸上两口，烟缕从鼻孔舒徐地呼出，淡蓝的烟雾笼罩在头顶，呆滞的眼睛看它袅袅上升。可是手底下摸不到烟盒，我已二十多年不吸烟了，近年甚至家里待客都不备烟。其实二十多年前，我吸烟并未得其真味，没体会到吸烟的妙处，不过是陪客人时夹着一支烟装装样子。有一段时间，读书时也喜欢点燃一支，但多是随吸随吐，避免其深入肺部。我不是一个合格的烟民，十天半月见不着烟也不想它。

产生这一奇怪的念头，是在我干了一天体力活从梯子上下来的时候。今年最艰巨、最重大、可以载入我家史册的一件事，是给儿子娶媳妇。虽然儿子儿媳在外地上班，回来举行婚礼顶多住三五天，但也得把他们的洞房装饰一新。基础性的工作是粉刷墙壁，和老伴掂对多日，决定不雇人，我们自己买涂料，自己动手刷，省钱，自己刷的也称心。而且决定，不只刷儿子的洞房，所有房间统统刷，彻头彻尾，改天换地。

用小刷子刷完墙壁顶端带花纹的石膏饰条，从梯子上下来，坐下就不想再动一动了，腰酸腿痛，筋疲力尽。吸一口烟的渴望涌上来，似隐隐感觉到，那轻轻的烟岚从肺部弥散，于骨骼的缝隙缭绕，僵硬的腱子在变松弛，肌肤掠过一丝丝清风，沉重的身子随着这丝清风飘了起来。

我不由得想起，四十多年前，我还在老家，在庄稼地里参加生产队的集体劳动，劳作中间小憩，成年男人们总是先"抽烟"（家乡把吸烟叫抽烟或吃烟)。他们扔下农具,慌忙从地头的衣物里找烟袋,或者撕纸条卷烟。坐着的,圪蹴着的,偎在田埂上的,倚着树干的,一个个头缩在肩胛间,眯起眼,腮帮子一凹一鼓,抽得那么专注,那么美。过足了烟瘾,又有了精神头,才开始拉呱。

现在我相信了,抽烟能解乏,缓解劳作的重负;我明白了,为什么在我的梁邹平原上,男人没有不抽烟的。那些浑身肉疙瘩的汉子与泥土肉搏,累死累活,需要烟香的抚摸和慰藉。我还知道,他们抽的烟都不是什么好烟,他们挑烟有他们的标准,那种很呛、冲鼻子、抽一口辣得嘴唇发麻的劣质烟才是他们的首选,他们要的是"有劲儿",有一股把疲惫、辛劳顶回去的劲儿。我觉得和他们相比,那抽烟讲求香气细腻圆润、口感舒适柔顺、焦油含量低的人,那烟在手里把玩得很优雅、烟圈儿吐成一串鱼泡的人,真是不懂烟。

二

先用小刷子处理灯池的细部、顶端饰条,再用滚筒大面积刷棚顶、墙壁。这是个没有多少技术含量的活,但我毕竟第一次干。正好今年我们城市要创国家卫生城,全城突击化妆美容,我所居住的小区楼房外墙也全部粉刷,三四支施工队开进小区,分片包楼,迅速展开施工,大院里像刮起一股旋风。

我何不出去参观学习一下?

南面并排的两座楼上,刷漆工们同时作业,但进度不一,有高有低,七上八下。我盯住一个看,由楼顶垂下的两根粗绳子拴着一块小木板,类似于秋千,刷漆工坐在木板上,胳膊揽着绳子,脚着墙壁——有时蹬空,身体悠悠荡荡,看上去像打秋千——一手持滚筒,从吊在木板一头的桶里蘸涂料,往墙上刷。以身子为圆点,手臂作半径,上下左右可够很远。刷好一片,松松绳子,降落一截,又重复上面的动作,熟练得像杂技表演,很流畅,很潇洒。

"妈，蜘蛛侠，蜘蛛侠，我长大也要当蜘蛛侠！"

"当啥蜘蛛侠？没出息！"

一个年轻母亲领着五六岁的儿子从这里走过。

我等着"蜘蛛侠"刷到墙根，趁他溜下"秋千"添加涂料，上前搭讪。恰好他和我是老乡，这支施工队来自我家乡梁邹平原杏花河畔。常言道"老乡见老乡，两眼泪汪汪"，我是见了老乡就想多聊聊。他姓张，四十岁刚出头，做刷漆工却已二十年。他说当初嫌庄稼地里熬炼得慌，到城里打工，就是看着当"蜘蛛侠"刺激（他听见了那对母子的对话），才干了这一行。结果刚干一天就没新鲜感了，干够了，可是不干这个干啥？哪碗饭都不好吃。"唉！"小张长叹一声，"再干两年就干不了了，浑身是毛病，颈椎病，肩周炎，腰也有症候。"他打住话题，提起放在地上的塑料水杯，那水杯有一只小桶那么大，一仰脖子，水下去半桶——在空调屋里啜茶品茗的人是把这讥笑为"牛饮"的——他体内需要大量补充水分。我发现他的衣衫，包括套在外面的马甲似的安全装，像地图一样拼贴、叠印着一圈一圈的深色块。这还是在背阴的一面干，下午要转到阳面，能受得了吗？

我的工作条件不知要好多少倍，第一我是在室内，空调硬把室温压在了25℃以下；第二我不是在虚无缥缈的空中，而是站在结结实实的地面上，个别地方才攀梯子；还有，老伴买了一大堆西瓜，我渴了从西瓜堆里取一个，一切八瓣，汁饱肉肥，捧起就啃，沾一下巴瓜种子。

我自信我也能成为一名出色的刷漆工。我握紧滚筒柄，气沉丹田，横平竖直，一笔一画。前后刷三遍，乳胶漆把墙上的污渍、划痕覆盖，一派洁白、响晴，我一段时间以来灰暗的心情也洁白、响晴了。

三

我的住宅面积189.5平米，大客厅、小客厅、餐厅、三个卧室、一个书房、两个阳台，都在粉刷之列。除此之外，挪动家具，借此机会彻底打扫打扫卫生。入住十余年来，家具没动一动，十余年尘埃飞舞，最终都是在家具底下收敛翅膀，藏匿，沉积。最繁重的一项是，成家三十多年攒了九橱子衣物和十四书架书刊，都得重新整理，衣物要晾晒，书要下架、上架，不少书摸着特亲切，又翻开读一二页。

完成这些任务只有两人：我和老伴。我，一个六十二岁的老文人；老伴，五十五岁，提前办理了退休手续的中学教师。

我们计划用三周时间打完这一仗。

在这个阵地上，无疑我得冲锋在前，担当主攻手。

"战斗"打响之初，我就像一个新战士奔赴战场，斗志昂扬。技术很快熟练了，刷顶棚，我高擎长竿，滚筒哗啦啦从这头直抵那头，可谓长驱直入；刷圆形灯池的边框，我挺住手脖子，滚筒稳稳地转一遭儿，天衣无缝。在墙壁上，已由"楷书"的规规矩矩进入"行书"舒卷自如的境界。我在劳动中体会到无比的快乐。刷一天漆当然辛苦，心却依然亢奋着，夜里睡一觉醒来，忍不住披衣下床，到刷过的房间，这里瞅瞅，那里瞧瞧，回来再睡，梦里洒满明媚的阳光。

战场是封闭式的——闭门谢客。我上身光着，下身穿一条短裤，头戴一顶旧旅游帽，眼只盯着欢快、忙碌的滚筒，滴下的涂料落在膀子上、腿上，全然不顾。直到吃饭时才弄一池子水洗濯，就像乡亲们从地里干活回来，在村头的大湾洗身上的泥——梁邹平原上，哪座村庄不备有仨俩大湾？——一个个蹲在水边，湾水映出一溜儿黑黑的瘦石。但他们都洗得很潦草，大体抹几下就完事，有人脚后跟还沾着草叶子就穿鞋。他们身上的泥本来就洗不净，他们一出生就在泥土里滚，是"泥人"。现在我也是这样，手掌手背的漆点子难以洗掉，就带着漆点子去抓筷子、拿馒头。

倒出一个房间刷一个房间，刷完，打扫干净，安排就绪，再刷下一个。在清除地板上的漆斑时，我跪下来用铲子抢，我的父老乡亲干活不是常常跪在地上吗？跪着是常见的劳动的姿势，跪着干活与大地最亲近。悟到这一点，我不以为跪下来就低贱、羞耻了。

四

  我不得不承认，早年虽也曾在庄稼地里摔打过，体格却不是多么好。那时我也和小张一样，恨不得早早逃离那块黄土地，只是我幸运，通过复课考取大学进了城，要不我可能也要来当蜘蛛侠。但是我也没有像小张一样练出一副铁骨架，没有"老本"吃。加之平日不爱运动，锻炼少，筋骨生了锈。坚持刷完这个房间，滚筒往漆盆里一丢，我身子一软躺在地板上，"返祖"了，和我的父老乡亲没啥两样了——农人们干活倦怠了，往往就地一倒，什么都不管，都不在乎。那是梁邹平原上的一道"风景"。最好看的时候是麦收，虎口夺粮，男女老少上阵，割的，捆的，杀红了眼，满垄是麦个儿，可他们也骨头散了架，瘫在地上。他们头枕麦个儿酣然而眠，人和麦个儿混在一起，东倒西歪，横七竖八。麦田像经历了一场短兵相接、两败俱伤的战斗，惨烈，悲壮。

  大地是一张天然的又厚实又温暖的床，在这里酣睡也是一种幸福。记得个头瘦小、猫一样蜷缩着的根子二伯，每次打个盹后，一边伸懒腰，一边吧嗒嘴，好像吃了香甜的东西——别看"小矮人"根子二伯推车运肥不中用，割麦子却一个顶俩。一进麦田他就像蛟龙入海，憋住气，腰不直一直，镰刀闪闪，向前游蹿。也有不要命的后生摽上他，步步紧逼。四处浪花涌动，把个麦海闹翻。

  此刻我身下虽是大理石地板，也好像有这般享受，舒坦极了。

  脉管在一点一点地鼓胀，力气从四肢丝丝缕缕地滋生。

  大地最干净，父老乡亲起身，并不怎么扑打衣服上的土。我也不嫌地板脏，贴紧了它……

五

　　我这个人要说有优点，就是有一股韧劲儿，蚂蚁啃骨头，不惧千挫百折。小坑小洼和泥子抹平，划痕没盖严再补漆，暖气管线、窗帘架挡板后面伸不进滚筒，改使小刷子。有的地方刷爆了皮，我用刀片刮好，用毛笔以工笔笔法"描金"，一丝不苟。我不是在刷墙，是在创作文学作品，每一个句子都反复锤炼，修改润色，一个字一个标点也不能漏掉。老伴直摇头，断言我这样"乌龟爬山"，出去打工混不出饭来。我咬着牙，一干就是三四个小时，干的时候胸腔鼓荡着满满的激情，歇下来却如撒了气的皮球。特别是夜里，手胀痛难忍，疼醒，嗷嗷叫。我的手小时候落下了残疾。那时冬天到杏花河河岸拾柴，小树枝捡光了，树叶子搂光了，大队允许刨树墩头。近处的早都被人刨走，顺子叔带我跑出很远，到青龙山跟前的杏花河拐弯处去刨，那里人迹罕至，树墩头星罗棋布。顺子叔两眼放光，欢呼着朝一个巨型树墩扑过去。我也瞄准了一个大家伙——顺子叔惊讶我太贪呢——在它四周掘深坑。铲下主根，这庞然大物就能晃动，可下面网状的根须还很顽固。对付小喽啰们，锨和镐都派不上用场，最好的办法是以手为戟追剿之。外面北风呼啸，坑里热气腾腾，汗水湿透内衣，我全身的力气集中在手指上。手指和根须纠缠、撕打成一团，根须被扯断，指关节也咔吧咔吧响。当把树墩头扛出坑外，禁不住喜极而泣。晚霞中，我和顺子叔一人背着一个，一前一后往回走，一路唱着歌，一切都忽略了。后来手指变得粗短，伸不直，并不拢，像豆虫一样丑陋，但已无法挽回。

　　一辈子手不离锄、镰、锨、镢、扁担、竹篓的父亲不仅手不好看，脚也严重变形。他晚年住在我这里，我给他端洗脚水。我不敢看，那是脚吗？里凸外拐，酷似一块烂姜。他十六七岁就跟着爷爷到南山里贩水果，挑着一担桃或杏在崎岖的山路上走，上坡下坡，脚拧来拧去，生拉硬拽，成了这个样子。

我儿子的手指却又细又长又直，有一位音乐老师夸奖这双手很适合弹吉他。儿子没出过校门，从小学到中学又到大学，博士一毕业就分配到一所高校任教。那是笔杆一般光洁润泽的手指，手面同样软绵柔滑如绸缎。

在儿子面前，我自惭形秽，但我还是要感谢那把整个冬天都烧得通红的树墩头，是它们磨炼出我不屈不挠的铁掌。

六

说到底，我是农民的后代，祖祖辈辈都是出大力流大汗的庄稼人。我的童年、少年都是乡村抱大、疙疙瘩瘩的乡路颠大的，我的根扎在了青龙山下，血管里流淌着杏花河的水。我怎么也忘不了那块养育了我、深刻地影响着我的苦难的土地，父老乡亲生存的艰辛、苦涩、无助、无奈、失望、希望时时揪痛我的心——原谅我动不动就和他们联系起来——我一闭上眼睛，爷爷父亲拖着灌铅的双腿从地里回来、一脸倦容的样子就浮现出来。爷爷是个典型的庄稼汉，面色黧黑，身板硬朗，但屡屡被劳顿击倒。爷爷对抗疲劳也是用烟，他发明了一种很独特却很吓人的抽烟方式：狠命地抽一口烟，咕咚咽下去，引起喘不上气、憋死一样的咳嗽，咳一阵，"死"过去一回——爷爷好像很愿意这样"死"过去，他沉醉在这种"死"里。爷爷后半生被患精神病的叔叔赘得狼狈万状，不堪其苦。为挣钱给儿子治病，八十岁的老人还去大东洼割草，喝了酒就重复那句话："活够了，活着不如死了好。"再"活"过来便全身轻松。父亲却缺少"绝招"，他一般是一个人闷着头在屋门前石阶上呆一霎。但是，父亲还有一种表现一直是个谜。贪恋地里活的父亲没有忙完的时候，十有八九是很晚才回到家，母亲早已把饭食摆上小方桌。赶上"三夏""三秋"，知道父亲累，母亲会烙很馋人的白面油饼，或者擀面汤，煮一大锅。我们兄妹围着小方桌，急得抓耳挠腮，父亲却迟迟不落座，母亲喊他两回，他好像没听见，一声不吭。

他慢慢俯下身，把我们随地扔的镰刀、铲子、篮子摆在墙脚、窗台，默默地到牛棚里一根一根择老牛身上的草屑，又给母亲养的地瓜花、马齿苋花、韭莲、夹竹桃花盆里一一浇水。他做得慢条斯理，似乎有了闲情逸致，完全不像原野上那个风风火火的汉子的风格。渐浓的暮色模糊了他的脸膛，我们都吃饱离去，他才端起饭碗。现在我终于以切身体会解开了这个谜：刚干完重活，一句话不想说，饭也不想吃，哪里吃得下？再饿也吃不下，得缓一缓，等把气喘匀，心平复了，才有食欲。

餐桌上的饭菜色香味俱全，老伴为犒劳我，买来了烤鸭、腊肠，另外做了鸡蛋炒木耳、凉拌黄瓜，还打开一瓶啤酒。我不急于进餐，我在欣赏对面这动人的白，它白得像能画出最新最美图画的纸张，白得像大堆大堆纯净的初雪，白得像簇簇盛开的、散发淡淡香气的白玉兰花。忽然它幻化为波浪起伏的绿色草原，无边无际，小小的我被它裹挟，一点点融化。

平静并踏实着，我坐下来吃饭了，大快朵颐……

七

仗越打越残酷，这场"战役"没按预期结束。拖延到二十三天的时候，我快支撑不住了，滚一小会儿滚筒，就让老伴递"红牛"饮料给我；身子不由自主地往家具上靠，或者倚住门框。十年前，我有一篇散文《他们得在墙上靠一靠》，写两个农民工到我家换残缺的瓷砖，二人轮流当匠人。当小工时相对清闲，在一旁看，上身都习惯性地靠在墙上。他们天天干体力活，疲困得狠，得空就想找地方歇一歇。当时我怜惜他们，没承想，我也成了他们。

更为严重的是，我体形出现了变化，腰挺不直，脖子前探，肩下塌。注意到这点，我一惊：如此下去，背不就驼了吗？庄稼人中年以上多数都驼背，不就是因为成年累月超负荷劳作？人的筋骨不是钢打铁铸的呀，就是钢打铁铸的也经不住日复一日、年复一年的重压、摧残！

我对劳动的理解、对生命的理解似又深了一层。

老伴比我能干，她不但给我打下手，还要收拾这收拾那，一刻不停。她看到我手臂打战、动作迟钝了，要让她的小弟弟来帮一把。妻弟在本市一家企业做维修工，五大三粗，壮得像青龙山上的那棵汉柏，铁钳一般的大手却很灵巧，刷一间屋还不是小菜一碟？

"不——"我仿佛一匹绝望的老狼，嘶哑着喉咙悲凉地长嗥。

老伴骇然失色，她不知道我内心的痛苦。两年前我退了休，一度无事可做，孤独、寂寥、郁郁寡欢，生活失去了色彩，原就老气横秋的我愈加暮气沉沉。身体状况也确实大不如从前，高血压、动脉硬化、滑膜炎等疾病找上门；更不可忍的是，四个老年斑居然堂而皇之地占据了额头一隅。我意识到不能沉沦下去，我得振作起来，进行反击，向生命挑战。刷屋工程是其中一战，我要看看自己是不是真老了，还敢不敢拼、敢不敢搏？可是如今，还有大半个房间没刷，体力却将耗尽，颇有些"出师未捷身先死，长使英雄泪满襟"的味道。如果告诉妻弟，他肯定会赶来"救援"，可是对我来说，请人帮忙意味着我没攻破最后一个堡垒，败下阵，等于我认输了、服老了。

"我要自己干完，我必须自己干完！"我低低地自语着，挣扎着立起。

外面，刷漆工们仍在施工，他们由小区南边挨着刷过来，已经刷到我北面这座楼。我从窗口就能望见那帮老乡，他们正在楼的阳面刷，阳光的金箭嗖嗖作响，箭箭中的，他们无处躲藏。墙面腾起熊熊火焰，炙烤着他们，我真担心他们会被烤干。但他们却好像什么都没发生一样，从从容容，有条不紊。在波澜不惊而又热火朝天的工地上，我寻到小张的身影，瞧他敏捷地沿着墙壁"爬行"，一刷接着一刷，一片连着一片……

我心不甘，转身回到漆盆旁，滚筒饱蘸乳胶漆，长竿一挥，唰——唰——打破室内的沉寂……

临渊起舞

一

我再次提出把手术日期延后一天。我有这样一种感觉，前面是深渊，我被推上了悬崖，丛生的乱石锋利如刃，我必须小心翼翼，倘若走错一步，就可能倒在这里，甚至坠入万丈渊底。

好在他们也不着急，还没有一个戴着深度近视眼镜、两鬓斑白、一脸凝重和悲悯的老医生郑重其事地检查我的病，仔细地看一看患部。一个年轻医生对照门诊记录询问过病情，在病床边站了不到五分钟，手机一响就走了。两个小护士出出进进，试体温、量血压、挂吊瓶，反复催我老伴补办住院手续，往卡里充钱。

一个其貌不扬的中年医生倒是每天上午下午都来病房里转悠，滴溜着眼，像个侦探。他不说话，我也懒得理他。

怎么也想不到，仿佛是一夜之间，我的天空风起云涌，境况发生180度的逆转，好端端一个人住进了医院，等待手术。我完全被搞蒙了，嘴里只会重复一个词："世事无常。"

半月前，屁股上出现拳头大的肿块，我以为还是那老毛病，不予理睬，等它闹够了自行消失。可是这肿块竟越来越兴奋、蓬勃，我便去附近沿街诊所医治。老中医开了三包草药，让我煮沸半小时坐浴，一天一包。他晃着脑袋说这种疗法可直接作用于病灶，见效快。我照办，头一包用后疼痛即得到缓解，可是见鬼，剩下的两包药却找不到了，当垃圾扔掉了？不翼而飞？我幻想明天它们会自己乖乖地跑出来，急急忙忙去黄河大饭店赴宴。不想次日早晨得到休养生息的肿块，得意扬扬，

"还乡团"一样反扑过来，不得已我又去诊所。那位老中医休班，小大夫给我使用抗生素左氧消炎。谁料万能的输液这回却不见疗效，三天后改用更厉害的头孢，并由一天输一次增加为早晚各一次。然而，难道那杀菌小分队从高高的药瓶下来，经由长长的塑料管、弯弯曲曲的血管，到达病灶已筋疲力尽、无能为力？这窝在偏僻山沟里的家伙竟置若罔闻，全然不听招呼，如同脱缰的烈马，一路狂奔。在一周后那个暮色聚拢的傍晚，它长啸着腾空而起——溃破了！

点开百度，搜索有关词条，资料显示这种病肿块溃破性质就已改变，转化为一种阴毒的顽疾，一个刁蛮凶悍、面目狰狞的魔鬼。

我被这魔鬼追逐着，无处可逃，病房是赖以藏身的堡垒吗？

二

像我故乡的乡村大集，长长的通道里人头攒动。吊着打了石膏板的胳膊的，渗血的纱布缠着半只脑袋的，阴郁着脸踽踽独行的，被二三亲友搀扶着的，身子靠双拐支撑的，坐在轮椅上的……这是看得见的，更多也更重的患者装在病房的肚囊里。这家中小城市的医院，病房大楼如此巍峨、气派，一座连一座，病房都住满了病人。还有病人住不下，普外科走廊里也加支了病床。来到医院你不能不确信，世界是由痛苦组成的，天下的病人这么多！它像一个可怕的"黑洞"，神秘莫测；它又不假任何掩饰，毫不扭捏，赤裸裸地把生活中最残酷的一面撕开给你看。但是有一点，这里人人平等，不论贵贱都是病人，疾病从不向权力和金钱献媚取宠。耳闻某富豪正当盛年得了癌症，家产亿万却救不了命，绝望至极（他号啕着，从窗口把一捆捆百元大钞抛撒出去，纷纷扬扬，满天是黑蝙蝠），生命终点"活明白"了：人这一辈子，只有健康是真正的财富；贫穷、低微都无所谓，从出生到老去能无病无灾顺顺当当，就是最大的幸运和福气。在医院，这套理论是铁的真理。这里，还时常看到人们同病相怜、互相关照的情形，有很多感人的故事,不免让人感喟在生老病死面前、在危难时刻,善良、美好的人性才凸显出来,那闪闪发光的真诚、温暖并不稀缺,这是外面世界罕见的、不可企及的。

我着一身蓝道道病号服,戴着采集了我姓名、性别、年龄等信息的腕带,以一个标准的病人的身份被裹挟其中,心电图室、彩超室、核磁共振室……逐一"闯关"——他们过多依赖声、光、电技术,不论青红皂白先把你扔给冰冷、生硬的设备,没有了切脉问诊的手掌的温热。

"闪一闪,闪一闪!"喊声急促,穿白大褂的医生、护士拥着一个危重病人呼啸而过,人流被担架车划开一道沟。

所有的常规化验结果、仪器检测结果都出来了,主治医师才和我见面,啊,是那个"侦探"医生!护士尖着声叫:"为手术确有把握,俺主任做核磁共振阶段就介入了。俺主任是远近有名的'一把刀'哎!"我快速瞄了一眼,重新"界定"这个四十多岁的男子,短发,目光锐利,一举一动显得很干练。"侦探"医生坐在桌子那边,我像犯人一样坐在这边。他铺开核磁共振的胶片,手指在一个地方画圈儿、敲打,说我的病属于这类病中很复杂的一种。我向他说明病史,他一边记录,一边插话深究某个细节。但末了,他翘起的嘴角流露出对我所患疾病的极大的蔑视。我的心一沉,直觉告诉我,他不是我要的医生——这几天除了上网查资料,我还四处拜访同类病人,我已大致知晓,它虽未跻身于大病之列,实则比大病更难对付,疼痛之惨烈,刀口之难以愈合,可谓病中之最。治疗起来非常麻烦,稍有不慎还将留下后遗症,后果无法挽回。我老伴的同事Z先生就是这种病,就是在这家医院做的手术,做了两遍都失败了,转院到北京,手术还算成功,但住院时间长达三个多月。有一天北京电视台《养生堂》节目谈这个病,说中日友好医院收治的一个病人反反复复做过七次手术。看完电视,整个晚上我心惊肉跳。也许是我生性怯懦,可是我对面的这个医生也太"轻敌"了,特别是说到手术复发率高达50%时,他是哈哈笑着说的,没皱一皱眉头。他没有联想到病人的痛苦，缺少同情心。这也难怪，人家天天接触病人，见多了，熟视无睹，变得冷漠，很正常。第一个手术还是给人做，第一千个、一万个手术就是割牲畜的肉了。这好像是医生的"职业病"，有一部分医生患这种病，病入膏肓。我们患病医生治，医生患"病"谁能医治？

在现代化医院，没有治不了的病，医生张嘴就是"我给你割掉"！——多快好省——至于割掉之后怎么样，好像不是他们关心的事情。衡量一个外科医生水平高低，好像更多是看他在手术台上的"表演"，刀把子耍得溜不溜，而不是看最终病治得如何，是否帮患者消除了病痛和苦难，患者是否感受到爱。医院也在患病。

恍惚中，我看见一把闪着寒光的刀正伸向我。

三

对主治医生不信任，刚进医院时抓住的那根救命稻草折断了，浓重的黑色悲观情绪淹没头顶，透不过气。如果手术真的做不成功，像Z先生一样在病床上备受折磨，再留下后遗症……我不敢往下想。要不，手术不在这里做，去济南？去北京？犹豫不决。

同室的病友是个年轻人，在建筑工地干活得了急性阑尾炎，要求尽快做手术，但住进来三天了，手术还排不上，想托关系"走后门"，却找不到"门"，牢骚满嘴。白天他在床上躺不住，晃过来晃过去，光着膀子，发达的肌肉像块块石头。晚上他翻翻电视频道就睡觉，鼾声如雷，排山倒海。

我神经衰弱，被呼噜声搅得无法入睡。老伴说多花点钱换个单间，护士问我是什么级别。我是正高三级，政府文件上说正高三级待遇时用了一个括号，括号内"正厅、正师级"。现在我要享受一下这个待遇了，护士却说这不算数。我亲眼见过那份文件，但我不能理直气壮地同她争论（我还没蠢到自取其辱），我们社会对知识分子的尊重有时候只是高悬在文件上。

睡不着，那个十分简单却困扰我大半生的问题又蹦出来，一个人的命运究竟由谁主宰，有没有一只无形的大手捏着它？比如眼下这一劫是不是我命中注定就有的？这病加重得很是蹊跷，如果我早一点警觉，如果那两包药不奇怪地消失（后来它们竟在后阳台被我发现，我百思不解，它们是怎么蹿到那里去的？），如果那晚我不在宴会上大快朵颐吃海鲜，不见了久别的老友动了感情，破例喝两杯高度白酒（平日我基本不吃海鲜、不喝酒），结果肯定不会是这样。恰恰这时候，一位久不联系的朋友忽然寄来一箱烟台樱桃，颗颗红艳，诱人，老伴胃不好，望而却手，我独自以风卷残云之势全部消灭之。后来得知，樱桃是热性的，最能发毒助火。还有，一向对茶不感兴趣的我，心血来潮置了紫檀木茶盘，开好宜兴作家唐老师赠送我的正宗紫砂壶，乐此不疲地下功夫练习下午茶，土掉渣的农民的儿子发誓提升为雅士、贵族，饮的正是这病忌讳的红茶！而肿块膨胀大如发馍，半壁屁股沦陷，午夜我在水深火热中饱受煎熬，苦苦挣扎，老伴手足无措，情急之下拿盐包给我热敷，她腿痛腰酸就这样做，可对我的病这无异于火上添柴！

胡思乱想，又想到释迦牟尼和观音菩萨那里去了——我的书房里有一尊释迦牟尼铜像、一幅观音菩萨画像，最初是当艺术品欣赏的。那尊释迦牟尼铜像造型古朴、浑厚，佛祖结跏趺坐于莲台上，通肩大衣线条流畅，法相分外庄严，神情很安详，左手下垂，右手平肩，掌向前，手指向上，作施无畏印，以示使众生安心。观音菩萨则取站姿，双目俯视，用悲悯慈爱的眼神注视着人间，体态微微呈S形，风姿绰约，白衣飘飘，美极了。我知道观音菩萨本是男儿身，是印度的一位钢铁直男，《华严经》中曾说"勇猛丈夫观自在"，在我国唐代以后才一步步化身为女相。可是我还是愿意把观音菩萨视为一个美丽的女人，是天下最美的女人。当然欣赏观音菩萨时，我要竭力使心灵洁净，就是动一动画轴我也不忘净手。夜晚，一天的事情做完了，我都要再静静地欣赏一遍这两件艺术作品，才安然入睡。后来却由艺术欣赏滑向了实用主义——遇到困难或者灾难，我弱小孤单，举目无亲，叫天天不应叫地地不灵，荒寒无边如被抛入大漠，就会想到他们，求他们保佑我渡过难关，并认定在多灾多难而又冷酷无情的世界上，只有他们才是我可以依靠的、保护我的神。我恭恭敬敬地站在他们面前，双手合十默默祈祷，若遇大难则跪下咚咚地磕头。火焰状佛光四射，满屋红彤彤，我沐浴在圣辉里，顿时周身暖流浩荡。可是一旦渡过难关，我就不再拜了，就把他们的大慈大悲丢在脑后——他们恼怒了，要惩罚我这不虔不诚、忘恩负义的势利小人？

偶然归偶然，但总的说，偶然之中有必然，有果必有因。近来一切都乱套了，不对头了。野了，欲望变大了，嘴巴和心、肉体和灵魂都"开戒"了，对天地缺少敬畏，与自然法则对着干，再不是原来那个中规中矩、有板有眼的我。"正气存内，邪不可干；邪之所凑，其气必虚。"——根子应该在这儿。《大宝积经》云："假使经百劫，所作业不亡，因缘会遇时，果报还自受。"一句句背诵如流却又充耳不闻的佛经劝化名言，如滚滚惊雷在我头顶轰鸣。

涉过"不惑""知天命""耳顺"之年，我自我审视、评价的视角趋于客观。年少时觉得自己浓眉大眼，不输现代京剧《沙家浜》里的英雄郭建光，现在看，模样虽说不像坏蛋胡传魁那么丑陋，但也极其一般；过去一度自命不凡，现在看，不过平庸之辈。那么我究竟是个什么样的人呢？认识我的人几乎都说我老实、厚道、稳重、正直、善良、仁义、谦和，甘为人梯奖掖后学等等。听到这串璎珞一样的词汇，我羞臊得不行。其实我性情有点孤僻、孤傲，还有点偏执、苛薄，有一点胸怀但不够宽广（我不用狭窄一词），乐于成人之美但嫉妒心不算不强，易冲动却思想守旧，好为人师却孤陋寡闻，疾恶如仇却常直言伤人，自诩善识人又常叹遇人不淑。长过歪心动过邪念，只是没付诸行动；偶有卑鄙勾当，只是别人不曾察觉（现在还不到公布于众的火候，等我有了勇气再交代）。我不止一次做噩梦杀了人，案件告破，警察要对我执行死刑，惨叫，吓醒，愣愣怔怔，搞不清到底杀过人没有，好像杀过又好像没杀过，可见我心底深埋着罪恶感。"鸟之将死，其鸣也哀；人之将死，其言也善。"我还没有垂垂老矣，已陷于内疚、悔恨之中，痛苦不堪。"只要想起一生中后悔的事，梅花便落满了南山。"读到张枣的这句诗，我拍手称绝，这不是写我吗？或者说"此乃吾之诗也"。我想，这次"火山爆发"就是上天和我算总账的，要我偿还欠下的孽债，我罪有应得，我必须为我不尊重生命的行为，为我的过失和错谬付出代价。

四

随着一股旋风，病房门咣当被撞开，担架车载着做完手术的邻床病友闯进来。医生、护士、病人家属，五六个人联手，喊着号子，好不容易把他移到病床上。这个昨天还挥着拳头骂骂咧咧的铁塔汉子，身上插着氧气管、引流管、导尿管，在微弱地呻吟。

一阵忙乱、嘈杂过后，病房里只剩下心电监护仪刺耳的嘀嘀声。

我像一只惊恐的小兔儿，瑟缩在床角，竟没上前帮他们一把。

不是说做"微创"吗？"微创"就能把一个壮汉击倒？——我缺少医学常识——生命太脆弱了，脆弱得就像洗手间那块半边碎裂如蜘蛛网的镜片。（医院不换一块完整的镜片，保留着它，是不是一个隐喻？）

我手术后也是这种惨状吗？或者比这更可怕？我的手术不是微创，而且医生明确说成功率只有50%，如果一而再、再而三地"开刀问斩"，任人宰割，"人为刀俎，我为鱼肉"……我能顶得住吗？

走廊里，一个拎着引流水封瓶的病人来来回回走，走得很慢、很轻，轻得像冬天里的一片落叶；一个扶着墙挪动的病人，挪两步歇一歇，木偶似的；一个形容枯槁的病人倚着门框喘息、张望，脸色灰暗，眼睛发呆。

空气沉闷，一片死寂，一个消息在悄声扩散：这层楼上43床的病人忍受不了病痛，夜间跳楼了。

我第一次真真切切感受到距离死亡是这么近！恐怖、惶惑、焦虑、纠结，我萌生了逃跑的念头，可是逃到哪里？我能逃出这个恶魔的手心吗？病根不除，它会不断发作，纠缠我，会束缚住我的手脚，活活地把我困死！

而我正准备出征啊——退了休，卸下了工作的重负，有了属于自己的大块时间，猎猎东风在胸腔鼓荡，雄心勃勃，做出"远足"的计划：搞一个大东西，写一部可以当枕头的纪实文学。写纪实文学需要调查、采访，需要到处跑，可我这状况还如何远行？

就在六月上旬，出版社编辑部夏主任打电话邀请我参加他们八月份在青州举办的文学活动。青州有我的好朋友，有我分别多年的大学同窗，正好见见面。我的老乡范仲淹在青州做过官（范仲淹四岁时随改嫁的母亲来到我的故乡邹平长山，在邹平生活了十八年，二十三岁求学去了应天府）。范仲淹是一代名相，是东方人格形象的典范，我尤其敬佩他"自奉薄而侍人厚"的品格。言传身教，他的次子范纯仁境界也很高，曾有名言"惟俭可以助廉，惟恕可以成德"。为他们父子写点文字是我久存的心愿。三年前我去过青州，时间仓促，只拜谒了位于青州城内的范公亭，没来得及到民间寻访范公的足迹。放下电话，我就扳着手指一日日地等待，可是会期在即了，却不得不取消这个行程，我的双脚迈不过横在青州城边的云门山。

突然意识到，我成了一个上不了战场的人！

哀莫大于心死，心不死身先"死"哀尤甚。

外面天色转暗，要下雨的样子，团团黑云气势汹汹扑向窗玻璃，像长鬃飞扬的猛狮；又凝结为铅，沉沉地砸过来。

"你就这样服输，缴械投降？"是哪里的声音？谁在嘲笑我？周围并不见人。

"唉——"又是一声疼痛的叹息——它暴露出长长的尾巴，被我揪住了，原来那是从我心里发出来的！

要在过去，一句高亢、坚硬的话会迅速盖过它们，可是此刻我却明显气力不足，我没有勇气面对。

村上春树曾说，人不是慢慢变老的，而是一瞬间变老的。虽然年龄一岁岁增长，皱纹爬上额头，嘴上也自我调侃"老朽"，但内心深处从未承认自己衰迈，从没放弃过自己，是疾病张开獠牙大口吞噬了我。

五

炎症迟迟消不下去，我半忧半喜，喜的是，炎症不消手术无法进行。上午输液，下午无事，我给朋友发微信，继续打听哪家医院有治这病的良方、名医，同时是寻找精神援助。朋友们也通过手机宽慰我，其中有些微信留言很有哲理——奇怪，谈到疾病、生与死的时候，人们最智慧，这实际是积淀了一代代人同疾病斗争的经验的认识。

抄录几条：

立君："老兄，没有什么可怕的，疾病、衰老乃至死亡，是生命的必然，谁都要经过这个过程。"

建元："疾病当然会带来痛苦，可是生命的本质就是痛苦，抵抗痛苦、战胜痛苦才彰示人的力量，才成就了人。从这个角度说，疾病是大自然赐给人类的礼物啊！"

月新："人一生一个重要内容就是和疾病斗，假如没有疾病、痛苦，人生可能显得单调乏味。病痛应该是人生一种不可少的滋味。"

一鸣的微信留言简直是柏拉图式的，简洁凝练，包含着丰富而深刻的思想："我从产房走来，向太平间走去，我是一个病人。"

以往，我习惯有病赶紧治好，治彻底，干干净净，一身轻松，以仅仅服安眠药，其他药与我无缘而骄傲。如今得了这病，更想根除它，不根除心里不踏实，忧心忡忡。听我这么说，电话那端公进的语气弥漫着嘲讽与鄙夷："你怎么还这么幼稚？儿子是哲学博士，可他爸却太不哲学了！生活中提及最多的是什么？是一个'病'字。疾病是与生俱来的，生命与疾病分不开，有生命就有疾病，没有疾病的肉体根本不存在。谁身上没有病？谁不是带病生存、与病共处？"

"憨大个"公进竟笑我幼稚，可他的质问却让我哑口无言，表弟金山的面影闪现在眼前。金山小时候饭吃不饱，营养不良影响发育，长成鸡胸，挤压心脏发生病变，动不动就胸闷，呼吸困难。病渐重，不得不到市人民医院就医。医生说他是先天性心脏病，必须手术，手术费一万元，不手术最多还能活十年（医生中不乏这样的预言家，他们说得那么随意而又不容置疑）。金山刚三十岁出头，他老婆一听泪水止不住地往外涌流，流着流着，猛地一把抹干，对医生说："俺不做手术，没钱做不说，做了手术就不能干重活了，俺全家还指望他养活！"手术没有做，金山从医院径直回到麦田。其时麦子已经黄梢，如果收不进粮仓，一年的工夫、投资就白搭上，一家人就得喝西北风。这时候他哪里还是个病人？拿起镰刀，弯下腰，凶狠地割起来。虽然割一会儿就停下喘一会儿，但连续作战，整整三天，硬是把四亩半麦子割完了。听说这两年金山托人谋到一份轻快活——给人家打工还能有轻快活？——到张三的建筑队当电工，顺电线，从这房间顺到那房间，爬梯子，上上下下。他今年五十多岁了（没有像医生预言的那样死去），干一天活回到家，就像一具干尸一样挺在床上，嘴里冒沫："干不动了，干不动了，老天爷咋还不叫我死呢？"可是第二天天不亮，又骑着那辆破摩托去工地了。

金山老婆的要强、能吃苦也是出了名的，小时候还长得像林黛玉，杨柳腰，细皮嫩肉，可庄稼地生长这样的娇花吗？她十三四岁就给棉花喷药、锄地、推车、挖河，练出一副铁骨架。这样一个人不到中年却得了一种怪病，腿不能受凉，三伏天热如蒸笼也得穿保暖内衣，要不就酸痛如百虫钻骨。她不来人民医院看医生，说自陪金山治病，一提这个地方就打怵，再说这还叫病吗？她也跟从金山出去打工了，在建筑队做饭烧水，守着毕毕剥剥的炉灶，火舌热辣辣地抚摸她，脸上汗水成溪，身上衣服呱呱湿，可她从来没旷过工。

在我的故乡梁邹平原上，像金山和他老婆这样的苦命人有很多很多。

他们就是这样无声地倔强地活下去，生命与疾病就是这样胶着着，缠绕着，贴着地面匍匐，在泥水里跋涉。这是生命的伟大，生命的奇迹，可是又寻常得像大地上的野花，随处灿烂……

六

曾经，一想到金山夫妻我就心如刀割，今天想起来又多了几分震撼，还有几分羞愧。我也从他们身上得到启示——我哪能和他们相比，他们是为生存同疾病、同命运抗争，我只不过苟活而已——我也可以不做手术，采取保守疗法，带病生存，与病和平共处。

我把这个想法说给承亮老兄听。承亮老兄交际广，阅历深，为人随和而低调，不事张扬，但绝对是一个智者，是一个可信赖的人。他正在海南旅游，话筒送来海风的湿润和浓浓的鲜腥味。他怪我不早征求他的意见，他说他认识一位民间高人，在昌乐县城开诊所，运用经络疗法，不用动刀就治好你的病，怀揣绝技，在当地被传为神医。

我按照承亮老兄发来的电话号码立刻与那位神医联系，那边的声音温和亲切，语速很慢，像一个老奶奶在说话。一听这声音，我就觉着暗夜里迸出一道亮光：我有救了！那一刻，不知为什么，像一个受了委屈的孩子，我的泪水骨碌碌滚出眼眶。

这是下午三点多，我急于去请她给我治病，但她阻止了我："你距离昌乐三百多里路，赶过来得晚上六七点，光线不好，找不准经络。甭白跑一趟。"

翌日，我仿佛一只被霞光染红翅膀、迎着朝阳奋飞的鸟儿直奔昌乐县城，见到了她。果然是个奇人，满月似的脸盘儿，一头银发，慈眉善目，像我书房里那幅画上的观音菩萨。我基本上是一个唯物主义者，可是有时候又宁愿相信有的人原来是天上的神，受佛祖指派到人间来消灾解难，因为人间的灾难消除不尽。

小诊所里，煦风扑面。她和蔼地看着我，从日常生活问起，饮食、嗜好，问得很细，时而停下凝思。然后，戴上老花镜，在我背部反射区搜寻湿热下注形成的郁结，用针挑开肌肉纤维，一个一个地把"淤泥"排出来，使血脉畅通。在我左右手腕上方各下两枚泻火的银针，过二十分钟捻一下，酸，麻，胀……

疼痛一天天减轻，病情慢慢好转。至此，那压在我胸口的梦魇终于被驱散了。

这段痛苦、悲壮而又充满戏剧性的经历值得记录下来。毫无疑问，记录这段经历得写到她，我又去了昌乐，采访她，或者说闲聊。我了解到她的医术是跟婆婆学的，婆婆是跟婆婆的父亲学的。说起来也是一段佳话，她嫁到高家，多少带点爱屋及乌的味道——恋爱之前，从小喜欢中医的她早早就"爱"上了走街串巷、祛病拿邪、名满乡里的婆婆，为之倾倒。她一过门就看婆婆给病人针灸、拔罐。婆婆见她灵透、入迷，也用心教她，手把手地教，把祖传的秘诀点点滴滴传授给她。

接触多了，熟悉了，就没了神秘感。再看她，不再是神，也是一个普普通通的人。她医术高明，一半是天赋，一半是肯钻研，善学习。练针灸在自己身上试验，背上的穴位没法定，就借丈夫的背用。头一回借，吓得丈夫躲进厕所，她就在厕所门口等，等了一个多小时。不扎了针，这一夜睡不着觉。婆婆的经验已不够她"吃"，四十七岁那年，她又考入昌乐卫校，和一群十七八岁的孩子坐在同一个教室里听课。同学们还以为她是老师呢，等弄清真相，哄笑声险些掀掉屋顶子。她不在乎，调为上夜班，白天去上课，一堂课没落下。学得认真，实践和理论结合，她有了两只金色的翅膀。

她的名字也是一个普普通通但又很美很雅的女人的名字——王丽琴。

古时候鲧禹治水，鲧修筑堤防堵截，水害不息；禹疏导河道，水驯服如羔羊。悠悠五千年一脉相承，王丽琴母女肯定是得了大禹治水的真传，二者法门有异曲同工之妙。

王丽琴大夫治我这种病除了疏而不堵，绝招中还有一"绝"：要求严格忌口——忌口是中医的法宝，中医的奥秘、精髓所在——发物不能碰。嘴能管得住？谁能抵挡美食的诱惑，面对山珍海味、琼浆玉液不为所动？要做到这点得舍弃多少东西，舍弃多少物质的享受！起初我也觉得太严苛，可是逐渐地适应了，并非不吃大虾、海参就无法活，粗茶淡饭更养人。深思之，这又不只是个管住嘴的问题，其中藏着一个大道理——遏制贪欲，贪欲是人性的阴暗面，是万恶之源，也是人生诸般痛苦的根源。而人有多少欲望？口腹之欲、肉体之欲、灵魂之欲无不葳蕤如草，古今圣贤皆以消弭它们为使命。《孟子》《大学》就宣扬"养心""寡欲""正心"，亚圣说："养心莫善于寡欲，其为人也寡欲，虽有不存焉者，寡矣；其为人也多欲，虽有存焉者，寡矣。"佛家则不惜用"万事皆空，万物皆无"的"狠话"从反面告诫人们冲淡去欲。中医却更聪明机智，也更"实惠"有效，把这一哲学思想融入治病过程，从逼你不得不忌口入手，进而断你的贪欲。断了它，疾病、罪恶的根就断了。王丽琴大夫管这叫"釜底抽薪"。

智慧在民间。

七

市人民医院只做了我临时的避难所，我到底是放弃手术，选择了王丽琴大夫的经络疗法。

也许，没有把病灶割掉，隐患犹在，只要气候适宜，这冬眠的硕鼠会突然睁眼、翻身，爬出洞穴作祟作恶。但我有信心缚住它，不许它逞凶。我要让它在我的体内沉下来，成为我身体的一部分。也许，未挖出的"地雷"随时会引爆，我随时又被推上悬崖，但这正好提醒我不能有一丝一毫的麻痹、懈怠，不能失于检点，放纵自己，更不能穷奢极侈。我必须战略上藐视敌人，战术上重视敌人，朝乾夕惕，枕戈待旦，卧薪尝胆，与它做持久的对阵和艰苦的较量。这也时时考验着我的意志，帮助我一步一步坚强、成熟起来。这样我就有理由认为，直面手术是一种勇敢，不做手术，迂回周旋、不屈不挠也是一种勇敢。我不是一个逃兵，我要与我的敌人战斗到底！

"痛苦就像一张犁，它一面犁破你的心，一面掘开了生命的新起源。"在我津津有味地咀嚼罗曼·罗兰这句名言的时候，中国作家协会通知我参加"见证新时代，书写新辉煌"庆祝新中国成立70周年主题采访团，深入甘南农村考察、采风。我隐瞒病情报了名。我知道此一去意味着千山万水、千难万险，但我不怕，我能行！我要向自我挑战，带病出征，与疾共舞！

台子的光芒

一

不绕它转一遭儿就读不懂它，就拂不去笼罩着它的那层神秘面纱。

也许这里是最好的切入口——台子村村南星罗棋布着一个个水湾，这些水湾都是当年筑台取土留下的。光绪十八年，齐东县城被滔滔黄河水淹没，衙署、庙宇迁至三十里之外的九户，商民纷纷远走他乡另谋出路。但是还有相当多的人留恋这里的良田、水陆码头、人烟凑集。乡绅王念林倡议，二十多户商家响应，集资买下官埝下绳刘村十四亩土地，半做土场半筑土台，在土台上建造房舍，修理店面街道，设立集市，在台北重建码头——他们竟然要凭借这个土台子对抗那不可一世的黄河！

走到一个水湾边，我不觉放慢了脚步，心想，欲知台子大小，看看水湾即可，湾有多深，台有多高。湾水是古铜色的，一种古老的颜色。上面浮着褐藻，你无法判断褐藻的厚度。这水湾酷似寂寞的老人，睁着呆滞的眼睛，不认得我，我好尴尬。这时一辆拖拉机下了公路，碾着泥地上的麻花车辙朝这里驶来，卸下一车水泥碎渣，哗啦啦的碎渣让水湾咕咕叫了几声，冒了几朵水花，之后复归平静，好像什么都不曾发生。这可能就是水湾的日常，但它们接纳的当然不只是建筑垃圾、生活垃圾，还有来喝水的猪羊牛马日复一日的踩踏，野小子们打土坷垃仗纷飞的弹片，还有风携带的尘埃、月亮上掉下来的壤粒。算起来，这水湾有一百三十年的历史了。一百三十年的时间会磨灭许多东西，可它们还没被填平。

湾畔生着丛丛野芦苇，茎秆挺拔，苇叶青翠，一丛像一柱绿色的喷泉。而它们身后，那大片的野芦苇则矮了许多，细了许多，但它们由着性子蔓延开去，也甚可爱。这片苇地的前身也是水湾，不知是何年何月完成更替的。圈圈芦苇苇身乱颤，原来有鸟儿飞来飞去，起起落落，互换位置，交流思想，叽叽喳喳，叽叽喳喳，稠密的啼叫如同苇叶上闪闪烁烁的露珠，生动、美丽了芦苇荡。这种鸟是大苇莺，俗名"喳喳起子"。"喳喳起子"每年从南方回来，先忙着垒窝。它们很精明，对付水自有妙招，窝都垒在苇秆半腰上——用衔来的头发、马尾之类把两三棵芦苇缠在一起，在交叉处编织杂草。有了居所就可以娶妻生子，繁衍后代。我在一个外表粗糙里面却很光滑、底下还铺着羽毛的鸟窝里，看见三只张着黄黄小嘴的雏鸟，想问问它们是这里的多少代臣民。但小鸟尚在牙牙学语阶段，回答不了我的问题。

收回目光再看台子，果然就感觉不一样了，真有点"天下第一台"的模样了。这是官方认定的。《齐东县志》记载，土台长一千五百米，宽一百二十米，高十二米。平地筑起这么一座台子是一个浩大的工程，那时候还没有挖掘机、推土机，据说马车、小推车都用不上，全靠肩担手提。多少人投入进来，那场面有多么壮阔，劳动号子滚动着怎样隆隆如雷的声浪，你可以调动你的想象还原，我的笔实在描绘不出。我只能告诉你，在近在咫尺的官塮那边，黄河的浪涛排山倒海，摧枯拉朽，每一道激流都是一条凶悍的蛟龙，每一个漩涡都是一头残暴的狮子。两边在唱对台戏，看谁能赢。

一百三十年后夏至前的一天，一个异乡人肃立在土台子下面，仰望着高高的台顶感慨不已。台子上的古村落安详、自在，绿树掩映，红瓦绿荫，图画一样好看。我忍不住走到土坡上，可土坡上荆棘丛生，葛藤纠缠，但见一棵老柳树被簇拥其间，树干粗可两人合抱。我注意到它的叶子特别绿，绿到发黑，这黑好像是一百三十年的绿才能积淀出来。此处攀不上去，索性蹲下，从树根抠一块土，嗅一嗅，掂一掂，或许能嗅到当年的气息，掂出岁月的沉重。但抠不动，土层非常坚固，那是石夯一遍遍夯实，是用一滴滴血汗浇铸而成的呀！

二

谁将一把硕大无朋的黄金梳子落在这里？还未靠近，周身已暖烘烘——黄河滩里平展展的全是麦田，麦子已黄梢，叶子也已发黄，满眼是黄这一种色调，富丽堂皇，尊贵大气。收割在即——我们这次仓促来到台子镇，也是为了能在收割前看上滩里的麦子。麦田出奇地静，还有点儿沉闷，仿佛是战争爆发之前。垄间不起一层微澜，麦穗重得风晃不动，一只布谷鸟在空中划出一道黑色的弧线，伴有声声长鸣，急切地呼唤收割机快快到来。现在收麦都是用收割机，我小时候收麦是用镰刀，那可是一场激烈、残酷而又酣畅的"人民战争"，男女老少上阵，冲杀，肉搏，人喊马嘶，烟尘滚滚。虎口夺粮，连续奋战，最后壮汉们都瘫倒在地，分不清哪是人哪是麦个儿，战死沙场一般，颇为悲壮。我曾参加过麦收苦战，但因为苦才留下了难忘的记忆，今天回忆起来才有味儿。

伫于土台子北端的黄河大堤上，我心潮澎湃。

今年又是大丰年，丰收的喜悦已浸透村野的每一团空气。

恍惚间，我好像站在了七百多年前的河岸上。不过七百多年前，这里还没有黄河，而是大清河；这里也不叫台子镇，而叫齐东县城。横穿齐东县的大清河两岸土地肥沃，庄稼茂盛，麦子刚收完，玉米苗儿钻出土，眨眼就蹿到一人高。老牛在田垄耘地，犄角拱到棒槌子，扑扑棱棱，二者极易混淆。谷穗又粗又长，像狼尾巴，几乎触到地面。然而使这里富甲天下的不仅是这些，还有大清河航运畅通，齐东有水陆码头。东到渤海湾，东南到青州，西南到济南，向北有官道连接武定府，直达京津。山东的布匹等物资由水路到辽东半岛，东北的粮食、木材、药材经这里转运中原。去济南府的船只得在齐东补充给养，南方发往北京、天津等地的货物到齐东港卸下，换为陆路运输。一时间南商北客往来如织，船行舸住白帆点点，齐东赢得了"小济南"的美名。

县城紧靠大清河南岸，魁星楼、状元塔雄伟的身姿清晰地倒映在水面上，先农坛、山川雷雨坛、邑功坛、社稷庙、城隍庙、关帝庙、龙王庙、土地庙以及大学宫、东皋书院上空水汽氤氲，灌注了大清河的灵气，城内一派太平繁盛景象。夜晚，大清河又变为不夜歌舞地，给人们带来另一种美的享受。诗人杨玉润在《秋夜大清河泛舟》中写道："新秋雨露多，水涨大清河。漫有乘舟兴，还宜对酒歌。中流箫鼓动，夹岸树烟罗。月色知人意，瑶光满碧波。"

咸丰五年，黄河泛滥，黄河水夺大清河河道入海，大清河不复存在，这一切宣告终结。一向温和幽雅的大清河的河床哪里经得住粗犷暴烈的黄河的横冲直撞，岸堤坍塌，千疮百孔。光绪十八年，黄河再次逞凶，将九公里外试图逼其河道北移的梯子坝冲垮，扑向齐东县城。穿着一身土黄色衣裳、冲在前头的浪头还贼头贼脑地溜过这家门槛，窥视那家窗口，后续的大水就目空一切、长驱直入了。它们不屑与一道土崖、一条石堰费口舌，直接漫过院墙、屋顶，大树树梢刚能露出头，在挣扎、呼救。

"簇簇楼台绕四周"的齐东县城从此消失了，半个多世纪后的公元1956年，一个烈日炎炎的中午，旧城村民郭丙凡等人从河堤泥沙里扒出两个铁狮子、两只铁钟，锋利如刃的阳光也除不掉它们身上的锈迹。1973年黄河断流，河水干涸，又有人从泥沙里扒出残砖断瓦、破陶碎瓷、妆奁、笔筒、椅子腿、圆木桩……凌乱无序。这都隐约可见这座古城的面影。2021年春天，我来齐东古城遗址凭吊，已无人能说清它的准确方位。我幻想它以海市蜃楼的方式显现，但没有。台子镇政府用心良苦，依照搜集到的老齐东县治图在这里做了微缩景观，他们号称国内户外模型首创，可在我眼里，那些毫无生气的不锈钢和玻璃纤维增强塑料复合材料，却如同一架架枯骨。我目不忍睹，转过身，临水向河心凝望。未到汛期，黄河水流舒缓，平整的水面像一条黄锦缎压了细碎的花纹。它并没有停一停的意思，或者打一个皱褶，好像这里从未有过什么被毁的城。也不看一眼岸边伤怀的我们，径自东去。

在齐东县城陷落的日子里，乡绅王念林天天在官埝上徘徊，愁眉不展。他看到庙宇、民房一座座倒在洪水里，看到小船穿街入巷救人、捞尸，看到一拨一拨无家可归的人含着泪一步一回头地告别故土去他乡讨生活，也看到搭在官埝下、东搬西挪的帐篷，水势围困日甚，行商极度困难，人们仍苦苦支撑、不肯离开……有人有处逃，有人无处逃，这里是他们赖以生存之地，是他们的根和命。这天晚上，王念林又来到官埝上，夜已很深，没有人语，没有狗吠，黄河上黑沉沉，仿佛凝结成一块巨大的铅，压得他喘不过气。他燃着一锅烟，火星一跳一跳，照亮他阴郁的面色。忽然一道电光划破这黑夜，一个大胆的设想从他心间蹦出来：众人拾柴火焰高，大家拧成一股绳，集资筑台，重建家园！

迁到九户新县城的知县宫耀月听说了王念林的倡议，十分高兴，当即赶来，与王念林计议联络商家购地筑台事宜，并亲自主持丈明亩数，勘定地基，筑台遂拉开序幕……

事毕，碑记也由这位善政善文的知县撰写："经酋事王念林等妥筹办法，为众志所信从，遂即派王念林等董理其事，一经联络，立应者二十余户，可自成一村……筑台之后，各按所定地基摊钱拈阄分占，修理店面街道，设立集场，嗣后有续迁之户，准其复于台东展宽修筑连为一气，并于台北河岸建立码头，以通商贩。由此，水患既免而商情日盛。数年之后，元气渐复，以兴当年之旧业，岂非旧城之大幸哉？"

三

一座古城沉下去，一个台子升起来。

"台子"，两个本来土里土气、普普通通的字，成了村名，成了镇名，成了地图上的一个圆圈儿。它前面不需要任何修饰词，就像一个硬汉不披袍、不挂甲，袒露着鼓胀的肌块，结结实实站在那里，你就撼不动，你就不能无视它。当地民间，遇到说大话、吹牛皮的狂士，如若顶上一句"你有本事把台子街南北过来"，对方立刻哑然，而顶话的人就掩饰不住地笑，同时内心弥漫自豪和骄傲——这台子是他们的先人一锨一锨、一担一担筑起来的，不亚于愚公移山哪！

土台子朴实无华，沉默不语，但它像父亲一样用脊背扛起一个新生的村庄；它又像母亲，给你安慰、温暖、希望，你在它怀里不会受惊吓，不再惶惶不安，往昔把黑夜震得颤抖的黄河涛声，现在听起来就像轻柔的催眠曲。黄河水患被遏制，滩外滩里五谷飘香，牛羊遍地。周围零零散散的商贩都聚到台子上来，济南、青岛、张店等地一些富商也来这里经商，大桶大桶淘金。

到20世纪30年代初，台子达到鼎盛时期，堪与被淹没前的老齐东县城比。店铺林立，协和太、成吉昌、万和成、丰盛永、恒盛祥、上三元、仁和堂、德盛堂、世盛堂……有字号牌匾的店铺作坊达一百余家。跑十几里甚至几十里路来台子街逛逛，看看这一溜儿商铺，中午到酒馆里要一壶老酒美美地咂；或者买两个台子煎包、一碗西红柿鸡蛋汤，在临街的小桌上慢慢享用；或者攥着油炸馃子、糖葫芦串边走边吃，回来显摆显摆，是让乡里老人、孩子乐此不疲的事。河中的行船在码头停泊，操着南腔北调口音的旅客三个一帮五个一伙下船，到台子街活动活动腿脚。撑汉阳伞、穿旗袍的进首饰店，布庄瞧瞧，戴礼帽、着长衫的到京货铺瞅瞅，要不就去杂货铺寻摸台子特产，从酱菜园抱走一坛子酱菜。有的什么也不买，只在朱家戏班子门外看一会儿舞棍弄枪，听两段唱腔。半小时后，他们回到船上，再启程。到码头上送货的牛车、驴车，来到台子天就黑了，交了货，挑一家马车店住下。其实他们中有路远不便走夜路的，也有并非赶不回去，而是贪恋在马车店住一宿的。晚上店里灯火通明，你出我进，大通铺散发着陈年甘草、脚臭、汗酸的混合气味，左右邻撼山雷般的呼噜声掀了屋顶子，一夜睡不好，但也无怨无悔，也算出了趟远门，见了世面……

逢五排十是台子大集。这天，整个台子往高里长，往远处铺，像绵延的山峦。赶着马车的、骑着驴的、推小车的、担担子的，从大道、小路来，顺着官埝来，坐渡船过河而来。人们涌到集上，一帮一帮、一堆一堆，挤成大疙瘩，又撑破，四处流。前后街沿街人家，把卸下的活页门板支起来就是货架，老字号都在商品上贴上自己的标签。粮菜、肉蛋、水产品、烟叶、茶叶、鞋帽、锄镰锨镢、扫帚簸箕……一片一片，无所不有。附近村、外地来做买卖的抢不到好摊位，只好圪蹴在街口、墙角。木头市、牲口市、卖艺的、耍猴的则占据大堤根儿或者台子阳坡下面。至于那背着竹筐卖甘蔗、挎着篮子卖泥哨、王八打鼓（一种玩具）的，只好满街跑……

　　陪同我来台子寻访的王大生先生是地方史研究专家，一个乡愁病害得不轻的人，一个为了台子的复兴奔走呼号的人。他老家就是台子往西不到二里地远的苏家村。离开故乡前，他在这块土地上生活了二十一年，四十多年前台子的模样还不时出现在他的梦里。但他说那时候走在台子街上很自卑，老觉得自己是乡下人，台子是城里，怕人家笑话他寒碜。除了到农资门市部买化肥，去邮电局发信件，极少来。上坡刨地镢头被石头咬了个豁口，提溜着到台子铁匠铺修一修。那个铁匠铺在王家门口一块"凹"字形空地上，简易的敞棚，高大笨重的风箱就当一面墙，中间的砧子像千年老龟的硬壳。老铁匠五十多岁年纪，腰扎烧出好多小洞的皮围裙，腮颊锈铁一般。伙计是他的二儿子，膀粗腰圆，手中的大锤能抡出花。这是个来自章丘的铁匠世家，手艺远近闻名。老铁匠不紧不慢干完一件活，接过你的家什，打眼一瞄，配了一块不大不小的锅铁，一同放在炭火上烧。用长钳把淌着铁水的镢头和锅铁夹上砧子，伙计的大锤就飞起来，老铁匠的小锤再当当当敲一阵，豁口补得天衣无缝。溅溅火，刺啦一声，"好了"。你便急急忙忙回田里。如果不这么着急，碰巧老铁匠也干累了，可以聊聊天。这时你才确信老铁匠不是哑巴（干活时他一声不吭，支使儿子也是用眼色），而且很能说，唾沫星儿乱迸。他说得最多的是老辈人筑台子。用坏的铁锨、磨断的担杖钩子、夯链子送到他家当时安在官埝下的铁匠铺，堆了三座小山。他老爷爷、二老爷爷支起两个大砧子,白天干,夜里也干——夜里那炉火格外旺,把黄河上空的天映得红通通。他们胳膊肿胀,腿站不稳,可修好的工具还是不够使……老铁匠把拳头攥得咔吧响:"那才叫过瘾!"

　　大生先生有很多关于台子的佳话,再比如台子南北路旁边有三家茶炉,过路人渴了来喝大碗茶,村里的闲汉也常聚在这里侃大山。这并不奇,奇的是台东台西家家户户都不自己烧开水,用水就到茶炉去提,二分钱一壶。茶炉门口放着高高矮矮的暖水瓶,老主顾去了,随便拎着一壶就走。这可让周围村庄又羡慕又嫉妒:"人家台子人活得多滋润!"而对来了亲戚朋友领着下馆子,或者预约饭店把菜送到家中,他们又撇嘴:"台子人真不会过日子……"

四

　　从台西到台东,台子老街蜿蜒曲折,宅院参差错落,这是当年随官埝走势筑台又依台造房的缘故。街两旁是古砖瓦房,不少门楼饰有砖雕。但有的墙壁砖块坑坑洼洼,一个洞里半洞粉末,这不是因为水浸或碱蚀,而是时间之虫噬咬所致。李家门楼最气派,鹤立鸡群,大门的黑漆却已剥落严重,门下枕石上的镇水灵犀石雕磕掉了头角;孙家门前躺着一块石碑,好像是记载了某次治水的经过,但文字已漫漶不清。在这里,各家门前都有三两块大石头。这里并非山区,离青龙山也有八九十里路,道阻且长,那年代运石头困难重重,可是街上石头却随处可见。这些石头多方方正正,或凿了花纹,或光洁如玉,让你看了不免生出一种庄严感、仪式感。墙根儿废弃的磨盘、碌碡亦卧亦立,也显得那么不同凡响。考察中,我越来越深切地感到,台子人有一种石头崇拜情结,他们认为石头能降伏水妖。你不信吗?1954年重修梯子坝,把整个齐东县城三十多座倾圮庙坛的牌坊、石柱、石墩、碑座、石羊石马石人全部用上,把齐东大地上所有的石头全部用上,果然坝堤至今固若金汤,安然无恙。大家都说如果光绪十年修筑梯子坝、大堤时也用这么多石头，有这么多镇水神兽站成一排盯着水面，那河妖肯定不敢兴风作浪，老齐东县城就保住了。

不过，现在摆设在门口、街心的石头已经只具有纯粹的象征意义。邹平县河务局在黄河大堤上预备了大垛大垛的石料（齐东县在新中国成立之初并入邹平县），做搭积木游戏一样，把石料砌成雁翅坝、龟背扣坝、人字坝、椭圆头坝、拐头丁坝等黄河流域成功的防洪坝型，搞一种"阅兵式"预演。如今的黄河大堤也远胜过清末的官埝，沿黄人民不断进行复堤工程，加高帮宽，植树育草，坡滩林木浩浩荡荡，坝顶是双向车道的柏油路。那是更为坚实、更为巍峨的台子！

也许是完成了它的使命，也许是因为陆路交通发展迅猛，码头废弃，台子沉寂下来（我更愿意相信原因是前者）。细思忖，这其实包含了历史进步的成分，兴衰自有定数，谁也拗不过斗转星移、沧海桑田的大势。但这一变迁却捅得人心疼。客商四散，台子街上冷冷清清，很难见到一个人。尤其近年，年轻人都不愿种地，外出打工，托付"铁将军"把门。一些人家则扔下老屋，到台子南边镇政府新驻地另买楼房住——那里崛起了出浴美人般光彩焕发的楼群，还有阵容庞大的工业园。前街上倒有两家大门敞着，一问，是外村人租了房子养羊的。羊的膻味熏死人，邻居嫌恶，不能在本村养，他们就来到这里！还有一家养鹅，看重的是那一个个百岁老湾——天然的牧场。可是那鹅小姐们看起来并非贵族出身，一袭洁白的连衣裙，却赤脚在自己排的粪便上跳舞，让人哭笑不得。

白花花的阳光无声飘落，街上积了厚厚的一层，没有一丝风，天闷热得很。一只拴在树桩上的狗百无聊赖，扑咬一块半头砖，自娱自乐。从宽宽的门缝里钻出一棵小草，伸长脖颈张望外面的世界。忽然听到有人争吵，再听却没有了——对面是曾经在台子人气独占鳌头的供销社。来台子的路上，大生先生给我讲，供销社这里几乎天天有人打架。年轻人结婚登记，须先到供销社买彩礼，姑娘小伙一起来。姑娘眼睛亮亮的，现场发挥超常，看中的物品往往大大超出订婚协议上的标准和男方的承受能力。小伙子便不答应，姑娘便坚持，以致闹翻，招来不少人围观、劝架。现在，旧时情景不再，供销社不知关闭多少日子了。塑料门帘依然垂着，但沾满了尘土；木头窗框开始朽坏；绿水磨石的墙壁、探出的长厦檐也早已不时尚了。

一串哈哈大笑被引爆，空中纷扬着欢乐的碎片——又是幻觉——台东家庙门口围了很多打秋千的人。台东家庙自20世纪50年代就做了公共场所，生产队开会、分粮在这里，过年过节汉子们来这里敲锣打鼓，女人们扭秧歌。每年清明节，家庙门口扎起一架大秋千，花枝招展的大闺女小媳妇荡秋千最踊跃、着魔。可单人独荡，也可一男一女（一般并非夫妻）合荡——二人相向站在秋千板上，一起用力，悠到空中。这时候，二人之间差不多是脸贴脸，胸对胸，这在平日想都不能想的举动，在荡秋千这一游戏中却得到道德的许可。而且当荡到高空，女子往往吓得紧紧偎在男子怀里。在下面看热闹的人，即使女子的男人，也不以为出格，而是爆出哈哈大笑。这是乡村少有的浪漫时刻，然而如今台东家庙门可罗雀……

大生先生依然兴致勃勃地向我介绍台子昔日的繁华，非要领我看遍台子的角角落落不可，但他说的这商号那钱庄，以及酒铺、车行、理发馆、裁缝店……我都没看到，也没遇见挑着担子沿街叫卖的孙家馍馍、刘家小蒸包和于家的四宝粥。

晌午了，我们早定好去吃台子火烧。台子几十种特色小吃中，唯有它靠家族传承方式保留下来，已被评定为市级非物质文化遗产。因主人姓张，又叫张记台子火烧。火烧铺由台西搬到了柏油公路以东，但还在台子上，据说不能离开台子，一离开味道就不行了。张记台子火烧称得上是百年老店。祖上幼年父母双亡，家里又没地，无依无靠，为谋生就去天津一家火烧铺当学徒，成人后回到台子做火烧生意。说来也怪，一经用黄河水和面、用黄河岸上的枣木烧炉，奇迹发生了。做出的火烧色泽金黄，外酥里软，层层叠叠，香甜温润。我们有幸见到了张记台子火烧的第二代传人张广祯老人，他已八十多岁，身板硬朗，烟火色的脸膛放着光，一看就知道是个利索能干的好把式。台子鼎盛时期，他和父亲歇人不歇炉，一天能打两袋子面的火烧。"干不动了，干不动了！"张广祯老人笑笑，现在他只眯着眼看孙子和孙媳干了。

第四代传人张宗波才三十来岁，浑身是劲儿。他把面团揉了又揉，在面板上揪作数个面剂子；用擀面杖擀平，抹一层黄河水一样的麻汁，撒上黄河沙粒一样的芝麻盐；又将面饼抻长抻薄，再卷起来拧成花，压扁……整套动作如行云流水，两手像鸟儿翩翩扇动翅膀一般，我看得眼花缭乱。

小张的媳妇培培俊眉俊眼，灵秀勤快。她忙前忙后，张罗顾客，但她心在司炉上。一人看着两个特制的圆桶大灶，灶上放着平底锅，锅底搁一带网眼的铁箅子，火烧就在这铁箅子上烘烤。灶膛里烧的是截成一块一块的枣木，炉火熊熊，飘散一股清香，这清香也飘进火烧里。火候到，培培迅疾地揭开锅盖，啊，一锅耀眼的黄——火烧面皮上有黄河水的底色。

小店里食客熙熙攘攘，满满当当，有当地的孩子、大人，有在经济开发区干活的农民工，有跑运输的大货车司机……我和大生先生选了里间的一张小桌坐下，要了一盘火烧。我想慢慢吃，听他继续讲，可一路侃侃而谈的他这会儿却默不作声了。我提议喝点酒，大生先生已戒酒多年，但今天他却要破例喝一回。我知道先前他是有些酒量的，可这次还没怎么喝，他却醉了。他红红的眼窝里汪着泪水，长啸一声："我的老台子，只剩下一个小小的火烧了……"

风雪裹住平民的节日

每年这时节，黄河上乍看还是一片沉寂，细感受却觉出已与深冬的死气沉沉有所不同。滩里滩外，麦田隐约透出绿意，枯草墩里拱出星星点点的亮芽儿，树上干硬的枝条变得柔韧，地底下的虫子们似乎也在翻身、抬头。严寒再无法禁锢辽阔的河面，说不准哪一天，冰层骤然从河心断开，很快满河都是咔咔的坼裂声——黄河开凌了。在挣脱了束缚的洪流的裹挟下，大块的冰凌撞击着、喧哗着，犹如一群群肥壮、雄健、自在畅游的江豚……

春天来了，这块土地复苏了，形形色色的生命醒来了！

醒来的还有人们脉管里沉睡了一个冬天的血液，它们也在涌流，它们也荡起了浪花。

作为生物的人，不管你承认与否，都跳不出大自然的手心。就以农人为例，开了春，他们的生命才具有了意义，憋着浑身的劲儿奔往田野，抡锄杠挥大锨，汗珠子摔八瓣，痛快，过瘾；等到收了庄稼，大雪盖住田野，没了活干，就萎蔫了，慵懒了，差不多像有些动物进入了冬眠。不过，一年的尾也是一年的头，因为冬就孕育着春、连着春，而这就涉及二者之间的这个节日。在农人的岁月里，春节是承上启下的，他们要把三百六十五天的辛劳和快乐、热汗和苦泪倒在这里，又要在这里大碗喝下壮行酒，重新上路。这一带的习俗，年从腊月二十三开始，到正月十五才算过完。这段日子里，你尽可可着性子耍，汉子烂醉如泥，女人在外面疯，也没人说啥。往年冬天，村村组织戏班子。近些年，年初一的大戏都不唱了，于是元宵灯会就成了他们狂欢的最高峰。

正月十四下午两三点钟，人们就从四面八方向这里聚集了（每年灯会都在这里举办）。宽宽窄窄的乡路上，开着农用三轮车的，骑摩托、电动车、自行车的，呼呼啦啦步行的，一辆一辆，一帮一帮。大姑娘打扮得花枝招展；小媳妇们不甘示弱，唇上涂了口红；老婆婆领着一身簇新的孙子孙女，自己也特意挑选艳艳的头巾包上；汉子们虽然不讲究穿戴，心里却同样热乎乎的，像年轻时一样，三五好友相约同来；小伙子则多是与心爱的姑娘牵着手，成双成对地出现。四五点钟，这南北、东西中心街上就汇为两条浩浩荡荡的巨流，南北街北到黄河，南到黛溪湖；东西街没有遮挡，一眼望不到头。人们脸上漾着笑，陶醉地观赏着沿路排开的花灯展车。它们来自县直各部门、各乡镇、大大小小的企业，都尽量结合本行业的特点，但大都离不开老虎的威猛形象，如卧在鹤伴山山腰的猛虎（鹤伴山风景区制作），守护着景阳冈的虎王（景阳冈酒厂梁邹代理商制作）；还有一部分花灯表现的依旧是传说中的人物、故事，像八仙过海、唐僧师徒西天取经等等；另一类展车更舍得花大本钱，在车上搭起戏台子，雇了剧团名角，或咿咿呀呀着古装戏《姊妹易嫁》《小姑贤》，或昂扬着现代京剧"穿林海，跨雪原，气冲霄汉""要学那泰山顶上一青松"；当然也有展车小打小闹，只一个漂亮少女主持猜灯谜，却也引得观众成团成簇……这时候，夜的帷幕垂下来，上百辆用彩灯支撑、垒筑、装扮的展车一起闪亮，火树琼枝，映照大地，而焰火、礼花又燃爆了，一蓬蓬硕大的光艳花朵在空中怒放，整个天空五彩斑斓。与此同时，人流像猛涨的春潮滚滚涌动，像风中的麦穗、风中的稻谷、风中的青纱帐那样晃荡起来。这一涌，这一晃，推来拥去，背上冒汗了，全身通泰得很；久积在心的郁闷也释放一空，轻松、快活极了……

我一直认为有些节日是根植于民间、属于平民的，比如这灯会，比如四月八庙会，比如五月端午赛龙舟……在这里，他们挤在一块儿，是多么难得的享受！他们一年到头为生计所迫，忙忙碌碌，就渴望有一天到这里挤一挤；一挤就好了，日子就又有滋有味了。而那些高贵的、有头有脸的人物是不会来这里挤的，他们怕挤脏衣服，挤掉鞋子。他们习惯于在红地毯上款步，习惯那种隔得很远伸出两根指头的礼节性的握手。你没看见，观礼台上那溜整齐有序的脑袋，象征性地待了片刻，一放完烟花，就早早钻进轿车从"后路"走了。

"潮头"过后，人们的注意力转到了路两旁见缝插针的地摊上。卖小虎棒的，卖小花灯的，卖电子吉祥物的，卖牛皮腰带、钥匙环的……卖奶油爆米花的，卖冰糖葫芦的，卖绿鸟鸡柳的，卖臭里香臭豆腐的……"一元钱十枪"快乐射击，有奖套圈，开心球，"打掉拿走"游戏……买、买、买，尝、尝、尝，玩、玩、玩！小子、妞妞头上都戴上了明目灼灼的虎面具；小伙、姑娘手里甩着流光溢彩的拉拉链；油炸里脊小吃摊围了两三匝人；平时习惯馍馍大饼的胃里馋虫爬出来，非要来一碗牛肉板面；六十多岁的人了还混在小孩子堆里射镖，打战的手把镖都掷偏了……大人孩子都毫不吝啬地掏出票子，钱就花在这里！到处热腾腾，闹哄哄，有了这小吃、小玩的点缀，灯会才丰富、饱满，才是个完整的灯会。

其实，灯会上最兴奋、忙得最欢的就是这些小摊主们，外人看来他们好像无缘享受灯会的美妙，只有他们自己清楚，灯会给他们的快乐最多。他们从年前就在做赶会的筹划，进货备料，心劲儿十足。今天他们又最早来到会场，而且最晚才离开——谁能比他们在灯会上的时间长？！

交通车站牌前烤羊肉串的这一对是兄弟俩，他们是中午饭前就支下烤炉的。他们先戴上维吾尔族人戴的那种绿花瓜皮小帽，将维吾尔文"正宗新疆羊肉串"招牌竖在烤炉一侧，然后撇着带维吾尔族腔调的汉语大声叫卖（其实这都是广告，不少人认识他们，他们是城北马庄人，父亲是一辈子杀猪宰羊的王大狗）。这兄弟俩的烤炉足足有三米长，呈槽状，底下是炭火，上面摆放着很多肉扦儿。弟弟手脚麻利，往铁扦上穿肉片；哥哥拿一把破蒲扇，呼嗒呼嗒地扇炉火，火星乱飞，烟火呛得他直抹烂红的双眼。肉串刚烤了个六七成熟，就被等不迭的顾客抢过去，塞进嘴里大嚼。他们的生意很火……

旁边卖菠萝的女子是"单干"，她一个人，身子又那么瘦小，说话嗓音也是细细的。这倒与她的小货摊很协调：她面前仅一篮一盆，篮子里装着七八只大菠萝，盆里半盆盐水，泡着的菠萝已切成块状，黄澄澄的，很诱人。交易间隙，她就取出篮里的菠萝，拿着特制的刀子刮表皮的"鱼鳞"，再切好补充进盆里。初春的风还很凉，她的手指冻得红萝卜似的，刀子不听使唤，那"鱼儿"又摇头摆尾活蹦乱跳，难为得她不行。但她并不沮丧，她心里美着哩，因为不断有人买她的菠萝吃。要不是灯会，买卖可不会这么好……

这个铁板鱿鱼小吃摊在十字路口东南角上，摊位很大，后面还有一张张小矮桌和横七竖八的小马扎，可供顾客坐下来慢慢吃，歇歇脚。这里可谓黄金地段，这个位置可得来不易，从初八九他们就暗中占下了，一家人轮流"值班"，总有两只脚插在这里，终于保住了它。所以今天全家都上阵，女人站在炉前操作；儿子、女儿供料；男人在"后方"，擦桌子，开啤酒瓶，照应顾客；老公公专管收钱。且看炉前的女人，身板粗而壮，或者说肥胖异常。可能常年与油打交道，毛孔吸进去的油已达饱和状态，又原路往外淌，发面白馍似的脸上满是油汗。她顾不上擦一把，眼睛只盯着烧热的铁板，手不住地持铁铲压摊在上面的鱿鱼。每一用力，铲下就发出动听的哧啦声。鱿鱼半熟时铲起翻个个儿，再压，一晚上她就在那里重复这个动作。中间女儿替她一小会儿，她拖着腿一瘸一拐挪到一边，咕咚咕咚喝下一杯水，再咕咚咕咚喝一杯，就又挪过来，她嫌女儿煎得慢……

有人欢喜有人恼。卖西安风味肉夹馍的夫妻，就因为没占到好位置，没卖出多少馍。汉子一晚上没好气，不搭理老婆，怨她磨蹭，出门前还要照照镜子，结果来晚一步……

观灯的人来一拨，走一拨。早走的，拐往小城城区的，转眼被高楼挡住看不见了。而弯弯曲曲乡路上那一串串流动的"萤火"，却闪闪烁烁、飘飘悠悠，火龙一般盘绕在原野上。那是无数只花灯啊，但这里的灯却并未发现减少。

大约十点半，灯会场地上渐渐冷清下来，除了一些年轻恋人转来转去，不肯离去，游客所剩无几。小地摊主人们忙了一晚上，也该回家休息了，然而，他们还没有收摊的迹象。有一个顾客他们就不收摊。你不收，我也不收，摽着干。买卖大的干脆在路边水泥方砖上扎起棚子，准备就在这里过夜。

出租车欢畅如一头头小驴驹子，载着客，嘚嘚地送往十多里，甚至几十里以外的村子。"驴"不停蹄，轮不停转，返回，上人，又一阵风旋走。

一杆路灯下聚了很多人，乱哄哄的，像在打仗。走近看，原来是居委会组织的车辆管理员，多为四五十岁的中年妇女。和大多数小摊户一样，几年前她们也是农民。县里建开发区，占了她们的地，让她们"上升"为城镇居民，代价是交出祖辈传下来的饭碗，只能靠这类差事挣点钱维持生计。她们从下午两点就出勤，分组分段，责任到人，不能出丝毫差错。现在大车小车都归了主人，完事了，由组长分发劳务费，一人分到了二十五元。揣了钱，搓搓冻麻木的脸，才想起自己那温暖的家，麻雀似的飞散了。

蹲在对面路牙子上、叼着烟卷、羡慕地盯着这边看的是一帮环卫工。他们正等着小摊全部撤离后清扫场地。地面上的甘蔗渣、橘子皮、烟盒壳、废纸铺了厚厚的一层。明天早晨，晨曦洒下来时，这里又一尘不染、整洁如初。无人知晓环卫工们付出的辛劳，当然他们也劳有所得，三十多名环卫工花一个小时清扫完这两条街道，每人工钱是二十元……

一个节日养活了多少人？

元宵灯会真正是老百姓不能没有的节日了，自20世纪80年代以来，年年都搞，每年都是连搞三晚上，从正月十四到十六。今年正月十五深夜，一场百年不遇的大雪悄然而至，次日一睁眼，世界换了全新的面目——银装素裹，红日娇艳，万物静默，唯有黄河像条亮带子舒卷着飘向天际。俗话说开春的雪狗都撑不上（言其化得快），但这却是一场狗能撑上的雪，它太大了，太笨重了，阳光一时也撼不动它。上午，房前房后、院里院外的雪还铲除不完，没有人到灯会场地去扫。那南北、东西长街都实在无法和路边的壕沟区分开，展车们的底部被大雪掩埋；昨夜摊主搭在人行道水泥方砖上的帐篷，让雪团给压趴了；偶尔经过的车辆，奋力挣扎，碾出深深的辙印——谁还会对晚上的灯会抱有希望？何况已经搞过两晚，高潮已过。但你怎么也想不到，这一晚，经过雪擦的彩灯格外迷人，仿佛天上的星星一样璀璨无比——天还没黑，灯会上又人山人海、万头攒动了，而且比前两晚人多，场面壮阔。有前两晚没来怕错过了的，更多的还是一晚不落的"灯会迷"。人们手里舞着彩球、小花灯——那是火把吗？——踏着硬硬的雪渣，脚下发出隆隆响声。好像正是这雪才激发起人们高昂的情绪，正是这雪使灯会生趣盎然。附近两个村子还弄来了八面威风锣鼓，各精选十几个铁塔似的小伙子，倒班抡圆了膀子擂鼓。一在南一在北，遥遥呼应，沉雷般的鼓乐滚动在灯会上空。而那相邻展车上的吕剧、京剧、山东梆子、快板、评书演出也唱成了对台戏，你盖过我，我压倒你，一浪高过一浪。我完全被动地夹在汹涌的人流里，但我在暗暗琢磨，这汹涌人流的源头到底在哪儿？是我们狂欢的机会太少？是生存的压力太大？是寻求快乐乃人之天性？也许是农人们过了正月十五就得下地劳作了，不少人还可能要离开故土，远行千里外出打工。这类人恰好与那些摆小摊的相反，他们来这里是精神受益，是寻求心灵的慰藉和滋养。无所不能的灯会啊！可有一点我还是想不明白，为什么这个本来喜庆的节日，此时竟涂上了淡淡的悲壮色彩？！

这样持续到夜间十点多，灯会才宣告谢幕。而像水落石出，小吃摊们又凸显出来了。他们还正在兴头上，不知道还要坚持到什么时候。

洪水般的观众退去，空廓的场地顷刻变为一只青面獠牙的巨兽（正是一只猛虎），大口吞噬着残留的温热，更有刀尖似的西北风左冲右扑，他们都本能地缩起了身子。一个卖邢家锅子饼的汉子却扬扬得意地迎着风把小吃车移到了十字路口中央，这里虽然风大，但被吃客选中的概率也大，也不怕穿梭的出租车蹭着腿。机灵、精明的卖八宝年糕的女子前后瞅瞅，紧随其后。她的斗子车上还坐着一个四五岁的小男孩，男孩咧着嘴哭着要回家，母亲好像没听见。一对恋人臂挽着臂远远地走来，她立刻笑着迎上前，与小伙子打招呼："姑娘好俊哟，还不快送块八宝年糕给人家……"

十一点一刻，逛完灯会就猫在开着暖风的轿车里的我再也坐不住，想去劝他们别这样傻等了。刚下车，一股冷风顶疼胸口，我赶忙裹紧大衣。看着即将"砸"在手里的货物，在摊子前来来回回兜圈子的卖郑州黑芝麻大馅汤圆的老汉听了我的话，不以为然地说："天还早啊！"卖烤地瓜的女人正在跺脚取暖，她停下"踢踏舞"，不好意思地笑笑："快卖完了，快卖完了。"

撤离的展车从这里路过，人们呼啦围上去，恨不得拉住人家的手："饿吗？受大累了，吃点夜宵吧！"

我的车停在百米以外，是辆空车。他们却不住地朝那里张望，指指点点："车里的人咋就不下来买东西吃呢？"

昏黄的路灯睡眼蒙胧，长街沉入了梦乡。四面黑暗无边，无声无息。一个行人都没有了，卖甘蔗的汉子却仍站在街心大声吆喝："又脆又甜的闽南甘蔗，来一根哩！"一声接一声，响亮地划过漠漠的夜空，和着不远处黄河浪涛低沉的歌吟。

清扫垃圾的环卫工以横扫千军如卷席之势自那边向这儿步步逼近，小摊主们再守不住"阵地"，不得不走了。他们着手收拾东西，分类装余料，擦净刀具，把炉灶、煤气罐放进车厢，倒掉泔水。从那慢吞吞的动作和一声不吭、沉默无语上，可以看出他们是多么不情愿这样离去，他们是多么留恋这个地方。

我用相机记录下这个场景和几张怅然若失的脸，此刻翻看着照片，我特别留意了拍摄时间，2010年2月18日0点58分……

守庙人

　　山抱岭，岭抱山，会仙山山群山窝窝里，藏着一个名叫唐李庵的小庙。它简直蜗牛壳那么小，可是山不在高，水不在深，庵寺也不在多么气派。这里为别处所不及的魅力是格外幽寂，而这恰恰是古刹的魂。绕白石清泉，钻茂密松篁，踏着曲曲弯弯的小径走进来，那宁静、虚无的氛围，顿时使你躁气消除、心灵净化。小庙殿宇僧舍亭榭廊柱结构紧凑，玲珑剔透。而且，它是个"真家伙"，现在看到的虽是明清时期修复后的面貌，也已三四百年，而其创始年月已不可考，也许庙门一侧那棵五百余岁的文冠果树，保留着关于它的最初记忆。

　　唐李庵下面山谷里有一座小草屋，住着一位花甲老汉，为守庙人。这个守庙人本是看山护林的，守庙纯属义务。早年他借宿在大殿，没事时就瞅神像，瞅残存的壁画和梁柱上精美的明代彩绘。瞅着瞅着两眼放了光："这可是老祖宗留下来的宝贝哩！"大字识不了两箩筐的他，自己花钱买车票到市里找文物部门，蹲在人家门口不走，讨钱维修寺院。款项拨下来，县里却没往寺院上用，他又去找文化局局长"打仗"。有一天夜里大雨如注，大殿顶子塌了一角，老汉趴在一片浸湿的彩绘上呜呜地哭……

　　小草屋旁有一棵大梨树，树下安着一张石桌、数只石凳。别看桌面上落了一层鸟粪和厚厚的尘土，当年可是擦得锃明瓦亮，围一圈儿说笑的人，一拨接一拨。那是唐李庵启动修葺、开发工程，老汉搬到小草屋里，这里就成了联络站——市里的专家来，先到这里坐一会儿，听听老汉的意见（起初是他硬把人家拉来的）；舞文弄墨的文人们搜集素材，从这里得到灵感（他看了他们编的"传说"，却笑道："咱文人咋光说瞎话呢?");扩建配套景点涉及周围村子的山林,各村确认地界的人在这里会合;开发公司的工头更是把这里当作办公室,戴金丝眼镜的技术员背靠着梨树树干看图纸……老汉像过节一样兴奋,一人忙不过来,逼着老伴撇了家园,上山来做专职司炉——烧水。他没有好茶叶,是那种七八块钱一斤的末子茶,可喝茶也成了他最大的一项开销,那把"大嗓子"茶壶一刻都不闲着。不过,这并不影响老汉爽朗的笑声金属片一般撞击满山哗啦啦的树叶儿……

那个头上抹了油、腆着大肚子、满嘴荤腥话的开发公司头儿心肠却不孬,他同情老汉还有一个瘫儿子,把老汉视为公司的临时工,一月发四百元的工资。一家人感恩戴德,老汉天不亮就脚步咚咚地到山下挑水,来回三里路,哼五六段小曲儿。可是你要是活干得不仔细,哪怕一道砖缝没抹严,他又翻脸不认人,抓住不放,要你返工,这时他则成了"监理"。

老天不仁啊,工程才进行到一半,老汉却突发急症。临死他眼睁得很大,迟迟闭不上。都猜他是怕这一走,老伴、瘫儿子就被扔在大山里了。谁想他嘱咐老伴,常替他去看看庙,还要老伴发誓答应一件事:"我死后不要给人家开发公司添麻烦,病是咱自己得的……"

老伴在小草屋住下来。山窝窝里只有她一户人家,丛丛石头把小草屋包围,团团寂寞堵住屋门。夜晚来临,无边的黑浪汹涌着扑向小草屋,很吓人。而最难熬的是冬天,林子全落光了叶子,雪填满了山谷,百里大山不闻一丝动静,连一声狼嚎都没有,你空空的心像被挑在树枝上一天天风干。老人单薄的身子骨哪承受得了这般重压?眼看挨不过去了,树梢迸出了星星点点的绿,屋前屋后的小花开了,游人的欢声笑语抛洒在石径两边。

好奇的游人向小草屋走来,叩响门窗。她像见到久别的亲人,攥住人家的手不松开。总是从里间拿出一个荣誉证书让人看,那是1988年老伴被评为市文物保护先进个人的奖状。絮絮叨叨地说,老伴活着时每天夜里都拿着手电筒到庙里东照照,西照照;每天早晨把寺院扫得干干净净。她说她也传染上了这毛病，一天不去一趟就感觉像少了啥一样。而那一排菩萨一个个都盯着她，嘴一张一合地给她讲经，教她人活着要行善。她认真地问大家："你说这怪不怪？"

用"家徒四壁"来形容这座小草屋正合适。没有一件像样的家什，乱七八糟的东西看上去倒不少，破纸箱子、烂塑料袋、盆盆罐罐、针头线脑。带豁口子的大瓷碗不舍得丢，缺了齿的梳子也保存着。老伴去世后，工资停发，她按照老伴说的，没去求人家照顾，就靠到山下卖点杏、卖点梨、捡塑料瓶子卖废品度日。其实钱对她好像也没有多少用处，在大山里，只要手脚勤快，就啥都有。方桌底下满满一篮子婆婆丁，是她刚剜回来的，这野菜晒干了当茶喝，可治她瘫儿子的牙疼——儿子的牙常发炎。屋子周遭种上丝瓜、扁豆，藤蔓顺着墙爬，大张旗鼓地织了一架漂亮的绿帐，远近的蜜蜂欢欢喜喜地来这里忙碌，一夏一秋瓜菜结得吃不迭，这是小草屋最快乐的时光。

唯一一样值钱的东西，好像是墙正中位置的一幅书法作品——是那年市里一个文人朋友带来并亲手用图钉钉上的。不久，这个朋友死了，老伴越发爱惜这幅字，说看到它就想起朋友。如今老伴也走了多年，这幅字纸发了黄，一戳就烂，不料有一天一个游客却看上了它，说出两千元买下。她可从来没见过这么多钱啊，能顶她捡多少天的废品啊，然而思量半晌，她却没答应。不是嫌钱少，是她觉得朋友人都不在了，要是卖人家的字，心叫狗叼去吃了吗？

老人更多的工夫是花在捡柴火上。被风吹折落在地上的树枝子，被她捡来烧水做饭。枯死了的树干，她抡着斧子砍断，扛回家，锯成一截一截，垛在墙根、门旁、窗台上，冬天好取暖。有的树干很沉，上不了肩，就拿绳子拴住一头，咬着牙使劲拖，好在是从上往下拖，要是平路，不堪设想。她就这样山山岭岭寻摸"猎物"，大山里有上百条她拖出来的"蛇道"。白天在林中转悠得脑涨眼花，晚上头一着枕头就粘住，可一觉醒来，一想瘫儿子却睡不着了。治这症候最好的办法是起来截木头。粗树干锯断后还得劈开，她早备好了錾子、锤子，一下一下地凿、冲。多长时间才劈开一块呀,直到半夜她还不停手。万籁俱寂,她的锤子声、锯声在空旷的大山里传出去好远,不知端坐在殿堂上的佛祖听到没有?

儿子是一根她对付不了的木头。儿子小时候患脑炎,留下后遗症,手脚不管用。这根木头从小都是她搬来搬去。天亮给儿子穿好衣服,搬到椅子上,搬到外面晒晒太阳,搬到梨树下看花……已经搬了五十多年,慢慢没有那么大的力气了,慢慢儿子成了山下那根被雷电击倒遗弃在乱石上的榆树树干(她多少次想把这根树干弄回家,可试了几回都挪不动)。儿子身子不听使唤,脑瓜儿却还灵透,不干活的时候,娘俩拉呱,常常商量谁先死的事情。娘说:"我七老八十了,死也够本。"儿子说:"还是我先死,我活着有啥劲儿?"娘说:"我累了,到那边清闲清闲。"儿子说:"我没孝敬过你,我替你死,让儿尽尽孝,俺的好娘!"最后娘的声音变低了:"你要是有福,你就死在我前头……"宣称"死我才不怕呢"的她,去年冬天得了一场重病,阎王爷果真来叫她了,把她拎出门了,她终于可以去享清闲了。但她却又拼命挣扎,从昏天黑地中跟跟跄跄跑回来,她怎能丢下她的瘫儿子啊……

我第一次见老人是一个春光明媚的日子,银子似的阳光在小草屋屋顶跳跃、闪烁。下午游客稀,深山里遇到这么一位白发苍苍的老者,我疑是碰上了神仙;可进屋,地上凌乱的锯、錾子、锤子、劈开的木头,桌子上摆着的药瓶子,她瘫在床上的儿子,又告诉我这是人间的真实情景。我惭愧不能帮她一点什么,她面部却没有悲苦和忧郁,对我讲述经历的时候就像讲故事,还不时地淡然一笑。但是我也注意到,谈话结束一段时间,一声叹息才从她深深的心底拱上来:"唉,就这么活着吧!"

一抹抹红晕洇染着晚霞舒卷的天空和小草屋左边山坡上密密丛丛的香椿树。它们正抽芽,红红的叶芽鲜亮、娇羞。山窝窝里北风吹不到,气温相对高,香椿绽芽早。早上市的香椿芽价格很贵,一斤可卖三四十元，香椿是山里人家的摇钱树。这片香椿树在老人的"管辖范围"内，该能换些钱花，但老人说她从来没卖过香椿，都是被游客采走。"他们稀罕。"老人慷慨地说，"来，我给你采一兜。"说着，她取下挂在窗棂上的钩杆，噌噌地钩枝头的叶芽。她很麻利，和刚才木僵的老者判若两人。这位瘦弱的七旬老人凭借长年劳作，依然保持着肢体的灵活，这又是城里那些富态老太太无法比的了。她很快采了一塑料袋，炒鸡蛋吃会香透心扉。

我特意问得她的名字：刘桂香。她故去的老伴叫李家朋。

离开小草屋，往回返。一个满脸肉乎乎的汉子正在景区门口溜达。和他打招呼，知道他老来无事在这里看大门。我顺便了解："有工资吗？"他接过话茬："没有工资，谁给他干这个！"

景区大门对面是一个小山村，鳞次栉比的灰色屋顶散发着古老的气息。他告诉我，他就是这个村子里的人，他们祖祖辈辈就生活在这几乎与世隔绝的山旮旯里。他打了一个嗝——他已吃过饭，不停地溜达，为了消食。"那就是我的家。"他指着村头一座二层楼房，有几分得意地说。

他家离这里连二百米都没有啊！我纳闷他怎么不回家和家人吃团圆饭，而一人在外生火开灶？

他倒是直来直去："做饭有公家的电，不用，省着干啥？"

我换了话题："在山里生活真好，环境这么优美……"

"哼，"他鼻子里发出一声响，"有啥好的？就赚天爷爷一个便宜：暖和……"

兄弟们

每次去看三姨夫，三姨夫总是做一大桌菜，很像那么回事儿地招待我。不过他叫来的陪客却都是他的兄弟们，都比我年长，又是长辈，没有多少共同话语。好在他们也不把我当外人，寒暄两句后，他们兄弟四人就热热闹闹喝起来，猜拳行令，敬酒罚酒，互不相让，又亲亲热热。谁说话都必称："咱兄弟们……"三姨夫说这句话的频率最高，声音最响。

其实我早就知道，三姨夫没有亲兄弟，那三人中，五叔和三姨夫在四服上，二大爷、四叔和三姨夫在五服上。二大爷、四叔是兄弟俩，他们又和五叔是叔伯兄弟。也就是说，他们三人之间近，和三姨夫就远了。三姨夫一口一个"咱兄弟们"，也一点不错，可实际上有巴结他们的成分。

酒席上，这种远近区分是看不出来的，而且越远的表现得越近。就是平时，表面上也没有亲疏差异，在一起说说笑笑的，看上去都挺好。可过起日子来就不一样了，三姨夫明显感到门单户薄，孤立无援。乡村社会，家里兄弟四五个，四五条大汉，四五只虎，打架一起上，谁也不敢惹。打架的情况并不多见，但势力在那里摆着，人家走在大街上就晃膀子。你单丁一根，腰就挺不直，说话就气不壮，处处得小心谨慎。三姨夫又不是傻瓜，他什么都明白，他也不是一个甘心委曲求全的人，但还是竭力向兄弟们这边靠。

在村里，倘若与外族人起了矛盾，三姨夫的兄弟们一定会和他抱成一团，护着他，为他争理，这是三姨夫所期望的，这似乎也不是问题。可是至今类似的事还没发生过，倒是他们族内时常有小摩擦，这时候他的兄弟们就不兄弟们了，而是明里暗里挤对他。至今想来，三姨夫在外面受的欺负还不如被兄弟们算计的多。

　　每年种地，二大爷必定和三姨夫种一样的作物。你种小麦，他就种小麦；你种玉米，他就种玉米；你种西瓜，他就种西瓜。二大爷的地和三姨夫的地紧挨着，割小麦的时候，二大爷眼斜视，镰刀也不走直道，割着割着就进了三姨夫的麦垄。玉米长到一人高，棒槌子像犍子牛角，日渐饱满的籽粒充盈着一包乳汁，掰回家煮着吃正可口，有的过路人就手痒痒，顺手牵羊掰两个。这季节三姨夫就在地头搭起窝棚看庄稼，中午饭都是女儿送来，夜里忍着蚊叮虫咬也不回家睡。二大爷是不用搭窝棚的，他只管在家躺在凉席上睡大觉，或者摇着蒲扇到街口大槐树下和人拉呱。有三姨夫在那里，他还有啥不放心的？要是少一个棒槌子，三姨夫都不好向他交代。西瓜熟了的时候，二大爷却三天两头到地里来，督他儿子的阵，怕他儿子偷懒；也拔拔地边的草，顺顺水沟。累了，他就到三姨夫这边歇息。他背着手，迈着方步，走到趴在地上劳作的三姨夫跟前，把头昂一昂，劝他别干起来不要命，然后指着一个很大的瓜说："这个瓜熟透了，保准很甜。"三姨夫心领神会，立刻把那个倒霉的瓜摘下来，到瓜棚下一切八瓣，一块一块递给二大爷。二大爷吃圆了肚子，抹抹嘴上的瓜种，扬长而去。

　　二大爷在三姨夫面前也有低三下四的时候。他有酒瘾，可是他家是儿媳妇当家，要不出一分打酒的钱（估计他也不敢要）。而三姨夫尽管在外面装孙子，在家却是说一不二。前些年因为愁事多，借酒浇愁，三姨夫染上了嗜酒的毛病，后来发展到酒依赖。筋疲力尽、歪歪斜斜地从地里回来，不吃饭，先喝一茶碗酒，喝了酒就又像充气的皮球浑身是劲。慢慢变成以酒当饭，天天喝，顿顿喝。这，二大爷可眼馋死了，到了饭点儿，就到三姨夫家蹭酒喝。虽是不请自到，起初三姨夫家还是都笑脸相迎，让出上座，然而日久天长，就没有那么多好脸色了。二大爷也不是不要尊严，可酒瘾上来却又管不住自己，两条腿不自觉地向三姨夫家颠，这就难免把脸面磨得少皮无毛了。但他也有一个很奏效的招数：一坐到椅子上，就开始夸三姨夫种地是好把式；心灵手巧，木匠手艺无人能比；又是远近闻名的好泥瓦匠（三姨夫没少给他修葺房子），村里老少爷们谁不伸大拇指？他上唇、下唇都抹了蜜，嘴甜得很，说得三姨夫飘飘然、晕乎乎，像中了魔法，不断给他满酒。二大爷倒不"恋战"，喝个三五酒盅，即回家吃饭。而一抬屁股，出了屋门，他就恢复了原来趾高气扬的样子，头也不回，哼起了小曲儿……

他们兄弟们做着游戏，越喝越高兴，吆喝声越来越高。三姨夫满酒，倒茶，特殷勤，他的心思全在兄弟们身上，我被完全忽略了。三姨夫备这桌酒菜，到底是为我，还是暗度陈仓，实则是宴请他的弟兄们？抑或一箭双雕？这串问号绕来绕去在空中盘旋。他们一边喝酒一边抽烟，个个是"大烟囱"，屋里烟雾腾腾。我厌恶这种场合，可走开又不礼貌，无聊至极，就在心里偷偷给他们画像。我的朋友王春江是个画家，尤其擅长画人物，三笔两笔就把人物勾勒得神态毕现。他多用夸张手法，把一点放大，突出人物的个性特征，我想学学他的画法。二大爷脑袋光光的，额头前凸，很智慧的样子，眼老是眯着，嘴角笑纹很深。四叔是瘦长的刀削脸，下巴尖得有点过头，像某些京剧青衣脸谱……

四叔在县一中总务处当主任，神通广大。大表妹读高二时在四中，四叔轻而易举就把她转到了一中。一中教学质量高，表妹考上了大学。四叔对三姨夫家有恩，三姨夫给四叔送酒送烟送茶叶，那年过年还送了一挂猪头下水。三姨夫想不起再送什么好，四叔说："自家兄弟，送啥？见外了！"

大表妹大学毕业后留在城里工作。一年秋天，四叔领着儿子大胜到市人民医院看病，奔大侄女而来。表妹、表妹夫像接到政治任务，紧急动员，酒肉伺候，安排住宿，托关系、走门子找名医，挂号、检查，跑前跑后。四叔只象征性地跟在后面，悠悠荡荡，很是享受。病快看完，四叔突然说学校里有急事，须先回去。表妹说："四叔，你放心走就是，这里有我呢！"四叔匆匆忙忙走了，表妹和大胜看完病去拿药，大胜说四叔只给他留了一张大团结（够回程买票用的）。大胜才十七八岁，药费自然得表妹想办法解决，幸亏她早预备了几百元钱。

县一中离马家村很近，四婶是农村户口，四叔一直在村里住。老屋要翻盖，四叔四婶暂时出来赁房安身。三姨夫就让表弟们集中到后院，把自己的前院腾出来，打扫干净，请四叔他们住进来，当然是免费的。月底三姨夫到村会计那里缴电费，不觉吃了一惊：电费由原来的六七元，噌地升到了五十多元！三姨夫假称用农药和泥抹抹屋梁上的虫子眼，到四叔屋里做暗访，吊在桌子上方的还是那只四十瓦的灯泡呀，没有什么电器呀！可是下个月的电费依然居高不下。三姨夫又借故来了几回，那只灯泡孤零零地吊在那里，用同样疑惑的眼光瞅他。四叔也清楚三姨夫来是做什么，可他坦然自若，一副"任你搜、任你查"的大无畏英雄气概。三姨夫没辙儿，悻悻而归："难道是黄仙捣的鬼（乡村常有黄鼠狼把你家某件东西'变'没了的蹊跷事）。"叫人百思不得其解的是，半年后四叔搬进他的新居，三姨夫前院的电费又神奇地回到原来的数额……

透过浓浓的烟雾，我打量五叔，抬头瞄一眼，又抬头瞄一眼，盯住看会被他发现，那就不好了。五叔正在大嚼一块"糊涂炸鸡"，口中发出吱咯吱咯的声音。但总体说，他吃相是文雅的，不像那几位又是用手抓，又是剔牙。五叔谈吐也不像二大爷、三姨夫那么土，而且常谈那种"爆炸性新闻"，比如县法院院长因为贪赃枉法被逮捕了，前任县委书记受贿近亿。这些话题都"吓"得大家张大嘴巴，忘了端酒杯。五叔在村小学里当民办教师，又很关心时事政治，这一点上，他比只对给别人办点事捞点好处、结交狐朋狗友有兴趣的四叔境界要高不少。他侃侃而谈，是酒宴的主角。他还很注意仪表，讲几句就习惯性地用手轻轻拢一拢大背头。

五叔喜欢说笑，喜欢串门（有时候是到学生家做家访），可是对三姨夫一家却例外。除了三姨夫请兄弟们集体喝酒他到场，素日他自己从未单独来过这个家，在路上见到三姨夫从不主动开腔。和他打招呼，他只闷着头哎一声；表妹表弟们见了他恭恭敬敬叫"五叔"，他也懒得答应。说老实话，他压根儿看不起三姨夫，一个瘸子（三姨夫抗美援朝时腿受过伤），一个离不了酒、靠酒活着的人，一窝又黑又瘦的孩子，一个穷得地下挖不出两串铜钱的家，放不到他眼里。

大表妹高考那年寒假，村长的女儿小芳向校长要了小学办公室的钥匙，约着同学小芸和大表妹来复习功课。五叔正巧去办公室取东西，他鼓励小芳："小芳聪明，多用功，考个名牌大学！"鼓励小芸："好好学，考出去。"却没对大表妹说什么。他连一句这样的话也不肯说给这个本家侄女，这在大表妹心上划开一道深深的伤口。

在乡村，有一种奇特的现象，一个家族，二服之间很亲，三服还可以，你有好事他真心高兴，真心希望你混得好。四服五服就不行了，怕你有好事，怕你混得比他强。你比他强了，他心里酸溜溜的，受不了，还不如非亲非故的外姓人。过了四服五服这道"坎"，又变正常。很多时候，一些外族街坊对你的情义，你四服五服上的本家未必能做到。

二表妹曾在五叔手下读书，五叔让她读了两年三年级，第三年还不许她升四年级。三姨夫大大咧咧，从来不管不问孩子的学习，全权交给五叔处理。二表妹打小性子烈，一气之下不再上学了。三表妹上小学，还是被一再留级，在城里某中学任教的大表妹只好把她带到自己学校，才使小妹没重蹈二妹的覆辙。

数年之后，继大表妹、表弟考上大学，被五叔一再留级的小妹也考上大学；又过几年，她居然考上了博士（那是小村里出的第一个博士）。据说消息传到家乡的当天晚上，在三姨夫欢腾的院子里，村南村北的乡亲来祝贺。而近在咫尺的东邻，五叔屋内昏暗、凄冷。他久久呆坐。他也拿出一瓶酒，但却是自斟自饮，喝一杯又一杯，喝醉了，失声痛哭："我书香门第，教了二十多年书，孩子没一个进得大学门。他一个大老粗，家里竟考出三个大学生，一个还成了博士，凭什么，凭什么，老天？！"

齐王一夜

一年前，我来过齐王，那时这个村正与拆迁大队对抗。一边志在必得，一定要扫除障碍；一边寸土不弃，誓死保卫自己的家园。双方互不相让。有几次，拆迁大队想抓两个带头闹事的人，可根本进不了村。村民们上至七八十岁的白发老者，下至十来岁的孩子，手持铁锹、镢头、棍子、钢叉，列成方阵，横在路口……

这场胆大妄为的"抗迁事件"，竟再次为齐王村赢得声誉："齐王人就是有种！""齐王村老辈里就没熊过，人家心多齐！"齐王村是个独姓村庄，一个树墩上发的芽，上溯三百年都是一家人，"打虎亲兄弟，上阵父子兵"嘛！另外，与周边村子相比，齐王村小，如果不同心协力，会在村庄之间的"摩擦"中受欺负。久而久之，齐王形成了心齐的村风，这种村风可壮人的胆量。加上"法不责众"的观念好像深埋在这个村的土层下面，这又源源不断地为他们胀大的胆量里充气。历史上，齐王村有过不少壮举，也有一些野蛮行为。比如，打日本鬼子那会儿，齐王是有名的"堡垒村"，男女老少上阵杀敌，全村没出一个汉奸。解放战争后期，共产党攻打县城，国民党依仗坚固的城墙，机枪架在高处，把解放军封在围子沟里。县城边上的齐王人急了眼，各家各户献木箱。几百只箱子装满土摞起来，耸立起一道巍巍长城，帮解放军一举端掉了敌人的老窝。而改革开放之初，他们也曾抱成一团，顽固地抵制联产承包责任制和分田到户政策的落实……

"抗迁事件"越闹越大，惊动了省里，省委省政府做出批示：拆迁要尊重村民的意愿，条件不成熟不可强行。齐王村得以保留下来。邻村在自责中更加羡慕齐王，因为他们都离开祖辈居住的宅院，搬进了悬在半空中的楼阁。物业费头三年免缴，一入冬房间就通了暖气，"康乐中心"棋盘、牌桌、乒乓球案子一应俱全。他们有了玩的场所，却没心情玩——心里不踏实，睡觉都感到那楼在晃悠。还有咋想咋觉别扭的：老邻居见不着面了，叔叔大爷家相隔很远；村名也没有了，用不了多少年，没有人还记得出生在哪座老屋，是从哪条小胡同走出来的……

老实说，我也是一个坚定的田园守望者，我承认我的观念跟不上形势。我总以为，农村城镇化的宏伟蓝图固然好，但得一步步地来，不能搞造城运动。像我们鲁北这般发展水平的地区，现阶段农民主要还是从地里刨食，要是他们丢掉土地，"裸身"进城，去当什么市民，去住远离了庄稼地的楼房，就等于断了根；他们就不是去享福，而是没有活路了。为什么相当数量的新社区居民并未产生改天换地的喜悦，恐怕原因就在这里。所以齐王乡亲们取得胜利，我也颇为振奋。

爱人学校放了暑假，她提出回老家一趟，去齐王看看二姑，并且要住一晚上。长辈中，岳母常跟我们住在一起，老家就剩二姑这一个亲人了。我乐得陪同，这肯定是一个充满诗意的夜晚，袅袅炊烟在树梢缠绕，夜幕徐徐地垂落，牛羊鸡鸭鸣叫、孩子吵闹的"华彩"奏过，村子静谧、安详、月光流淌、荡漾的声音细碎、轻柔。人们吃罢饭，三三两两到场院乘凉。汉子们脱下汗衫，搭在肩头，你一句我一句地说着年景；老奶奶款款地摇着蒲扇，漏风的嘴颠三倒四地讲穆桂英的故事，小孙子不时就某个细节追根问底，好奇地眨着眼睛的还有只只飞来的萤火虫……哎呀，你这怀旧症可真够重的，想到哪里去了？那是哪年哪月啊，村庄早已不同于从前，低矮的草屋换成了高大的瓦房，街道铺了沥青或者干脆抹水泥。天刚擦黑路灯就被星星点亮，银粉似的灯光洒在角角落落，投在墙壁上的树影像苍鹰阔大的翅膀，李苦禅的水墨画一样好看。但无论夜晚多么明亮，村子还是古朴、温馨的，泥土气息仍然那么浓浓地弥漫着，哪一家偶尔响起的狗叫仍然像男中音歌唱那么动听……

但是，来到齐王，我才发现我过于浪漫、幼稚——哪里还有那个红瓦白墙、绿荫匝地的齐王村，眼前裸露着一片砖石瓦砾的废墟，破碎、尖利的阳光在上面闪烁，刺得人眼睛生疼。那断壁的"茬口"多么鲜呀，看得出这是新房屋被硬硬地推倒了，可以想见一身蛮力的推土机是怎样在这里横冲直撞。而水泥制件在铲刀下的坼裂声，又给这钢铁巨兽的胴体注入了兴奋剂，它们狂笑着，目空一切，如入无人之境……

怎么会变成这个样子？中间发生了什么变故？面对这破败景象，我愕然，我要寻个究竟。这时，一辆小推车从公路对面过来了，推车人是一位老者，车上装着两只塑料水桶。他还住在这里，刚从公路东边的油棉厂推水回来。随着他手指的方向，我才看见废墟中"埋"着一座没被推倒的宅院。不，这样的宅院还有十三座，它们零星地分散在四处，以致不是老人指点，我都没注意到它们。

老人看上去有六十岁左右，泥疙瘩脸，笨嘴笨舌，土腔土调，但很健谈。或许是一肚子的冤屈没处泄，知道我们是来看二姑，而二姑恰好也是这没搬走的十三家中的一家——他们是难兄难弟——没等我问，就向我倾倒苦水："这一年，俺村可真是见鬼了……"

以心齐闻名的齐王村，在拆迁动员阶段，众人一心，一致对外，使得对方束手无策。可是后来村里却出现了分化。全村四百多户人家，一批一批地陆续搬进社区安置房。

第一批是村干部们。对这批人的率先搬走，大体有两种说法，一种是"大道"上的，说当领导的觉悟高，带头执行上级的决定。另一种是背地里瞎传的，说村里几十年没有本明白账，公家的钱就装在他们自己的口袋里，或者说他们的口袋就是公家的保险柜。捞足了，不愁今后交不起物业费。他们的亲友，也都在拆迁补偿中多揣了金元宝，还不欢欢喜喜去住新楼吗？第二批百分之九十是年轻人，人数不少。如果说村干部的搬走，除了激起一股愤怒的情绪，并未影响村里的秩序的话，年轻人的"倒戈"却使齐王村乱了套，甚至一个家庭内四分五裂。老子习惯住平房，进出方便，儿子却喜欢新楼的干净、亮堂，也想过过城里人的日子！老子很固执：你们经事少，咱老百姓丢啥也不能丢了地呀。儿子不耐烦：脑瓜咋就像老榆木疙瘩？啥时代了，有钱啥买不来？老子要打儿子，可是儿子胳膊铁棍一样撼不动。现如今都是老子依从儿子了，老子还在怄气，儿子已开始往楼房里搬家具……

这一批搬走，村子伤了元气，街道显出空荡、冷清，而拆迁大队蹲在村头的推土机、铲车，趁机迅速扑向腾空的房屋。墙倒顶塌，天颤地摇，鸡飞狗跳。六神无主的人们奔向老族长家。可昔日咳嗽一声村子就平静下来的老族长也无能为力，他再威严、再气愤的叫喊都被轻易地覆盖，人们已经听不见。倔强的老人也绝望了，一个月色凄迷的夜晚，他备了丰盛的供品来到祠堂，跪在先人画像前："列祖列宗，我没有把齐王村带好，齐王村算是完了……"然后吊死在门外那棵一千多岁的老槐树上。

要在以往，老族长"驾崩"，齐王村钟表会停摆，然而一切都今非昔比，他的死并没有挡住大家上楼的脚步。"五七"还没有过，坟上的花圈还没褪掉颜色，子孙们又搬走一批。这一批系经人"策反"搬走的——有人悄悄而公开地游说，唾沫星儿迸上天。最有鼓动性、最撩人心的其实是一句贴近地皮的话："搬得早先挑房，再不搬，好楼层都被挑没了！"傻瓜才犹豫、观望呢，赶紧搬呀！而据说这个"说客"是拆迁大队收买的。拆迁大队私下对他承诺：你带走一户，奖励你五千元；带走五十户就奖励一套楼房——也不知是真是假。

像旱季杏花河里的水时断时续、稀稀拉拉地搬走的这一批，则很蹊跷：不知受谁的指派，三五愣头青在大街上、胡同里，拉着长笛，呜呜地开快车。慌忙躲闪，卷起的尘土还是扑你一脸。血性旺的汉子就呵斥他们。双方争吵。撸胳膊攥拳，推推挡挡。好，罪名有了：斗殴滋事。带走，集中在一个大屋里。不打不骂，只"观赏"你从早到晚做一项"游戏"——剥蒜皮（这座房子对面的酱菜厂张着一张喜食"光腚蒜"的大口）。一天不放你，两天不放你，手指甲磨光了仍不放。而你一答应签搬迁协议，"专车"马上送你回来。在老百姓心中，被"抓进去"可不是好名声，爹娘连惊带吓犯了病，妻儿哭哭啼啼。人在屋檐下，不得不低头，只好签字画押……

最后剩下了十三户。这十三户个个是死心眼，撞到南墙上不回头的主儿。有的多年盯着村里的账，村里至今没给村民一个交代，搬进社区，原来的村就不存在了，这个账目不掰扯清楚，不搬！有的质问：我的宅基地大小、房屋新旧程度和村长侄子家一模一样，为啥他的拆迁补偿费是三十五万，我的才二十八万，不公平，不搬！有的去省国土资源局上访，知道拆迁大队急着撵他们搬迁，是因为齐王村的地已经被开发商圈走，齐王村实际已经没有地了（暗箱操作不露痕迹，村人还都蒙在鼓里呢）。没了地又没有工作，拆迁费够吃多久？而开发商有几个不偷工减料的，他们恨不能拿秫秸秆当钢筋用！盖的楼房顶多二十年的寿命，等楼不能住了咋办？还有的"邪种""精神病患者"则是为了争口气，这不过是由一句话引起来的——省里的批示下到县里，县里责成开发区处理，开发区一个头头来到齐王村，摇晃着两张纸："你们看见这是什么了吗？你们那么能，蹿到省城，可批示还不是落到我手里？孙悟空能跳出如来佛的手心，唵？"这话刺激了他们。偏不听你这土皇帝的，看看你的手到底能不能遮住天！当然其中也有刁蛮之徒，狮子大开口，漫天要价，不满足我，不搬……

绝大多数人搬出村子，拆迁大队名正言顺、堂而皇之地掐了他们的电、水。这一带是退海之地，地下水苦咸，虽然家家自己打了小压井，但抽上来的水只能洗衣、洗菜，吃水得到三里以外的油棉厂去推。"推一趟水就小半上午，工夫也耽误不起啊……"

天近正午，太阳毒得很，老人额头冒了一层油。他喘口气，还要说下去，我打断了他。他的话虽未必都真实可信，但我也听出了个大概。我问过二姑家在哪里——格局改变，我找不准二姑的家了——劝他回家休息。

二姑家前后左右的宅院扒得乱七八糟。房屋站着时身体伸向空中，疏疏朗朗，一旦散瘫下来，满地狼藉。路边、土坯堆上的野蒿已有半人高，其疯长之势，腾起一股步步迫近、围而剿之的凶焰。进得家门亦叫我感慨，二姑一向爱整洁，过去院子都是打扫得一尘不染，各样家什摆放井井有条；然而眼下，条筐、扫把、塑料瓶子、破酒盒子随地扔，自行车歪在一边。"哪还有心收拾？这日子还咋过呀？"二姑迎出屋门。西墙根倒是对称排着两个大铁笼子，里面各锁着一只大狼狗，都竖起了警觉的耳朵。可惜这有权有势人家才有的宠物，"虎踞"于二姑这个平头百姓贫寒之家，显得很不协调，何况二姑夫还是个摔不破的药罐子。"要这个干什么？比人吃东西都多！"妻子嗔怪道。"它们可是大功臣……俺这十三家家家都养。"不想，二姑却挺看重它们。我明白，他们养狗是对付拆迁大队的，拆迁大队不是隔三岔五来做有关传谣、串联、破坏拆迁的调查吗？遇到紧急情况，把它们放出来，它们真能上前替你解围。而狼狗犯了法，又不会被抓去剥蒜。退一步讲，有狗在，有狗的吼叫，对于孤单无助的弱者，或许就是最有力的声援。

  刚过去一年，二姑很见衰老，再不能手执狼牙棒（自制的），精神抖擞地站在与拆迁大队对峙的行列里。她背驼得厉害，头发白如霜雪，两眼无光，话也极少，只是一声连一声地叹息。二姑父说，二姑的这种状况是从老族长的死变得明显的。二姑特别敬重老族长，老族长是她的亲叔公，公公去世早，是叔公带领全家度过灾荒年月；晚年作为族里的长者，叔公又以仁爱之心凝聚着族人，上上下下和和睦睦。齐王村这位最后的德高望重的长辈死了，她感情上哪能经受得住！我想，长辈去世的悲痛把二姑罩在了一团阴影里，但她精神崩溃恐怕还有别的更深层的原因。

  说话间，表弟小旺收工回家。他挓挲着两只沾满泥土的手，说在别人丢弃的院子里垦荒，垦出了两块地，种了绿豆、玉米。这个表弟身上还有太多传统农民的东西，不会做生意，前几年也曾到城里租了个铺面，卖不锈钢餐具，没挣到钱；改开小饭馆，不到半年又开不下去；学着哥哥搞电焊吧，也因揽不到活宣告关门。"咱不是做买卖的料，还是得老老实实种咱的地。""夜走麦城"的经历，让他脸羞得通红。

他个头矮小，长着一张娃娃脸，性情又很单纯，所以我一直把他当小孩子看待，没想到他也敢抗迁，看来他已经长大了。我有意避开他们还能坚持多久的话题不谈——这个话题对他们来说是残忍的——而提出看看他的"发电机"。他领我到了外面。屋顶上铁架支着两块深灰色的板子。"这就是太阳板……"他告诉我，他们十三家家家买了这种太阳板，通过太阳板产生太阳能，再通过逆变器转化为电，可供照明和看电视。"晴天还行，怕阴雨天。阴雨天电供不上，冰箱就淌水，好在俺冰箱里也没啥东西存。"表弟咧了咧嘴。

吃过晚饭，趁妻子他们拉家常，我一个人到"街"上转悠。我不奢望找回旧时乡村的那种亲切感觉了，是想感受感受这个变成一堆废墟的村庄，日后为它写一篇墓志铭。但路却不时被建筑垃圾堵住，我不得不放弃走遍"全村"的念头，驻足在一块倒地的完好墙体上。四周空旷，散住的十三户人家灯光多是微弱的，彼此间距又大。恍惚中，残垣断壁高高低低，像一个大坟场，隐约晃动着鬼影。我急忙往回返，仍未碰见一个人，大门都紧闭——再不像过去家家大门敞着，院子里的灯光哗哗地涌到街上——不一会儿，也许要节约用电，有的人家早早地熄了灯，村子里更黑。而南面就是县城，东面是开发区，那里是灯的海、灯的山。咫尺之间，两重天地。"一个缺少灯光的村庄。"这句话在我心里盘来旋去。

我有一个朋友是省报的"名记"，他曾深入采访一家"钉子户"，在"钉子户"家住了三天。正值深冬，那户人家被断水、断电、断暖，冷得像冰窖，暗得像地狱。朋友第一天还觉新鲜，第二天咬着牙硬撑，第三天夜里没到天亮就逃跑了。他用了"可怕"二字概括这次的体验，"更可怕的是凝滞在这户人家的冷和暗的气氛，缺少生活的快乐的那种'冷'和'暗'"。我也曾接触过一个经过"八年抗战"终于得到合理赔偿的"钉子户"，他咬牙切齿地发誓："今生再不当'钉子户'！'钉子户'太不好当了，能被揉搓死，争取到的赔偿金与精神上的损失远远不成正比。"此刻，夜色刚刚把我裹紧，我就深刻地理解了这两个人的话。假如让我在这里住十天、一个月？不寒而栗。然而，这十三户人家，我的乡亲，却选择了这种生活，一天天、一月月地忍受煎熬，度日如年，也不知道尽头在哪里？！

小旺还在客厅里等着我，他慷慨地打开了大灯（平时只用25瓦的小灯泡）。慢慢喝着茶，我继续向他了解关于搬迁的事，他几乎是又从头到尾地给我讲了一遍抗迁事件的全过程：他们在村头列出的与拆迁大队对峙的长阵有二百多米，去省城上访租了两辆大巴车……他滔滔不绝、眉飞色舞地讲，可是当说到他们十三户时，却嘟嘟囔囔："当然，俺也有办法……一户交一万块钱，一是外出上访要用钱，二是也可防备再有人溜号。"

"你们十三户不是都铁了心了吗？"

"这也很难说……人心隔肚皮……"

"对呀，这一万块钱还真不是一把锁，如果谁给他'报销'这个钱，或者给他一万五、两万，不是就能把他买过去吗？"我最近关注各地拆迁的报道，学到"暗补"一词，"暗补"可能就包括这种情况。

"这就是人不如狗的地方，人的头脑太活络，说不准哪会儿就变。"他一副无可奈何的样子。

"一提这事，我脑瓜儿就要炸裂。"小旺皱着眉，说这是叫他、叫他们十三户最头疼的问题。一方面，这十三户常偷偷聚在一块儿，商量对策，互相鼓劲；另一方面，他们又你猜疑我，我猜疑你，谁也不相信谁，谁都在琢磨别人背地里得了好处，会当叛徒。他走到竖在山墙上的一架梯子旁，指着上面的"睁眼子"说："这就是个瞭望孔，从孔里可以观察东面两家的动静。我不干活时就爬上去往外看……院子里墙上抽掉了两块砖，那个瞭望孔可盯南面……他们也是这样，不对外声张罢了。"

我倒吸了一口凉气。

"前天夜里，我做了一个噩梦，梦见别人全搬走了，剩下我一人孤零零地待在这儿。我吓醒了，醒来眼里还满是泪。"小旺两手捂住脸，好像怕泪水再流出来。

我有点不知所措，唯有点头表示同情。

小旺点燃一支烟，吐出一道长长的烟缕，他是为了缓和气氛，但接下来的谈话却依然很沉重。他说拆迁大队把这里拆除、挖槽的工程包给了齐王人，你不搬，承包人不能开工，就对你生怨起恨，原先很好的街坊关系都弄僵了。又说起舆论方面的压力，过去人们都称赞他们坚持正义，好样的，可渐渐地，舆论变了，老觉得有人背后指着脊梁骨骂"钉子户""刺儿头""刁民"……小旺的脸色越来越阴沉，我还从没见过这个天真无邪、无忧无虑的"孩子"有过这种脸色——我注意到今天从见面起他就没真正快活地笑过。他曾嘲谑自己是头猪托生的，头一着枕头就打呼噜，这半年却常常整宿整宿睡不着觉了。"以前我不抽烟……可离不开它了，一天三盒都不够……"他大吸一口——他哪里是在吸，是吞！

我好像不认识面前这个"孩子"，我说不清他是怎么成熟起来，性格又是怎么被扭曲了的。

第二天早晨，我破例起得很早，打算到野外呼吸呼吸新鲜空气，多年不见牛乳似的露水濡染的原野了。可是出门却看见一家门口停着两辆车体上有"拆迁大队"字样的卡车，一些穿迷彩服的青年在往车上搬东西，好像是在帮人搬家。

隔不多远，站着一伙旁观的人，表弟小旺也在里面，他们在议论什么。我凑过去，果然证实了我的判断。但令我吃惊的是，这一家的主人就是昨天我在街上遇到的那个推水的老汉，他当时对"叛徒"可是一副痛恨至极的表情啊！

"这家为什么突然搬走？"

"……"表弟他们都不回答我的问话。

最后的乡贤

一

有一缕忧思一直缠绕在心头：印台山山脚、碑楼村村头的那座宅院能不能保住？它是否也将像其他农舍一样，很快就在乡村城镇化、合村并居的浪潮中，倾覆于推土机的铁铲之下？县里的朋友们多方呼吁政府把它改建成郭氏兄弟纪念馆，可是听说有关部门迟迟没有答复。

这里是被称为"最后的乡贤"的郭连贻的故居，也是著名训诂学家郭在贻的诞生地。

我曾多次从滨州奔来造访，踏上石阶跨过门槛，影壁前傍着瘦石青青翠翠地生着一丛竹子，清雅、高洁、卓尔不凡。如同"一点成一字之规，一字乃终篇之准"，这一小景似乎给书法家郭连贻的宅院定下了一种基调。院子不大，却在南墙根辟出一块园圃，圃边蹲着一个废弃了的朴拙的大石槽，半槽清水上铺严睡莲叶子。圃里三株月季花，两畦小油菜，墙角亭亭着一棵茶杯粗、丈余高的银杏树。园圃对面的正房，一间是卧室，两间为客厅，郭连贻就在这里，与文朋书友谈论二王、苏黄米蔡、颜真卿、虞世南、康南海、谢无量，以及《世说新语》《聊斋志异》《阅微草堂笔记》《孔乙己》《变色龙》……小院西墙开一月亮门，上方"凤池"二字，涂了蓝粉。"凤池"取自郑板桥的诗《新竹》："新竹高于旧竹枝，全凭老干为扶持。明年再有新生者，十丈龙孙绕凤池。"果然，墙那边是一片郁郁葱葱的竹林，面积相当于两个东院，可谓蔚为大观。北方农家很少见到竹子，这片翠竹不由人肃然起敬。对着竹林，北面又开一月亮门，门这边对联是"清风朗月原无价，翠竹黄花不费钱"，门那边是"花径不曾缘客扫，蓬门今始为君开"。北院水泥地面上零零落落的紫藤花瓣直落到屋门口——左侧石桌石凳上方搭着一架紫藤——这是2003年家里经济状况一见好转，郭连贻就在原来老屋地基上翻盖的五间北屋。他急于给英年早逝的三弟郭在贻建一个家庭纪念室——旻龛先生故居。纪念室里，玻璃展柜中间陈列着郭在贻从1985年到1993年在上海古籍出版社、浙江古籍出版社、岳麓书社等多家出版社出版的著作，以及他去世十几年后中华书局在2002年和2005年分别再版的《郭在贻文集》《训诂学》；左边陈列的是《浙江敦煌学·郭在贻先生纪念集》，《浙江大学报》上关于姜亮夫、蒋礼鸿、郭在贻纪念会在浙大召开的侧记文章；右边则陈列着郭在贻写给沙孟海、姜亮夫等先生的信札墨迹，还有郭氏兄弟二人三十多年间的四百多封书信（他们通信都是用毛笔书写）；墙上挂着一幅郭在贻的遗像，目光炯炯，意气风发。

这座格调不低、文化味很浓的宅院，吸引着人们往这里跑。练书法的，不练书法的；搞文史的，不搞文史的；写诗的，不写诗的……凡是有"文"的情结、有精神追求的人，都喜欢来坐坐，或与这里有这样那样的联系。在邹平，这成为一个非常奇特的现象。

一杯清茶，半盒香烟，谈书论道是郭连贻的快乐，但也有让他很头疼很无奈的事：每年农历四月廿九日，他生日这天，好多朋友自发地来给他祝寿——大家彼此相约：郭老过生日，咱们一起去啊——他从来对过生日没有兴趣，可是朋友们提着礼物来了，总不能闭门谢客吧。最初是邹平书界的几个好友来，在家里摆开八仙桌，做一桌菜，主宾同饮，酒酣意浓。慢慢，淄博、滨州的文朋书友也乐此不疲地来"雅集"，还有人来自省城济南。一张八仙桌坐不下了，又拉出茶几；主屋里盛不下了，后院书房里安两桌；屋里搁不下了，到院子里；前院满了，有后院；前后院都挤满了，一拨收了宴另一拨再入席。去年来了二百多人，今年接近三百。这一天简直像过节，里里外外人声鼎沸。可是郭连贻又感动又不安，他觉得欠下了永远还不清的"债"，这"债"沉重如抬头可见的印台山，然而，下一年规模可能会更大……

二

郭连贻站在门台上，含着笑送别客人。客人走出很远，他还在挥手。八十五岁高龄时，他依然保持着这样送客的习惯，无论对老友、新朋都是这个礼。

来这里做过客的人，都难忘那一屋融融的阳光。大家仰慕郭连贻的人品和学问，可他却从来不以长者自居，不摆老师的架子，不玩什么深沉。他率性自然，天真可爱，高兴时孩子似的拍掌大笑。他们的话题很宽泛，并非只谈书法。从杜诗到柳词；从《红楼梦》里进大观园的刘姥姥到《聊斋》描写的花妖狐魅；从侯宝林的相声到单田芳的评书……累了，靠在沙发背上，放慢语速。偶尔也涉及一点儿自己历经的磨难，那语调却是幽默、调侃的，好像在给你讲一个有趣的故事。那种老者的安详、和悦，那种隔世一般的超然，叫你不相信他曾命途多舛。所有的痛苦、悲愁、愤怒、惶悚、绝望，怅恨，都潮水般从他脸上退去，退得不留丝毫印痕。

幼家寒，十岁失怙，从塾师读《孟子》未竟而辍学。十八岁谋食江南，余暇从金陵大学吴先生读《左氏春秋》，从衡阳王大管先生学宋词。生计多艰，时有转徙，然余生性好学，与诗文未尝久离也。十九岁从戎，廿九岁归田。十年一梦，酸苦备尝……

这是1997年市里举办"滨州五老书画展"，郭连贻在作品前面附的小传。这时候他就已心如止水，用"生计多艰""酸苦备尝"两个冷静的词汇，把屈辱的岁月封存起来。但是，2011年，我着手创作长篇人物传记《郭连贻传》，向他索求翔实的资料，他不得不打开记忆的锈锁——

1948年农历二月，印台山背阴的积雪还未消融，黛溪河河岸的垂柳才吐鹅黄，十八岁的郭连贻告别家乡去南京，一是为躲避国共两军在邹平的"拉锯战"，二是去投奔舅舅谋出路。家里只知道舅舅在南京当大官，却不清楚他是国民党中央执行委员会调查统计局（即国民党中统）南京实验区区长。不过舅舅明白国民党气数已尽，没让外甥介入政治。他在一家信用合作社当了个小职员，抄抄写写，事不多，星期天就去吴晋民的书馆，听这位金陵大学毕业的老先生讲《左传》；去南京故宫、六朝陵墓、江宁织造府等名胜古迹，瞅那些建筑物上的书法。他在周村当学徒时曾陶醉于银子市街那琳琅满目的店招、匾额、对联。周村也是一个号称"旱码头""丝绸之乡"的繁华之地，但与南京比，可真是"小巫"了。

舅舅的特务机关迁往广州，托付下属、江苏句容县政府突击队队长吴剑平照顾郭连贻。吴剑平曾带他来长江南岸观景。不到半年，该突击队宣布起义，郭连贻参加了中国人民解放军。

他穿着一身肥大的新军装，背着一支中正式步枪，腰扎四个手榴弹，急匆匆地走在行军队列中。虽然体力不支，但郭连贻情绪高昂，一路模仿田间的枪杆诗，在胸中酝酿着诗作。

战场上的硝烟散尽之后，笔就显得比枪刺更锋利。战士们大都没文化，而他的诗在师报、军报发表。班务会上做完记录，用小楷毛笔字誊清，漂漂亮亮地交到班长手上。团政委发现连队还藏着这么一个人才，大为惊讶，调他任团政治部文书，业余协助王大管编《战斗生活》小报。不久他又被调至师部。

部队在鲁迅的故乡绍兴作短暂停留，到舟山群岛驻扎下来。山区长大的郭连贻迷恋神奇的大海，一有机会就来海边，在沙滩上蹚沙子，看浪花与礁石嬉戏，望着无限辽阔、波涛汹涌的大海畅想。往常海鸥成群结队尾随渔船，这天却只见一只。它翅尖掠着水面飞翔，在近处划出一道优美的弧线，腾空而起，向着彩霞满天的远方奋飞。年轻的军官两眼紧紧追寻着它，脉管里热血激荡，他的心也飞起来。

可是，风暴骤然袭来，郭连贻刚刚抖开的搏击长空的翅膀被折断——1955年初，"审干"运动开始，组织上从档案里查出他舅舅是国民党特务头子田纯玉，有人就推测他是国民党特务。整材料、审问、大会批、小会批，轮番进行。血气方刚的郭连贻辩解、对抗，但招致更猛烈的攻击。

他想到了死，可求死不得。

他的世界暗夜如磐。

不知什么时候，一束光亮投射到心里，他默念起从报上读到的艾青的诗《礁石》："一个浪，一个浪/无休止地扑过来/每一个浪都在它脚下/被打成碎沫，散开……//它的脸上和身上/像刀砍过的一样/但它依然站在那里/含着微笑，看着海洋……"在诗人的笔下，礁石不是镶了花边供人观赏的美玉，而是经得住伤害、打击，顽强坚韧的战士形象。郭连贻受到感染，诗中的每个字都化作一块石头，砌进他的骨骼，把他筑成一块又大又硬的礁石。

一首诗救了一个人的命，郭连贻一遍遍背诵着这首诗活下来。

审查三年，得出结论：他不是国民党特务，但仍以"有历史问题"为由对他做开除党籍、复员处理……

"旧账，你不翻，不搅动，它就像一池清水，涟漪微荡；一搅，又沉渣四起。"郭连贻垂下头去，喃喃自语。

采访时我注意到，一上午他服了两次安定片。而不到一个月，他患了抑郁症。

我后悔、自责，不该做那刨根问底的采访，揭他的伤疤，却无法帮他止血。

三

每天早晨，趁老伴做早饭的工夫，郭连贻会出去走走。出大门，顺着青龙街往北，过了文昌阁再往西，在村外一个高崖上止步。环视一周，目光凝定在印台山山下那一汪翠绿色上。那汪翠绿色过去是生产队的苹果园，郭连贻曾在这个果园里待了十二年。

郭连贻复员后到生产队劳动，可他从小没干过农活，又体弱力薄，和那些牤牛似的壮汉一起锄地，被落没了影儿，随妇女们捆麦子，竟也跟不上趟。在崇尚力气的乡村，他是一个赖汉子。

小山村民风淳朴，尽管在那个特殊的年代，难免有歧视的白眼斜抛过来，但乡亲们还是给了他很多关照。比如队长派他和王老四到饲养棚铡草，这活什么时候出工、什么时候收工全是他们自己说了算，只要供上十四五头牲口吃草就行。1970年又安排他去看苹果园。

苹果园无疑是郭连贻的休养生息之地，甚至是他的桃花源。虽距村庄仅一里多地，却完全是另一个天地，没有"以阶级斗争为纲""打倒封资修"的花花绿绿的标语和震耳欲聋的口号，僻静得很。他全身放松，不再战战兢兢、如履薄冰，不再看谁的脸色；果园里没有重体力活，胳膊的酸痛也消失了。这样的环境正适合读书、写字（郭连贻一生不通稼穑，只对两件事用心：读书和写字）。白天劳动间隙，他都要写写字。吃过晚饭，在溪流边洗净手脚，他就坐在床头捧起书本。夜色已经不是压在心上的铅块，而是泼洒出去的芬芳的酒浆。远远村庄都沉睡了，茫茫山野只有他小屋里的灯光还亮着。四周虫鸣如拉琴弦，偶有大鸟怪叫拖出的长调，但无论多么长的声音都探不到夜的底，这夜有多深啊！而夜有多深他就沉得多深，他是一条在海底游弋的鱼。

> 居处峰峦叠嶂，林木茂郁，草棚瓜架，流水绕户。夜对青灯，但闻虫音，读书写字，时光不迫……

这诗一般的文字是后来郭连贻对苹果园那段生活的描述。

一个问题已困扰郭连贻多年——1963年，弟弟郭在贻拿着他的一幅书法作品，请杭州大学教授姜亮夫先生指点——著名训诂学家姜亮夫先生也是一个书法家。姜先生看后说："这字俗，俗啊！这字好在像赵孟頫，坏在太像赵孟頫。""俗"是书法中一个重要的审美范畴，它包括许多方面，笔法特别精熟、字太漂亮、太像某字帖都会被视为俗。郭在贻把姜亮夫的意见反馈给哥哥，郭连贻数日沉默不语。他知道清人邹方锷说过"书法最要脱俗。古人谓诸病可医，唯俗不可医"。如果说一个书家的字俗，几乎就等于判了他死刑。

是这样顺顺当当写下去还是彻底否定自己，医治俗病？对郭连贻来说，有点像哈姆雷特面临"生存还是毁灭，这是个问题"一样残酷。

郭连贻立誓断臂求生，此前，多事之秋无暇顾及，现在是时候了。他临刚峻险劲、顿宕激昂的《张猛龙碑》，临道厚精古、宽博俊迈的《张玄墓志》，临气势豪放、真复奇崛的《麓山寺碑》，临欹纵变幻、痛快淋漓的米芾，临粗拙、浑重和厚实的康南海；他向民间书法学习漫不经心的稚趣、憨态，向儿童书法学习天真烂漫；他把坎坷的人生经历、饱尝的苦难、心中的郁闷研进墨汁，他无心邀宠又不求闻达……在苹果园里憋了十二年，写了十二年，他的书法终于不见了以前的熟、巧、漂亮，克服了柔靡轻浮之疾，铸就古怪与苍拙、生涩与狞厉的艺术个性，从赵孟頫字里走了出来，脱俗了!

郭连贻的书法得以破茧而出、化蛹为蝶，还多亏一个人的帮助。这个人不是别人，正是他的三弟郭在贻。身为中国训诂学学会副会长、杭州大学博士生导师的郭在贻，不仅专业学术做得好，在书法方面也颇有见地。我在旻盦先生故居见过他写的"板凳甘坐十年冷，文章不写一字空""入我室者，但有清风；对我饮者，唯当明月"两幅书法作品，遒美健秀，洒脱飘逸，堪称书法上品。他虽然专攻二王，但涉猎甚广，并且他接触过郭沫若、沈尹默、林散之，与沙孟海、姜亮夫、王驾吾等书家过从甚密。郭连贻知道这是一位最好的老师，不耻"下"问，写了诗、书法作品就寄给弟弟看。郭在贻则像严苛的老先生批阅小学生的作业，另外，针对性地代购字帖，及时把自己在书界的活动、见闻、思考告诉哥哥。鸿雁翩飞，兄弟俩频频通信切磋书艺。请看郭在贻早期来信中的一段话：

吾兄的字比诗差一些，老练有余，而精神不足，结构方面受赵松雪影响太深，予人以矫揉造作之感。板桥道人的字在清代只能算第二流，吾兄对其评价过高，盖亦未得书法三昧也。应该看一看伊墨卿、金冬心诸家的作品，板桥的字跟他们一比，便显得俗不可耐了。

这种不同流俗的卓见在书坛很难听到，而这耳提面命般的"教诲"更为难得。为什么身处穷乡僻壤的郭连贻没有像众多书友那样，临了一辈子帖，写了一辈子字，最终还是个书奴、字匠，而能出类拔萃独领风骚，是郭在贻把他的眼界打开了，把他的境界提高了。

四

在苹果园，郭连贻过着一种隐士的生活。苹果园与外界隔绝，没有人来，他也很少出园子。黄泥小屋门前种有葱、辣椒、茄子，绕屋是一圈扁豆、丝瓜，随吃随摘，干粮是儿女们往这里送。他锄一会儿草，把锄头一丢，躺在树下暄腾的地上小憩，或者倚着树干打个盹儿，差不多就是"酒醒只在花间坐，酒醉还来花下眠"的"桃花仙"唐寅第二了。夕阳西下，一轮明月升上印台山山巅，他沿着横穿果园的溪流走着，不觉又想起林逋的诗"疏影横斜水清浅，暗香浮动月黄昏"。而他写得最多的是陶渊明的《饮酒》："结庐在人境，而无车马喧。问君何能尔，心远地自偏。采菊东篱下，悠然见南山。山气日夕佳，飞鸟相与还。此中有真意，欲辨已忘言。"虽然看守果园一天只记七分工，比干割麦、砍高粱之类累活的壮劳力少三分，工分少分粮、分红就少，家里日子不如人家，郭连贻却不在乎清贫和寂寞，他要在这里待下去。

然而，酒香不怕巷子深。有一天，一个衬衫洁白、皮鞋锃亮的人出现在果园。这个人是山东大学中文系教授孔范今。孔教授到邹平开会,听说有一个看果园的老汉是奇人,一散会就问着路前来拜访。郭连贻的黄泥小屋空间不足六平米,只有一把椅子,他请孔教授坐在椅子上,自己站在门口,正好兼管烧水——门外两块靠墙的石头上架着铁壶。孔教授看了看四壁的书法纸片、床头摞得很高的书,简短聊了几句,就断定面前这个手上脚上沾着泥土、草屑的人不能小觑,同时不觉为他满腹经纶却身陷这样的处境、从事如此低贱的劳作而惋惜。

郭连贻却十分坦然地说:"贫者士之宜,看园薅草何羞之有?"

孔教授震惊得一时无言以对,只好背诵孔子评价颜回的那句话:"贤哉,回也,一箪食,一瓢饮,在陋巷,人不堪其忧,回也不改其乐。"

"颜子的境界不敢企及,但看园读书,尽享贤达精神,即使生活清苦困顿,又怎么样?"

孔教授过去曾敬佩晚年更号为"六一居士"(书一万卷、金石遗文一千卷、琴一张、棋一局、酒一壶、一老翁)的欧阳修淡泊功名利禄,情趣高雅,但现在他觉得那老头儿不免过于安逸舒适,悠然自得,有风流自命之嫌,这位郭连贻先生才真正是风神高迈!

外面传开郭连贻有学问,1983年,邹平编纂县志,经县文化馆馆长王红推荐,特聘他为县志编纂小组成员。他不假思索,一口答应。看来郭连贻也突不破中国文化传统中"达则兼济天下,穷则独善其身"的人格塑造模式,道家的清静无为思想飘作天上的云,儒家的入世哲学又主宰了他。

在编纂小组,他负责梳理旧县志,撰写历史大事记,起草序跋和历史人物小传,外加考察方言土语,这无疑属编志中的重中之重、难中之难。资料极缺乏,可他不能干等着,干等多折磨人,积压在胸的岩浆涌动翻滚,要喷发。上午打听到肖镇一姓夏的退休教师有一本顺治十六年马骕主纂、顾炎武参修的《邹平县志》,下午他就顶着大风骑自行车去借,如获至宝。这本县志,梁启超曾赞誉为"学术著作""不出于俗吏之手",当然读起来也费力。郭连贻不畏难,一句一句地啃。

邹平是有历史的，夏朝，舜后姚姓被封为邹候，在此立邹侯国，经商、周、秦三代，西汉置县。这方圣地上文化名人辈出，陈仲子、伏生、刘徽、段成式、范仲淹、张万钟、张临、刘鸿训、王碧莹、李广田……一代硕儒梁漱溟也曾在这里创办山东乡村建设研究院，进行乡村建设实验长达八年。郭连贻对这些先贤心仪久矣，有的过去或多或少有所了解，或者远远地望过背影。但这次是登门入室，晤面对话，精神往来。他轻轻地敲门，虔敬地鞠躬，虚心请教，有时围绕某个问题还要一再追问。

越走近贤哲，他越胆怯，越惭愧自己浅薄、渺小。

修志九年，是郭连贻最珍视的生命中的黄金时光。一方面，正如他所言，"总算用上劲儿了"；另一方面，就积学储宝、滋养心性而言，其意义更是难以估量的。如果没有深厚学养和过人识见的支撑，只埋头临帖，他的书法断不会达到后来的高度。

《邹平县志》编纂结束后，郭连贻又写了《段成式乡贯应从邹平说》《范仲淹流寓考》《朴学大师成瓘》《义和拳在邹平起事始末》等三十多篇"编辑余话"，校注出版了《邹平历代诗选注》《萧亭诗选》，及《秋岩诗集校注》（与王忠修合作）。

在邹平，修志引起了一股文史研究热。不独郭连贻，王红、曲延庆、张向理、夏文超、成学炎、郭蒸晨、王忠修、刘庆亮、由俊佐、王奎强、张延龙、成刚、赵竟成等人也醉心其中。每个地方，都活跃着一大批这样的草根文人。他们有的挖掘地方史资料，有的搜集民间故事、神话传说，有的赋诗填词、创作散文和小说，有的写字画画。种种条件所限，他们多数水平并不多么高，只在当地小有名气——当然他们中也确有饱学之士——但是，一个地方活生生的文化恰恰是由一代一代草根文人传承着。他们以令人钦佩的智慧、热忱、执着和辛勤劳动，营造了一个地方的文化生态环境，形成了一个地方的文化"地气"；他们又像一盏盏明灯，引领着这一方土地的人们在文明进程中不停地行走。

这时候，郭家却遭遇了三大不幸。1988年8月8日，大学毕业五年、二十七岁的女儿郭霞，因生孩子引起高血压，输液造成心脑肾三衰，没抢救过来。1989年1月10日，事业如日中天的三弟郭在贻患肝癌，医治无效匆匆走了——再过一天就是他的五十岁生日，他没能过上。一个月后，《人民日报》公布了全国有突出贡献的中青年专家名单，郭在贻榜上有名，金灿灿的奖杯却已寄送无处。在郭连贻意识深处，弟弟是个成功者，他是个失败者；弟弟是他的骄傲，是他的精神支柱。可是现在这根支柱倒塌了！而他还没从哀痛中挣扎出来，母亲又离开了人世。母亲这辈子可不容易，丈夫去世那年她才三十岁，寡居五十多年，受苦受累，拉扯大四个儿女。郭连贻痛悔还没来得及好好尽孝。

夜幕垂落，郭家院子里响起悲凉的二胡音乐，曲调时高时低，时缓时急，时断时续，时滑时颤，缭绕在房檐、树枝间，被风撕得丝丝缕缕，融入夜色，使夜更黑。凝重的夜色压弯后背了，郭连贻回到屋里，又铺纸挥毫。墨汁浓得化不开，凄苦从笔端渗透纸背。

很长一段日子，他书法作品的落款总是署名"苦味斋主"，这是郭连贻为自己起的斋号。但是有一天，它变成了"漏月轩主"。

受聘修县志，只有临时工待遇，工资很低。他还得供两个儿子上学，家境窘迫，屋顶漏雨也无钱修缮。在乡村，你过得怎么样，不用问，一看房子便知。本事大的，高高的新屋拔地而起，气宇轩昂；本事小的，盖不起新屋，隔两年泥一层白灰，苫一层新麦草，驴粪蛋子外面光，也能维持脸面。郭家破墙烂屋，雨天屋里大盆小盆接雨水，村人是要笑掉大牙的。一家之主的郭连贻不是不难堪，但他却又从屋顶那个大窟窿看到了漏下的月光。纯净的月光洒下来，屋子里漾满清辉，多么美，多么富有诗意——郭连贻和乡亲们过着一样的生活，又过着不一样的生活。

他刻了三四枚不同风格的"漏月轩"闲章，工工整整地盖在作品上。

1994年夏天，两个儿子都已大学毕业，有了收入，郭家盖起一座砖房。重修大门，小儿子宪玉在扒掉旧屋腾出来的空地上种植竹子。竹子繁殖能力很强，三年五载西院就长成一片竹林。时过境迁，可是郭连贻写字还用闲章"漏月轩"。有人不解，劝他换掉，他笑着回答："沿袭其旧，更有意思。"他还专门写了一幅书法作品：

漏月轩者，屋顶洞开，有月光筛下之谓也……后漏月轩得以修葺，庭前栽竹数十竿，枝叶鲜茂，雨过滴翠。当万木凋零，百卉辞枝，有鸣禽夜宿于此。盖竹叶茂郁，岁寒不凋，可逾冬也。朝起但闻鸣声，上下如喁喁对语，倏尔飞逝，暮则归还，郑燮所谓鸟国鸟家者也。

从"苦味斋主"到"漏月轩"，表明郭连贻经过对大半生苦难岁月的咀嚼、反刍、吞咽、体味，大彻大悟，看透人生。英国作家萨克雷有句名言："这世界是面镜子，每个人都可以在里面看到自己的影子。你对它皱眉，它还你一副尖酸的嘴脸；你对它微笑，跟着它乐，它就是个高兴和善的伴侣。"郭连贻变得旷达、温良、淡泊恬然，在书法追求上也不务奇崛，但求平正，呈现出抱朴归真、古拙生辣、不蔓不妖而韵味十足的艺术面貌。

五

晚年的郭连贻越发蔼然可亲，谦逊睿智。中式对襟上衣，黑框眼镜，松形鹤骨，神态平和。儒雅，仁厚，颇有君子风范；淡定，安闲，带着隐士遗风。王红先生说他是一个山间真人。

我在写作长篇人物传记《郭连贻传》时，曾反复琢磨，给郭连贻一个什么样的定位更合适。首先想到的是"民间知识分子"，他不是学院派知识分子，可他的人格精神是知识分子的，他的人生道路和命运是中国当代知识分子人生道路和命运的一个缩影。但是我嫌"民间知识分子"这个称谓太"书面语"了，又想用"布衣学者"。他虽是"一介农夫"（他自称），却学识渊博，能著书立说，被特聘为山东省文史馆馆员，书法作品在《中国书法》杂志上专题推介，称学者亦无不妥。可我仍不满意，它与我所写人物的气质还不甚吻合。当我千寻百觅淘到"乡贤"一词，拭去上面厚厚的尘埃（当时还没有人提"乡贤"，多是提"乡绅"。而我以为乡贤和乡绅不一样，"乡贤"一般是清贫的，"乡绅"一般是有势力的），端详着这两个亮晃晃的字，不禁热泪盈眶——多亲切！它说的正是我的主人公。乡贤，扎根民间世俗的沃野，培植乡民美好品德，啄取泥土呢喃成春。张炜说："一个地方需要自己的文化老人……这些文化老人哪怕只是在一个地方沉默着，哪怕一时并不招人注意，但只要有，只要存在着，就是一个地方的幸福。他们的存在到底有多么重要，往往让人估计不足。"——说得多么好！

乡贤身上最闪光的部分应该是对中国文化传统的传承、坚守。只会打个算盘，有两根银针，或者会写对联，不一定能称得上乡贤。郭连贻生于1930年，历史的车轮行驶到碑楼这个小山村被印台山挡了一下，慢了半拍，他读的依旧是私塾（在碑楼，他是最后一批读私塾的人），上课是背书、写大仿。他一生酷爱读古书，浸淫于旧学；又致力于书法，而书法讲究取法乎上，上追古人，这都使得他的思想、行为与接受现代教育形成思维方式和价值观的人迥然有别，传统文化在他是深入骨髓、流淌在血液里的。当然郭连贻并不保守、迂腐，并不排斥"现代"，他反对的是"假现代"，比如晚年他对书法界的种种怪现象深恶痛绝。比如，抛弃传统，标榜"创新"，却实力不济，以做怪、做险、做丑而投机取巧；缺少东方文化精神、士人情怀的官员混入书法队伍，把协会变成官场等等。与好友谈论起来，这位波澜不惊的老者常常控制不住激愤的情绪，又得服镇静药。

"郭老这样的人以后不会再有了！"好多朋友感慨。这绝不是耸人听闻。近几年，多地新型社区强硬地取代了古朴的村落，乡村消失，乡村文明的根基发生动摇乃至不复存在，"乡贤"或然将是中国乡土上最后的一道精神风景。

  2018年暮春，我再次来到碑楼村，这是郭老去世两年后我第一次来郭家。门前，青龙街祖祖辈辈脚掌磨亮的石板被水泥覆盖，人们早已不叫它的名字；右面，文昌阁下新立石碑上竟刻着"菩萨庙"三字，张冠李戴（要是郭老还在，肯定会更正过来）。恍惚间似乎看到郭老出门迎接我，像往常一样，眯着眼，含着笑。但进了门，院内却显得有些冷清、凋敝（郭老去世后再没人住）。石槽花池还在，但没有水，睡莲叶子干皱在槽底。园圃里的月季花受到杂草的围困。客厅里人去屋空，藤椅扶手已不温热。忽然，我看到郭老站在竹林旁，在仔细擦一节竹竿上的尘土。我走上前，他却不见了，只有竹叶无忧无虑地绿着，却绿得凄冷。风一吹，飒飒作响，忽而如丝如弦，忽而如泣如诉。地下钻出一支支绿箭，给沉闷的小院添了些许生机。我在前院、后院转着，思忖着。一个小院出了两个文化名人，一位学界精英，一位乡贤，双璧互映，把它改建为纪念馆极有意义，可是那些人怎么就想不到？大家的呼吁他们也听不见！这时，一阵马达声响雷般隆隆滚过屋顶，我的心猛地一抖。路过县城时，我注意到，城郊的村庄都拆迁完了，推土机们正运足蛮力向外扩展领地。这群冷血动物凶猛异常，谁也不是它们的对手。碑楼村离县城没多远，说不准哪个早上就做了那钢铁利爪的猎物。覆巢之下安有完卵，这座宅院恐怕难逃大劫，郭氏兄弟纪念馆恐怕建不成。郭老的故居留不下，郭老的精神又在哪里？我胸中像堵了一团什么东西……

卷二 平原苍茫

啊！平原

一

洪亮、悠扬、温暖的钟声的音韵徐徐飘落之后，玫瑰紫的曙色缤纷了天幕，太阳从幽深的草丛里滚出来，挥舞万道金光。顷刻，依附于树身的暗夜的岩壁轰然倒塌，道路的峡谷被悄悄填平。大地像一卷宽幅的毯子缓缓地铺展，一眼望不到边……

——这便有了平原。

就在这时，树木、庄稼、花草叶子上的露珠亮了，密密麻麻，晶晶莹莹，夜里的满天繁星洒下来似的。高粱穗儿、玉米缨儿都红了，那一支支火把举得高高，那一束束彩线飘飘扬扬。在新翻过的土地上，泥浪闪着青铜的光泽，如一泓泓湖泊，湖面在缭绕的薄雾下起伏，仿佛蕴蓄着充沛的激情的胸脯。已经播种的田亩静谧无声，沉睡的种子在甜梦中蹬开厚厚的被窝，伸了伸懒腰。另一个世界也醒来了，野兔爬出窟穴，揉揉惺忪的眼睛，打着哈欠，喷吐心底积压了一夜的郁闷。默默不语的老牛支棱起耳朵，捕捉远方的声息，随即搭好套绳，急急匆匆，笨重的蹄子叩响土路……

在平原上，谁听不见这黎明之钟？

二

平原上有多少生命？黍粟稻麦秫豆薯……杨槐榆桑桐椿枣……骡马牛羊狗兔狐……

平原是生命的本土，是母性的。温厚，慈爱，把万物当作儿女倍加呵护；从不拒绝来者，单说植物，什么种子都可在这里扎根、发芽，包括蒺藜、野菰、菟丝、毒菇、毒芹、风茄儿、罂粟……

春风抚摸过平原，夏雨滋润了平原，这时候平原变成一张巨大的温床。泥土松软、潮湿，散发着淡淡的芳香；河流、沟渠密织如网，潺潺流水乳汁一般甘美。谁能经受住这诱惑？于是哪里有土壤，哪里就有生机，就有绿色。常常是一夜之间，漫坡遍野绿透；几天工夫，这绿就层层叠叠搁不下了。没法儿，就争相往长里伸，往高处蹿。你不让我，我不让你（也含着自我超越），新绿艳过老绿，后浪推着前浪（平原上才出现了"疯长"一词）。抽叶，抽叶，抽叶；拔节，拔节，拔节，到处响彻着这激昂的旋律。丛丛草绿、簇簇豆绿、束束葱绿、蓬蓬油绿、团团黛绿、片片墨绿……千百种生灵就这样呼啦啦拥挤在一起，呼喊在一起，葳蕤、苍郁在一起。

平原，因庞杂而雄浑。

"道狭草木长，夕露沾我衣。"陶潜老夫子的诗含了几分恬淡、怡然。在插不下足、转不过身、满满当当的平原上走，你却不由得有一种压迫感、震悚感。排排绿潮涌动着压过来，淹没了你。辽阔，深厚，一如无际无涯的海洋，谁也无力与它抗衡。它战胜了一切空寂和冷僻，碱地、盐土、废墟、河川的残骸全被它吞噬。人声如织、街巷纵横的大村小屯，都不过是漂在它上面的小小扁舟，这些扁舟自古迄今任怎么漂流也没相撞过。"水能载舟，亦能覆舟"，古人的这句名言在这儿似乎也适用。

越往平原深处，你越骇异：八百里大平原竟是波澜不惊，呈现一派古朴、和谐、安详之美。就连它的声音也那么平和、柔细。谛听平原，叫你不酒而微醉。那长的、短的、宽的、窄的、圆的、菱形的叶子们，一样恬静的面容，一样闲适的心情，或轻诵低吟，或窃窃私语，或者只脉脉含笑。你看沟边那几棵歪脖、驼背、倾着身子神态各异的柳树，多像劳作间隙借荤腥故事解乏的汉子，它们侃得很开心，侃到精彩处禁不住拍起了巴掌。这边的谷子却都低低地垂着头，羞羞答答，仿佛无意中泄露了内心秘密的村姑。而芝麻们则如同发辫上插着喇叭花的小妞，咿咿呀呀，浑身上下透着稚气，清纯可爱，这会儿她们刚完成一支童声小合唱，真想快快活活地嬉戏一通，可下一支歌又开始了，谁也不能离开自己的位置……

空中那只盘旋的苍鹰，酷似一位哲人在漫步、沉思……

三

"祸兮，福之所倚；福兮，祸之所伏。"有谁知道，平原并非一块福地，苦难就像它上面的泥坑、土堆一样多。

平原上的树大多生长在路边、埂堰、河岸、房前屋后、荒园子的乱石堆里（不知是鸟儿把种子衔来，还是哪个人随手将核儿一扔）。这些地方大都留不住雨水，也没有人来施肥，环境恶劣（连调皮的孩子高兴了也踹两脚，撸一把），它们并不逃走，默默地在这儿站着。树是平原的高度，它们多高，平原多高。本能和使命促使它们把根扎得更深，这样才能用手抚摸天空。地下却是漆黑一团，盐碱封锁了那里（这块土地盐碱的魔鬼很凶）。它们的梢头枯了，膀子上生了瘤子，在溃烂。说不定什么时候还会飞来几个携着火团的霹雳；就是一股狂风也能摧折它们，甚至连根拔掉。但这个家族却仍然家丁兴旺。

草是平原上最自由活泼最顽强坚韧的生命了。"离离原上草，一岁一枯荣。野火烧不尽，春风吹又生。"草又是早春绿色大军的先行者，"二月初惊见草芽"，然而这亮如珠碧如丝的草芽刚露出小脑袋，老谋深算、阴险凶残的霜冻立刻反扑过来。它们大病一场，气息微弱。好不容易恢复了元气，在地面上织出一层薄薄的软软的锦绣，就开始遭受万般的践踏。什么样的蹄、足甚至爪都是可以任意践踏草、蹂躏草的，这蹄、足、爪们趾高气扬，好像在替天行道，没有谁谴责这类暴行，为草们鸣冤。不仅如此，活在世上，草们还不得不接受种种无礼的鄙视、下流的辱骂，时时胆战心惊地提防着铁铲和锄头……

庄稼们的一生要经过多少磨难？种子下地了，可是天旱，土地干得冒烟，种子就像躺在烧红的鏊子上一样，烫得滚过来滚过去。不少种子就没有熬到出头之日。拱出地面的小苗苗虽然面黄肌瘦、弱不禁风，但毕竟获得了生的机会，不能不说是很幸运。老天好像动了恻隐之心，投下一场雨，这时候就是几个雨点也是恩赐，是救命的甘霖。可是雨下大了，庄稼地里积了水，那水被毒辣辣的太阳晒得如同滚沸的油，可怜它们又得忍受煎熬、折磨。这种折磨在它们简直就是家常便饭，它们根本不当回事儿，只要根泡不烂，它们该怎么活还怎么活。刚闯过这一关，企图扼杀它们、置它们于死地的天敌——害虫，已经挡住它们向前的路。蚜虫、螟虫、甲虫、黏虫、猿叶虫、食心虫……这群乌合之众个个都穷凶极恶，如狼似虎，吃肉，吸血，啃骨，啃咬和吞食它们的主要器官。据说，蝗虫成了灾，遮天蔽日的蝗虫像尖厉地呼啸着的轰炸机，三五个时辰就能把方圆百里的庄稼扫荡得片叶不留。庄稼们并没有惧怕，它们知道惧怕也没用，它们在农人的帮助下，与害虫展开了殊死搏斗。狂风暴雨夹着冰雹又袭来了。祸不单行几乎是平原上的一条定律。这对它们有时候是灭顶之灾，它们的腰被打断，叶子千疮百孔。但是，它们或者咬紧牙关从泥水里挺起，或者绝处逢生在折断处再生出新根，反而一场灾难长高一节，一场灾难成熟一分！由于消耗严重，农人提供的肥力不足了，它们有的就利用自己的根制造养分，有的干脆把根露在外面吸收空气作养分。都在悄悄积蓄力量，因为随时都可能碰上麻烦，最起码还有早霜、寒流、雪粒儿等着它们。

这就是平原上芸芸众生的命。这多舛的命在它们来说是与生俱来的，改变不了的，它们太弱小、太卑微了。可它们却不肯认命，要改变这命，它们挣扎，抗争；困惑，无奈；痛苦，忧愁；悲伤，愤怒；失望，希望……有时候你觉得它们好像啥理想、目标都没有，不喊苦，不叫屈，连一句抱怨都没有，它们最大的渴望就是活下去……

多到平原上来，贴一贴它的胸口吧！

四

不管打春早还是打春晚，不管雨水勤还是雨水稀，也不管闰不闰月，平原上的生命总是随着季节的脚步成长、成熟，这个规律就连无所不能的上苍都无法改变。

五月，芒种到了，"芒种三日见麦场"。蚕熟一时，麦熟一响，麦子早晨还青秆绿叶，午后就黄了梢，第二天已黄得热烈而凝重。一块麦田如同一块刚出炉的金砖，块块金砖连接起来，把平原铺成了天下最豪华的广场。太阳的金辇叮叮当当从广场上碾过，广场的金光和金辇的光相辉映，天空都被照得明明朗朗、暖暖融融。

什么叫辉煌？也许它还算不上，但这种经过苦难的洗礼、打磨迸射出来的光泽，却晃得人眼疼，让人一瞥就激动不已！

贫瘠、寒素的平原一下子变得富丽华贵、雍容气派了。密密丛丛的麦子每一株都那么茁壮，穗子那么长，芒锃亮，胖娃似的粒儿仿佛急欲从那张开的壳里蹦出来，饱满，光润，焕发着令人羡慕的成熟的神采。铸金镏铜而不轻浮，含珠吐玉而不张狂，从泥土里长出来的它们不会炫鬻，但它们也满意自己的丰姿。你朝我点点头，我朝你笑一笑，都在从对方身上欣赏自己，都沉浸在这幸福之中。南风在麦田里吹起圈圈涟漪，轻轻晃动着它们。它们像就要出嫁的姑娘，以无比甜蜜的心情等待着农人的收割。

这是平原上的盛事，到处喜气洋洋，热火朝天。那怪模怪样的、有点儿像非洲大象的联合收割机，笨手笨脚，憨里憨气，又兴致勃勃，在麦田里来来回回奔忙；成束的麦子用鼻子卷起来，转眼就从嘴里淌出一道金溪流，表演魔术一般。头顶草帽的农人跟在一旁，瞪大好奇的眼睛，要看出其中的奥秘。另一些农人（多半是年老的）却更相信手里的镰刀，刀刃一闪一闪，舞得飞快，不到地头不直直腰，到地头就混在了麦个子堆里。一声接一声脆脆的鞭响传来，载满麦个子的马车、驴车、牛车出了地，你却不见牲口在哪里，只看到一个个高大的麦垛移动；它们在土路上忽而歪向东，忽而歪向西，歪得你心颤，而那坐在垛顶上的人却悠然自得。这溜儿金山凸凸凹凹，蜿蜿蜒蜒，很好看。后面拉着粮袋的拖拉机急得直按喇叭，但你急你的，它们仍然蜗牛一般缓缓爬行，颇有大摇大摆的绅士的风度。这时节同样忙坏了地下的蚯蚓们刺猬们和天上的鸟儿。蚯蚓们刺猬们奔走相告，传递着麦子丰收的喜讯。鸟儿们都穿得花花绿绿，戴着漂亮的项链，一帮一帮，或者三五一伙，在田野里不知疲倦地飞着、唱着。有的像海鸥拍打着船舷一样尾随着联合收割机和运输的车队。有一种鸟直到夜间还兴奋地喊："麦秸垛垛，麦秸垛垛……"

　　这样热闹的盛事每年平原上只有两次，而且都很短暂，与那漫长的积蓄实在不成比例（上帝，你什么时候公道过？）。当那段叫"金秋"的日子飞逝而过，平原再与"金"字无缘。秋后，凋敝的田野裸露了出来，诗人把泥土还形容为金黄，这溢美之词是诗的语言，实际上它是枯黄，或者土黄。还有比这更平常的颜色吗，很少有人看它一眼。它已被遗忘。一点儿也不鲜艳、一点儿也不明媚的土黄色懒洋洋地摊在那儿，平原看上去就像做完了一年的事情再没有什么心事了似的，轻轻松松，自自在在。好像那失去了的辉煌不是它的，那不是它命里有的；或者那不过是一场梦，烟消云散了。它本来就是这个样子，这才是它的本色。

五

　　但是，平原也要衰老，也要死去吗？此刻，暮色笼罩了平原，死气沉沉。

　　冬对于平原是最残忍的季节。其实，那黑手在它到来之前就伸过来了，几乎扼杀了平原上所有的生命，平原上的血腥气和弥漫着的雾霭一样经久不散。那一幕幕惨象还如在眼前：强健而挺拔的玉米、高粱等高秆作物在仆倒时发出了震天动地的訇响，就如刑场上就义的战士一样，极其悲壮。矮小的大豆、绿豆们，临终前没来得及呼喊，也没力气反抗，千千万万生命就那样无声无息地消失了。纯洁、姣好的棉桃天生爱笑，她笑的权利却被剥夺，嘴巴被强行封住，再不能张开。藏在土层下面的胆怯的花生、白薯也未能幸免于难。"无边落木萧萧下"，支撑着平原的天空、用绿手帕将天空擦得瓦蓝瓦蓝的树们，在秋与冬合谋的火灾中壮烈焚化，灵魂飘作一地折断了翅膀的火蝴蝶。春夏之时那"迷人眼"的"乱花"毁灭得更可怜，一只纽扣大的躯壳都没留下。只有河水在缓慢地流，载不动块块铅云；枯草稀稀拉拉地在河岸、沟崖、坟包上战栗着（那还是草吗？它们已经没有了草的气色、气质和品格，徒有其表了）……

平原像惨遭洗劫后的疆场，喘息着。

平原像一位脸颊黑瘦、两鬓苍苍的老者，沉默着。

宁静的平原是可怕的。你漫步在平原腹地，心倒提起来，是恐慌？是担忧？

无边无际的平原只是没有言语，并不哀伤、萎靡、麻木、猥琐，空旷和坦荡恰好衬托出了它的博大、浑厚。不论你多么伟岸，在这儿都觉得矮、小；不论你多么富有，在这儿都自愧空、虚……

蓦地，你看见静静的平原上原来埋伏着百万大军，一个兵团连一个兵团，一个方队挨一个方队。似乎听到了号令，这百万大军冲杀出来，绿衣绿袍，绿色的旌旗翻卷，长矛密如林丛，威风凛凛，势不可挡。转眼间，平原好像打了个滚儿，它们又掀起欢庆胜利的热浪。舞龙，耍狮，踩高跷，扭秧歌。一根根彩竿立起来了，无数的花束摇啊摇啊，青的红的橙色的灯笼挂得到处是，长长的绸带、水袖缭乱了天，缭乱了地。与之相伴，天地间最庞大乐队的演奏高潮迭起，丝弦声，芦笙声，笛声、钢琴、扬琴、琵琶声，"嘈嘈切切错杂弹，大珠小珠落玉盘"，远处隐隐约约的爆竹声、锣鼓声、歌声、欢笑声也汇进来。侧耳倾听、细辨，这仙乐其实都是风、雨从树梢、草茎、庄稼叶儿上走过留下的声音……

  这并非虚幻。平原的苍茫、荒凉里正在孕育着这一切。（春不也是从冬的母体里分娩出来的吗？）

  绿了又黄，黄了又绿，这就是平原。

  一茬一茬，一代一代，子子孙孙，无穷无尽！

  平原永远不会衰老，不会死去，你看地平线上的日头——那匹红鬃烈马，它在飞奔，它从远古奔来，它怎能在此终止？穿过这个暗夜，它又将咴咴长鸣着腾空跃起！

  它就是平原的图腾，平原的徽章，平原的旗帜！

平原走笔

　　从青龙山脚下到黄河南岸这块苍黑色的土地，就是反复出现在我笔下、让我一生也写不完的梁邹平原。

　　可实际上，我多是凭记忆来描画她的模样，而且这记忆是支离破碎的，或许还是很表象的。有时候我问自己，你认识她吗？我内心的回答迟疑而不肯定。我离开她已经很久，拿我在她怀抱里二十年的短暂经历，怎能面对她的古老、广阔和深邃。在她面前，我真正感到了卑微、无力。好在我生活的城市离她并不远，隔段时日，总可找借口回来看看她。我乘车越过黄河，徐徐地自北向南而行（要是有一辆小驴车该多好）。我趴在窗口，眼睛一眨不眨地注视她的一景一物，陶醉于那一轴渐次展开的画卷，又被热热的情怀撩动得不能自已……

一

　　不，不要用"她"指代这块土地，"她"字与这块土地还不十分吻合，应该换成"他"——不知怎的，说到这块土地，我眼前就立起一个面色黧黑的北方汉子的形象。他阴郁着脸，身上黑黑的肌块沉默着，显得有点疲惫和苍老。但是他的骨骼却瘦硬而强健，眉宇间透着一股倔劲儿；使你相信他不是那种轻易服输的人，跌倒了，咬着牙也要向前爬。而他高兴了，会发出阳光般爽朗、响亮的大笑（我总看到他那一排与他的肤色对比鲜明的洁白的牙齿），令所有的人都感到心惊。

　　这种印象肯定带着我的主观色彩，不过你可以到这里来。秋天，草木衰萎、凋零，平原空旷、萧索。秋收结束，大片大片灰暗的泥土裸露出来。哺育了一茬庄稼、被禾根吸走了养分和水分的土地躺在那里喘息，气息粗重，微弱，好像再也没力气支撑了。地边有半株玉米棵或者苘麻秆，在风中瑟瑟地抖着，风雨洗掉了它的血色，恰好呼应着河岸上落了一地叶子的树木和沟底残败的芦花。河流和沟渠大都干涸，偶有一截存着水，像浑浊的眼睛忧郁地望着天上的云朵。与河岸、沟壑平行或者毫无联系却在某个地方绾成大疙瘩的土路，布满纷乱的车辙，如同蠕动的毛虫，但无论向哪个方向都把你的目光牵引很远很远，直到模糊为一派苍茫。平原是如此沉寂凄清，了无生气。谁能相信，熬过这残酷的冬天，第二年春天南风吹来，平原还会苏醒，地面闪烁星星点点的绿意；继而汹涌绿波漫过田亩，拍打高高的土坎、河堤，哗哗欢笑着在树丛顶端翻卷美丽的浪花？

我却不怀疑平原能战胜死亡、死而复生，因为我目睹了这一切——每年我都回故乡过春节，我的故乡是一个距青龙山四五里路的小村庄。我在哥哥嫂子蒸了一笼笼馒馍，煮熟了猪头下货，又烧开油锅炸肉、炸鱼、炸绿豆丸儿（村里人都在忙年，热气腾腾），侄儿偷出爆竹到街上燃放的时候，独自一人来到田野里。我顺着田垄或者废弃了的小道走着，这对我是很难得的享受，我与土地贴得这样近了。我驻足，徘徊，我好像来寻找什么。可是腊月里的平原有什么呢？荒坡上被孩子们烧荒后留下一圈圈草灰；土堰、田埂阴面还存有陈棉絮似的雪渣；说不定哪会儿，会被铅块一样的冻牛粪和冻牛粪一样的鸟尸硌了脚；那边一座新坟坟头白幡摇晃，散布着死亡的气息……灰黄。苍白。静止。僵死。除了我那粗手笨脚的父老乡亲，没有人还对它抱有幻想。我是个悲观主义者，我在深冬的平原扛不住彻骨的寒冷。然而就在我绝望地要返回的时候，忽然隐约听到一种声音，好像是心脏噗噗搏动的声音。我凝神谛听，这声音竟轰鸣如黄河浪涛了。原来这声音就是平原的心跳声，它来自平原深处。这是我的错觉吗？我确信我听到了。我第一次听到这声音时激动万分：只要心不死就行！果然，这个年假结束，我去向田野辞行，就在一墩枯草根下面发现了拱出来的针尖似的嫩芽，就看到畦畦麦苗儿悄悄脱下破衣烂衫，换上新装，舒展娇柔的身姿……

我的古老而又年轻的平原！你从每一次的死亡里获得新生，几千年几万年都是这样。

二

我实在找不到多少根据来证明我的梁邹平原多么出众，事实上它也太平常了。不像塞北那样宏阔苍凉，没有江南的滋润灵秀，论肥沃不如八百里秦川，地貌也说不上有特点，从文化角度看又极少可夸耀的古刹和碑林。它就是黄河下游的一块土地，与这里的任何一块土地都区别不开。难怪没人注意到它。它好像不值一写。

但是，我的平原上也有一串引人注意而又富有诗意的名字，如青龙山、杏花河、小清河、月河、黛溪……有读者从我的散文里读到"青龙山""杏花河"后，询问是不是我为其命名，把它们美化了。没有，这都是它们的真名。

青龙山是梁邹平原最南部的一座山。相传远古时代这里是一片更为广大的平原，五谷丰登，百花吐艳，蜂蝶起舞，翠鸟鸣啭。有一年，东海里一只老乌龟沿黄河上溯游玩，迷恋两岸的景色，住下来修炼，千年后成了精。老龟精是个很贪婪的家伙，要人们供奉数量巨大的骡马牛羊任它享用，稍不如意，就发浩渺大水，淹没方圆百里良田。南海观音知道了这事，将她的莲花宝座化作一条青龙捉拿老龟精。霎时黑云蔽日，风雨大作，小青龙挟带千钧雷电，疾疾奔来，照准老龟精投掷霹雳。可是第一个火球一触老龟精的铁壳又弹了回去，第二个火球在铁壳上跳了两下消失了……直到第七七四十九个火球，才听得咔嚓一声巨响，老龟精的铁壳被劈开。而小青龙也累倒了，落在地上变成了一座山，人们管这座山叫九节青龙山。传说，至今，每当雨雾迷蒙，会看到青龙山的"尾巴"在甩动，但头却依然抬不起来。

关于杏花河的传说里也有一条青龙，但好像是另外一条。说的是这一带十年九旱，大旱之年庄稼颗粒不收，饿死、渴死的人无数。杏花村里有一位叫杏花的姑娘，从小就知道为父母、邻舍分担忧愁。到十八岁，她出落得貌若天仙，前村后村的财主家用马车拉着绫罗绸缎当聘礼，可都被她婉言谢绝。一条小青龙也看上了她，托小蜜蜂做媒向杏花姑娘求婚，杏花姑娘却欣然应允。新婚之夜，小青龙问新娘："洞府珠宝千百件，你想要……"新娘不假思索："我不要金，不要银，愿借龙祖一道水，送到我家乡，解救我的父老乡亲。"小青龙感动得热泪滚滚，淌了一天一夜，便流成了这条人们称之为杏花河的河流。夜深人静时，从杏花河水的流淌声里，能听见杏花和小青龙那甜蜜的情话——人们都这么说。

每个美丽的名字后面都有一个动人的故事，它们都曲折地反映了人们征服自然的愿望，但也可看出，我的梁邹平原自古就多灾多难。我曾查阅过史学家曲延庆编修的《邹平县志》，在《历年自然灾害》一章，"大旱""大涝无收""旱，无麦""久雨，河决""旱灾，人食草根树皮""大水没稼""雹积尺许""蝗虫遍野""大雨、雹""大风忽起毁屋拔木""蝗灾""旱，夏粮绝""淫雨，瘟疫流行""大霜杀麦""地震坏民舍"……这类字眼密密麻麻。拂去岁月的烟云，它们就像穿透木板露出锋利的亮尖儿的钉子，扎得我两眼生疼。据统计，这里春旱频率高达92%，夏旱频率为69%，秋旱频率为48%，有时还发生连季旱，更甚者是连年旱。如果说连季旱、连年旱的情况几年一遇，不算很多，春旱夏涝或者夏旱秋涝却几乎是一年不落。非旱即涝，旱和涝这两个恶魔轮番蹂躏着平原。风灾、雹灾、霜灾、虫灾则是趁火打劫的行家里手，瞅准机会就在平原干瘪的肌体上撕一块肉，扯一层皮。

目光凝滞于发黄的纸页，我一阵阵晕眩。沉重？哀怜？焦虑？悲愤？我踉跄着跑到平原上，然而该怎样安慰它呢？我不知道说什么好。平原也无声，沧桑但却平静，好像这里不曾发生什么，或者什么都无所谓；抓一把泥土，还是温热的，飘着淡淡的芳香。这就是我的平原，今年遭灾看来年，小麦歉收还有大豆；是土地就呼唤种子，该播种的时候，它又毅然接过农人的期望……

三

现在，我就站在杏花河河岸上。

这次我是回来看望病重的老父亲的。我父亲是一个典型的庄稼人，土里生土里长，20世纪70年代到山西大寨村参观梯田出了一趟远门，此外再没走出这块土地。这块土地像养育一粒种子、一棵庄稼，养育了他，给了他幸福、欢乐，也让他吃尽了苦头。父亲一辈子贫穷，到老没积攒下什么财富。但是应该说父亲的人生也很了不起，他当过互助组组长、生产队队长、村长，不但带出了一个粮食亩产过千的"红旗队"，而且垒起了一座七间北屋的宅院，送出去两名大学生，还为两个儿子娶了媳妇（尽管小儿媳妇没要一分钱的彩礼）。完成了"任务"之后，老年的父亲从面色到身上的气味都越来越接近这块土地，腰也更深地朝土地弯下去。前几天他帮我哥赶牛耪地，瘫倒在老牛踩出的深坑旁。

父亲的病情得到控制，我脱身出村，去看望久违的平原。平原前不久也遭难了呀！今年是旱涝双灾，先是两个多月没落一滴雨，烈日喷火，灼伤的平原像红鏊子上的煎饼痛苦地扭动；后又降三场大雨，积水深及膝部，浅处也没了脚脖儿。天连阴数日，没出土的种子沤烂了，秧苗则像呼救的孩子一样挣扎。所幸灾难不是永远的，按乡人的话说，老天爷总有睁眼的时候。而平原只要有喘息的机会，站稳脚跟就不再怕什么——也不过十几天的工夫，平原已慢慢缓过来，虽然高粱从泥水里挺起，有的秸秆还歪斜着；玉米孱弱、蜡黄，一副大病初愈的样子；棉田里补的苗刚返青；谷子迟迟才露出头……但是它们却抖起了精神，憋足了劲儿，眼瞅着油亮的新叶就抽出来，茎秆争相往上蹿。庄稼棵子挤挤挨挨，推推搡搡，聚而成团，拢而为簇。仿佛就在刹那间，整个平原长高了三尺。站在河岸上，我看到浓稠的绿向远处铺过去，天地间变得逼仄，大块的云朵被这绿挤到了天边。多么隆盛的场面啊！我张大嘴巴啊啊着，脑海里蹦跳着这样一些词汇：壮阔、博大、浑厚、雄健、饱满、健康、众多、势不可挡、无与伦比……随即，乡间年集上、广场上、戏台子下那万头攒动的情景在心屏映现、叠印，同时胸口被什么东西重重地撞击着，而又那么痛快淋漓……

天接近正午，农人都已收工，一声懒懒的牛哞也听不见了，唯有身边的杏花河水在平缓地涌动，像一匹抖开的米黄中揉进少许蛋青的锦缎。一个个水泡擦过水草破灭，发出丝丝细微的声响（可惜白天杏花和小青龙去忙生产了，顾不上说话儿，或者那情话儿被凡尘的吵闹声盖住了）。我背着水流走下河岸，来到田里，来到密丛丛的庄稼中间。股股热浪扑向我，立刻将我感染成了一棵玉米。我的脚、腿都绿了，头发绿了，成了它们中的一员。这时候我听到了它们絮絮的低语、甜蜜的笑、清脆的歌声，还有激扬的欢呼、声嘶力竭的叫喊……静静的平原其实是一个喧腾的世界，是无边的生命的乐园。在这里，每个生命个体都处在无拘无束、自由自在的状态，身上都洋溢着蓬勃的野性和迷人的青春气。也许这些快乐的孩子已完全忘记了昨日的浩劫，透明鲜亮的心灵并未留下任何阴影；也许正是那刻骨铭心的浩劫使它们更加热爱这来之不易的生活，尽情地享受生命。

如沸如燃的六月的平原啊……

四

我觉得我与平原不可离分了，至少精神上是这样。无论是在平原腹地，被庄稼们呼啦啦拥着，它们的叶子扯紧我的衣袂，牵住我的手；抑或是一个人孤独地踟蹰在城市街头，四周有坚硬冰冷的钢筋水泥的阻隔，浓郁的泥土味、庄稼棵子味都不会从我的嗅觉和记忆里消散——好像这里面还裹进了农人的汗味、骡马皮毛被汗水浸湿的那种味儿。成年累月侍弄土地、与庄稼棵子耳鬓厮磨的农人——他们站在高粱地里就是一株株高粱，蹲下是一堆土坷垃——锄地或者施肥时呼哧呼哧地粗喘，大汗淋淋。骡马也是这块土地上的生灵，是农人的好伙伴，有人的地方是少不了它们的。

这热烘烘的气息的包围、熏染，使西装革履包不住我骨头里的土腥气，至今我还保留着许多乡下人的生活习惯与习性，写作时常常使用家乡的土话。我因此遭到嘲笑，甚至刚吃了几天城里饭、父母仍在庄稼地里滚的人也嘲笑我。不过我也嘲笑他们，因为他们嘲笑我就是嘲笑我的平原；嘲笑我不要紧，嘲笑我的平原，我就不能不笑他们浅薄。

我的平原是贫贱的吗？不是。农历八九月，经过了多少个日夜的漫长的孕育，经过了风吹雨淋、露浸霜打，玉米、高粱、谷子、大豆、绿豆、芝麻、晚稻、红麻、棉花以及苹果、梨、枣、山楂、柿子……都成熟了，都捧出累累硕果。辽阔的平原到处堆金垛银，那辉光映亮天宇，映亮了农人的脸庞。谁会有这么多的金子银子？谁能这般豪华，这般气派？只有平原。那是一种谁看了都艳羡的丰足、殷实，那是一种大富贵，大善大美。这个时候，我贫瘠寒微的平原真正获得了尊严，就是原先瞧不起它的人也不能不刮目相看。但是，它又不同于皇宫王府的珠光宝气的奢华，更不是小家碧玉穿金戴银的显摆，不，它丝毫没有炫耀之意，它不要彩旗，不要礼花，连华丽的地毯也不要（顶多衣襟上缀了点点朴素的小野花）。它本身的金和银也不是多么耀眼，你仔细看还会发现，那玉米的金棒是包在一层干枯的皮里的；谷子的金穗和它枯黄了的叶子的颜色差不多；大豆、芝麻的金粒儿藏在厚壳里，那金粒儿饱满了，润泽了，那壳儿则干瘪了，丑陋了；棉花也如此，开过银白、鲜艳的花朵，不但叶子失去光泽，枝条也渐渐萎缩，瘦下来……而且，也许是拼竭了力气，也许因为成熟了，它们都不再像青春时期那样，来一阵风就载歌载舞或者吵嚷半天，那天真烂漫里不免带点儿轻狂；也不像到了"中年"，粗大的骨节透出凛凛的傲然之气（我的平原低微却不乏血性），它们谦卑地低垂着头颅，沉默不语——如果是人，它们应该是把喜悦深深埋在心底，外表静如秋水的那一类，是不会说不会道、特别朴实厚道的那一类，是"贫而无谄，富而无骄"的那一类——浩瀚的平原就这样没有喧闹声、喜庆声，浑朴、凝重如泥土。可是这难道不是更为高贵的自尊？谁不在这份自尊面前肃然起敬！

　　我最喜欢这时候到平原上来，细细地感受这平静后面的不平静，这沉入甜蜜心境的苦涩酸辛的回忆；感受我的平原瘦弱躯体里不竭的热情和永恒的力量，胸腔便鼓荡起自豪感，在城市鄙视下的自卑荡然无存（我也是来寻找"底气"的呀）。可是，当我长久地在庄稼对面伫立，我多想一棵棵地扶直它们，但我做不到，我的手一松，它们立刻恢复了原样（是那果实过于沉重还是有别的原因？）；有的根本就无法扶——它们已经跌倒在地了，仍艰难地擎着那金焰穗子（这些庄稼在某次遭灾时被打折，着地的部位又生了根）；另外一些通体疙疙瘩瘩（那是与病虫害搏斗的记载），梢头的疮痂却还很"嫩"，我不忍触摸；替它们大喊一声吧，它们又总以沉默的眼神制止我……这就是它们，它们就是平原的形象，它们就是平原的魂！我简直不敢正视它们了，然而我如何忘得下，如何不来这儿看一看？只是如今我很少来，平原已开始"拒绝"我——这是平原上最繁忙的季节，村子里没有一个闲人，从十来岁的孩子到七八十的老人都在坡里抢收庄稼，一年的血汗凝结的收成到了手，那个从冰封的冬天就萌发的梦才算圆了，他们的腰杆才挺而硬。我正当壮年却都早早落下腰疼腿疼病的哥哥嫂子天不亮就下地，星星满天还不收工，累得混在谷个子堆里或者在玉米秸捆儿上一歪就呼呼睡去。（光阴和命运也在收割他们吗？）他们也不对我叫一声苦，不让我去帮一把，他们已经把自己的亲兄弟当成了尊贵的城里人、客人；我怎好再来"赏景"，来旁观他们牛马般地劳作！我只能借出差的机会从平原上走一遭，任它芳香的彩浪柔柔地拍打我的车轮；如果没有出差的机会，我就登上四楼阳台，呆呆地遥望它模糊的面影……

五

　　我的平原就是这样无声地屹立（是"屹立"！）在那儿。你能说它很美？可是，你能说它不美？

　　不管它美还是不美，不管它稻谷飘香还是荒歉年景，也不管它洒满阳光还是被风雨击打、被霜雪掳掠，我都无法不热爱这块土地。我是它的儿子，它是我的根。

　　如果可能，我愿意一辈子在平原上行走（这对我是怎样的奢求啊），用脚掌、用目光去抚摸它每一寸干涩、粗糙的肌肤。那土路、荒坟、枯井、瓜棚、水车、泥塘、古桥……我永远亲不够；庄稼、树木和杂草绿了又黄、黄了又绿，我的情绪也一会儿好一会儿坏；老牛拉着铧犁，拖着疲乏的腿脚，农人伛偻着腰，肩荷重负从我眼前走过，我背上也压了块石头；麦垛和黄泥屋的柔和轮廓在远处隐现，花瓣上的露珠和窗玻璃上的红霞点燃了我的眸子，我都一样地不能忘怀。我会像它上空的鸟儿一样，或婉转、或尖锐、或欢快或悲怆地鸣叫不停。

　　我知道，不在这块土地上耕耘已是大不孝，就让我做一个歌者，为平原父亲泣血而歌。

　　但愿我的歌像一缕清风拂去平原苍苍脸颊上的灰尘，像一脉溪流在他古老的心里荡起道道波纹，也如同一杯热酒，烧得他脉管鼓胀、狂躁不已……这是我最大的欣慰。

　　将来有一天，我和我的歌声都融入了泥土，那壤粒儿又嘤嘤嗡嗡飞起来、唱起来……

平原的高度（二题）

站立的平原

平原是怎么绿了的，满了的，谁也说不上来。

好像昨天还是一片寂寞的灰白，望过去眼睛发木、心就空了的那种灰白一直混沌到天涯；好像今早晨还只有一两粒小草拱破荒漠的地面，怯怯地露出针尖似的绿芽芽，料峭的风一吹又缩回去，远非"草色遥看近却无"的景观；好像刚才那啄破蛋壳的鸟儿的羽毛般的树叶儿，还被柔柔的阳光舔着，黄嫩嫩、湿淋淋的抖不开。一转身的工夫，一切全绿了，绿在到处流，在往远处铺，往高里垛。漫长的冬天留下的灰烬、废墟，以及那遍地盐碱屑的残雪，都给这绿轻轻地吞掉了。

一场撼人心魄的绿风暴卷过，可没人注意到。

满眼染着绿，满心漾着绿，这时候在梁邹平原上走，真幸福！

树是这个舞台的主角。它们有千万之众，黑压压地待在远处的河岸上，就那么默默无语地待着，听不见它们说笑，也听不见它们悲叹，颇似一些承受着重负又无抱怨的老实巴交的庄稼人。有一群从大路上朝这边走来，三一团，五一伙，呼呼啦啦，杂杂沓沓，如同下地割麦子的汉子，好不容易盼来好收成，步子显得急切而又轻快。早有几株树蹲在地头上了，像是有经验的庄稼把式，点燃纸烟，舒徐地吐一口，乳白的烟雾裹住了它们，它们久久地对着金黄的麦田出神，阴郁的脸上慢慢现出亮色。井台旁，天真烂漫的少女似的小树们却只顾忘情地耍闹，你弯腰扯一扯我的裙裾，我扬手拂一拂你的长发，嘻嘻哈哈，前仰后合，透明的阳光叮叮当当飘荡在它们周围，青春的气息又浓了几分。这时，顺着水渠过来数名"醉汉"——它们到底是饮酒而醉还是被麦香熏醉的？——东倒西歪，趔趔趄趄，不出百十米，身后就尾随上一溜儿树秧子。那些树秧子好像是来地里捡麦穗的孩子，一边看热闹，一边拍着小巴掌起哄……

在村里，到处也能见到树们的身影，就在那一家家栅栏门的小院里，在那院子当央或者窗台前或者南墙根儿。树其实是家庭的一员——小院的主人是这么看的——是兄弟姐妹中爱哼小调的那个，虽然有时调子有点低沉，但有了它小院才有生气。他们这样相依为命地度日，谁也离不开谁，如果哪一棵遭了砍伐，家里会好多日子很难过，很冷清。大门口一侧的树则仿佛一位大嫂在焦虑地翘首眺望，念叨外出打工的孩子咋还不回返；或者两三个正隔着街打招呼，有一搭没一搭地聊天。而村头那株磨光了皮毛、树干糟出洞穴的老树，是村里年纪最大辈分最高的长者，村人都把它当成老爷爷。它经历过多少风和雨，它已经不轻易发火，它感到了孤独，每天撩着胡须眯着眼看着村子的变迁，回味着早年的事情……

到了盛夏，受了充沛的雨水的滋润，绿在膨胀，平原深陷在无边的绿里。一块一块青纱帐田、稻谷田拥挤着，简直插不下一根别的颜色的针管。广阔的天空却为树们所独有，它们柔软的手帕挥动起来就像大朵大朵的云絮在自由地舒卷，那样子十分优雅；而当它们憋着一股劲使不出，狂躁不已、痛不欲生的时候，万丈巨澜平地掀起，翻江倒海，喷溅翠玉的泡沫拍打天壁，凄厉的涛声如同群狮的怒吼，又恰似隆隆雷霆滚过头顶。如此雄浑、深沉，这平原的粗重的呼吸。满世界只有这一个声音，那丝丝叹息、缕缕哀号都淹没在里面了。这时候平原呈现出一种悲壮的大美，令人敬畏。你看，这尽情地燃烧着生命的绿色烈焰依然熊熊不熄，它们永远不会熄灭，你不能想象它们会熄灭。没有了它们，平原就躺倒在地，倒退到那片死寂，那是多么可怕！

啊，平原，站立着！

可是，谁想得到，这块土地异常贫瘠，盐碱很重，地下的水苦咸苦咸，好多娇贵的树木都在这儿存活不下去，就是它们，身上也多凸起一个个丑陋的瘤包，梢头往往过早地枯干，叶脉里的液汁也比别处的苦涩。但是它们却不逃奔他乡（想趁夜晚开小差的一小帮，进进退退，黎明前又回到了原位），它们祖祖辈辈在这儿繁衍生息，在这儿快乐、忧愁、挣扎、抗争、绝望、希望着，一代一代在这儿根猛往深里扎，去吮吸那苦咸苦咸的养分；这特殊的养分化为它们体内不竭的热血，使它们的骨头变硬。我在一条被冲毁的河岸上见到这样三棵树，它们的根几乎全部裸露出来，一半以上已经绷断，那剩下的就更加狠命地抓住泥土，像鹰的铁爪，又有点颤抖，甚至不敢喘口气；这样保证巨大的树冠继续伸向高空，在云里完成它们的绝唱！

平原是树的苦难。

树是平原的精神！

倾听平原

平原疲惫地躺下来，劳作后的汉子似的摊平四肢，对着天空敞开宽厚、结实的胸膛。这个季节，那拥挤着、嬉闹着、任性地在这边掀起排排绿浪，从那边凹出条条金谷的庄稼都纷纷撤退，一群群地蹲在村旁场院里；贪恋热闹，日夜在田亩上欢唱着穿梭织网的飞鸟，不知逃向了何方；就连悠来荡去的小驴驹、牛犊子也踪影杳然了。空旷，沉寂，不痒不痛，无遮无拦，一眼可望穿八百里……

只有树们还站在这儿。

我对面的这些树，叫人简直不敢相认，它们变得这么丑陋了。它们脱去了银光闪闪的铠甲，憔悴，枯瘦，黧黑的枝干疙疙瘩瘩，且密布着一道道小口子，如同农人生了冻疮的皲裂的手，僵直地扦挚着，再没有往日那潇洒、优美而夸张的舞姿，漫天鹅毛大雪飘洒时才会替它们包一层絮棉。有一株树许是负载过太多太重的果实，树身前倾，压弯的枝条几乎触到地面，显得矮小，衰老，衣衫褴褛。你不由得好生怜悯，它自己却并不在意，好像正沉浸于一团美梦，又梦见头顶抽出簇簇新芽，新芽上缀满露珠的宝石……

　　这片林子后面的树则散漫、自由、轻松得多，它们或三五一伙地小憩在地头，或稀稀落落地顺着沟渠溜达，或独个儿在田间伫望、徘徊……很像丹青妙手恣意挥毫遗落的墨痕。远树无枝，远人无目，你看不清它们的模样，谁被雷电劈断、烧焦了半边身子，谁因为根毛吸不足水分早早枯干了须发，谁的膀子上长了一堆圆鼓鼓的毒瘤，你全然不知晓。甚至它们各是啥树种你也说不上来，你喊不出它们的名字。其实对它们来说，这不重要，平原上的树有无姓名是无所谓的。再蔓延开去的树就模糊了间距、姿势，仅剩一抹灰了，浅灰，深灰，很长很长，犹如峰峦起伏的山脉，绵绵地横亘在天边。

　　冬天的日头总是躲得那么远，像只断了线的风筝使劲往霄外挣，有时藏在如铅的云层好几天不露面，宇间混浊晦暗，酷似俄罗斯油画《伏尔加河上的纤夫》背景的色调。"平林漠漠烟如织"，浓浓淡淡的雾霭终日在低空缭绕，它的忧郁感染了树们，一株株面色阴冷。空气仿佛凝滞了，即使近前的树也不见树梢晃动。它们就这样默默地待在那儿。它们没有言语。浑朴的平原睡熟了一般。广阔的平原越发坦荡如砥、无际无垠。

　　我走下河岸，来到林子中，与树们紧挨着站在一块儿，拃拃这棵多粗，比比那棵多高，一寸一寸地抚摸树们苍白失血的肌肤；踮踮脚，钩住根长柯捻一撮硬硬的皮屑。它们冰凉的躯体泛着温热，我能感觉到它们的脉搏、喘息和微颤，能感觉到它们在思虑什么，为了什么愁闷。此时我好像才真真切切地看到它们活得并不轻松，活得如此艰难，它们在把痛苦、忧伤咀嚼千遍后咽进肚里，在悄无声息地承受着命运压给的一切。我的心异常沉重、疼痛，我为它们悲哀：你们怎么就不怨恨、不愤怒、不呼号、不抗争？！

　　平原太平静了，平静得令人绝望。

　　隐隐地，平原深处传来丝丝声音，细听又似乎什么都没有。不，是渐渐清晰，渐渐扩大，像钢铁铮铮的撞击声，像海潮裂岸的轰鸣，像万钧雷霆的震荡，迅速滚过整个平原，无数头巨兽般疯狂地摇撼着平原，要把平原翻个个儿。一阵剧颤，树冠上方支离破碎的天穹在噼噼啪啪往下掉。虽然我还分辨不出这声音是笑是哭是悲是怒，但我已经被一股无敌的力量、蓬勃的生气所裹挟、所推动。我眼前喧嚣起汹汹涌涌、铺天盖地的绿意，我听见一个崭新的世界正婴儿般呱呱诞生！

我不知道这声音来自树们，还是我的幻觉。

平原的平静也是一种大平静。

等待风。

奔向大东洼

天还不亮，村子就空了。我睡梦中听见父亲吭哧吭哧在磨刀石上磨小镢子；母亲急急火火，从北屋到饭棚，从饭棚到北屋，准备早饭，带好中午吃的干粮、喝的水；胡同里、大街上响起杂沓的脚步和老牛慵懒的低哞。整个村庄在鼓胀、涌动，很快，退潮一样，静下来。

母亲带姐姐去大东洼，却不带我。我只好按她头天晚上的嘱咐，等妹妹醒后一块去奶奶家。奶奶家在小街中间。小街张着空空的大口。井台旁大青石上，赵六爷爷拐棍斜在腋下坐着，一声不响，村里就剩他和奶奶这样的小脚老太太了。

奶奶正等我们呢。她拎着堂弟在院子里"碾场儿"，胖堂弟像个肉碌碡儿，矮小、干瘪的奶奶拎不动他。她把堂弟推给我，倚在门框上喘粗气儿。堂弟只知道到处拣小石子、鸡毛翎儿，捏起鸡屎往嘴里填。妹妹来了，他们就一前一后、连滚带爬撑地上的小虫儿。我能与他们为伍？我吵着去大东洼找母亲。奶奶皱起眉头："大东洼远着哩，大着哩……"

大东洼有多远，大东洼有多大？

我趁奶奶蹲茅房的时候溜出门。我要到大东洼去。我出村头，穿过打谷场，可荷花湾南畔东去的路被堵死了。庄稼垛得高高的马车、驴车、牛车嘟噜在那儿，这辆颤颤巍巍地过了"湾把子"的涵洞，下一辆才跟上。王邪子叔扬着鞭，吆喝着甘草黄骠子，一拐进湾西的打谷场就"轰——"地拉倒了车上的高粱穗捆。于老三他们的车贴着湾西皮向北了。而远处的又到了跟前。车都是从大东洼来的，我可顺着车辙走。但当我看这溜儿"屎壳郎"爬坡看得出神时，奶奶脚后跟一捣一捣地追来，拽住我的胳膊:"去不得,去不得……"

第二次逃出来,我没在荷花湾停步。那是一个下午,阳光把我的影子扯得像大人一般大了。我转眼就到了杏花河桥头。桥头西岸有座没棱没角少皮无毛的小土屋,住着一个腮帮子黑亮得像老茄蛋子的老头儿。他是王邪子叔的爹,在河岸上看树。他回村拿干粮时,我常碰上,却从来没喊过他"爷爷"——这个老头儿老是绷着脸,瞪着眼,样子很吓人。他提着只小陶罐走下河岸,到附近菜园子打水,身后黄毛狗尾巴一摇一摇。我想他不会理我的(他见了大人都不搭腔),可这时他却连喊两声。"去哪儿?去哪儿?"他伸长胳膊做出阻挡我的动作,"去大东洼?小孩子,不行……"

这个秋天,我的心思几乎全放在了去大东洼上。我走到过东坡的猪腰子地,去过杏花河石桥下的羊角弯地。这些地块都小,零碎,边角不齐,种的不过是芝麻、绿豆、黍子、花生之类小作物,队长派到这里干活的人往往是老头儿、奶孩子的媳妇,还有赵家傻二和长过婴儿瘫的王勇子。王勇子有一把好嗓子,从地这头到地那头地唱"妹妹你不朝我看一眼",傻二也哼,直把他们整个儿的活路哼得稀稀拉拉。好歹队长从不来查看,随便他们散漫地干。这样干一晌收的庄稼捆儿傻二也数得过来,车是不值得费一趟的,要么他们收工时一人抱一个、提溜一个,送到打谷场;要么把庄稼捆儿搁在地头,让从大东洼回来的车捎着。奶奶的西邻枣花婶子干一气儿活回家奶孩子,回去时屁股后缀上了我,不过她不准我乱跑乱窜。开始我大开眼界,见到什么都觉新鲜、有趣,但没几回就玩够了。这里不是大东洼。我还没到大东洼。

我偷偷地爬上杏花河河岸,踮起脚向大东洼张望。大东洼被乳白的雾霭笼罩着,什么也看不清,越发神秘。不,我好像看到了奶奶说的那轮磨盘大的太阳。奶奶无数遍用漏风的嘴絮叨,很久很久以前,东海龙王的两个儿子——小青龙和小白龙,乘着一场大雷雨你飞我舞到这里玩耍嬉戏,过后地面凹下三尺,汪洋一片,庄稼都快淹死了。观音菩萨念及这一方生灵,就点化太阳在这里变得磨盘那么大,而且就柳树梢那么高。洪涝造不成灾了，可是秋天雨水少了的时候，庄稼都早早焦了叶子，焦得狠了简直要着起火来。所以庄稼一熟，人们就舍家撇业，在大东洼安营扎寨，扛着那轮磨盘大的太阳抢收……我揉揉眼仔细瞅，那轮磨盘大的太阳消失了，我的心却仍咚咚跳个不止。

当我真真切切地站在大东洼面前，我竟感到一种空前的恐怖和震慑压过来，我本能地向后退缩。这种恐怖和震慑来自我的视觉不能把握它的壮阔和我的感受无法承受它的热烈。大东洼周围少说也有十几个村庄，收获季节这一圈村庄的老老少少都倾巢奔来，但在大东洼里，你却看不到多少人，那森林一样的高粱棵子、玉米棵子轻轻地把他们藏起来了。收割完的地里是能瞧见人的，他们忙着打捆或者装车，可是他们的身影却显得那么小，如同侏儒或者小木偶。拉着庄稼走远了的牛车、马车、驴车更小得可怜，像蜗牛或者蚂蚁，在细如丝带的土路上蠕动。在大东洼，你也听不到叫号子、呐喊。其实不是没有，鼓劲助威的高音喇叭村村都高高地架在宣传棚上，可连同那嚓嚓的镰刀声、噗噗的镢头声，都给像海绵吸水一样地吸进去了。你只能笼统地听到一种轰轰隆隆声，像天边滚动的雷霆一样的轰轰隆隆声。（上个月我在沈阳解放战争纪念馆看再现辽沈战役的电影，那方圆数百里的战场同时铺开，硝烟弥漫，炮火连天，这边短兵相接，那里发起冲锋，东伏击，西突围……我立刻就想到了我的大东洼，想到了在大东洼里奋力拼杀的我的父老乡亲！）

那可说是一个偶然的机会，读小学一年级的我，放了秋假，有幸参加学校组织的去大东洼复收的活动——在砍倒的玉米秸上踩，不断有被不小心遗漏的棒槌子硌脚，被硌痒了脚的我们就兴奋地大叫。这样踩一会儿，大叫一会儿，我们又去看一会儿大人们砍玉米秸。他们一个人揽着四五垄玉米，抡圆镢头，狠命地砍。呱呱湿的褂子贴在背上，裤子也湿到了脚腕子。不少人干脆光着身子（只穿个三角裤衩），浑身上下紫黑紫黑，玉米叶在上面拉出一道道口子，汗水淹得红红的。人人脖子上搭着一条粗布手巾，擦汗用，一拧一把水。有的拿手巾在水桶里浸过，顶在头上，任水滴滴答答流下来。他们被镢头带起来的泥土弄得蓬头垢面，经这水一冲，都成了大花脸（太像后来我在一处煤矿井下见到的矿工了，怪不得说农民工人是亲兄弟呢）。他们却无暇顾及，只管咧着嘴、咬着牙往前赶。

休息了，我们生产队的人聚向了机器屋子，屋里挨近黑牛似的卧着的抽水机打满了地铺，屋外树下扎着窝棚。地铺是上了岁数的人的（尽管那柴油味儿呛得人鼻子疼），窝棚青年人住。人们来到自个儿的铺前，腿再也拖不动，横七竖八地歪倒，呼噜声立刻就响起来。棚口那个睁着眼呻吟的是我的哥哥，他读完中学，在公社干了两年临时工、"临干"，刚回来，身上刚蜕了一层皮，他还不习惯这呼噜声。女人们得每天回家备饭，这里没有她们的铺，她们就挤在东山墙一块不大的阴凉地里，你靠着我的肩膀，我枕着你的膝盖打盹儿。还有人到机器屋子这两步也懒得走，拢一拢砍倒的玉米秸，就地躺下。上午休息，小伙子们还找个由头扎在姑娘堆里没话找话地胡扯；下午休息时，他们也撑不住了，没了那心绪。

那年秋天，大东洼那看上去永远收不完的庄稼还是被收完了，人们心头仿佛掀掉了一座大山。这是一个多么辉煌的胜利，应该燃放爆竹、礼花，饮酒，唱戏，欢天喜地庆祝一番，可是大东洼却死一般地静——农人们也被砍倒了。当他们又挣扎着在新翻的土地播进麦种，每个毛孔里的汗淌尽了，丁点儿气力没有了。我们队的这支人马回村时，七零八落，打了胜仗的他们士气竟低落到了极点，一个个面如死灰，骨头散了架，来一阵风就能刮倒一样。就连墩子哥都垮了，一瘸一瘸的，他可是力大无比啊，井台旁的大青石就是他从青龙山背来的。他脊梁上有块花斑，人们私下都传他的前世是一头花犍牛。王邪子叔的甘草黄骡子也垂下了头，无精打采。这匹高傲的大牲口不知挨了多少棍子，本来它膀圆腿长，行走如风，可后期死活不拉套了，王邪子叔扔了鞭子，换了一根枣木棍子打它的后腔。打完，他的臂膊都哆嗦半天。老人们站在村头迎接他们归来，看到这情形，心疼得红了眼圈儿，撩起衣襟擦呀擦。

所幸今年没出大事儿，往年都有意外事故发生，据说赵六爷爷就是有一年秋收累得大口吐血，被人从大东洼抬到公社医院，命保住了，但从此拄上双拐，再甩不掉。我母亲也曾昏倒在田里……

一茬人老了，退出大东洼；一茬人长大，走进大东洼，我们祖祖辈辈都是这样。慢慢，我可以自由地出入大东洼了，我总是唱着歌过杏花河石桥，过"孤岛"地，过机器屋子，到大东洼的腹地去。从一开春，我就来挖野菜，跟着一只野兔穷追不舍，高呼："兔子掉了鞋了！"幻想兔子回来找鞋，但没有一只中计。入夏的连阴雨会使地里积水，高粱地里的积水不必慌着排，六七天工夫就有小鱼游动，我们赤脚扑进水里去捉，忘记了打猪草。拾柴时，我们在大东洼的沟沟渠渠里"打游击"，我领的这帮是"解放军"，我的同学孙大头领的那帮叫"国民党"。除了途中遭遇朝他们投掷土炮弹，"我军"还不惜南征北战，踏遍大东洼，打柴数量一定得胜过敌方。当跑得喉咙里冒烟，我们就回到"堡垒户"——杏花河桥头王爷爷那里去喝水。我不再怕他，他好像也不那么凶了。我们搬起他的小瓦罐咕咚咕咚地喝，甚至把一罐水全喝光的时候，他眯着眼看着，一脸的慈祥。大东洼是我们的乐园，然而无忧无虑的时光太短促，游戏还没做完，我过早地懂事了。已经黑不溜秋的我明白了自己是农民的后代，从农人脸朝黄土背朝天劳作的身影，看到了我的来日；从回乡知青的哥哥怎么抗争也没跳出农门，没翻出大东洼的手掌，预见了我也将侍弄一辈子土坷垃，最后化作一块土坷垃的命运。一个粗手大脚、弯腰驼背、表情木然的农人的形象在我眼前渐渐清晰（那就是我！），他在向我招手。小小少年半是恐惧，半是神往；半是犹疑，半是心切。

但我结结实实领教它的厉害，还是在高中毕业之后。十七岁的我是一条像模像样的汉子了，可是队长却仅仅因为我父亲升任了大队长，而安排我和于跛子一起做护青员。在我看来，这是对我的羞辱。我夹着铺盖卷去了大东洼。我混在了墩子哥那帮黑铁塔似的人群里。我也脱光了膀子，我也把粗布手巾浸湿顶在头上，我也咬着牙、发泄仇恨一样地一下下抡起镢头。玉米垄长得望一眼就头晕呀，头顶那轮太阳比磨盘还大呀，周遭像燃着火要把我烘干呀。我手上血泡摞血泡，茧子叠茧子了，我歪歪斜斜地拖着灌铅的腿走路了，我一进窝棚就瘫倒死猪般昏睡不醒了。我不再在乎胡荃荒芜的丑陋，我的性子变得粗野，我习惯了用满口脏话骂娘。我恶狠狠诅咒大东洼，我彻骨地痛恨大东洼，我恨不得立刻远离它，永远不回来。但是我又知道我与它是不可分离的，我与它融为一体了，是它熔铸着我新的生命……

这是我今生中最阳刚的一段日子，在这真正的中国北方的田野上，在这充满悲壮感、英雄气的土地上，有我洒下的血和汗，留下了我坚实的脚印。我难以忘怀。

…………

多年后我离开了大东洼——恢复高考，我考取大学，这可以说完全是个例外。我实在不是逃避农村生活，也不是背叛了我吃苦耐劳、如牛如马的父老乡亲——恰恰相反，我深深地依恋我的乡土，我一直以为农民是最伟大、最可敬的人——而是我发现了一个和大东洼一样但却更为广阔的天地。它对我形成了极大的诱惑，我内心的渴望像当年对大东洼的向往那么强烈。我懂得，如果停留在一个地方会被困死的，我必须不停地寻找，不停地向前走。那里同样密布着困难甚至苦难和艰险，同样是无边的炼狱，同样要豁出命去搏。但我没有迟疑，我走向它。我是从大东洼里走出来的！

田野飘香

庄稼人的日子有时挤成疙瘩儿，不留一丝缝儿，晨昏掰不开，连坐下来吃顿饭的空儿都没有了。有时又稀稀落落地单搁着，可以在它们之间摆上几碟菜，热一壶酒，很滋润地自斟自饮；或者街坊好友三五一桌，猜拳行令，你家喝了拽到我家喝，不醉如烂泥不算一场。可庄稼人生来犯贱，累死累活、喘不过气来的时候，觉得最有劲儿、最痛快、最有活头；一旦闲下来，倒蔫了，垮了，身上的肌块像有虫子钻一样难受得很。而到老来，蹲在墙根儿晒太阳，你听吧，他们有滋有味地拉的差不多全是农忙时节的事儿。

秋分前后是一年中最忙的一段日子。这段日子，庄稼人在大东洼里抢收抢种，首尾不见亮色，天还灰蒙蒙的就出了村，黑天辨不清人和庄稼棵儿了才回来。大东洼离村子三四里路远，早、午饭回家吃嫌耽误工夫，生产队就安排人送饭。当太阳爬到一竿子高，砍玉米的砍了两遭半，割豆子的割了一大片，人们开始不断直起腰，擦把汗，向杏花河桥头望。这时就看到一对"大雁"过了桥，翅膀一扇一扇翩翩而来。"是咱的饭！"不知谁眼尖。几乎所有的人同时望去，肯定地说："是咱的！"一阵兴奋掠过，他们更加凶猛地干起来，要在吃饭前赶到地头的样子。也有人仍站在那里一遍遍撩起汗衫擦额、擦腮、抹脖颈儿，眼睛却瞄准越来越近的"大雁"看得发呆。那是两个挑着担子的女人，一个是胖嫂，身板茁壮，短短的胳膊一只扶着肩上的扁担，一只划桨似的横着甩；另一个是于家锁头刚过门的媳妇，高挑个儿，细腰丰臀，随着担子颤悠腰肢有韵律地扭摆。那站着擦汗的就是在看她。

等"大雁"在地头上栖落，队长阔着嗓门儿喊："吃早饭啦，吃早饭啦!" 不管是已砍到地头的, 还是离地头仅差四五步的, 都扔下小镢子到水沟边洗手。本队在附近割豆子、刨地瓜的听见喊声也聚拢过来。饭菜一包一包摞在扁篓里, 方格粗布打的包, 蓝道道毛巾裹的团儿, 这袋露在外面的碗上有个豁口, 那双筷子头刻着姓名……没有记号的, 来时家人对锁头媳妇作了嘱咐, 她正帮你认。百家饭菜百家样, 有烙油饼加炒扁豆的; 有麦子面秫秫面蒸卷子配咸鸭蛋的; 还有的是地瓜面窝窝头, 窝里填着块腌水萝卜……饭菜好的就地拉过两捆玉米秸, 爷俩面对面坐下, 打开包, 老子先端起菜盘一嗅, 大着声说:"好香啊!" 一旁立刻有人应和, 换了一种腔调儿:"他娘的, 想吃不想吃, 老是油饼!" 饭菜孬的则没了音儿, 他们往往躲到某棵树后, 某条坎下, 或背着大伙吃蹴着, 埋头吞咽。两家关系不错, 或者两人平素要好, 又各是"单帮", 会自然合在一起吃; 如都带着后生, 就你喊我:"来尝尝你嫂子炒的丝瓜!" 我喊你:"看你兄弟媳妇调的包子馅好吃不?" 也有不沾亲不带故, 又没受到邀请, 就戳你一筷子虾酱、抓我一只煎蚂蚱的人。这人一边往嘴里塞干粮, 一边东瞅西寻, 嬉皮笑脸凑上来。大家都怕他, 他到哪儿, 哪儿就转给他脊梁骨。但要是谁没找到饭包——敛饭时漏了 (这种情况偶然有), 人们会这个匀给半块发糕, 那个递上一张煎饼……

队里备了一捆葱白儿, 谁吃谁拿。正宗的章丘"鸡腿葱", 辣劲直拱鼻腔。汉子们被拱得脑门上冒汗珠儿, 照样大口大口地嚼, 看谁吃得多, 可不能少吃了——又不花钱。吃了葱嘴里的味熏得人慌, 放的屁特臭, 幸亏原野广阔, 风大。

胖嫂担的那两桶玉米面黏粥也是免费供应, 可惜人多粥少, 一人也就分一碗。多数人都只盛一次, 也有人盛满赶紧喝两口, 再添上一勺子, 才嘻嘻笑着走开。还有人, 比如老凯叔却是眼睛直瞪瞪盯着粥桶, 迟迟不动手, 待粥剩个桶底了, 一下子上去捂住桶口:"咱包圆儿了!" ——桶底有一层面蛋蛋儿, 好像只有他知道这诀窍。

人们吃饭的当儿, 锁头媳妇和胖嫂去了不远处的沟畔或地瓜地里。

露水还没下去，得挽起裤腿。她们俩或一前一后，或一左一右，一个像只仙鹤，一个像只老母鸡，在捉虫子，还是在觅食？男人们的目光被牵了去，和锁头平辈的小子们直截了当："锁头，你媳妇好馋人！""锁头，这半年你的脸小了一圈儿了！"当然不能冷落了大勇哥："俺胖嫂的妈妈（乳房）少说也跟得上俩馍吧？"掺了这些荤腥话，饭菜越发香甜。她们回来了，手里都有一掐水鲜鲜的猪草或者野菜——男人们没注意，他们关心的不是这。

饭场周围有一眼井，后生担杖钩子挂住桶，垂下去，手臂一晃，就提上一桶清水，人们便洗刷碗筷。没有井水时，则劈几片玉米叶儿把碗筷擦净，然后包好放回扁篓。胖嫂和锁头媳妇就担着悠悠荡荡回村去。半上午时，她们再送两担开水来。

吃了饭，队长抽完一袋烟，就下手。砍玉米秸，小镢子得抡得高、快、准，砍入玉米根部半拃深，猛一提镢板，连根带土一大坨出来了，再用镢头把根上的土磕掉。干这活要的是臂力、手力大，汉子们臂膀上的肌肉凸成块儿，手上的筋都绷得紧紧的。割豆子，那可不是割柔细的嫩草。秋后的豆棵儿是铸进了钢丝儿的，磨得锋利的镰刀割不上一个来回就钝了，拉不动了，姑娘们的胳膊胀痛渐重。体力活消饭食，天还不到正午，肚子里都咕噜起来，队长就说"歇一会儿吧"。

人们歪歪斜斜四近散开，年长的拢了拢玉米秸，躺下打盹儿；烟瘾大的，急着捻一锅旱烟末儿点着；年轻人却不安生，他们到土堰或者沟岸斜坡上挖"小土窑"，把鲜树枝子折为一截一截，横在炉膛上，上面排了棒槌子和地瓜。我们放了假参加秋收的学生娃热情高涨地去拾柴草，你一抱我一抱，往炉膛里续。烧掉了棒槌子外面的干皮，里面的湿衣腾腾冒热气，掌炉的不时翻一下。转眼棒槌子就烧好了，每人都得了一份啃起来，外焦里嫩，香喷喷。蹿上来的火苗还能烧豆子，多是泼辣的女孩子用镰刀挑着豆棵子在火上烤，烤到豆荚嗞嗞冒油就算熟了。难熟的是地瓜，地瓜得焖——烧过四五炉棒槌子、豆子，炉壁的土发了红，粗粗的鲜树枝炉条被烧断，地瓜落在炉灰里，趁势踹塌炉膛，用那发烫的土把地瓜埋住。这样焖熟的地瓜热乎乎、软乎乎，甜如甘饴。

焖地瓜得大半个时辰才行。干一气儿活来吃熟地瓜正好。可是有人先偷偷来扒了，另一个发觉了悄悄跟上，一伙人奔了来。扒到地瓜的就跑，后面的就追。你抢过来猛吃几口，我又一把夺走。一个个弄得嘴角是灰，脸上是土。全坡人都停了活儿观看这场"混战"，队长喊两声喊不回来，也看着乐。

其实多数人烧野吃并不是因为饥饿，而是一种娱乐，是青年人闹着玩。大人再玩这个会被视为"老小孩儿"。我们队就有一个"老小孩儿"混在年轻人中间，而且都是他鼓动着干，他烧烤也最拿手，吃得也最多。他就是老凯叔。老凯叔家里并不穷，囤里的粮食生了虫子，可据说每回送饭他都不让老婆多放干粮。此事无考，不过有一次我确实听到老凯叔在啃棒槌子时自言自语："这玩意儿，顶饭哩！"（至今说起这事儿，老凯叔还得意地捋他那花白的山羊胡子。）

秋天的大平原是富有的，田野里到处会升起烧野的烟缕，它们缠着股股香气在空中缭绕、飘散。

古老的"游戏"代代相传……

羊将军

他站在羊群中间的一个高坡上，像一位将军。当然这是我这准诗人的感觉——在准诗人眼里，他挥着鞭子，羊儿们散在他脚下，驯顺地听从他的驱遣，就像疆场上将军长剑一指，威风凛凛地调动千军万马。但他的名字却很不将军：二赖子。当然这不是他的真名，而是村里人给他起的外号。它像一件破衣裳贴在他身上怎么也剥不下来，这又弄得他灰头土脸。

这个人是我故乡的一个本家哥哥——他的真名我倒记不起了——他很小就没了爹娘，奶奶瞎了眼，照顾不上他。他的衣服是别的孩子穿旧了送的，褂子长及膝盖；鞋袜也是拾着穿，常常露着脚趾。左邻右舍先是怜恤他，慢慢地，和热红薯同时丢过来的还有些许冷冷的嘲弄。你这样待他，我也这样待他，他成了一只你踢过来我踢过去少皮无毛的球儿。年龄小时，他没觉出什么，一岁岁大了，听着人们不叫他的真名而喊他"二赖子"，心里开始不是滋味了，可一切都已难以改变。甚至在他长成五尺汉子以后，队长派活，不派他去种庄稼、管理果园，不派他开抽水机，而派他放羊——那年月生产队养羊目的只是积肥——河岸、沟底任他和那群羊玩去吧。他委屈得要死。

二赖子赶着羊群在原野上悠来荡去，没人管他。他伸直了腰，丛丛碧草使他蒙了灰尘的两眼得到清洗，心里也漾起层层柔波。羊儿们沙沙沙地埋头吃草，很省心，偶有一头嘴巴刚触到地边的禾苗，他投去一颗坷垃，那头羊就乖乖地回来。不过，他也愿意看到，调皮的小羊羔偷偷离开妈妈，你追我，我赶你，戏耍着跑到很远的地方，迷了路的孩子似的绝望地哀鸣，那样子挺好笑，又怪可怜。观看大公羊角力更有趣，两头大公羊为了争与某母羊亲近展开了争斗，各自后退几米远，然后冲对方奔来，钢叉似的角撞在一起，咔嚓——发出天崩地裂的巨响。一会儿，这些他都视而不见了，只管自个儿引吭高歌——他从戏匣子里学会了不少现代京剧唱段："朝霞映在阳澄湖上""临行喝妈一碗酒""穿林海，跨雪原，气冲霄汉"……一段连一段，且伴有动作，像郭建光那样只手擎天，像杨子荣那样"跨上了青鬃马"……羊儿们搞不懂主人在做什么，都一脸疑惑；而有时候则像听到他发出号令，齐刷刷朝向他，做好了响应的准备……

我在离他很近的地方割猪草，很羡慕他的潇洒。数年后，我在明亮的大学课堂里迷恋上诗歌，写的第一首田园诗就描绘了这个场景，并使用了"羊将军"这一意象。

然而回到村里，羊将军又还原为二赖子。其实一过"湾把子"就与在原野不同了，那堆儿在墙根乘凉或者晒太阳的老人，眼眯缝着（似睁似闭），瞧也不瞧他；他喊"爷爷""大娘"，他们却好像都聋了（刚盖起大厦檐瓦房的三井从这里过，他们咋远远地就欠起了屁股？）。小崽子们倒是成队结帮地围上来，跟在他后边跑，帮他撵四处乱窜的羊。跑着跑着，"大王"却带头喊"二赖子！二赖子！"，唱起一段骂他的顺口溜，一哄而散。待羊人了圈，他走进家门，耳朵才不嗡嗡叫，可是家里又太冷清，凉锅凉灶——瞎奶奶已去世五六年，而他二十八九了还是光棍汉，哪个女人乐意到这破屋烂墙的院子里来？据说业余族长老丘爷曾四乡里打听，好不容易淘换了个早年患婴儿瘫留下后遗症的女人。可见了一面，那女人却嫌他浑身是膻味，捂着鼻子一瘸一拐地逃了——他很不想回这个家，有时候他宁肯在坡里扒个萝卜吃，啃个生棒槌子。

羊将军无拘无束，自由自在，快活得很。广阔的原野是他的疆土，他率领羊群今天到这里，明天去那儿，像一团白云一样轻盈地舒卷。累了，唱够了，或者热了，便在斜坡上躺下，用大如蒲扇的蓖麻子叶遮住脸，打个盹儿。羊儿们静静地绕在他的周围，不再打闹、吵嚷，好像怕惊扰了他的梦。他梦见自己变作一头羊，是领头羊，风度翩翩。若是运气好，他会做个美梦，梦里他也有了大厦檐瓦房，娶了老槐树下那户人家的女儿。醒来他发现白花花的阳光仍像银子一样闪烁跳跃，远处，浓稠的绿漠漠地蔓延，一直到天边。他突然毫无来由地情绪糟透了，歇斯底里地吼一嗓儿，破口大骂，抡起皮鞭抽得草叶稀烂稀烂。他凶狠地对无声的原野发泄着怨愤，但是这时候一头可爱的小羊羔仰着稚气的脸蛋儿颠过来，用嫩芽似的角尖拱他的小腿，咩咩地和他说话儿，好像是在安慰他，他很快就平静了下来。羊将军在原野上永远是快乐的，没有什么可以使他烦忧，可以伤害他。

也许，这里面有我准诗人想象的成分，或者说我对一个贫贱的农人的情感和命运还缺少真正的了解，总之事情没有按着我的意愿发展。二赖子后来很不争气，沾上了嗜酒的毛病。无钱买酒，他就把羊撒在河岸上，到附近麦田里捡麦穗，从公社酒厂换那种地瓜干酿的劣质烈酒，独自关在家里喝。接下来，他瞅见谁家垒墙、修房子，就早早从坡里回来，去帮着推灰、浸麦秸，吃饭时混杯酒。但回来得晚了他也去（在乡村叫"赶饭时"），主人难免脸色不好看。愣小子们就替主人说了那说不出口的话，一句一句裹满了长长的刺儿。他却不恼，不急，照样嬉皮笑脸地端杯。这样一来，二赖子就比桌子底下拾骨头啃的狗尊严不了多少了。不想有一次帮一家盖房，房顶上的瓦匠失了手，一块砖头不偏不斜砸中正在下面和泥的他的太阳穴。他轻轻倒在地上再没爬起来——人们回忆起他，总算有了一个说得上悲壮的故事。

去年夏天回故乡度假，和乡亲们聊天儿，我意外地听到又有人名叫二赖子——我原以为"二赖子"在这块土地上消失了——细问，他是家住村西头的金贵叔的二儿子。这两年村子里只要能挪动的都出去做买卖，都多多少少发了点儿财。可他倒卖假种子，货被查封，加上罚款，赔掉了腚。要账的找上门，他论了堆——要钱没有，要命有一条。老老实实种庄稼一分分攒吧，他又吃不了地里的苦。虱子多了不觉痒，他天天无忧无虑地在大街上逛荡。白了头发的爹娘却愁得吃不下饭，拿出预备棺木的钱替他买了几头羊，希图大羊生小羊，小羊生羔子，堵上那账窟窿。他歪戴着帽子，趿着鞋，甩着荆条鞭出现在了原野上——说不清从哪一天起，人们喊他"二赖子"了，他竟不多么反感，有时还应一声……

黑 伯

  队长安排黑伯去看菜园子，这是一份人人眼馋的美差。

  黑伯家孩子多，七个，密，上下之间只差个一两岁，堆在一块儿难以分出大小。吃饭的时候，他们围着小桌整一圈儿，发出一片呱嗒呱嗒的声音，如同一窝小猪在抢食。可是这帮孩子却都"疙瘩"住了，饭量再大也不发身量，一个个又矮又粗又黑，肚子圆鼓鼓的，黑球儿一般。黑伯不在家，我去找他们玩。黑伯与弟弟分家时把老宅一分两半，他家天井巴掌大，三间西屋，屋里除了一套黑乎乎的老式桌椅，就是凌乱地摆着的坐得溜滑的树墩头。黑伯的老婆半躺在靠北山墙的土炕上，她身子很弱，有痨病。那"黑球儿们"咿咿呀呀地满地乱滚，很热闹，我也常滚在里边。

  黑伯隔两天回来拿一趟干粮，他一天三顿都在菜园子里吃，可以补充点瓜菜。有时队里分菜剩下两只南瓜什么的，队长就朝他一翻眼珠（他眼皮上有块疤，说话时眼珠一翻一翻的），说："老黑，你带回家吧。"队长是个心地善良的人，可说这话时，那翻动的眼珠又明显地带着几分鄙视。

  杏花河穿过西闸大洼直奔而来，在青龙山脚下打了个旋儿扭头北去，恰又有一条无名小河斜斜地汇入杏花河，这儿就形成了一个三面有河岸作屏障的"臂弯"。生产队的菜园子就在这臂弯里。这可是块宝地，且不说它防范意义上的优势，夏天，骄阳的火舌贪婪地舔着原野，土地被烧焦，这儿却是另一番风光。两岸的树密密丛丛，呈现一派墨黑色，生出丝丝凉意；韭菜畦、芹菜畦、芫荽畦片片相连，荡漾层层碧波，淹没了低矮的土埂；各种蔬菜和湿润泥土混合的芳香，一阵浓一阵淡地飘散着，沁润心脾。附近干活的社员小憩喜欢到这里来，在河岸上横七竖八，东倒西歪着打盹儿，更多的时候则是聚向黑伯的小土屋，先抓起葫芦瓢灌一肚子凉水，然后男的蹲在山墙根儿阴凉里下土棋，女的拎只小马扎或搬块砖头，背倚瓜棚的支柱纳起了鞋底。也有不看下棋的男人，他侧着身子，眼睛直直地往女人们胸脯上瞅，不断抛去荤腥笑话，就像抛进湖里石头一样，女人群里立刻溅起一浪一浪的笑骂。不一会儿，黑伯从瓜地里提来了一篮子梢瓜，大家就扔了棋子、搁下鞋底呼啦围过去。这篮瓜不多不少，正好一人一个（好像他数过人头）。人们大口吞嚼的时候，黑伯又默默地回到菜地，继续干他锄草、搭瓜架或者浇水的活路。那顶烂掉檐的苇笠已遮不住他裸着的上身，黑亮的肩头在阳光下一闪一闪，有无边的绿作映衬，仿佛一只漂在海面上的浮子。

　　如果不是混在大人们中间，我们小孩子是没有这份口福的。菜园子越发吸引着我们。我们下坡剜菜、打草总要拐弯抹角从菜园子瓜地边的小道上走。黑伯不好禁止我们通行，但对我们早有戒心，且带着敌意，两眼恶狠狠地盯着，像天界派下的一位凶神。我们也不是不敢冒险的，王狗蛋胆大，手快，早瞄准了哪个瓜大，趁黑伯弯腰放工具或者一眨眼，撸下就跑，其余的也都跟着学。只听黑伯炸雷似的大喝一声："狗娘养的，敢偷我的瓜？！"呼哧呼哧地光着大脚板追过来。我们都怕当了他的俘虏，没命地逃，可是快踩着我们的脚后跟了，他却停住了步子。我们又兔子似的蹿出老远，心还咚咚地跳。后来我们发展到偷西红柿、茄子，黑伯实在拿我们没办法。我们的"游击战术"一天天熟练了，并且我们开始从中体验勇敢、机智，体验胜利的快乐，那时候我们还不知道"打狗得看主人"这句话的含义。那真是一段充满乐趣的时光。

　　树在夏天处在一种疯长状态里，枝杈又分杈，枝头在伸长，叶子叠了再叠，但树干根部或半腰也蹿出一簇簇旺条子，夺去了不少养分，就得不断清除它们。为了让一棵树长得更直更高，修树人有时连很粗的侧枝也毫不可惜地铲掉。每过一段日子，老师就带领我们来把落满河岸树枝子拖到学校里，以备冬天取暖用。这次我们到菜园子南面的河岸上拖树枝子，黑伯朝着孙老师走过来。我的神经绷紧了：莫非他来告我们的状？我对王狗蛋使了个眼色，我们悄悄绕到他们后边，在一个树坑里弯下腰，做出捆树枝子的样子。

"孙老师，吃瓜吧。"黑伯说。

我这才注意到黑伯手里捧着两只小手雷样的甜瓜。孙老师推辞着。黑伯一个劲地往他手里塞。

"你种的这片瓜、菜不错呀，这里面可大有学问啊！"孙老师大概尝着瓜很甜。

"啥学问？玩土坷垃，没出息，哪里比得上你们文化人啊……"黑伯的表情还是带出了少有的得意。

他再没有话了，可他却待在孙老师跟前迟迟不走开。

"我们的学生有没有来园子里胡闹的？"孙老师这一问一下子把我的五肝六腑倒提起来。

"没有，没有。娃娃们都挺好的，新江、王狗蛋他们还帮我推过水车呢！"

我万万没料到黑伯会这样回答孙老师。他"忘记"了我们偷瓜的事，却把那天我们在井台上打闹够，想起课文里说过牛很辛苦，心血来潮，抱起牛拉的木杆推了几把的举动说成帮他推水车。一股热流从我心头漫过。从那，我再没偷过菜园子里的东西，在路上碰上他，我远远地就高声叫："大爷！"

深秋，一场接一场的严霜凋败了菜园子。黑伯把收了菜的空畦深翻过，在露着菜根茬口的畦里蒙上麦糠和浮土，到园子这头看看，那头瞧瞧，这样反复多少回之后，磨磨蹭蹭夹起铺盖卷往村里来了。回来后他十天半月都不出门，一个人喝闷酒，发脾气。乍离开菜园子，离开他侍弄的那些菜呀瓜呀他受不了——我听他家小四说的，我们俩是好朋友——加上天一凉，老婆的痨病又加重；小儿子老是哭闹着要东西吃；大女儿得分床睡了，没钱打木床，支扇破门板凑合凑合吧，可到哪儿淘换门板去？……黑伯喝着喝着眼里渗出了泪。"我还是回我的菜园子吧，那儿清静……"他一遍遍地说，并不动身，他哪能不知道，是他自己来时用砖块和黄泥堵死了小土屋的门窗！他就这样百无聊赖地在家里待着，看上去老得很快。没有谁来陪他说说话儿，为了赚个瓜吃向他套近乎的人，傍晚收工从园子里拔棵葱、"吹"他种菜在行全村数第一的人都不知躲到了哪里。疤眼队长也仍跟以前一样：有一次队里死了一头牛，疤眼队长喊大家到队部去分牛肉，我看见他在支书家门口站住，运足气吆喝了好几声，还没走到黑伯的胡同口就转过了身，好像队里根本没有这户人家。

　　这天早晨雾特大，好端端一个村子被大雾囫囵着吞掉，偶尔有房顶鱼背似的露出一抹淡灰，一晃又不见了。我放学后一出学校，就听到不远处嘈杂的声音在雾幔里乱拱，近了看清黑伯的胡同口站了不少人，赵杆子正跳着脚骂街。虽是指桑骂槐，但因为地点选在这儿，用意也就十分明白。原来，昨天夜里赵杆子自留地里的红薯丢了几墩，他怀疑是黑伯家的人偷的。人越站越多，有的劝赵杆子别捕风捉影，冤枉了好人；也有人给他打气助威，火上浇油。不管劝阻的还是怂恿者，却都在嘲笑黑伯当缩头乌龟。那赵杆子是属驴的，此刻更一蹦三尺高，胸脯擂得山响，满嘴喷唾沫星儿。突然，吱——大门开了，黑伯来了，两拳好像是紧攥着的，眼窝里好像藏着一把斧子。我猜想他会怒吼着扑上来，跟赵杆子拼个你死我活。一时间空气似乎要凝结了。可是黑伯却一屁股砸在大门一侧的石头上，垂下脑袋，一声不吭。直到赵杆子的侄子跑来拽住赵杆子小声说："叔，别骂了，是我刨的。你孙女要吃烤地瓜，我今年又没种……"这场风波才算平息。

　　…………

　　前天槐树哥从老家来，我问起村里的人事变迁，他说到了保全叔、老磨爷、周三娘、顶子叔、瓦匠于……我问："黑伯呢？""他呀，早死了。"他好像在说一只狗或者一只猫的死，"他就死在菜园子那座小土屋里，那座土屋都坍倒，长满草了……"我本来很嫌恶槐树哥说话啰唆，可现在我要他再说详细些。他想了半天，却只说了两句："怪着呢，你还记得黑伯老是阴黑着脸吧？他死后嘴角的笑纹可舒展啦！"

整个晚上我都在想黑伯，想那个菜园子，那个古老的小村，那块养育了一茬茬人的富饶而贫瘠的土地。最后黑伯又从这背景上凸突出来，果真变成了一副笑模样——一个完全陌生的黑伯——这个穷了一辈子、窝囊了一辈子、一辈子被愁苦锁住脸的人，死后总算有了笑容。但我却说不出是欣慰还是难过……

卷二　平原苍茫

清脆的红缨长鞭

　　于老三从大东洼运肥回来了。离村子还很远，还没拐过湾南的高粱地，人们就听见了叮叮的铃声和叭叭的鞭响。你抬头看过去时，一辆胶轮马车已出现在村头。于老三端坐在车辕上，他的两匹枣红大马头高昂，长鬃飞扬，一路碎步疾趋而来。

　　于老三就是这样，每次到村头，他都甩响鞭子，"得儿——驾——"，嗷嗷着把车赶得飞快，好像是有意让你看看他的表演。村头有一个大湾，雨季，家家阳沟里淌出来的雨水在小巷里、大街上冲出一条条河流，小河汇入大河，大河曲曲折折，最后泻入这个大湾。一年，两年，"湾把子"处有了豁口，村人就建了座涵洞。这样一来，这里高出了不少。加上路在这里急转过来，又沿湾边儿向北去，空手人上这个坡转这个弯并不犯难，赶着车却不易。其他的车把式远远望着它早慢下来，一手抓住牲口缰绳，一手扶辕木，小心翼翼。于老三却不然，他就认定了这里才是他施展武艺的地方。看，他眯着的眼睛大了，脖子上的青筋凸高了，鞭子像一条蛇在头顶游窜；枣红马也懂他的心思，撅起尾巴，腾起蹄子，两道红光一闪而过。它们几乎是飞上来的，如果不是涵洞上面的石板一阵咣当，你是不会怀疑它们有翅膀的。

　　水湾的西北面是打麦场。过了麦，打麦场有一段时间空着，有人来脱坯、铡草、晾粉丝。七月十五一到，这些都不见了，场园又被收拾干净，碾得光溜溜，像要举行什么盛大的庆典。绿豆率先登场，陆续地，早谷、玉米运进来，高粱穗子一捆捆地扔过来，芝麻、豆子、地瓜、棉花也都抢得一块领地。这儿一堆，那里一片。或摊开晒，或碌碡轧，或一遍遍起料，或趁风扬场……队里一半以上的农人要在场上忙。人们一边干活一边说笑，农人望着庄稼的金山银山发出的笑是最甜最美的。但常常，他们正说笑着，于老三运肥或者拉庄稼的车到了"湾把子"上，说笑声就停了，大家拄着木锨、叉子，或者收住簸箕，朝那儿看。年轻人看了咂咂嘴，搓搓手，恨不能也有支鞭甩甩，以为当个车把式是最风光的事；年老的看了，却多半摇摇头："这个于老三呀，咋老长不大呢！"于是围绕于老三的话题扯了开去。这就像一个精彩的插曲，给单调的劳作增添了些许色彩、情趣。

于老三的确是个很不一般的车把式，他的马是远近村子里最好的，膘肥体壮，毛色光亮，腿脚好，精神，并且一律是枣红马（有人说当年于老三喜欢上村里一个姑娘，但遭到女方父母的阻挠，那姑娘喝农药死了，死前穿上了她最心爱的枣红绸子袄），跑起来像团团烈火在蹿动。他还给马儿们前额挂上红缨，脖子上戴上项圈，项圈上装有锃亮的铜铃。他的鞭挑子头上也必须饰有红穗子（他是决不像有的驭手那样用荆条代鞭的），鞭梢是牛皮条做的。这鞭子在他手里就像一根魔杖，功夫到了出神入化的程度。干活休息时或收工回家的路上，不管你年龄大小，哪怕是五岁小儿，只要提出看他甩鞭，他都极痛快地答应。他抡圆了鞭子能从树枝上准确地把你指定的一片叶子抽下来，又一鞭把它抽碎在空中。不过他是舍不得用这种"刀子鞭"抽他的马的（鞭子只在马头顶上晃），除非万不得已。

牲口跟人有某些相似之处：本事大的多半脾气也大，千里马最初大都是桀骜不驯，难以驾驭的。小马驹长到一岁半，已经非常健壮、潇洒（真像二十岁出头的小伙儿），该去拉车了，可是，往往就是它们中的佼佼者，却怎么也不肯就范，龇牙，尥蹶子，死活不上道。不少本来可以胜任千钧重载的良马，就因为你驯服不了，寂寞地在槽边虚度青春。没办法，主人只好把它当成驽马廉价卖给会驯马的人。于老三的马都是这样得来的，他是个远近闻名的驯马好手。其实他驯马的方法很简单，他先在烂泥地或者刚犁过的田亩上备好一辆装土的车，然后给要驯的马梳理鬃毛、挠痒痒，将它哄进车辕。当这马发现上当了时，已经晚了。它乱蹦，乱跳，团团转，于老三也乱蹦乱跳团团转。于老三瘦小的身子灵活得像只猴子，对方是踢不着撞不着他的，可是他的鞭子却一下一下"弹无虚发"。马不往前走，他打它的腰；马往右偏，那"刀子鞭"便准确地抽在它的左耳上；往左偏，"刀子鞭"又无误地抽中它的右耳。一会儿，马身上布满了一道道隆起的血痕，耳朵被鞭梢抠去一块块肉，滴着血。在一边观看的人心疼地喊："住手吧，住手吧……"可是，这时瞪着血红的眼睛，咬着白厉厉的牙齿的于老三听不见这声音，他吼着："看你犟还是我犟……"吼一声打一鞭，往死里打，往死里抽，直到那马大汗淋漓，气喘吁吁，再跳不起来，再挪不动腿，訇然一声倒下，趴在地上无声地流泪。于老三也累得瘫在一旁，大口地喘粗气。

我见过一次于老三驯马，我看到那时候他简直变成了一头凶残的野兽，已经不是人。打那儿我开始厌恶他。多少年以后，想起那张扭曲变形的面孔，我还觉得可怕。

我的生活重负下的父老乡亲是很容易满足，很会给自己找快乐的。他们靠凑成块儿，你讲件新鲜事儿，他出个噱头，我添一声笑，来冲淡心头的忧虑，松开紧锁的愁眉。入伏后，玉米、高粱、棉花、谷子、豆子都锄过一遍，施上了肥，老天又帮着下雨浇地，农人们可以稍稍松懈一下了，下午歇到墙阴漫过街才上坡。街头是他们主要的娱乐场所。睡过一小觉，人们都走出来，在屋山头、老槐树下，小桌一支，喝茶聊天，玩扑克牌，纳鞋底，剪发、剃头，这是乡村最轻松、快乐的时刻了。但是这欢乐有时候也不能保证。有一街痞，依仗他哥在部队里当连长，喝醉了酒就耍酒疯，从街这头骂到街那头，见谁骂谁，还伸胳膊攥拳，搅得整条街鸡飞狗跳。近日不知谁动着了他哪根筋，他骂街的次数增多嗓门更大。我度量特大的乡亲都吐口唾沫回家关门，小街没了生气。这天，他骂街时，于老三握紧鞭把出现在了他面前，厉声问："你骂谁？"

那街痞一来五大三粗，二来横惯了，眼里哪有干瘦矮小的于老三？

再说正找不着碴儿呢，立刻撸撸袖子扑上去："老子骂的就是你！"

他料不到，于老三机灵地躲开的同时，鞭肚子已经落在他身上，还硬铮铮地扔过一句："骂我，爷爷就抽碎你！"

街痞咆哮如雷，可那笨重的身子还未转过来，又重重地挨了一鞭——于老三根本就没回头，是背着他抽的。

之后，于老三就不容他动一动了，鞭子嗖嗖地抡成了花，头上一鞭，脚上一鞭，胸前一鞭，背上一鞭，你动哪里他抽哪里，哪里还没有鞭痕在哪里添上一道。那街痞的衣服被抽得稀巴烂，抱着两肩哆哆嗦嗦："我不是骂你……"

"不骂我也不行！"于老三的鞭仍然如落金雨。

"爷爷，我骂我自个儿呀……"街痞跪地求饶了。

于老三这才住手："听着，以后你再敢骂街，骂一次，爷爷抽你一次！"

…………

乡亲们都是这精彩的一幕的观众、喝彩者，后来经群众"集体创作"，演绎为武松痛打蒋门神的续篇，在方圆几十里流传很广。

但于老三最终是吃了"倔"的亏。这年收秋刚开始，傍晚，他正赶着车去河东"猪腰子地"拉早谷，村支书向他招手，说："老三，到镇上去接回我家你嫂子吧。"于老三说："坡里的谷就剩一车了，我先拉回来，再去接嫂子。"支书的话里自觉不自觉地掺进了钢："我叫你马上去！"于老三是听不得这种语气的，顶了回来："我就不去！"支书没再说啥，笑了笑，背着手走进大队部。可是第二天，队长就交给锁柱一支新鞭，让他接替了于老三的差使。于老三几天没出门，但胳膊拧不过大腿，他还是扛着锄下地了。人们看到他那副落魄的样子，很是可怜。

今年春节，我回到故乡，大年初一去给于老三拜年。他已经六十多岁，瘦得像一只蚂蚱，头发也快掉光了。他仍住着那三间破草房，墙皮黑乎乎的，除了几张长了"灰绒"的年画，很显眼的位置还挂着一支鞭子。鞭把子缠着红丝线，鞭挑子头上的红缨蓬着，像一朵盛开的花，鞭梢也好像是刚换过。我知道自那年被解职，他再没捞着赶车，因为那之后不久就分田到户了，他家人少，穷，也没能配起一挂车具。看着人家那些大家富户使唤着自己的骡马大摇大摆地走在路上，他眼红得要死，就回家空甩鞭子。他院子里经常响起沉闷的鞭响。我还听说，有一天夜里，他抱着鞭子呜呜地哭了半宿……

无言的平原

平原上的人咋就摸不透平原的脾性？当然这么说有点以偏概全，真实情况是，平原上的一些汉子特别是后生们差不多这样。其实他们哪里是摸不透，根本就不去"摸"。身量发得快顶住门楣、臂膊突起块块肉疙瘩的时候，后生们高昂着头，挺着胸，目光望向很远的地方，怎会把脚下的平原放在眼里？他们从没仔细看看平原有多辽阔，不知道这个静静地躺着的是个巨人。还有不少人虽不这么傲气，然而或是熟视无睹或是心不在焉，也不曾注意到偌大的平原的存在，没注意到平原是鼓胀着胸脯，披着一头秀发，还是肌肤松弛，脸上刻满了皱纹。而平原沉默寡言的性格决定了它是不会站起来大喊"我在这儿"的，它依然静静地躺着，不动声色。但它心里想，好，你不认识我，我也不认识你，咱们走着瞧。可它又自言自语，话语轻轻："这帮孩子……"它竟称他们"孩子"，没错，是这样称呼的！

从城里跑来的文人们，站在平原的某道高高的土坎儿上，虚情假意地作诗："平原啊，你多么伟大，我在你面前是多么渺小，多么可怜。"平原上的后生没有这酸溜溜的腔调，他们是些光着膀子打着赤脚的人，还时不时地两手叉腰（小队长们尤其习惯这动作）。他们认为自己就是天王老子，做事完全由着性子——真够粗鲁的，但也率直得可爱——在村子里，像"犟橛子""倔杠""犟过牛""气死驴""张驴头""王邪子"这类绰号是成串成串的。这脾气遗传，从上辈子就是这么犟过来的。后生们的爷爷年轻的时候，大东洼还是无边无际的茅草地，箭镞似的茅尖嗖嗖地从地下往外射，弥漫着一股杀气；而地下它们的根抱成了团儿，牢不可破。这是一个针插不进的王国，村民们却要占领这里，要它变成长庄稼的良田。他们扛着铁锨、镢头开过来，二三十米一杆红旗，插了一大溜儿；大喇叭架在树杈上，空气里从早到晚膨胀着进行曲的高亢旋律。气氛造得很足。平原并没有举行隆重的仪式欢迎这些客人，它撩开眼角瞥了一眼，很快又合上："你们有力气就使吧……"不过这次平原没能看上他们的"热闹"。他们虽然磨秃了一只只镢头，手上硬硬的老茧空隙又结了排排新茧，虽然都黑瘦得没了人样儿，但却真的把那不可一世的茅草连根挖出，晒干，送进灶膛烧成灰烬，吓得它们再不敢露头。当年，大东洼就翻涌起了碧浪滔滔的青纱帐。而且这整个过程，他们没断了歌和号子，就是累得腰酸背痛拖不动腿，嘴里还咬着一句："下定决心，不怕牺牲……"像白骨精有三变，第二年开春，地皮上又冒出一层白乎乎的盐碱。上了年纪的人锐气在减，站在地头两眼迷茫，望了半晌想退回来。年轻人却挥舞着铁锨去刮碱了，刮的碱土正好垫在大道上。接着，他们培垄脊，趁盐碱往高处爬，策动小苗苗从垄沟钻出来。有的小苗苗很瘦弱，被盐碱蚀死，他们又补苗；点苗不出，从别处移苗，非养活不可。这同时，他们挑了横横竖竖的沟，条条沟都通杏花河，地里的盐碱被镇到沟底，杏花河水将它们带走。两岸庄稼苗壮，叶子乌黑油亮，照得出人影儿。这一切平原都看到了，但却好像没受到特别的震动，它好像只翘了翘嘴角，漾出一丝笑纹，也不知那笑是啥意思，是为他们高兴还是讥笑他们的狂妄和幼稚？

那年月，平原上总那么火火爆爆、轰轰烈烈的。说不定哪阵风吹过，哪群家雀子呼啦啦飞起再落下，这儿一场活剧就拉开了大幕。比如有一年，平原上忽然间流行起一个叫"深翻土地"的口号，这口号简直像隆隆响雷滚过原野。他们不知从哪里寻的根据，说深翻土壤才有肥力，才能增产。犁铧翻的地嫌太浅，犁地时得有一两个人趴在它的"背"上，使劲往下压。后来则干脆把犁铧扔在生产队的饲养棚里，改用铁锨铲，锨板蹬到底，再蹬下半截才行。一时间男女老少蚂蚁一样黑压压撒在大田里，平原上是不缺少人，不缺少力气的。平原人认为他们每个人使出一把劲，就能搬山能填海，翻翻地算得了啥？可那是几千亩土地啊，而且翻着翻着进入了深冬季节，下大雪了——停下来吧——那领头的却撸袖子攥拳把号子叫得更响，所有的人竟也甩了外衣发疯似的跟着上，四处欢腾如潮，如同过年一般。平原这时候有点生气了，大冷的天你们不在炉子屋里待着，来瞎折腾啥？你们不知道累，我还得歇歇身子呢。要明白，这正是平原一连养育了两茬庄稼，极度疲乏，准备盖上雪花被子美美地睡一觉的时候。宽厚的平原却自个儿宽宽心，平了平气，我睡不好也还不要紧，关键是你们这样做是要吃亏的呀，哪有这么干的！想到这里平原不免着急起来，但着急归着急，它可怎么劝阻他们呢，它说话他们能听懂吗？今天想来，那年地冻四尺（往年诗里都是夸张为三尺），六十年罕见，大田坚硬成一块厚厚的青石板，那肯定是平原给他们的警告，是想阻止他们傻拼。然而平原枉费了苦心，他们已"犟"得无所顾忌了，按他们的话说叫无所畏惧。参加翻地会战的王邪子说，铁锨碰在冻土上噼里啪啦地迸火星子，蹬弯、蹬断了的锨板子在地头堆了一堆。可铁匠炉就支在一旁，一张张新锨板立刻又出了炉。像永远弹药充足的战士不分昼夜拼杀在战壕里，人们越干身子越热，头脑也越热，"干到腊月二十九，吃了饺子再下手"，一口气把那块大田翻完了，那股牛劲，叫平原拿他们毫无办法。还好，跟着就下了雪，粉白的雪把远远近近都掩饰了；但等雪一化，花花搭搭露出了空地，看上去像是平原哭笑不得的样子。

平原人就这样牛哄哄，他们不断地心血来潮，并且从来都是不管三七二十一，说干就干。推倒刮碱堆起来的土堰，铲平多少年的荒坟，挖池塘养鱼，旱田改种水稻，在岗子地打机井……终于把平原惹恼了。平心而论，平原已不以先前的态度看他们了。它也不是不赞成他们的举动，说到底他们也是为了让平原变得更富饶、更美丽，只是觉得他们也太不把它当回事了。怎么也得和我商量商量吧，最起码也得派个人来通报一声啊，你们的孩子定亲还请媒人来来去去沟通好几回呢。看来不给他们点颜色瞧瞧，他们就不知道锅沿是铁打的。于是平原在黑沉沉的夜里对老天诉说了委屈和愤懑，怎么说的人们无从知晓，人们只看到第二天早晨地面很潮湿，好像谁洒了泪。天和地是啥关系？别看一个高高在上，一个匍匐在下，遥隔千里，可他们是一对遥遥相望的情人啊，隔得越远越思念，情越深厚。老天怎么能不站在平原的立场上，怎么能不好好表现表现？不用平原提什么要求，老天周密安排，下了道圣旨，从开春到中伏，凡朝下的水龙头统统关掉，不许漏一滴水，玩忽职守者立斩不饶。不多日，岗子地里的井找不到泉眼了，沟底龟裂，池塘里的鱼干死，荷花秆成了枯褐色的，最要命的是庄稼地里的禾苗焦了叶子，眼看就旱死。平原人再坐不住，睡不着觉，吃不下饭，嘴角起了大燎泡。老婆婆们戴着柳条帽，赤着脚，裤腿挽到膝盖，在路上蹚着浮土又跳又舞："龙王爷你下雨啊，保佑俺这方生灵啊！"闹了三天，也没求下一根雨毛。愣头愣脑的后生不信邪，抬着抽水机上了杏花河，可才抽大半天，杏花河就已枯竭。他们只好挑着水桶，拉着车，到几十里以外的黄河去运水，一天两趟，这能救活几棵秧苗？而半路上淌的汗水也比运来的水多，人们口干舌燥，筋疲力尽，横在树荫下佯死，眼却闭不上，还念着被舍在田里痛苦呻吟、奄奄一息、渴望他们早早回去的庄稼棵子，以及像这庄稼棵子一样的他们的妻子儿女。那情景甚是悲壮和凄惨。平原始终注视着，真解气呀，真痛快呀。可慢慢地，它又心软了，心疼了，一面后悔当初没在湾里、河里多存下些水，一面竟替村人向老天求情。老天奇怪，难道你不恨他们啦？平原忽闪了两下树林一样浓密的眼睫毛，竟谎称是自己撑不住了。老天才指示龙王拧开水龙头，实实在在地下了场透地雨。仅仅这一场雨，平原人又和那得到滋润的庄稼似的有了精神，又高呼大喊着讲他们战胜了旱灾，讲人定胜天，大红标语贴满了墙壁，悬在街道上空。这中间平原前后做的事，他们一概不知，他们对它没有怨气也没有感激，他们从没往平原这里想，而全给老天记在账上了。他们曾抱怨老天不睁睁眼，不可怜这一方人，还曾咬着牙骂："熊天爷爷！"过后还是那帮老太太，备好供品，焚香烧纸谢老天，念叨："天爷爷，多亏你的大恩大德啊！"

平原人啥时候能正眼看平原，能真正认识平原呢？

一眨眼的工夫，又一代农人在平原上滚了几十年，滚着滚着变了模样，变成了另外一群人，原先挺拔的腰杆弯了，走路咚咚响的腿一瘸一拐了，臂膊上的肉疙瘩干瘪了，手僵硬如老松树枝子，黑亮的头发早就像一把霜打的枯草，脸面一色的土黄。干不了农活了，从地里退出来，退到某棵老槐树下，或者某堵墙根，三个一堆、两个一伙地摆在那儿纳凉或晒太阳，顶多照看照看在地上乱爬、黑不溜秋、模样酷似童年时的他们的小孙子。他们闲得无聊，便像老牛反刍一样一遍遍地回味往日的时光。一天，一位老人突然提出这样一个有趣的问题："伙计们，咱们当年那么英雄，如今不中用了，输了本儿了，可你们想想，咱输给谁了？"

另一位老人不屑回答地说："咱一辈子都在平原上，跟土坷垃打交道，你说还能输给谁？"

又一位狠狠地往鞋底上磕了磕烟袋锅："咱也被消磨成一块土坷垃了。"

对呀！大家不约而同地手拍膝盖，这时候他们才猛想起那沉默着的平原，那他们从来没正眼看过的平原。

"咱跟它较了一辈子劲儿，它是咱能撼动的吗？咱太不量力了。"一位干瘦干瘦的老人自嘲地咧了咧嘴。

靠在老槐树树干上、脑袋点一下点一下、鼾声时断时续地打瞌睡的那位老人，睁开了眼，慢吞吞接上话茬，哲人似的道："咱本来就是块土坷垃，咱打土里来，还回到土里去。谁也别怪，这就是咱的命。"

…………

他们这番对话好像被平原听见了。"这帮孩子……"——他们都是白胡子老头了，它还称他们孩子——但它没说下去，来了一阵风，很像是平原一声深长的慨叹……

卷二 平原苍茫

平原的时间

走在平原上,我的眼睛固执地寻找劳作的农人。他们散在田间,庄稼棵儿还没不了他们的身子。他们是在玉米地里拔草,还是给棉花打杈、抹芽、捉虫子?你看不清他们在干什么,只看到他们躬着脊背,脸朝下,趴在地上;过半天站起来伸伸腰肢,然后蹲下,又半天不见挪动。近处,一个人在河岸旁的旮旯里刨地。他蹬了三蹬,把锨板蹬进土里,往手心吐口唾沫,以一根腿作支点撬起锨板,一大块泥土扑棱翻了过来,闪着幽光。很快他额上冒出汗,他抹一把,正好代替唾沫。他不慌不忙,一下一下,一直保持着这种节奏。一头老牛拉着木耧由南向北,扶耧的是个壮汉,赶牛的是他的女人或者才十几岁的孩子。这是个古老的组合,彼此每个动作都配合得十分默契。但老牛的蹄子陷得过深,壮汉的脚避不过这深坑,脚印和牛蹄印叠在一起。这使他腿脚有点笨重,而两臂还得不停地摇晃,以便种子均匀地流入耧犁划开的沟里。地垄很长,中间穿过一片稀稀落落的坟头(坟头矮小,已无阴森之气),耩一遭费好大工夫。老牛呼哧呼哧地粗喘,他的步子渐渐粘住了似的,喝牛的嗓子也开始冒烟。但渴盼种子的田畦向天际铺展,这架从秦汉走来、扶手朽烂的木耧仍慢慢走着,慢得叫你隔得稍远些就看不出他们还在走……

太阳无声无息偏向西边,农人们还"定"在各自的位置上,田野的秩序丝毫没有改变。只有刚下学回来、还没跟庄稼棵儿混熟的愣头青们的心乱了格局。他们不时抬头瞅日头,恨不能有支响箭把它射落。可谁给日头打上了铆钉,贴在天壁不再下滑。满地疯长的草缠住他们的神经梢儿,虫子在他们的骨头缝隙钻。老农人当然不会这般狼狈,慢如蜗

159

牛的时间对他们来说，实在是算不了啥。他们不是对时间麻木了，是他们根本就忘记了时间。他们的心思全在手里的活计上。他们不管是间苗、翻秧，也不管是施肥、浇水，都仔仔细细，从从容容，有条不紊。他们默默地劳作，甚至很少分心说句话儿。农人少言寡语，木讷，愚钝，恐怕根源在这里。像一阵风吹起他们的衣角、一朵云彩遮住头顶又移开之类的事儿，他们一概不知道，他们被一点点风化成泥土也浑然不觉。太阳落山的时候，他们才恍然地说："哦，黑天了？天真短啊，还有这么多活没做……"少年是不愿听这话的，他们早跑到通往村庄的大道上去了。但用不了几个年头，他们娶妻生子，真正成了一块田地的主人，这话又会从他们的嘴里说出来。他们一代一代都是这么过来的。

　　我应该认识这些农人，他们应该是我的父辈、我的兄弟姐妹。我能说出一串他们的名字：根子、柱子、梁子、土墩、石娃、谷子、南瓜、枣花、丰收、财旺、三喜、大牛、牤子……那圪蹴在田埂上、犹如一座黑塔的是老闷大叔吧？大人们说他从小就敦敦实实，肌肉硬得像铁疙瘩，饭量特大，一顿饭吃半笸子窝头，自然有力气，可以一个胳肢窝夹一个碌碡；他运肥、拉庄稼都是自己驾车，顶一匹骡子。可这两年听说他老咋呼腿疼腰疼膀子疼，"老了，不中用了"，其实他也不过五十刚出头。那个背着一捆草上堤堰的好像是五哥，他才真显老态了，不到四十岁的人背就驼得不像样了，两腮塌进去。大他七八岁的哥在城里蹲办公室，回来过春节，年初一兄弟俩串门拜年，就有后生把他当成了哥，把他哥当成了弟，闹出笑话。土坡上一群绵羊在吃草，我立刻想起了赵富贵，眼前出现一个干瘦的"小老头"，他抱着根荆条鞭，夹着胸，缩着肩，好像永远站不直。他是我儿时的同学，因为家里穷，小学没念完就到生产队当了羊倌，和羊儿为伴，很少到人堆里去。二三十年了，他日子也没过好，没混出个人样，还是天天赶着一群羊出村、回村。谁也注意不到他，好像他不是这个村子里的一员，而是一只羊。看来他这辈子离不开羊群了……

卷二 平原苍茫

　　黑夜降临到平原上，浓重的夜色覆盖了田畴、树丛，村庄是化不开的墨团。村里人大多习惯早睡，像搬一块沉重的石头，把自己疲乏的身子搬到土炕上，小心地摊平，凸胀的肌块卸下来，脚趾的每个关节都松了螺丝，鼾声就隆隆响起。在平原上累得头一着枕头就呼呼大睡的人是有福的，可怜巴巴的是那些夜里睡不着觉的人。他们多是一家之主，要为老少的吃穿算计。今年缺雨水，秧苗干黄干黄，秋后能打几口袋粮食？村东的地边儿得赶紧种上一溜南瓜。兴许是大年夜少给神灵供了炷香，老伴去城里买布，路上出了车祸（娘的，让那车主给逃了），拿不出钱人家不叫住院；可粮价上不去，干一年是白忙活，除了买化肥农药，剩下的还不够交税的，兜里哪有闲票子？抽水机用了八九年了，嘭嘭两声就憋死，老误事，换新的吧，仨搭档都不吭声，悔不该当初合伙置一台机器，怪谁？只能怪自个儿置不起。大儿子明年娶媳妇，女方说不盖五间大厦檐房不过门，入冬就找他大舅二舅来帮着垫场子，到窑厂借两万块砖，说啥也不能再拖了。村长他娘七十大寿，送不送礼？不送，菜园明年怕包不到手。下午孩子又从学校回家哭着要学费，二百五！……真是家家有本难念的经，平原上夜夜有不眠人。平原上的夜是长着牙齿的，咬得他们在炕上翻来覆去折腾。躺不住就摸索着起身，点燃叶子烟，大口大口地"吞"，嘴唇生疼、发麻。但微红的烟头被厚厚的夜幕裹死了，他们在往夜的深处沉。然而相传那年王长乐的老婆患了绝症，他跑遍村子凑不齐做手术的钱，愁了一宿，白发一下子就穿透黑夜，爬满了头……

　　这就是那个我唤作故乡的村庄吗？不是。是。模模糊糊地我辨出了它的模样：那坍塌在暗夜一角的寺庙（还剩一堆断垣残壁），那明灭着星光的古井，枯枝扯了晓雾和炊烟的百岁老槐，狭窄、弯曲的胡同一头黯淡，一头已大亮，土黄的阳光抹在了脱了皮的泥坯墙上……木板门吱呀呀打开了，几位老人差不多同时在门口露出脑袋瓜儿。他们深一脚浅一脚地蹭到墙根儿，打过招呼，坐在木撑子上闭上了眼睛。他们在泥土里滚了一辈子，滚不动了，最后来到这里，好像这儿是他们的归宿。

古老的村庄作背景，老人们近乎一组泥塑。满脸的皱纹纵横交错，手背、脚脖子上的老筋很粗；腰弯到极限，有着与身后低矮草房一样的轮廓；只是神情无望、阴沉到木然，女娲得吹口气，才能使其复活。这是谁的杰作？没有人说得上来。已经成为塑像的他们也都缄口不语。他们就这样待在这儿，默默地挨剩下的时光。而凝固了的时光是这么难挨。忽然，有一位老人咂巴了两下嘴，到了喉头的话却又咽了回去——肯定是又忆起一次在田野劳作的经历，可已说过多少回，早嚼得没丁点儿滋味了……

卷二 疼痛的旧风景

大雾弥漫（四题）

大雾弥漫

　　村子沉在雾霭里透不过气。那絮片儿一层又一层，撕不开。房屋、牛棚、猪圈，缠成一堆大大小小的蚕茧。而街道上，仿佛一位白胡子老人赶着一群绵羊，羊儿挨挨挤挤推推搡搡，从门缝钻入家家的院子，院里的则往外钻，这无数只绵羊占满了村子的角角落落。

　　或者，雾是天女纺的束束丝线飘下来，给塘柳搭一条素洁的纱巾，为古旧的门楼蒙上面纱，在窗玻璃前若梦若幻地晃了晃影儿，杳无迹痕⋯⋯

　　故乡多雾。有雾，故乡才有了韵致。

　　我的村子平日里是穿一身粗布衣衫的，从那日晒雨淋褪掉了颜色的土坯墙看上去，这件衣服穿了多少年了；凹凸不平的墙面脱了一块皮，人们得趁农闲，掺着麦穰和泥补一补——打个补丁；檐下裂了道缝儿，漏风撒气的，也赶紧用黄泥"缝"好，针脚粗拉、歪斜，像多腿虫趴在那里。这装束，头顶还压着厚厚的麦秆编的灰黑草帽，难怪城里人说它土得掉渣。可现在，它披上了轻盈的羽衣，波浪式的裙摆曳在地上，彻底换了模样儿，简直是飘飘欲仙的美人了⋯⋯

　　这样比喻也许过了些，雾霭把村子罩住，遮盖了某些东西，藏起了某些东西，改变了某些东西，使某些地方出现幻景却是真的。一大早，村子里无论长胡同短胡同尽皆丢失，顶多露个头儿，大家却都视而不见。户户屋后、墙根，高高矮矮的柴垛一座不剩地被偷走，但从古到今没人咋呼过。院子旮旯里，因为得不到水肥，又遭人捋叶、猪啃皮，枝断条折，疙瘩摞疙瘩的槐、榆、椿树，轮廓模糊。而那垂吊着太多的果实，藤蔓像根老筋，干瘪萎蔫的丝瓜、葫芦，却显得鲜灵、精神了。汉子趿拉着鞋，混混沌沌，聚在屋门口的雾拥过来，横在槛外的小板凳绊了他的脚，他咕哝骂一句，摸索着找到昨天晚上磨好的镰刀。雾气濡湿的镰把攥在手里有几分惬意，沾着水的蓝幽幽的刀刃叫他眼睛一亮。腰肢婀娜的姑娘，每天曙色微亮，到村头的甜水井去担水，担杖钩子挂住了柔柔的雾纱，与她的秀发荡在一起。她喜欢在井台上看一会景儿，原野里流溢着新鲜干净的牛乳，牛却游向翠湖深处——南边青龙山山脊像一溜黝黑的牛背浮在水面。爹娘逼她定亲的烦恼顷刻消散……

村子完全醒来了，一扇扇木板门吱呀呀打开。老人蹲在台阶上很响地咳痰，然后朝鞋底闷闷地磕烟袋锅儿。女人们顾不上抹把脸，一睁眼就不住手地忙，先放出鸡、鸭子，让它们叫着去寻食吃，拌一盆糠端给哐当哐当地拱木栅栏的猪，这才去灶房。这时候常常或远或近地传来懒懒的马鸣、倔强的骡嘶和响鼻声，大概是大牲口拉重载，夜短没歇过乏，恋棚厩，不情愿上套、进辕。有人要下地了，他们宁肯到水淋淋的棉花地、玉米地里蹚身水，变作水人、泥人，也不等到落了露水，在毒辣辣的太阳下干成半死的鱼。有人起圈，隔着土墙把肥拽出来，这是力气活儿，膀粗腰圆的小伙子拽个十几锨就喘吁吁。按刀铡草的壮汉习惯光着上身，酱紫色的肌肤绷紧，唰唰唰，一气按一百来下，甩甩淌在胳膊上的汗流。街口一户人家在修葺房子，左邻右舍来帮工，扎架子的，抬铺板的，搅灰的，泅砖、浸麦草的。瓦匠们早爬上了屋顶，用瓦刀拨开眼前的雾气，这边吆喝"上泥"，泥兜子就猴儿般蹿到他手里，那边则喊"来捆麦秸喽！"——比试谁的嗓门儿大——都是这部带着乡村味的交响乐章中欢乐的音符。只有专管备茶备烟的主家，满面笑容融不去一丝忧郁——不因没钱盖新房，是为了儿子。儿子在省城混了两年，留不下，可不服输，流着泪对他说："我，还走……"

出了村子数十步，到村头再回首，仅这一段距离，就看不清村子的面目，声音也只是隐约听见，里面的很多细节就凭你去想象了。村人自己尚且如此，外面的人就更不用说。外面的人看到的是一幅朦朦胧胧的优美的图画，他们吟诵起孟浩然"开轩面场圃，把酒话桑麻"的诗句，羡慕着乡村生活的悠闲、自在。村庄的艰辛、沉重、无奈、抗争不为外面的人所知，这一切都掩在了雾里。

我就诞生在这儿，长到二十岁离开了她。近来是谁老在我心里问，你认识这个村子吗？我发现我不敢作肯定的回答。我并不了解她的过去和现在。我只听说当初是逃难的兄弟俩来垒起土房子，娶妻生子（他们该是我的祖先了），可这一代一代吃了多少苦，受了多少难，如何死死生生繁衍生息，我几乎一无所知，至于这个村子和我的命运之间有什么联系也没想过。但每年春节我都从远处回来，我必须做的一件事是跑到杏花河河岸上，仔细地端详她，久久凝视她迷蒙中隐去皱纹和愁苦而滋润、年轻的姿容。我流连忘返。这个时刻，在这个位置看，小村最迷人——微尘飞扬（一帮一帮着新袄新裤新帽新鞋的孩子在场院嬉闹，你点响"二踢脚"，我燃着"地老鼠"），热气蒸腾（同宗爷儿们或者好街坊，围着小圆桌，大鱼大肉，老窖白干，开怀畅饮，高声说笑——一年中就这两天能痛痛快快地玩——旁边炭炉子嗞嗞地吐着红火苗，炉板上烤着年糕，冒出缕缕热气和香味），袅袅炊烟在村子上空缭绕（勤劳的主妇开始忙饭了）；渐渐地，晚霞为它们染上温暖的色调，村子陷在一团金色的烟雾里……

我的永远被雾霭裹着的故乡，你是美丽的，可面对你，我却怎么也快活不起来呀！

黄泥小屋

我再次来看它们的时候，依然怀着那么一种心情。

它们差不多一个样子，都空空的，主人离去时带走了所有有用的东西，只留下桌子腿压出的浅坑、床放过的痕迹。墙角旧报纸上面落了一层尘土。门窗也都被拆走。树枝扎成的栅栏横在门口,大概是挡狗用的,为了明年主人的回来。

这是梁邹平原上随处可见的黄泥小屋,是农家看庄稼或者菜园、果园的栖身之所。春夏秋三季离不了人,有人和没人可不一样,那时候小屋四周爬满了瓜藤豆蔓,彩蝶蜜蜂飞来绕去;靠大路的小屋还是"驿站",行人走累了到这里讨碗水喝,好客的主人会递给你一只马扎、一把蒲扇,热热乎乎地跟你拉会儿家常。有的距村子近的小屋慢慢成了固定的住房(给儿子娶了媳妇,老两口躲到这里图清净)。多数小屋都是一到冬天主人就离开,建造时也就更为简单,就地打土坯,从河岸砍六七棵不成材的树做檩条子,顶子苫上麦草,再和一堆黄泥抹抹四壁,即告完工。所以冬天把它们扔在野外也不可惜。

但在我眼里,这零零星星散落着的黄泥小屋却是梁邹平原上的一大景观。它们不像村子里的大厦檐房浑身被耀眼的釉面砖包裹着,红色人造大理石嵌在大门门楣上。它们没有这脂粉气,原始、朴素、本真。它们的颜色和大地的颜色无别,它们就是大地深处的一块块泥土,那浓郁的泥土气息直透人心底。那些年岁更长、更加破旧的小屋,则仿佛饱经沧桑的老人,在默默无语地守候着这块古老的土地,叫你感到可敬,又是那么慈祥、亲切。我每次回故乡,这里是必来的。其实诱惑、牵引我看它们的还有一个原因,这就是我总是希望能看到小屋里有故事发生,能看到小屋里地上铺着两把新鲜的干草,有人在上面坐过、躺过,或者有丢弃的糖果皮、烟蒂。我想象一对热恋中的男女,村子里没有他们的容身之地,没有他们的自由和快乐,于是他们以一个纸团,或者一个眼神、一句暗语定了密约,一先一后,从两条不同的小路来到同一座小屋。

村子里好多美好的爱情都是这样偷偷地生长起来的。除了黄泥小屋,还有麦穰垛、大堰根儿、老石桥涵洞。在这些能挡住世人眼睛的障碍物背后,两颗滚烫的心一碰即爆出火花。被逼得几乎无处可去的爱情,反而显得浪漫无比。而爱情这东西的美妙一部分就在浪漫,不浪漫的爱情缺少色彩。你想想看,黄昏,从地里劳作回来的姑娘匆匆扒两口饭,换上干净衣裳,悄没声地溜出家门,避开晚归的牛羊,朝村头打麦场一座麦穰垛飘来,胸腔的鼓敲得咚咚响。等得心焦的小伙子疾步迎上前。他们依偎在一起,浓浓的麦穰的芬芳立刻将他们包围。是怕路人听到声音还是此时说话纯属多余,语言被省略,灼热的唇在做另一种努力,其余的事情则交给了手,手也忙得不亦乐乎。到啥时辰了?夜露已将刘海儿打湿,远处传来娘唤女儿回家的喊声,这边却不应。而在这黄泥小屋,又尤其能显示出爱情炽烈的特质。那两位逃到这里的恋人,虽然路上浑身被寒冷冻透,但一来小屋立刻就感觉温暖如春。这漏风撒气、破败不堪的小屋对他们来说,比皇帝那金碧辉煌的宫殿还要可爱。他们获得的安全感、幸福感不用说了,美好的憧憬任由两人共同编织,又给他们多少鼓舞和力量!尽管空气里凝结着冰丝儿,家里的炉火燃得通红,但他们迷恋这里,他们愿意长久留在这里;如果老天这时候飘起了鹅毛大雪,他们会欢呼雀跃,恨不得这场雪下七七四十九天……

然而现在却没有人来过,这片坡里所有的小屋都没有人来,我——"寻访",这是最后一座,我站在门前久久呆立。难道因为小屋里曾发生过一个悲剧?十几年前,晚秋的一天,一对情人在一座刚刚空出来的小屋里幽会。许是屋子里还存着燥气,他们血管鼓胀、发烫了,控制不住,偷食了禁果。早有好事者远远盯上他们,到族长那里告了密。干瘦的脖子上青筋暴突的族长腾地从床上挺起,带着一帮人气势汹汹扑来,将两个还沉浸在甜蜜中的人当场捉拿。剃着光头的三愣子充当打手,抡起麻花绳,打得那男子皮开肉绽。女的捂着脸跑回村,却被嫌辱没家风的父母关在门外。当夜,她跳下村东的一口机井。这件事几乎把村子颠翻了,"余震"持续了好多日子。可那之后,村里的绯闻并没减少呀,比如甲队队长派老五到山里拉石头,车刚出村,他就把老五老婆压倒在人家的床上;比如丙队保管到王二家串门,常从队里带着小半袋麦子来,带了几次,他与王二媳妇调情,王二就睁只眼闭只眼了;春桃她娘见刘福在镇上当了官,开始手把手教女儿如何勾引刘福,最终怀上他的孩子；赵拐子收购短绒发了财，盖了小洋楼，村里几个俊闺女不但不再取笑他腿脚不好，而且争相托人倒提媒要嫁给他……不，不能拿这些与发生在黄泥小屋的故事相提并论。这多是在夜间进行的交易，那些夜是多么黑、多么丑；而黄泥小屋是美丽的，它们应该是阳光底下开放的花朵！

　　有几分失落、遗憾，又有几分郁闷、压抑，我走上近处一道土坎儿，舒一口气，再回眸留恋地看这块土地上星罗棋布的黄泥小屋。我看到它们的背后就是我的村庄，这个村子已有八百多岁，很老很老了，但村头的古槐还在，它好像是小村永远的骄傲；村中心的祠堂早已倒塌，那一对少皮无毛的石狮却不知怎么蹲在了村委会的门前。此刻，它被慢慢升起的烟雾笼罩着，夕阳里，酷似一道浓重的灰黑横在那儿。忽然，一星嫩黄色在那灰黑里闪烁，就像暗夜里跳动的一簇火苗儿，那么美丽动人。那肯定是萌萌肩上披的那条黄纱巾——今天上午我见过她。萌萌是一位被村人称为"疯女孩"的姑娘，到城里打工两年，穿着打扮、说话腔调都像城里人了，还带回一个大学生男友。光天化日之下，她就挽着男友的胳臂在大街上走，也不管他人撇歪了嘴、大声地吐唾沫。萌萌们还需要黄泥小屋的保护吗？它们真的要隐到历史的深处了？但愿……

杀　牛

　　一个消息像蛇一样在村子里游窜：下午，秃叔在场院里杀牛。

　　这股阴凉的风却让村人骤然狂躁起来。先是孩子们欢呼雀跃，那帮放了暑假天天去大东洼割牛草、来队里换几毛钱的野小子，把磨好的镰刀扔在墙旮旯里；到杏花河岸上撸槐叶、泡在水里沤烂喂大肥猪的，已经走过村头荷花湾，又退了回来；就连跟着母亲去棉花地里打杈、捉虫子的小姑娘们也不出坡了……他们都早早来到场院。女孩子蹲在场院边的树下拾子儿；野小子从湾里抠了泥巴垛娃屋；而光屁股的娃们，则围着那头白花牛疯跑，转了一圈儿又一圈儿……

白花牛瘫在那里一动不动，耷拉着头，眼里含着泪水，它是在悲哀自己不幸的命运？半天前它还结实得像一座山。它拉犁，一口气就从地这头拱到地那头；驾车运肥、运庄稼、载人，一撅尾巴，就飞上土坡。活干得好，还没脾气——力气大的牛多半不好使唤，抵人，踢人，你不能靠近——它，小孩子也摸得。大伙儿都喜欢它，给它起了个"老花"的名字。今天上午三槐叔修房子，运土坯，不会赶车的他就向饲养员瘸大爷指名要老花。没想到路上对面来了一辆车，两辆车错不开辙，三槐叔往外打鞭子，打过了，一只车轮离了路面。随即，严重的事故发生了：整个车翻进沟里，车辕硬硬地别断老花的两根后腿，露出白骨的鲜茬子。老花轰然倒地如一堆泥土，是四五个小伙子把它抬到场院里来的。牛不是人，今后不能干活了，没用处了，队长就上报公社，公社批准：杀掉它！

村街上摇摇晃晃走来两个人，前面的五十多岁，精瘦，头顶光亮，苍蝇落上脚都打滑。后面是个二十多岁的后生，肩上扛着一杆大木槌，右手提着一只篮子，篮子里盛着长的短的尖刀，还有斧子。五十多岁的人就是秃叔，拿工具的后生是队长为他找的临时助手铁栓。秃叔可是方圆几十里最好的屠夫，屠宰世家出身，杀猪宰羊三四十年了。但听说当初他爹教他杀猪，打小摸刀耍斧的他手竟直哆嗦，被爹扇了一巴掌："没出息！"慢慢地，他不再害怕，而是一见捆上案板的猪就双眸发亮，血往头上涌，真是杀一个生灵不眨眨眼皮。可再往后，他却麻木了，不管是杀粗壮的猪还是宰柔弱的羊，怎么也打不起精神，不当回事儿。但是杀牛就不同了，牛是大牲口，一辈子帮人干活吃苦耐劳，就像是队里的一口人。乡人都说杀牛是有罪的。秃叔信这个，不得已杀一头牛时，胃不好很少沾酒的他总要喝酒，喝得晕乎乎的才动手。他说这时他啥都不知道了，好像杀的不是牛。

秃叔和铁栓还没走到老花跟前，在场院里跑、在场院边儿玩的小孩子大孩子呼地拥上来。秃叔却好像没看见他们，他示意铁栓把木槌和篮子放在一边，用目光哗啦啦地拨拉了一下篮子里那些闪着幽光的刀斧。怏怏的老花突然望着秃叔"哞——"了一声，像人的哭喊。秃叔后退一步站定，冲着老花深深地鞠了一躬，嘴里咕哝着什么，周遭的孩子弄不懂。

秃叔的屠宰手艺是绝对高超的，一头瘫在地上的牛更不在话下，可他却采取了偷袭的办法——他躲到老花背后，冷不丁抡起大木槌，砸向它的天庭——老花的脑袋登时垂到了地上。

孩子们一阵嗷嗷叫。

秃叔操起一把长刃刀，从老花的喉管准确无误地捅入心脏。鲜血如瀑，淌了大半盆子（盆子是秃叔的小儿子早预备好的，牛血归他）。助手铁栓又麻利地撑开那两根棍子似的前腿，换了一把短刃刀的秃叔，只一刀，唰——从脖子劙到尾巴，一条直线。接下来秃叔开始剥牛皮，他抻住一角，在皮与肉相连处割一割，口衔住刀背，腾出手撕。再割，再撕。如此反复。进展很顺利，看上去就像剥地瓜皮一样容易。只是血还没冷，有的地方撕出了血丝，还能叫人感觉到残忍。不大工夫，老花就不再是老花了，而成了一团摊在牛皮上的肉。然后秃叔挥起斧子，把它的头卸下来，把它的四肢卸下来，把它的脊骨砍成几截……这时候的老花是什么呢？那个鲜活的生命哪里去了？

秃叔圪蹴在一旁闷着头抽旱烟袋，他自拿起刀到分割完牛肉，没说一句话，脸阴沉得吓人。

血腥味弥漫开。

是闻到这血腥味，被引诱了吗？太阳还高高的，在坡里劳作的大人们竟扛着农具回村来了。今天下午，队长改变了去大洼锄玉米的计划，带着社员们到村东的猪腰子地里插下了锄。这块弹丸之地还用得着甩开膀子干？其实大伙儿早就无心干活了，他们的心思早溜到了那头牛那里。一面稀稀拉拉地抛锄头，一面你一言我一语地说着老花，说老花秋收秋种立的功劳；说老花耩一天地累得不吃草，心疼得瘸大爷一遍遍往槽里撒棒子面；说老花的好处，说老花的可敬，也说老花的可怜；说

171

老花死了不该吃它的肉，应该把它葬在公墓里，修个大大的坟。可是大伙说着说着，嘴里的涎水却止不住流了下来。于是话题自然地过渡到煮牛肉得大火烧开锅，改用文火，啃牛骨头得有一口好牙才行。王墩子说用牛肉剁的馅包大包子，咬开皮是一个肉蛋蛋，真过瘾；三石哥说，牛肉丸子才香呢……越说他们的锄越落不到草上。老歪迎着东南风连打一串喷嚏，索性拄着锄杠不动了。队长了解他的"臣民"，干脆收工。

当队长急急火火赶到场院里，全队男女老少几乎全来了，熙熙攘攘，说说笑笑，那阵势像观看一场大戏，像欢度一个节日。人们打过招呼便顾不上多说话，注意力都集中到秃叔割肉的刀尖和会计掌秤的手上，分肉的工作正在进行。牛可比不上猪，骨头架子不小，也就出二百多斤肉。不过全队不到二百口人，除去给公社"进贡"的，能按一人一斤肉分，这就很鼓舞人心，这对半年六个月沾不到荤腥的农人来说做梦也不敢想。队长犯难的是分骨头，实在难分均匀，只好把分解的肋骨、腿骨、蹄子、尾巴，搭配成三十多份儿，编上号，每家一个人抓阄，抓不到好的也怨不得别人。分完肉、骨头，大人将着孩子，孩子拥着大人，打了大胜仗似的往家走，街道上隆隆如滚雷。

夜幕垂落，乳白的月光和灰色的雾霭一起笼住房顶、树头，浓浓的肉香也飘满村子。

饲养棚里煮牛头的大锅咕咕地冒着花——队长照例派人把牛头送到瘸大爷这里，说是慰劳他，实际上是队长、会计、保管晚上都来啃骨头。骨头煮熟了，瘸大爷却不见了——他一瘸一拐地向场院走去，来到屠牛的地点，对着挂在树杈上的牛皮，点燃了一沓黄表纸，一声声唤："老花，老花……"

眼里有雾

乡村无闲人，乡村的闲人多被视为二流子。

这还不是说大忙季节，比如抢收抢种，火烧火燎，农人们都恨不得长出三头六臂，恨不得一人顶四五人使。就是平常，开了春，这一年的忙碌就开始了，就像一根打满了结、一个疙瘩连一个疙瘩的麻绳。翻地、播种、挑畦、栽秧，一环一环，环环紧扣。小苗儿一见风就噌噌地往上蹿，嗷嗷待哺的婴儿似的吵着要奶吃，水肥就得跟上。接着是怎么保证灌浆、坐果，这中间还须不断把纠缠上来的杂草打退、消灭……庄稼地里有干不完的活，他们一天到晚泡在坡里。这个时候村子几乎成了一座空城。这个时候只有拄着拐棍的老人、穿开裆裤的孩子可以名正言顺地待在这城中。年轻力壮的汉子如果这时在街上打个逛儿，立刻会引起人们的"警惕"，继而你一举手、一投足，都被那些叽叽喳喳的眼珠儿盯住转几圈儿。

二郎哥的身影却在村子里频频闪现。

二郎哥是卖冰棍儿的，半晌午才去冰糕厂起货。他从家里推出那辆亮晃晃的自行车，后架的白色大木箱上用红漆写着"冰糕"二字，头戴一顶城里人戴的那种不同于竹编斗笠的麦秆草帽，风扬起不系扣子的短袖白衬衫。他吹着口哨，飘飘地拐上了去县城的大道。而下午很早他就卖完冰糕回村了。太阳还大高，这段时间，他先在门口老槐树下清点这趟赚来的零碎票子，把它们顺成厚厚的一沓，津津有味地再数一遍，拍一拍，对着在那里乘凉的人得意地一晃。起身伸个懒腰，又到村头走走，到马蹄湾边站一会儿，无聊得跟小孩子们戏耍。

干活的农人陆续收工回来，都浑身泥土，满脸汗垢，刚从庄稼地里爬出来就这样。有的肩荷锄，锄杠上搭着湿透了的褂子；有的背着大捆的草个儿，压弯了腰。悠然自得地在马蹄湾看景儿的二郎哥远远地和他们说话，对方已累得没力气搭腔了，头也不抬，只闷闷地应一声。

一群羊卷着烟尘蜂拥而至，在湾沿上收住蹄儿，一只只探长脑袋饮水，羊倌王来子扑打着荆条鞭朝二郎哥走来。他们俩见面没有正话，总是互相"掐"。王来子扔过一句："雷公爷爷咋就睡过头了，今天也没下大雨？"二郎哥回敬一句："又丢了几只？那只瘸腿羊还没被狼叼去?""看你穿得人模狗样，越来越不像咱庄稼人，连人话也不会说了！""你天天混在羊堆里，就差长两只前蹄儿了。"

小孩子们却乐意围着二郎哥转，认为他是天底下最好的人；下午，小街一被墙阴遮严，就盼着他的自行车铃声从村头响起，然后呼啦啦迎上去。二郎哥跳下车子，打开白木箱，从里头摸出一把化得剩下半截的冰棍儿，分给孩子们。有时挖出几勺子冰糕碴，有时干脆把塑料内胆掏出来，倒了一碗"甜水"。不管是啥，孩子们都乐得蹦蹦跳跳。

我就是其中的一个受惠者。但是有一次我端着二郎哥倒出的大半碗"甜水"，回家送到母亲面前，想让她尝尝，母亲却一下把它泼掉，脸上露出憎恶的神情，还不准我再往二郎哥跟前凑。

我怔怔地望着母亲，不明白她为什么会那样。

后来，懂了一点事理的我又听到其他人说二郎哥的坏话，并且人们给他编了不少故事，在酒桌上、墙根儿下流传。

他们说，二郎哥经常到县城东面一个小学校卖冰糕。课间铃一响，他就在校门外大声叫卖，诱得学生倾巢出动，一人捏着一支冰棍儿吸溜，包装纸扔了一地。放学的时候，他堵在校门口，小溪一样流淌的队列顷刻拧出了漩涡。学校制止过，可过不了两天他又待在那里。这天，他停住车子，刚亮开嗓门儿吆喝了一声，两个早已"埋伏"好的年轻教师突然出来，推起他的货车就走。二郎哥反应过来，慌了脚丫子，跟在人家屁股后连连求饶，保证再不敢了，可人家理也不理。中午学校人去院空，只有他的车子还搁在办公室前的太阳地里热乎着呢。他趴在门缝上，远远地望着那银光闪闪的冰糕箱，急得真如狗要跳墙。铁坨大锁是不通人性的，他只好跑到县城找来一个认识校长的亲戚说情，他更是又点头哈腰，又拱手作揖，差点跪下磕头，人家才把货车还给他。可一接过来就感觉箱子里晃晃荡荡——冰糕已化成半箱子水了。

这个故事往往缀着讲述人和听众的一串哈哈大笑，而第二个故事后面，则又多了一阵快活的拍巴掌声。那是说二郎哥载着一箱冰糕串乡，穿过一条小胡同，一家门洞里蹲着一个"光腚猴"，扢挲着手要吃冰棍儿。乡村的冰棍儿就是一块冰，五分钱就买一支，可这户人家不舍得花这个钱，女人硬硬地拽回孩子，关上门。二郎哥见状，灵机一动，把车子撑在她门口，一声声地吆喝："卖冰棍儿了，卖冰棍儿了！"那孩子就在家哭闹，闹得大人心烦，出来骂了二郎哥几句，撵走了他。二郎哥肚子里憋了一股气，邪劲也上来了，他转了一遭，又回到这儿，吆喝声更响了，到底是从孩子母亲手里掏得了一毛钱。这是故事的最初版本，经村人们集体加工、润色，它又演绎成另一个版本：二郎哥到一个村里卖冰棍儿，胡同头那家的大门半掩半开，可以看到一个漂亮的年轻媳妇在天井里洗衣裳。小媳妇上身穿着藕色露膀小褂，下身裤腿挽过膝盖，体态丰盈，皮肤白嫩。二郎哥的眼珠被吸住了，但却不好在门口久驻，他就走过去走过来，老斜着眼往里瞅。不料对门小媳妇的大伯子识破了他，那黑脸大汉拖着一根棍子出来，大喝一声："流氓！"二郎哥吓得骗上车子就蹿，一口气蹿出三四里路……

以后多少年，二郎哥一直从事着卖冰棍儿的营生。

大学放了暑假，回到故乡，听说二郎哥没出去卖冰棍儿，我来到他家，却见他头上缠着纱布，一只胳膊打了石膏吊着。原来前天他起上货出县城，发现路边停着一辆客车，他迅速靠过去，同时扑过来的还有三四个卖冰糕的年轻人。蒸笼似的车内最需要凉物了，可那客车窗子太高不便交易。为争得主动，他们都爬上自行车，站在车座上递过冰糕、收回钱。然而毕竟上了年纪，腿脚不那么灵便，在汽车开动前往下跳时，二郎哥身子失去平衡摔下来，头、胳膊碰在汽车上，鲜血直流。他到医院包扎好，故意磨蹭到天黑才进村，他不愿让别人看到他。他知道别人看见又要当笑话到处传扬——这些年他已经清楚他在村人眼里是个怎样的角色。

二郎嫂下地干活去了，家里很冷清，没有人来看望他，小矮桌子上的酒瓶、花生米盘子还未收拾。见我来，二郎哥慌忙让座。他不沏茶，顺手倒了两杯酒，自己先干了一杯，眼圈就红了。"老弟，你哥活得憋屈啊……"也许因为当年让我吃过剩冰糕，他相信我会同情他。

理解他，"你哥也没做啥亏心事，不过是不愿干力气活，喜欢跑个小买卖，兜里的零花钱活泛一些，老少爷们儿就红眼，就容不得我……"

我安慰他："其实你在村里带了个好头，老银、孙虎子他们倒腾鱼虾不是跟你学的？要不他们能盖起大厦檐房？"

"罢罢罢，可别提这一章！"他一个劲儿摆手，又端起一杯，一仰脖倒进去，顺着刚才的话题继续说，"只见鱼喝水，不见鱼尿尿，干咱这一行就容易吗？人前人后哑着喉咙吆喝不说，冰糕一装进咱的箱子，天上有块黑云彩都吓得心惊肉跳……"

"一切都会好起来的……"神差鬼使，我竟说了这样一句大而无当的话。

…………

二郎哥直直地看着我，我发现他眼睛里仍蒙着一层雾，但我想象不出那些红眼睛里雾气有多重……

卷三 疼痛的旧风景

大门过道

　　整整一个夏天，中温大娘大门过道里笑声不断。那是多么欢实的笑声啊，扑扑棱棱的，像一群群的白鸽，忽地飞起来，在空中盘旋。母亲最经不住它们的撩拨了，她总是把洗衣盆端到小南屋东山墙下，或者搬来矮桌子打袼褙。她选这个位置，为的是听那边人们说笑。小南屋东山墙正对着中温大娘的大门过道，相距也就十几步远，但是中间隔着我家的大门。一道薄薄木板的屏障却使那些本来清楚明白的笑语变得模糊，这让母亲听起来很费力，有时听着听着不自觉地停下了手里的活儿。可是母亲还是坚持掩上那两扇门板，她不想被人家发现她在偷听。
　　今天形容中温大娘的大门，可用我后来学摄影掌握的"景深"一词。中温大娘的大门是有景深的——大门带着一个长长的过道——当时在我家乡，这样的大门并不多见。多数家庭是那种"道士帽子"大门，大门上面三五根木头支着一个简单的门楼；再一种，上面连"道士帽子"也不戴，只几把麦草苫了一片檐子，像遮在额头的发绺；还有更简陋潦草的，是用树枝子或者秫秫秸胡乱扎成的篱笆门。乡间是很看重大门的，大门是一家的门面，有了钱，先把大门整得体体面面，"撑门面"一说很可能由此而来。中温大娘家是老中农成分，祖上留下了这份家业。她大门后的过道相当于一间房子那么大，平时可放自行车、小推车、锄镰锨镢等家什，到夏天，就把它腾出来，中午在这里吃饭、乘凉。过道里溜着穿堂风，清爽而不冷峭，大优于今天的空调。三伏天晌午头，热得没处躲，躺在床上霎时汗就粘住身子，除了累得骨头散了架的汉子睡午觉，女人们干脆找块阴凉地，一边说话一边做针线活儿。中温大娘是个豁达之人，又喜欢说笑话，她的大门过道便成了大家最好的去处。

中温大娘一家中午吃饭的时候，大门就敞开了——这一带夏天人们吃饭习惯在大门口，有的还端着碗到街上走着吃。每每，他们家饭还没吃完，就有人倚住门框等候了。收拾了碗筷，一圈儿马扎上子坐的已经是别人。头一拨往往是一帮大姑娘，中温大娘的小女儿已十七八岁，和她娘一样热情、爽快，前后街上下差个一岁半岁的姑娘多是她的好伙伴。姑娘们摆好阵势，纳鞋底，绣鞋垫，缝制衣衫，可是麻线咻啦咻啦响，针尖儿闪闪地跳，却耽误不了斗嘴。"这是要给谁做鞋啊，针脚这么密实？真用心呀！"虽没直说，但有寓意。"俺可不比你，你做的'千层底'，穿着上山打虎逮兔子也磨不烂。"这话顶上来，对方登时噎住，因为她上个月相亲，那男的是南山里的一个后生。"又绣花又绣蝶儿，送给俺姐夫的吧？"说这话的人明知人家还没有情人，再者，这四敞大亮的地方咋能绣心底的秘密？那得藏在家里才行，可她偏这么说。"死妮子，看我不撕你的嘴！""撕俺？你快老实交代！""别揣着掖着啦，当心长了酶。""说出来，俺帮你参谋参谋！"群起而攻之。被围攻的女子伶牙俐齿，无奈寡不敌众，她面颊涨得发烫，好在一缕清风适时地吹了过来……

野外日头毒得晒死人，农人们歇晌能到下午三点多钟，多数时候，中温大娘大门过道里中间会换一拨人。在家里掌管着锅碗瓢盆乐队的婆娘们，演奏完最后一支曲子，也凑了来。她们来一个两个还占不了上风，来三个四个，就控制了话语权。而且她们常说村西头某男某女相好，收工后钻了玉米地，大槐树底下寡妇家半夜里溜出一个男人之类的事。姑娘们听不下去，又不好掩耳朵，逃走了之。而晚辈们离开，这些大嘴巴就更缺了把门的，雅的俗的，荤的素的，一股脑儿往外倒。不过，她们的话里也确有丰富的信息含量，哪家娘生日，哪家孩满月；王疤子他娘瘫在床上，儿媳妇连碗水都不端给婆婆；李拐子从四川买回来个媳妇，黄花大闺女才花了四百元；孙呆子可不呆，盖屋抬高地基，要压住邻居的风水，邻居不慌不忙，在影壁上挂一面镜子，让扑过来的凶气晦气再返回去……汇集了沓沓冗冗的传言，这里好像是一个新闻发布会现场。

母亲仔细地捕捉着那边的一言一语，有一条小虫子在心里爬，左冲右突；海水一潮一潮在心里涨，要漫过那道堤岸。她努力扼制、挡住它们，因为她听见支书老婆还在那里，母亲不愿与这个富态、尊贵而又傲慢的女人坐在一条板凳上。本来支书家也有大门过道，可是那两扇黑大门一年到头都紧紧关闭着，倒很像支书那张阴沉铁青的面孔。他老婆更是毫不避讳地说，她怕乱，讨厌外人到她家里闹腾。她都是每天中午跑到中温大娘大门过道里来快活，把蹬了一上午缝纫机（她买了一台缝纫机，对外揽活）、被嚓嚓机声压抑的情绪全喷发出来。这个女人仗着男人当支书，说话总要欺人一头。众人背后都骂她是慈禧太后，当面却比李莲英还能讨好、恭维，端茶满水围着她转。母亲性子耿直，不会逢场作戏，可又惹不起人家，只好退避三舍。这其中还有一个原因，我母亲曾是童养媳，卑贱的出身使得她格外自尊，格外敏感。母亲只有这样闷在家里，打完了袼褙，搓麻线，搓一会儿麻线，沿鞋口……干腻歪了，眼睛盯住墙角那棵榆树，看它被石头咬伤的树身（那年翻盖饭棚，父亲从南山里拉来一车石头，垛在树旁）、被截断的树杈（树冠大了，磨南屋的麦草顶子，父亲就把那根捣蛋的树枝子锯掉了），看它密密层层的叶子（每片叶子都有虫眼儿）……从树干看到树顶，再从树顶、树杈、树干倒回来。倒回来的目光好像无处放了，一道一道往手指上缠。但她的耳朵却一直兴奋着，中温大娘大门过道里的说笑声仍然一浪推着一浪。

贫穷的生活和繁重的劳动吞噬了父亲母亲的好心情。那些年，父亲母亲经常吵架，每次吵着吵着，母亲就拐弯抹角生拉硬拽地扯到大门过道上。我家的大门是没有过道的，母亲会把她多少日子的孤独、寂寞结成的怨恨都发泄到这里，可以想见那火势有多旺。每每这时，父亲气就不壮了，这是他的痛处。我家不仅没有大门过道，院子也非常狭小，半个天井见不到阳光，哪像中温大娘家院子前半截当晒场，后半截垦出来种菜；在墙根种两棵丝瓜吧，干黄干黄的，不发身量，她羡慕婶子家的丝瓜七上八下荡在秋风里，吃不迭。可是父亲没有能力另划地基盖一座好宅院，就是这座老宅也非我们自己所有，其主人是我的三爷。这位我没见过面的三爷，也是个穷光蛋，住这么窄巴破旧的房子，无儿无女，他便咬了咬牙背井离乡闯关东去了。作为寄居者，我们无权笑话三爷，只能咀嚼自己的耻辱。父亲让步，母亲却越发感觉委屈，嫌父亲没本事、窝囊。待到父亲忍受不下去，狮子一样跳起来怒吼，母亲又无声地抹眼泪，直抹得我们兄弟姐妹的眼也红红的。这样一场"战争"会让我们家好几日不晴天，而下一场"战争"又在孕育之中，我少年忧郁的性格就是在这长长的阴天里形成的。（"大门过道"四字从此刻在了我的记忆里，甚至到今天，我去一个地方，总是一个大门一个大门地看，是带过道的还是一顶"道士帽子"。见到那种柴门荆扉，我的心情立刻就沉沉如压上了一盘石磨。）

中温大娘大门过道里最热闹的时候，是男女"联合演出"。俗话说"三个女人一台戏"，如果加上男人，这出戏就唱活了，唱出花来了。这一般是下雨天，下不了地，老天爷给汉子们放假。他们在床上睡一大觉，疲乏、松垮的身子又充了气似的变得饱满硬棒。这样的肉疙瘩没事做是要发痒的，有人就披上蓑衣到街上挖沟排水，有人蹲在屋子里编筐编篓，有人拾掇农具。那些"不正经"的汉子则出来寻乐，专往女人堆里钻。当然也不是乱钻，得找准目标。乡村有老辈传下来的规矩，大伯哥在兄弟媳妇面前得装模作样，不能随便说笑；小叔子对嫂子无所顾忌，胡诌八扯，却不是啥大毛病。所以来中温大娘大门过道里的都属小叔子"级别"。男女混在一起，这些大东洼里丛生蔓延的高粱棵子、地瓜蛋儿一样的汉子，粗得很，野得很，赤裸裸，出语轻狂；嫂子们平日禁锢的心性也放开了，高音大嗓地应对，一张张脸上燃烧着红霞（气得业余族长老丘爷背地里喷着唾沫星儿骂："真是婆娘四十骚过母驴。"）这是乡村难得的浪漫时刻，他们打打闹闹，欢笑声拱破房顶子，天上的神仙也好奇地频频探头张望。一次，这里笑浪滚滚，天上则响雷排排，大家耍得正忘情，突然一个霹雳携着大火球冲下来，在大门过道里画了个弧儿，惊得男男女女哇哇嚷叫着抱成一团——这是雷公不同于人间的参与方式，倒也率直、热烈得可以。

　　一个一个夏天，中温大娘大门过道里的说笑声一阵一阵接续下来，母亲依然一个人待在十几步之外的地方。南屋山墙的阴凉儿缩小、扩大，扩大、缩小，墙角榆树的树冠一寸寸慢慢融入云里。母亲的寂寞有千百层墙阴那么厚，母亲的孤独长成了一棵高大的榆树……

李家祠堂

夜如海，我独自站在黑暗中。零星的微弱窗灯背后，隐约映现的房屋鳞次栉比，起伏蔓延，像浓雾里的山峦。我的目光迷失于这山峦丛莽，我不能确定它的位置，哪儿都没有它的踪影，可是，我却仍固执地来这里。

记得，李家祠堂坐落在村子中央的一块空地上。那是一块很小很小的空地。东闸子庄本就是个杂姓小村，李姓总共三十多户人家。而这些人家中又无权贵大户，穷苦百姓缺吃少穿，能凑起多少银两建祠堂？所以不见几进几厅，不见牌坊壁照之类，仅孤零零的四间北屋。不过出于对先人的敬仰，族人还是把它建得好于一般民居，这突出地表现在它是这一带少有的月台屋，门前高高的台阶把它托举起来，平添了几分威严。但这也是给外人看的，屋内的简陋就毋庸掩饰了，没有金字堂号，没有祖先的画像，甚至没给祖先立牌位，只在墙上挂着家先轴子，配有一副对联："古今忠孝门第，世代诗书人家。"说诗书人家未免"奢侈"，李家并未出一个像模像样的读书人，这寄托了李氏家族的一种愿望而已。

然而这个乡村最小、最简陋的祠堂，在李家人心目中却比天还大。谁要是无视它的存在，它会将你压个粉身碎骨。至今族人还拿小菊姑娘的死来吓唬孩子，那是祠堂的一个"杰作"。论辈分我应该叫这个小菊老姑，听人说她美丽而勤劳，大家都夸她淑静，可是她竟神差鬼使地迷上大洼里一个看瓜园的汉子，怀上了野种，又密谋双双远走他乡。这事不知怎么在村里传开了，族长立刻召集族人到祠堂开会，会很短，也就一袋烟工夫，一队精干人马急匆匆出发，带上麻绳、棍子，直奔大洼，把准备外逃的小菊抓获，绑在祠堂东南角的柳树上。那是一个乌云滚滚的下午，阴沉的祠堂四周弥漫着腾腾杀气。被打折腿的小菊已经昏厥，她母亲哭喊着，下跪为女儿求情。可是祠堂里做出的决定是不能更改的，族规如山，端坐在太师椅上的族长正颜厉色，凛若冰霜，一任鞭子和暴雨拧起来往小菊身上抽。过了一天一夜，小菊被放下来。可没想到这个外表柔弱的女子，性子刚烈，她转过身，头猛地撞向树干……

我没有看见这今天说来仍叫人不寒而栗的一幕。我第一次进祠堂倒正赶上这里气氛很轻松——中秋节，族人聚在祠堂里饮酒赏月。本来小孩子是不能进祠堂的，但我爷爷与族长平辈，年龄又差不多，属老资格，就拎着我来吃酒席。酒席上的糖果具有极大的诱惑力，鸡鸭鱼肉的香味一个劲儿扑鼻孔，大人们猜拳行令吆喝喝也很好玩，可是我却从凳子上溜下来，去爬月台两侧的花墙，爷爷怎么哄我也不回酒桌。爷爷不知道，我是为了躲避他身边的族长。老族长并非不喜欢我，刚才他还用粗糙的大手轻轻地摸了摸我的头顶，但是我从小害怕他，路上相遇总远远地绕开。我还没敢仔细看过他的面孔，但我却认定他是一个长着四只长角的恶魔。

对李有德的惩处却使族长颜面尽失。李有德好吃懒做，打爹骂娘，败坏了老李家的家风，族长令人传他来祠堂。他圪蹴在门槛上，头埋进裤裆，由你训斥。可是回到家不但不改，反而把怨恨撒到爹娘身上，让爹娘吃剩饭，逼他们夜里推磨磨面。第二次被传来，他歪着头，匕斜着一只眼瞅屋角吊在蛛网上的小圆球，下面两手交叉翻转做游戏，族长说的话一句也没入耳，而一进家门就抄起棍子冲向他爹。他成了祠堂的"常客"，但他根本没把祠堂当棵辣葱，屡进屡出，如走亲串友；笑嘻嘻进，出祠堂就吹起口哨。族长无可奈何，气得大病一场，蒙羞的月台屋也在村人的指指点点中恨不得弯下腰钻地缝。

世道真的是变了，忽然有一天，老李家一个不起眼的小瘪三，竟组织一群胳膊上裹着红箍儿的人呼啦啦涌向这里，敲锣打鼓，高呼口号，喧嚣的声浪几乎把屋顶掀翻，家先轴子被付之一炬，然后一个大大的

"×"号将屋门牢牢封住。族长沾了雇农成分的光，才免遭批斗、游街之辱。大家再不敢走近它，拉呱也都忌讳说它。

当族人渐渐忘记它的时候，老族长广松爷爷却以宅院破旧、草房漏雨为由住进祠堂，以它为家（家人却没与他同去）。他干活回来就把自己关起来，有人说他闭门思过，有人说他在里面偷偷修续家谱。到底做些什么，谁也猜不透。

祠堂不存在了，月台屋被混同于一座普通的民居，但恐怕只有广松爷爷愿意待在这里。鱼鳞瓦的屋顶是一团沉沉的黑，流水似的阳光冲不淡它。地皮一年四季潮乎乎的，低洼处生着点点绿苔，散发呛人的霉味。为小菊姑娘陪绑的那棵老柳，一半以上的树枝干枯了，树杈部位长出一个怪模怪样的大疙瘩，月夜里一如鬼物。与月台屋相邻的荒园子东面有一条小路，水叔家就在这条路的北端。水叔是有名的乡村秀才，读了很多书，晚上我去他家听讲故事，回来路过这里吓得头发扠挲起来，咚咚咚一口气跑到大门口。

白天，偶尔会看到广松爷爷半躺在月台屋墙根下晒太阳，全身黑糟糟的，像一堆烂泥，唯蓬乱的头发白得刺眼。他已是衰朽残年，晚景颇为凄凉，没有儿子，不能传宗接代（根据这一条，不少人曾背后议论他没有资格当族长）。有一个女儿，广松爷爷为她寻得一个上门女婿，当儿子待。可这夫妻俩还不如父辈，连个女儿也没生出来。广松爷爷非常绝望，看见他们就想发脾气，他离开老宅可能也与此有关。一个人过活，寂寞，冷清。时过境迁，年轻人早已淡漠了宗族观念，没有谁来看他。我父亲却一如既往地尊他为长辈。大年初一中午，我们家做了丰盛的饭菜，父亲盛了一碗炸肉，包了两个大白馍馍，让我给广松爷爷送去（过去这差事是父亲或哥哥干的）。瑟缩在窗户底下小木床上的这个蓬头垢面、两眼浑浊的老头儿，就是那曾受众人拥戴、一呼百应的族长吗？往昔过年他率领族人举行"请祖先"仪式，精神饱满，嗓音洪亮，一抬手一投足，气派得很哪！我简直不敢相信自己的眼睛。屋子里很是昏暗，需要灯光的支撑，但灯没开。炉火半死不活，烧的砟子里掺了太多的黏土，勉强维持不灭，对外还有生着炉子的面子罢了。见我进屋，广松爷爷挣扎着起身，接过食物，满脸是感激和对晚辈不应有的那种卑怯、恭谨。我怎么也不能把这位老人与惩治小菊姑娘的那个恶魔对上号，他凶神恶煞的形象一下子从我心底抹掉了。"你广松爷爷其实心很善，小菊撞死，他好几天吃不下饭，家法慢慢废除了。他把咱李家带得很好，李家是个能吃苦的家族。"父亲对我说。他还说广松爷爷很会过日子，不舍得吃，不舍得喝，过年都不舍得多备点年货，原先这样做是想为后代攒财产，后来还是这样，是成了习性。我明白了为什么过年过节父亲都要给广松爷爷送碗炸肉。

老李家这位最后的族长结局相当惨，死后两天家人才发现，女婿也没早为他准备棺木，临时借来王老七的一具水泥棺材，草草埋葬了事。

自广松爷爷去世，月台屋一直空着，后被大队代销员李向鼎瞅上。他里里外外、前前后后打扫、消毒，墙壁用白涂料粉刷一新，燃放一串五百头的鞭炮，挂上了代销点的招牌。来代销点打酱油醋、买火柴的人不断流，而几乎天天晚上，老主顾"一毛六"都会到代销点。那年头散酒八分钱一两，他花一毛六分钱打二两酒，倚着柜台有滋有味地喝，国家大事，街头新闻，侃个痛快。天晚了，老婆在胡同口粗喉大嗓地喊他回家，他磨磨蹭蹭、歪歪斜斜地出门，一路哼着："马大保喝醉了酒忙把家还，只觉得天也转来那个地也转……"待这一曲吕剧腔飘远，向鼎着手盘点，点数一抽屉碎钱，很是得意。居村子中心人脉旺，生意不错。可是没过两年，这个李家后生还是搬离了月台屋。他嫌这里阴气重，他八字软，隔三岔五，夜里就梦见一个祖先站在外面敲窗棂，说要进屋取自己的帽子。

村支书不是李姓人，好像与老李家有八辈子冤仇，一点不顾李姓人的感受，将大队部设在向鼎腾出来的月台屋。乱哄哄的社员大会在这里开；树杈上安装的大喇叭一刻不停地高声咋呼；墙上写着"坚决镇压一切牛鬼蛇神"的大字标语。更要命的是，这里长年驻扎着几个民兵，他们彻夜灯火通明玩耍打闹，扑克牌甩得噼噼响。民兵连长孙罗盘，五大三粗的块头，说话蛮横，做事鲁莽，他还有一个抓工作的"绝招"：一出现"阶级斗争新动向"，哪怕是风吹草动，比如传说某人有"反动言论"，他不问青红皂白，先端起那架罗盘机枪，朝着天空扫射一梭子。伴随着火蛇的凶焰，尖厉的枪声打穿小村厚厚的夜，"四类分子"们就胆战心惊、老老实实了，附属的"战果"是，月台屋那股"阴气"很快被彻底涤荡干净。

古老破败，不堪蹂躏、摧残的月台屋终于倒在一个大雨之夜，无声无息，没有惊醒沉沉酣睡的村人。

…………

出了家门，顺着李家胡同往北走，过了东西大街，再拐过半胡同，就该是李家祠堂。然而月台屋坍倒后，西边人家盖屋往东挪两米，北边人家拉院墙向南扩出一丈，早把那块空场子抢没了。可我仍不罢休，我在附近转来转去，白天怕别人笑我憨痴，等到夜深人静，我又披着夜色来。为什么我这样苦苦寻觅，是它真的对我有着特别的意义，和我有着某种深刻的联系？是因为那个"我是谁，我从哪里来，我要到哪里去"的哲学命题始终困扰着我吗？我说不清……

卷三 疼痛的旧风景

庙学校

被五奶奶称为"庙学校"的地方成了一堆废墟，全村人都听到了那一声闷雷似的巨响。那是一个晌午头，汉子们饭后躺在炕上松弛酸胀的肌块，女人们聚在大门过道里纳鞋底。眨眼间，东北方向上来天了，黑云滚滚，狂风卷着地上的尘土打旋儿，道道闪电撕裂锅底似的天空，接着是雨柱如麻，大片大片丛生繁茂。就在又一个霹雳火团投过来的时候，庙学校教室颓然倒下，坍塌声和雷声合二为一，在人们心头砸出一个深坑。

风流云散，阳光瀑布一样哗地倾泻下来，人们跑到庙学校，破碎瓦砾闪着刀刃的寒光。五奶奶枯井似的两眼被晃得睁不开，泪水却如泉涌。众人呆呆默立，叹息落了一地。

好在那天是星期日，教室里没有学生。

教室毁坏了，可孩子们课不能停，第一生产队饲养棚里有两间房子空着，大队把学校临时安在这儿。

我就是这时候做了一名编外生的——我还不到上学的年龄，但我渴望上学，父亲便把我领来，交给了召南老师。召南老师让我坐在教室最前排，我用心听讲，一笔一画做作业，作业本上被红笔画了一溜儿水沟里的小鱼一样的对号。可是老师从来不提问我，他提问比我早一年入学的赵方明、二蛋子他们，他们却答不上来，而那些问题我都会。我盼着老师点名我回答，手举了又举，老师竟视而不见。有一次我甚至喊出声"我说，我说"，老师仍置之不理。整整一个学期，我躁得像饲养棚门口拴着的那头毛驴儿。

早晨，我兴冲冲地背着书包去学校，十字路口碰上五奶奶，她兜头泼了我一瓢冷水："驴粪蛋子味儿就那么好闻？看你欢腾的！"见我发愣，她又补充一句："那也叫学校？那是牲口棚！"嘴角几乎撇到耳朵根。

和五奶奶持同样态度的还有我们的老师孙召南。一天上午，他正声情并茂地分析课文，一头大嗓门的驴高亢豪迈地唱起来，盖过了他的话语。教室里出现骚动，召南老师酝酿得满满的情绪遭到破坏，飞扬的长眉立刻缩成两条豆虫。驴叫又逗引着老牛们哞哞乱吼，刺耳嘈杂。召南老师一摔书，到门外抽烟去了。

村里在筹划重建学校，建在哪里？一些人主张建在村南头那个大空场子上，那里敞亮，建了教室还有篮球场的场地，而且往南不远是杏花河，清澈的河水哗哗流淌，无疑会悠扬读书声的韵调。杏花河那边是青龙山，中间没有障碍物，从教室窗口就能望见山头，多好啊！——持这个观点的多是村子南头的人。可是五奶奶他们却坚持还在原址，千万不能挪动。他们也不说什么理由，其实大家都心照不宣：这里曾是庙，神在这里住了几百年，说不定有的神灵还在周边游荡呢，你凡眼看不见罢了，这里建学校村里会出"秀才""举人"。召南老师也主张学校在原址建，他虽然不像村人那样迷信，但他认为教育是神圣、庄严的，和原来的寺庙有相同之处，曲阜不是就有庙学吗？在村民双方争执不下的情况下，村长说："就按召南老师说的办吧。"——我们学校有故事哩！

我的记忆里却没有那座矗立的庙宇的影子，它完好的时候我还很小。我只是听老人们说，那是方圆百里少见的一座庙，外形朴实得像它所在的梁邹平原，梁柱、斗拱、门窗、墙壁一点也不花花绿绿，一律是土红色，叫人感到很亲切。正脊、垂脊、檐角上蹲着神态各异的小兽，活灵活现，有趣得很，据说它们能灭火消灾，带来吉祥安定。主殿配殿俱全，供奉有弥勒佛、观音菩萨诸神，还有关公。不过这尊关公像，虽头戴巾帻，身披战袍，却没提偃月刀，而是手捧一本《春秋》。新中国成立前庙里香火不断，求子、消灾的拜观音菩萨、弥勒佛，望子成龙读书升官的，则跪倒在关公脚下。新中国成立后禁止迷信，庙里的和尚还了俗，香客绝迹，可五奶奶还隔三岔五来进香，说她儿子能考上北京的大学就是因为她给关公磕头，额上磕出了疙瘩（她逢人就指指额上的疙瘩炫耀一番）。民兵连长赵大炮不信邪，率领小分队气势汹汹闯进来，棍棒一通横扫，把庙里的神打跑了。也巧，当年他生了个儿子是傻瓜，五奶奶就到处说："你信不信？这就是报应！"没有了神，寺庙改为学校了，校门外水沟边还常常看到五奶奶礼拜留下的纸灰。

废墟上花花搭搭地撒着琉璃瓦、玻璃的碎片，像尖利的牙齿，扒砖块得特别小心。课外活动我们来刮砖，把没损坏的砖上的干泥灰刮掉，以备盖屋时和新砖掺和着用。我手上划破一个小口子，但我没像在母亲身边时大哭，撒上点土继续干，母亲他们都拿土当药。我是一个小学生了，我很卖力，汗水湿了头发，往下淌，手一抹成了大花脸。同学二蛋子笑我，我也笑他，因为他腮上也一道道泥痕。那天的劳动场面热火朝天，那是我第一次到这里来，我没觉出它和别处不一样，没意识到它曾是神的住所。后来我们在这里琅琅读书，一阵高过一阵，课下蹦蹦跳跳，吵嚷追逐，一点也没体会到（根本就没想过）五奶奶对这个地方的那种虔诚和敬畏。

新学校建起来，全村人集体陶醉。很长一段日子，有孩子在学校读书的，总要找借口来校园里转一遭；家里没有孩子上学的，出村进村一定要绕到这条路上，从学校门口经过，有的把住门框探头探脑，有的盯着校门上"东闸小学"四个字看半晌。"东闸小学"四字是召南老师用红漆写的，像四朵盛开的花那么鲜艳。人们一遍遍念着，好像东闸小学刚刚建立而不是从前就有。五奶奶也脸绽大丽菊，不过，她却仍然叫它"庙学校"。

召南老师在宽敞明亮的新教室讲第一节课的时候，激动的声音有些颤抖，读课文出现了两处磕巴，但接下来就流畅了，拖起长腔吟诵。他在两排课桌之间的通道上走来走去，从玻璃窗投进的阳光在他面颊跳跃。召南老师读简师前上私塾，虽还未到半百，却很像个老先生。教学方法也很私塾，每篇课文都要求学生背诵，背不过，他就拿教鞭抽你的手心。家长也没有告状的，反而都恳求他："孩子不学就狠狠揍！"召南老师不负重托，一学期教鞭打断十几根，而教鞭断得越多，父老乡亲越敬佩他。召南老师严厉又死板，口头语是孔子的一句话："知之为知之，不知为不知，是知也。"他说这话的时候脸绷得像面鼓，你不由得怀疑自己是个南郭先生。有人来找他写字，他才一反常态，说说笑笑，你惊奇原来他还会笑。召南老师写得一手好字，撇如兰叶捺如切刀，写"口"字最后一笔总要往后带一下，得意地一甩小尾巴似的。每年春节前，大半个村子的人都把红纸送到学校，请他写春联。大家都认为召南老师的字是全国最好的，贴他的春联脸上有光。可是杏花河上造东风桥，"东风桥"三个大字却没请他写，而是请邻村曹家老农民曹道峰写的，只让召南老师写了桥头影壁上的小字。我们愤愤不平。但有一次公社文化站的赵和亭在桥上指指点点，说曹道峰是书法家，召南老师字虽然很工整，很见功夫，但是那种老先生的字，算不上书法。我们似懂非懂，却懊丧极了。

有一位仙风道骨、长髯飘飘的老者，雷打不动天天到学校来。他叫永惠，曾是寺庙的和尚，还俗后搬出去，住在附近地主刘一虎过去的宅子里。上了年岁，不能下地干活了，闲着很寂寞，他就到这里寻找旧时光景。他多是下午来，这角落瞅瞅，那旮旯看看，最后在西墙根老槐树下坐下，朝我们的教室张望。也许是受我们快活的书声感染，他嘴里念念有词。没有人理他，召南老师偶尔过去和他聊天、开玩笑。这天召南老师盯着他翕动的嘴唇问："长老何不发出声，让我也听听你念的经？"

永惠和尚自嘲地一笑："我念的经没人听了，我只在心里念给自己听。"

"在心里念好啊，不像我，喊得嗓子都哑了。"召南老师无奈地摊摊被粉笔染白的手，可是他神色里还是有一丝得意流露出来。

永惠和尚忽然用揶揄的口吻说："怕是你的经也念不成了。"

此时"破四旧"的浪潮已在拍打、撞击县城城墙，只是还没波及我们这偏僻小村庄。

果然，不久，一帮从这里毕业升入初中和高中的学生，臂上裹着红箍儿，威风凛凛杀回母校，用召南老师在大仿课上教的毛笔字写大字报，批判召南老师是牛鬼蛇神的总后台，如山的铁证是当初他力主把学校建在寺庙旧址上。大字报糊严了校门两边的墙壁，晚上召开批斗会，"火烧孙召南！""油炸孙召南！"的口号震耳欲聋。召南老师站在一条窄凳子上，头上扣着一顶高高的纸帽子，低头弓背，瑟瑟发抖，被他的学生批得体无完肤。批斗会后，召南老师明显地挺不直腰了，脸上没了神采，脾气也小了，讲课不再那么铿锵有力。那个批斗会对他真是致命一击，斗掉了他的尊严，他完全是另外一个人了。

大年初一，我们两三个平时受宠的学生偷偷地去给召南老师拜年。他家在西闸村，距离我们村二里路。村东头街口路南的一个小院，并无人来人往，看起来召南老师在本村没有在我们村受敬重。正堂悬挂着他书写的六条屏，除此不见其他异于庄户人家的陈设。他的家境也不多么好，师母好像有气管炎，两个儿子读书都不尽如人意，没考出去。往年我们来，召南老师满面笑容，问一些我们村过年的事。今年他不怎么说话，只一块块地递糖给我们，我们也无话可说。回来的路上，我们延长着那沉默，心事重重，小小的我们好像懂得了忧愁。

村里孩子少，学校多年采取复式班教学，只有召南老师一个老师，校园里里外外弥漫着他的气味。慢慢这股沉沉暮气令一部分家长不满了，他们想去公社要求调换老师，但大多数村民不同意。十多年来，召南老师与我们村建立了很深的感情，村里没有人不认识他，哪个学生不是他教大的？谁家的门槛他没踏过？他好像是我们村的一员，是村里的一位长者。

召南老师是我人生路上最重要的一位老师。刚入学时，我在头一排。他讲完课，下来检查一圈儿作业，就在我身边坐下，伸手摸我的脑瓜。我的脑瓜成了他把玩的一块石头。后来升级，我又得到他很多偏爱。我考上大学，他来我家祝贺，叮嘱我的话还是"知之为知之，不知为不知，是知也"。我努力按他说的做，在学问面前始终老老实实，未敢有一丝一毫的狂傲。他是我的第一个老师，又好像是我的最后一个老师。从小学到大学，多少老师教过我，可是惭愧，有些老师我连名字都没记住，我却怎么也忘不掉召南老师。

　　退休后，召南老师隔段时间就到我们村、学校来玩玩。他不骑自行车，走着来。路上出现一个老人，有人喊："那是召南老师！"大家就等着他，和他说两句话。他回去的时候，村头的人又目送他老远。一个瘦弱的老者走在从东闸村到西闸村的小路上，身影一点点变小，变成一个黑点。

　　又过几年，这条路上空空荡荡。秋天，庄稼全收了，那巨大的空白裸露着；深冬被厚厚的雪覆盖，那雪白得发黑，人们都扭过头来……

卷三 疼痛的旧风景

铁匠铺

一如上回，铁匠炉支在了于长青宅子外东山墙下。

还是那三个人，六十来岁的老头是掌钳的师傅，上锅腰，脸、额头上一层黑麻点儿——长年累月火星儿往上迸所致；他的儿子，一个少言寡语、只会哼哧哼哧抡大锤的铁塔汉子，人们都叫他大憨；大憨的小妹荷花，十六七岁，俊模俊样，只是两腮锈红太重，身板也过于茁壮，她管拉风箱。

这是个铁匠世家，祖祖辈辈靠打铁为生，到他们这里不知是第多少代了，家就住在龙头山那边的大李村，离这儿六七里路。在"割尾巴"的年代，因为家里仅有一堆废铁，穷得叮当响，铁匠炉幸存下来，断断续续生火冒烟；又因仍穷得发红发紫，被准许串乡"为人民服务"。他们每年麦收、秋收前都到我们村"下乡"，中间也常插两回。早晨天还灰蒙蒙的就来到，烧完一小推车煤，晚上回去，如活多，第二天再来。

于长青的东山墙下是生产队派活的地方，上午、下午老槐树上的大钟敲过，社员们都来站一站，领了活走。另外还是"交通要道"，其他生产队下地也由此经过，信息捎过来捎过去。老铁匠肯定经过"地形侦察"才选定这里的。

往往，社员们揉着惺忪的睡眼来领活的时候，发现了已经盘好炉灶、点着火的铁匠铺，不觉喜出望外，立刻踅回去，回家去拿用坏了的锄镰锨镢等家什。有的拿来一件，有的提来一篮子，都扔在一边，等从坡里收了工，来取新的就是。

成熟的庄稼的香味在田野里弥漫，大团大团地涌向村庄。村子里骚动起来，不要说壮劳力们脉管鼓胀，渴望拼杀一场，就连那些平常不下地的老人、孩子也再坐不住，开始做着收割的准备。这翻滚、飘散的香味同样撩拨着铁匠炉的火苗儿，它一蹿一蹿，一蹿拃许。很快，埋在炭火里的铁烧得通红，老铁匠持一把长钳夹到铁砧上，右手里的小锤刚发出当的一声，儿子大憨的大锤应声砸下来，四溅的火花迸出老远，吓得周围的人慌忙跳开。而砧子跟前这一老一少，却不在乎那纷纷的火星儿，并不是因为他们扎着羊皮围裙，系着羊皮裹腿，而是铁实在是需要趁热打，一分一秒耽误不得。老铁匠的小锤叫响锤，是指挥棒，他敲哪里大锤砸哪里。小锤叮叮当当，大锤铿铿锵锵，一阵天衣无缝的合奏，铁也凉了，一件器具也打成了，然后浸入水中淬火，嗞的一声，算是画上句号。

　　另一件又已烧好。这是一把镰刀，老铁匠在往炭火里埋时注意看过——对每一件要回炉的铁器他都仔细瞅瞅，在心里琢磨怎么对付它——这把镰刀正是他上次来时打制的，当时那刀片又宽又薄，主人用它割过多少庄稼和柴草？才两个月工夫，它就变成了一弯又窄又厚的小月牙，就被土地"吃"光了。老铁匠叹口气，他找了一块好钢，也埋进火堆，嘴里还咕哝着："得加点钢，没有钢不行。"现在这把镰刀加上了钢，它又锋利如初了，老铁匠的嘴角出现了一丝笑纹。完成一件作品时，他脸上的表情就这样。

　　铁匠和锡匠、银匠不同，锡匠、银匠的砧子充其量有拳头大小，多数时候随便一块小圆铁就可当砧子用，锤子更是袖珍到了极致，敲起来鸡啄米一般。熟练的锡匠、银匠打制器具或首饰就像闹着玩儿，边说笑边做活儿。铁匠这里就粗笨多了，他们的风箱简直像一堵厚厚的墙，砧子如同老树墩子，"伙计"的锤子是那种大榔头。铁匠活耗力气，刚打了三五件铁器，大憨身上就冒汗了。他干脆剥下上衣，光着膀子干。这真是一副好体格，胸大肌高高凸起，肱二头肌、三角肌是一块一块的大疙瘩，这排排大疙瘩在他抡大锤时是那么灵活地滚动，仿佛里面嵌了钢珠儿；外面闪着油光，蒙着一片黄晕，又多了一分美感。大憨有的是力气，靠力气吃饭的人嘛，有一句话叫"打铁须得自身硬"，好像说的就是大憨。他饭量也大，一顿吃半锅干饭。累了，咕咚咕咚喝一大碗凉开水，力气又鼓满臂膀。不过打一上午，中间他还是要歇一次的。他蹲在老槐树底下抹腋窝的汗，甩那两根特别长的胳膊，结了厚厚硬茧的大手一遍遍揉发木的膀子。这时荷花就上阵了。荷花的差事其实也不轻松，那风箱杆重且涩，一般十几岁的孩子都拉不动。可她抱着木柄往后仰，拉出很长，然后身子往前趴，前胸顶着木柄把它送到底——她几乎用上了全身的力量。但她还是觉得一个铁匠的女儿是应该能抡大锤的，所以她很愿意替一替哥哥，也为哥哥减少一点辛劳。荷花抡锤的时候，嘴里总是嗨嗨地喊，锤抡得越猛，喊声越高，好像这喊声能为她鼓劲儿。那带点野性的喊声很好听，路人听见就驻了足，而这一来，荷花的喊声会更高。

炉火不息，铁锤就不停地敲，这就好像是他的命。老铁匠除了打两个铁件，到风口擦擦烂红的眼，弓着腰呕心似的咳嗽、吐一摊痰，一上午不歇歇手。而且他十分投入，干活时一句话不说，只任手里的响锤叮叮当当，好像他全身心陶醉在了这支锤乐中。他的工作也从来不要别人代替，有时候，一旁的人听着这支锤乐，看着那钢铁的舞蹈，出了神，进而两手发痒，想过来敲打敲打，都叫他推开。就是他的儿子这时也不能摸他的响锤，他对儿子的功夫还信不过，儿子当兵回来，打铁才有几年？他十三四岁，还没有锤把高，就给父亲当帮手，一直到四十多岁，父亲老了，他才熬成了掌钳师傅。这之前，父亲给他讲夹钢的窍门儿，调刃儿时要他留心，粗活也让他试试，但外出干细活还是不把响锤交给他。如今他也是这样，他对儿子说，你要当一个好铁匠，就得先老老实实地抡大锤，别看打铁是力气活，里面有学问哩。马虎不得，马虎不得，祖传的手艺不能断在你手里哩！

傍晌午，荷花到于长青家要一桶水，淘了小米、绿豆倒进锅里，把锅坐在炉子上，擦擦手，照忙不误。等干饭做好了，老铁匠封住炉，荷花端下饭锅，大憨捡来一摞半头砖当座位，爷仨在于长青家的大门过道里吃饭。有时于长青老婆会提来马扎或端一碗菜来。他们和于长青家关系处得很好，于长青家打把刀、接接担杖钩什么的是不收钱的。有一回他们还专门打了一只铁环送给于长青的小儿子，于小猛把青秫秫秸折成"推子"，满街上滚铁环。整整一个星期，我们羡慕得跟在他屁股后面跑。

刚坐下，就有人在背后喊大憨的名字——人们陆续来订活、来算账了。订活的带着旧农具或者一两块废铁，算账的也带着废铁来——用废铁顶钱（很少有支现钱的），乡人习惯这样。大憨扒一口干饭，收下一份。这个走了那个来，大憨的这顿饭被切割得七零八落。好在还有荷花，荷花还没吃饱，就把哥哥换了下来。她也学着哥哥的样子，接过废铁，两块对着一敲，掂一掂，再放进荆条篓子。

饭后，把炭火捅开，噼噼叭叭爆响。接下来的这一段是十分精彩的，简直可以当艺术表演来欣赏。这时候，一是他们经过短暂的午休养足了精神；二是村人出工前聚向这里，都来围观，这很重要，有围观的打得才有劲儿。看吧，老铁匠稳稳地站在砧子前，屏住呼吸，眼睛盯着炉里的铁。大憨往手心吐口唾沫，攥紧锤把，那架势就如同一个要跳出战壕的勇士。少顷，烧得发了白、淌着火水的铁块被老铁匠迅疾敏捷而又从容不迫地夹上砧顶，而几乎与他那"定音锤"响起的同时，飞来了大憨的大榔头。大憨耍的是那种"满月锤"，甩开膀子，抡满抡圆，嗖嗖生风，辉光缭绕，却又砸得那么准，锤锤夯在"要害处"。随着锻打，老铁匠不断移动、翻转铁块，每翻一遍都变换一种形状，像揉面一样，紧揉慢揉，越揉越劲道。眼看揉成团了，却又拉成了条儿，或者把砸扁了的板儿，折叠为四四方方的盒子，随心所欲，叫人惊讶那坚硬无比的铁在他们手里竟是这般柔软。待这件器具毛坯基本形成，老铁匠的响锤往砧侧一敲，大憨改成弓步半锤，锤只举至肩头，但节奏加快了，锤点密实了。老铁匠的响锤又做出示意，大憨最后用上了点锤，锤距砧子顶多半尺，锤落如雨，这样砸出的铁器表面平整、光滑得像用手抚过。铁匠们尽情地展演着自己的绝技，十八般武艺都拿出来，钢锹、蹼锨、伸锄，包括制锄裤、锄钩，甚至溅火时刀刃一见水迅速拿出，还是整个儿铁件浸在水里这类技术性很强的环节，都在众人眼皮底下做。他们不怕别人偷了艺去，铁匠的艺没人偷，打铁是世间最苦最累的行当，谁愿意吃这碗饭！

这时候也是他们最快活的时候。

大人们看一会儿，心满意足、啧啧赞叹着下地干活去了。小孩子们却还围着铁匠铺不散，铁匠来打铁这一天是我们的节日。

也有一个大人，准确说是一个小伙儿，比小孩子们更迷恋铁匠铺。铁匠们来的时候，他赖上队长，央求分派他到饲养棚——饲养棚和于长青家宅子隔着一条路——去铡草或者起圈、垫土。他时不时从饲养棚遛过来看打铁，抢过大憨的榔头抡一通，尤其乐于帮荷花拉风箱，中午回家吞两口凉干粮就跑来张罗着收废铁，俨然是铁匠铺里的人。直到太阳落山，铁匠们拆了炉，装好车，大憨推，荷花拉，爷仨离开我们村，过了老石桥，他还站在原地，怅然地望荷花远去的背影。

这个人小名叫铁蛋，王本仓的儿子。王本仓早年从青龙山往县城运石头，不料车闸失灵，连车带人翻进山沟，没了命。本仓大婶吃糠咽菜拉扯着他。可刚十二三岁，老娘又患脑瘤撒手西去。这时候，铁蛋就像一个铁蛋到处"滚"了，分的粮食少不够吃，他这家混一顿那家混一顿；草屋漏雨，他这个瓜棚宿一晚那个瓜棚宿一晚。铁蛋不缺心眼儿，一天天长大，夜里睡不着，就想，我这个铁蛋到底要滚到哪里去呢？

后来，铁蛋认老铁匠当干爹。

后来，铁蛋娶了荷花做媳妇（倒插门）。

后来，铁蛋成了一个地道的铁匠……

对一座桥的凭吊

飞霞流彩闪金耀银的日子深葬于河底了。再不见脚步纷杂，不闻车轮隆隆，厚厚的水泥桥面坑坑洼洼，岁月柔韧而尖利的手一层一层地剥蚀着它，如同无数蚂蚁撕咬一头大象。整齐漂亮的栏杆已破损不堪，这儿断一根，那里缺一段，残存着的桩柱露着钢筋，横倒竖歪，就像摇摇晃晃、抖抖瑟瑟的稻草人。是风雨冲刷还是由于蒙了太多的浮尘，拱梁的翡翠样的青条石早褪色为灰白，花纹漫漶难辨。桥墩周壁风干的苔屑脱落很厉害，酷似那种破旧的平绒布。从石缝里飘出半截宽宽的蛇皮，簌簌地与枯黄的草茎绕在一块儿。断流期一年比一年长起来，泥沙不动声色地淤积成势。眼下是冬季，干涸平坦的河槽僵直瘦硬，叫人不愿投一瞥。河岸上那座青枝绿叶掩映着的护桥人的小屋何时坍塌的？这里好像遭过暴力洗劫，废墟呻吟着，填着雪渣的树坑也凌乱地扔在那儿，仿佛隐隐作痛的创痕。而四围，苍凉似大漠，无尽的寂寞聚拢如云，正织进头顶低垂的暮色，重重地压在你胸口……

老石桥。

我站在你面前。我从一个与你遥遥相望的城市而来。我固执地撇开热闹的柏油大道，踏着这条废弃的土路走向你。每次见你这样子，我心里都说不出是啥滋味。可我还是要来。

我是来凭吊你吗？

叮叮当当的锤声，杭育杭育的号子声，抽去了战天斗地歌词的高亢雄浑的乐曲声混沌成一团儿。那是个火热火热的夏天，全公社的石匠和精选的壮汉汇集到我们村东，建造这座圆拱多洞大桥。花花绿绿的捷报棚搭在高高的土台子当央，顶部飘扬着八九面彩旗，北面扎了两排低矮的窝棚，百米方圆的空地和长长的道路上卸满了石料灰料。阳光的红丝嗞嗞地响着。一些裸着疙疙瘩瘩的酱紫色肌块的石匠，在敲敲打打摆弄石头，乍一瞧，简直不好将他们和石头区分开。运条石的汉子们垫肩磨出了窟窿，脊背上蹿动道道火焰。他们懒洋洋地抖开拇指粗的铁链，让它咬住条石两端，肩膀怯怯地挨近木杠，但当他们憋住气，双眦一裂，却突然变成了只只猛虎。数十辆送砂浆的小推车穿梭一般，在泥水里碾出深而乱的辙印，一触那窄窄的跳板，就被轻轻地弹到桥基场地上，立刻激起一片热浪……

哥哥就在这支建桥大军里。不过他与这群人格格不入。头一年回村劳动，就像一匹刚出厩的骏马打着响鼻闯进了辽阔的草原。但是他还没在泥土里滚过，脸还很白，衣着还那么板正，还不习惯说粗话。跟驼背的、锅腰的、粗如墩壮如牛的同伴比，他挺拔的身材也显得单薄而稚嫩。他被分配做会计工作。我到东洼割猪草从施工工地走，看见他坐在捷报棚里打算盘算账，或者刷标语，或者验收源源而来的运输车辆。你拿眼往人群里一扫，哪个留着黑亮的长发，是他无疑。

我们这帮孩子割猪草前总要在建桥工地玩个够。我尤其爱看那位和石头一样沉默不语的老石匠，钢钎像支蜡笔在石块上画出美丽的花纹、图案；那位斜吊着眼睛的泥匠却能不用尺子就把灰线勾得笔直。他们粗大的手这时候比绣花女的纤指还灵巧，令人眼花缭乱。现在理解了，这正如马克思所说的，劳动本身是美的（但它把劳动者变丑了）。我们还盼着大队长嘟嘟地吹一遭休息哨，我们就缠住绰号称"戏匣子"的师傅，听他唱杨子荣郭建光。有时候我们偏要在石头垛上追逐，那石头的一撅一翘也是我们的乐趣。玩着玩着忽然发觉太阳要落山了，才跑到地里胡乱拔几把猪草盖住筐底。

我们割猪草回来，他们也正好收工，一个个垂着头，塌着背，像一群负过重载的牲口。他们蹲在窝棚前吸烟，有的躺在石板上佯死。伙夫的馒头簸箩、稀粥桶还没放稳，人们呼啦啦抢上前。然后三五个凑一圈儿，大口吞咽，不时因一则荤腥笑话喷出饭粒儿。哥哥是不"入伙"的，他在水管子旁用香皂洗得干干净净，最后一个领饭，躲到远处去吃。如果光线还行，他会筷子张开了，眼睛却紧紧地盯在一本小说上，他说这样饭菜格外香。

我常常在小朋友面前炫耀哥哥，可是这天我却看到有人大声和哥哥吵架。起因是那人躲在窝棚里喝水，磨时间，哥哥喊他快回去干活，那人哼一句："小白脸，你也有资格管老子！"我记得哥哥羞得满脸通红，他迅疾奔往工地，夺了一辆小推车凶狠地冲过去……

我越来越耽于回忆了。这不仅仅是写作的职业的缘故。我感觉有只无形的大手把我推进一条湍急的河流，拽着我逆流而上。这条大河宽阔而绵长，我一路大睁着眼睛寻觅，但只能回到先前待过的地方，当初浮在水面的美丽的花瓣、金黄的落叶却早漂走了。叹息塞满了喉管。我们那噼噼叭叭燃烧的青春呢？我们那无忧无虑的童年呢？这急流奔腾向前昼夜不舍，人在它面前多么无助无奈！回忆使人忧伤。这是一枚甜涩参半的果子。

在弹尽粮绝、人疲马乏的时候，大桥在一片鞭炮声中落成了。这一下使流干了汗水萎蔫了的躯体又充了气一样蹦起来。空空的料场涨潮似的激荡着欢乐。祝捷晚宴上大家都敞开怀喝，阔着嗓门唱，疯狂闹了大半宿。哥哥也喝了不少酒，他被锻打成了一条硬汉子，身上蜕了一层皮，肩头结了紫痂。阴雨天，犍牛似的小伙子们浑身发痒比试力气，他能心不颤腿不软地把两个碌碡夹在腋下。是为大桥，还是为他自己？他喝得十分酣畅，大杯大杯往口里倒。他醉了，这是他头一回喝醉。

好多人跑很远的路来观赏这座大桥。佩戴团徽的中学生站在桥头喊着"啊"咏叹调，小脚老太太让孙女用单车驮着来了，拍着花环环环相扣的栏杆啧啧地咂嘴。这是远近几十里内最大的桥，高高隆起的桥梁像一弯壮丽的彩虹。绚烂的阳光洒下来，闪亮的水泥桥面、光洁的栏杆，以及桥底碧绿的流水里都跳跃着耀眼的光斑。桥宽数丈，可以并行

卷三 疼痛的旧风景

三辆胶轮大车，车把式的缨花长鞭一声脆过一声，枣红、杏黄、紫黑的良驹骏马飞驰而过。有大船从桥下通行了，烟囱里突突地吐着黑烟，船头几个操着外地口音的人忙着拾掇什么。土著们好奇地打量着怪模怪样的"天外来客"，撇着腔儿跟他们搭话，很好玩。

桥头两岸的树林成了鸟儿和农人共同的巢，在附近干活的农人歇息时喜欢到这儿。绿荫如盖，鸟啼滴露，清风徐徐吹来，护桥老汉的水缸里备下了甘甜的凉水（那可是个一天到晚眯着眼笑的好老头儿）。但更诱人的还是那一河清澈透明的波涛。小伙子们嗖嗖地纵身跳进去，白条似的自由自在地在深水里游弋。大胆的姑娘会趁其不注意将他们的衣服拿走，隐蔽在树丛后等着看一出好戏。

我们这帮调皮蛋则在水浅处呀呀着打水仗，到桥洞里捉迷藏，抓"特务"……

天天几乎同一时间，一辆草绿色拖拉机在桥头停住，年轻的驾驶员身轻如燕，下车提水饮他口渴的"铁牛"。他一边浸湿白毛巾擦他黑亮的头发，一边瞅大桥，像艺术家欣赏自己的一件杰作。这驾驶员就是我的哥哥——建桥大军解散后，他被派到公社拖拉机站学习，未出月就开着这辆模样有点像小吉普的拖拉机驶过了大桥……

老石桥，你还记得我吗？我就是那个光着屁股爬到岸上抹一身泥巴，转眼又钻入水底的"小泥鳅"，那个矮小的，老撑不起哥哥肥大的旧衣服的"小不点"呀！你认不出我了。粗硬的胡茬覆盖了我大半个面庞，腹部凸起个大包。我一步一探地去抚摸砌在桥墩里的那块块熟识的石头，你似在怜我的笨拙和艰难。是的，我不再年少，血管里喧嚣的狂澜渐渐退去，四肢像抽掉筋骨似的慵懒无力了。此刻我怕看你墩损栏断的形容。难道就这样衰萎下去？我们都经不住一场雨、一场霜？老石桥，我们谁也别笑谁。

我曾经心高气盛、风流倜傥的哥哥也变成另一个人了。那次回故乡路过明家集，忽听他喊我，循着亲切的声音，我在几乎千人一面的庄稼汉堆里，费了好大劲才弄准一张陌生的面孔。他的头发灰白、稀疏，一把干草似的，脖子往前伸着，衣服皱皱巴巴，沾着泥巴的大脚趿拉着一双破拖鞋，一走吱咯一鸣。这哪是我的哥哥，我印象中哥哥是那种特别讲究仪表，或者说爱美的人呀！没问两句话儿，哥哥就转身去买藕瓜和韭薹（这是庄稼人很少享用的好菜），拎着我儿子的手去吃米粉和绿豆丸子。我看见他不厌其烦地跟小摊贩讨价、争吵，占了丁点便宜，便像捡了大元宝似的得意。

　　小院的井然有序显示着主人的勤快。哥哥在家里是一刻也闲不住的。扫院子，垫猪圈，把柴草一根根码在墙角，拨拉着粮食往外挑虫子。他的手脚已看出迟缓。我听说他辞去了村委主任的衔儿，以为他力不从心了。"干那做甚？不划算。"他一副满不在乎的模样。现在他最上心的只有那两头牛，端着草筛子去牛棚，拌好草，给老牛挠一会儿痒，再跟小牛犊子亲昵地说一会儿话。我注意到，自打没了心事，他脸上那重重的阴郁里露出了亮色。哥哥的人生是很不如意的，这个中学时代全校有名的才子，因为父亲为生计所迫藏了他的入学通知书，一辈子没走出脚下这块黄土地——初中毕业，他参加完升学考试就到外地一家油棉厂当临时工，一月挣四十元钱的工资。那年月，我们这个贫苦之家从没见过这么多的钱。收到汇款单，父亲的手在抖。邹平一中的录取通知也寄来了，这可是儿子的前程啊！一边是通知书，一边是四十元钱，父亲辗转反侧一夜，掂量来掂量去，最后还是咬着牙下了狠心。待哥哥做完临时工知道了原委，痛不欲生，但已不能挽回了。这使他后来发誓拼死也要把自己的孩子供出去。如今三个孩子都完成学业吃上了"皇粮"，可这也把他撂倒了。我与他合计，出资帮他做点生意，好还完那一腔饥荒。倒卖棉花，做家具，贩菜，生豆芽……他一项一项地数说，一支一支地抽烟，叹口气："这些我都干不来，我还是干点力气活吧。"

　　今年春天，哥哥好不容易从十里路以外杏花河拐弯处的青阳镇铁厂找了份活干，来去都打这座承受着苦难和辛酸的桥上经过（我想象不出这对老友见了面如何寒暄），天不亮就出门，风雨无阻。活很重，累得他晚上回来吃不下饭。全家都劝他别要钱不要命，但他非要干到年底拿一份囫囵工钱。一天，他女儿有事到铁厂去找他，看到他们几个人在卸煤，都蓬头垢面，汗湿衣衫，谁也不敢住住手。动作稍慢，坐在树荫下喝茶的个体厂主就骂猪狗一般骂他们。原来这家厂主有一绝招：谁受不了他的骂，中途不干了，工钱就被扣下了。女儿忍不住哭出声……

聚在一起，我和哥哥之间的话题自然而然地就转到老石桥上。那段岁月是我们兄弟俩唯一共同拥有的快乐记忆。哥哥兴头儿特高，他拿出一瓶一沾唇就能呛倒你的缸头原曲，立刻满屋里酒香缭绕。嫂子把小铁炉捅得呼呼地冒火苗，一霎工夫四个菜上了桌。哥哥抿一口酒，并不下咽，而是让它在嘴里打转儿。酒在他那里似乎格外地美。

小侄在县城工作，正好星期天回家休息。我让他坐下："你也该学着喝酒了。"可这孩子只顾满酒倒茶，却不端杯。他已经出挑得和当年的哥哥一样挺拔英俊，举止文雅，明澈的目光透着聪慧和执着，但面庞还未脱尽稚气，看样子个头还能再蹿一节。我知道他毕业之后又在自学深造，他赶上了好时候，他将由着天性自由健康地伸枝展叶，而不会重复哥哥的命运，被扭曲成一株病树了。对我和哥哥的交谈，侄子很生疏，他一直屏息静听，好像在翻一册带传奇色彩的书。

这时，哥哥从墙上摘下相框，粗笨的手一下一下拭净上面的蒙尘，一张二寸黑白照赫然闪亮了：他倚着桥栏，背心上印着"突击队"三个字，半边脸膛上留着一大片强烈的阳光，更显得意气风发。可惜照片的白边有点发黄，他打开相框取出照片，蘸着水试图把它擦白，但没有办到。

是酒烧红了哥哥的双颊吗？他又一次很动感情地讲起往事：当建桥战役进行到白热化阶段，指挥部连续召开了两次动员大会，哥哥连写两份申请书，加入了突击队。突击员们在毛主席像前宣誓后，嗷嗷叫着扑向六盏汽灯照得明晃晃的工地，与石头、泥灰展开短兵相接的肉搏。村头打谷场上正在上演电影《英雄儿女》，两边的厮杀声在空中碰撞、交织、膨胀、回旋。第二天有人就发现哥哥很像英雄王成，这发现随即带着称赞在工地上不胫而走。哥哥下意识地把攥起的拳头擂在桌子上："嘿！那时候……" 接下来哥哥的话少了，我知道，他沉浸在那借以滋养精神的记忆深处了。

我却在努力控制着自己不往深处陷。我觉得我开始恐惧、逃避回忆。我似乎已从那幻象里醒来。不可过多地迷恋这儿，它会把你变蒙昧。染了霜花的双鬓能返青？能再舞着那只道具似的荆条草筐，不慌不忙地踢石子？能泡在河里打起水仗忘掉一切？就在前两年，我还以为时间多得用不完，我坐在红亮的写字台前，为个人的烦恼忧愁拖出一行行毫无价值的文字；为换取蝇头名利大把大把地掷抛着韶华……不知道它是花掉了无法收回的金币；不知道它的面孔是硬的，冷的，它是要惩罚愚蠢的人的！

"石桥也老了……" 哥哥自言自语。他脸色黯淡了，恢复了平素孤独、惆怅的样子。猛地，他又举起一杯酒，一仰脖吞进去，却从眼里涌了出来……

我不能安慰他……

世上最痛苦的莫过于哀悼自己的青春、童年了……

周遭沉闷、冷清得叫人快要支撑不住。冬日的田野收割了日夜歌唱的庄稼，漂走了小帆船似的瓜棚。可怕的空旷。在河岸那边架电线的几个人也回了青龙山脚下的工房，连一点声息都没有了。田埂像老人的筋脉一样凸突着，肿胀着，灌渠上两棵落光叶子的杨树木然呆立。越走越窄的土路尽头仍然令人失望地不见一个蠕动的人影，甚至一条狗。我仰起头，我不忍看夕阳里老石桥望穿的红红的眼睛。

当空悬着一个渐浓的暮色溶不尽的墨点，那是一只黑色鸟。黑色鸟一忽儿缓缓滑翔，巨大的翅膀像两片刀刃；一忽儿浮在空气上一动不动，一幅贴在天壁的剪纸似的。它是那么安闲悠然，那么若无其事，但它的铁钩长喙却瞄准了大地上的一草一木，它巨翅的阴影在急速地蔓延……

一股风吹过来，掀起我的衣角。

走，咱们离开这儿，老石桥！

谁偷走了那一地纯银的月光

有人在跟踪我，他肯定以为我是个可疑的人，甚至把我当成了小毛贼。我一点不怕他，我曾是这个村子的一员，今天是来自己的故乡、老家。但我不愿回头解释什么，他这般年纪的人不认识我。我继续大摇大摆往前走，他越追越紧步步逼近。终于到了土崖边，那边就是庄稼地，我山穷水尽，他也在我身后停下。"你是登建叔？"他居然叫出了我的名字。我盯住他看，却记不得他了。问他父亲是哪一位，顺藤摸瓜，才想起，我离开村子时那个还在地上爬的小猪崽一样的男孩。

原来旁边的房子就是他的家。他一连说了两遍。这大厦檐屋真气派，高高的，宽宽的，墙是贴瓷砖的。大门最能长脸面，是这一带流行的样式：大铁门，二层是阁楼。整座宅子很像一只老虎蹲着那里，大门是高昂的虎头。他告诉我这是他干建筑挣来的。他这些年一直干建筑，早晨四点多骑着摩托车跑二十多里路去县城工地，晚上回来住，两头不见太阳。他干的是小工，推砖推灰，推一天小车腿抽筋。我在脑子里换算着，这座宅子得多少块砖、多少袋灰，不就是他一车一车推出来的吗？不，他推出来的比这座宅子多得多，他得到的只是很少的一部分。我又问他父母是不是也住在这里，我想看看他们。我知道他母亲得了直肠癌，手术后没事儿，还天天下地干活。他父亲年轻时就很瘦，外号叫"电线杆子"。他用手往东边一指，说他们在园子里。他说的园子是他家的责任田，在东坡。大概十年前他家种苹果，为了看守，在苹果园里盖了一间小土屋，他父母就吃住在那里。后来这一带苹果销路不好，一堆堆苹果烂在树下，人们伤了心，把刚成年的苹果树连根刨掉了。他家也在其中，可是他父母却没搬回来住。这并不稀奇，村子里还有老人像他父母一样在园屋子里住，清静，不用和儿媳妇生闲气。子女也认可。"俺爹俺娘自己愿意。"他们一般都这么说，轻轻松松就把球踢到父母一边，丝毫不感到难堪，"孝悌"二字他们早已不认得。

　　问起村子里议论的集体搬迁到社区住楼的事，他对我讲："人家都搬咱也得搬，可是我这房子刚盖起来啊！"他的手抓住一把头发使劲揪，咧着嘴，刚才的得意没有了。我点头表示同情，流汗流血盖起来的新屋，没住两年就被推土机轰轰隆隆推倒，能不心疼吗？但在势不可挡的乡村城镇化进程中，好多新房子都逃脱不了这种命运。这个话题没再谈下去。

　　他邀我到新屋里喝茶，我婉言谢绝，我还想到村子里转转。月亮三竿子高了，浅灰色的夜色掺进月光，透明的颗粒悬浮在空中，叫人想到一只正在蜕皮的蝉那嫩嫩的羽翼。这样的时刻在久别的村街上走，我的心里流着蜜，胸口微微起伏。

　　村街抹了水泥，仿佛一条白带子，不像原来的土路，月光下银色里透着淡红。路面也似乎太平整，哪比得上走泥疙瘩歪歪扭扭有滋有味？"你也太浪漫了吧？"我自嘲地笑笑。其实村庄是在一天天建设得更好，只是我怀旧。突然，前面掷过来一块长方形的亮晃晃的东西——这家人家拉开了电灯，灯光飞出院子，横在街道上，一下子把那柔媚的月光覆盖。瞬间，路灯也亮起来。村里的路灯虽说不像城市的路灯那么密，街中心一盏，东西南北村头各一盏，可那尖锐的光芒挑破了小村夜晚的神秘。这却不免让我扫兴了。笼罩着村庄的月光不复存在，或者说被稀释得很淡很淡，看上去好像还有点浑浊。记得小时候的月光是那么浓，那么纯净，难道那一切只能藏在记忆深处？

　　中心大街西头有一条向北的小胡同，小胡同又向东拐，第二个大门是我的小学同学光才家。只要回故乡，我都去他家拉拉呱，这会儿不知不觉又走到他家门口。可是门却锁着，屋里也没亮灯。上回见到他是去年冬天，他正愁得要上吊。儿子三十多岁了好不容易找了个对象，可女方狮子大开口，要了六万一的彩礼，又要五间新屋，不盖起来就不过门。光才老婆是个二十多年的老药罐子，日子很难。后来他怎么渡过这一关我没再问，我面对的分明还是过去的破墙烂屋，它被前后左右的华屋高墙夹在中间，成了低谷地带。附近没有路灯，恰巧这一霎月亮钻进了云层，就感觉这里暗了很多，暗得叫人喘不过气。

顺着宽宽窄窄的街道，我转到了原先大队部的对面。一家门前光溜溜的场子上晃荡着一个汉子，灯光从后面勾勒出他的身影，矮胖，光头，脖子粗短。他叫老传，我在村里当教师时曾教过他，笨得出奇，考试及格的次数不多。到了社会上却活泛、灵透得很，很有经济头脑，听说他改革开放以来发了大财。他也看见了我，迎上来，二话没说就往家里拉。他家两个院子，中间由月亮门隔开，西院是他的新宅，东院是他叔叔的旧宅。他叔叔婶子已故去，孩子们都在城里工作，老屋就交给他看着，不坍塌，村子搬迁时还可换一套楼房。离开村子的前几年，我常来这里串门，每次都玩很长时间才回去。那些个夜晚，走出屋门，一泓皎洁的月光漾在方方正正、整洁干净的小院里，心情特别亮堂，特别美好。此刻，我好像听到从屋子里飘出来的说笑声，眼前好像又闪烁着那熔银的月光。我在院子里静静地站着，感慨不已。人去屋空，情景不再，房屋也不像样子了。上溯四十年，这座房子在村里应该算最好的，高大宽敞，红瓦白墙，可是现在它缩在老传二层小楼的阴影里，矮小，破旧，寒碜，像一个风烛残年的老人。这也亏了老传，如果不是他打理，它可能早在风雨中变为废墟了。岁月无情。

西院，老传已经把小方桌摆在院子当央，切好了西瓜，喊我快去吃，他媳妇翠玉也过来催我。翠玉也是我的学生，和老传同班。当年那个细高个儿、眉清目秀的小姑娘如今成老太婆了，发福得像大水缸。翠玉是读完高中回村的，村里、邻村的同学追她的可不少。他们都是平头正脸、品行端正的好青年，可翠玉却选择了初中还没读完、不务正业、东蹿西颠的老传，人们都感叹"男人不坏，女人不爱"。后来都佩服翠玉有眼光，人家老传早早就开始做买卖，兜里大把大把的全是票子。而那帮好后生却都死心眼儿，从早到晚趴在庄稼地里。这年头粮食又不值钱，所以他们的日子就过得不咋样。

扔掉烟头，老传就打开了他那大喇叭一样的嗓门儿。他在外面跑真是长了见识，天南海北的新闻，高铁网购，政治八卦，无所不谈，没完没了。我插不上话，只有听的份儿。接下来，他又开始拉"过五关斩六将"的经历。他的真实职业是倒腾棉花，低价收购高价卖。倒腾棉花违法，工商局查得很严，处罚很重，可是老传却没被罚过，工商局有些执法的人反而和他称兄道弟，这不类似猫回过头来给老鼠作揖吗？他沾沾自喜地炫耀着，我却在暗想，社会上的不正之风，就与他这样的人有关，他们越"神通广大"，社会越乱，乌七八糟！可是在国人的观念中，胜者王侯败者贼，谁搂回钱来，谁先富起来，谁就有能耐，中间的环节都被忽略了——国人尚未意识到这一价值观造成的危害，它颠倒了善与恶、美与丑，甚至在褒扬恶、丑——尤其是得了他们的好处，更不会说别的，像我这样吃了两块西瓜，就得任人家"晕"。但我嘴上附和，实际是耐着性子。我的注意力悄悄转移到了他发亮的光头上。瞅瞅他发亮的光头，再瞅瞅铁条上吊着的大灯泡，它们有相同之处，都亮得刺眼。

从老传家出来，月亮已经偏西。天这么晚了，家家却还不熄灯，看电视，打牌，农村也像城里一样过夜生活了？街上寻不见月光，我不甘心，我要到村外。村外可是离月光近的地方，我小时候在那里看到过最美的月色。我一路兴冲冲，然而不来不要紧，来了却彻底绝望了——村外搭了一排排鸡棚，鸡棚里灯火通明。据说这是一种先进的饲养办法，电灯使鸡产生错觉，它们便夜以继日地吃食、长肉或下蛋，劳役无期，最后活活累死！鸡棚后面，青龙山脚下的高速公路上，车灯汇成了一条光河，滚滚滔滔，奔腾而来。夜空被灯光切碎、穿透，千疮百孔，凌乱不堪，哪里还容得下一缕月光？

小时候那个夜晚的情景又浮现在眼前：那晚，我和小伙伴们捉迷藏——那时候没有电视电脑，捉迷藏是孩子们的主要游戏——我大着胆子钻进村头场院屋子。屋子里黑洞洞，垛着麦草，踩着它可以攀上屋梁。

我趴在屋梁上，听小伙伴们像鬼子的巡逻队一样呼啦啦扑过来。但他们往里探头看了看，没敢进来，又哇里哇啦嚷叫着到别处去搜。我判断他们会"杀回马枪"，趴着不动，好像还打了个瞌睡。可没想到他们很快作鸟兽散。等再也听不到过路人橐橐的脚步和糟烂木头般的咳嗽声，我才从梁上滚落下来。一出屋子，不觉吃了一惊——当头是一轮圆圆的很大很大的月亮！

天空碧澄澄，蓝晶晶，月亮像一面新磨过的天镜。亮铮铮的清辉银粉一样纷纷扬扬洒下来，无声地落在场院里，新鲜、洁净，散发一股淡淡的香气。场院以南，收割了苘麻的空地上，仿佛覆盖了一层厚厚的雪。那雪是松暄柔软的，踩上去能没了脚脖子。湾边的树，迎着月亮的一面，树峰镶了白银的花边；腰间一些地方似是挂着雾凇，重重的，压垂了叶子。树影却愈显黑了，一团一团，好像画家遗落的墨块。远处田野里，融化了的月光在流淌，像一条明亮的大江，又像汪洋大海，这里涌动一波波的浪花，那边曳着柔滑的丝织品的条纹。而同时，哗哗的水声盈满两耳，间或还好像听到几声蛙鸣。平原尽头是逶迤的青龙山，它的轮廓清晰、圆润，山上的岩石宛若片片水淋淋的锦鳞。只是它停止了飞舞，卧伏在那里，静静地守护着平原，让这明媚柔和的夜深深浸润着平原。

我呆呆地望了好一会儿，万籁俱寂的深夜，空无一人的村头，一个十来岁的少年，被这美惊呆，竟没顾上害怕。不知过了多长时间，我转过身，村庄已经睡熟，没有孩子的哭闹，没有牛哞，没有狗吠。月亮怕扰了人们的好梦，把穿过蚕丝似的云彩的脚步放轻，呼吸也屏住了，只以母性的眼睛和蔼地看着村庄。整个村庄沐浴在温情的月光里，每一座房屋都裹上了轻纱薄绡，麦草屋顶或弥漫淡淡的青烟，或浮动乳白色的雾气，红瓦屋顶上则叮当着月光金属质的脆响。这使村庄更为安详，梦更为甜蜜，而那些秘密的不为人知的梦境又使月色越发缥缈、神秘。明朗而模糊、真实又空幻的色彩，将平原上这个极为平常的村庄装扮得那么迷人……

肌块塌方

在哥哥家刚刚喝了一杯茶，真可以说板凳还没坐热，我就起身，要上厕所。但从厕所出来我没回屋里，而是溜出大门，去水叔家了——这是我惯用的小伎俩，每次回老家都这样，哥哥嫂子也不怪我，他们知道我的心思。

水叔是我本家一个远房叔叔，比我大几岁，才分很好，小时候我曾背诵过他的作文。因家庭成分高，他只读完初中。但他喜欢文学，能和我一起谈关于陈忠实、张炜、贾平凹的话题。还有，他家住在村北头，我家在村最南面，到他家去途经李家胡同、村委门口、北大街，几乎穿过整个村庄。这一趟，我东张西望，停停站站，村子里的气息就捕捉个差不多。

这其实是我回来的最主要的目的。虽然离开故乡已四十多年，成了一个城里人，可我怎么也放不下杏花河畔这个生我养我的村庄。过一段时间心里空落得慌，我就找个借口跑回来，在村子里走一走、转一转。她的每一点变化都叫我欢喜、兴奋。

可是这个村庄却越来越让我看不懂了：以前家家争相盖新屋，大厦檐房、二层小楼一座座拔地而起，一种蒸蒸日上的势头；而现在，有的院墙坍了不修缮，有的门前长满荒草。以前路上遇到人，推车的、担担的都脚步咚咚，匆匆忙忙；现在看到一些年轻汉子，手插裤兜，大白天在街上瞎晃悠，要不就凑在一起打牌、喝酒……明显觉察到，村庄在变得懒散、松垮。

"完了，完了，咱村用不了几年就会全完蛋！"水叔本来儒雅、文气，是地道的乡村先生，此刻却义愤填膺，言辞激烈，"能闯荡的都出去打工，一年一年地不回来；在家的也没有人肯下力气踏踏实实地干农活……"

这话从水叔嘴里说出来，我颇感意外。水叔从小体质差，矮小干瘦，手里没有四两劲儿。他兴趣也不在稼穑，功夫都花在了读书写字上。后来虽然学有所用，当了民办教师，但在生产队里不能胜任重担、被边缘化的屈辱恐怕他也不会忘记。

"联合收割机里直接出粮食，打'百草枯'省了锄地，不出力，不受累，还是庄稼人吗？慢慢胳膊呀腿呀都生了锈，肌肉萎缩，像你岗子叔那样的好汉再找不到了……"水叔又长叹一声。

岗子叔和水叔是同父异母兄弟，与水叔不同，岗子叔五大三粗，结实得像一块一块石头垛起来的。运庄稼，他驾辕，就像一匹马、一头牛；出夫，推着尖尖的两篓子土爬堤坝，一撅腚就拱上来；栽地瓜秧，从河里挑水，上崖下坡，一口气浇半亩地。和希腊神话中的安泰一样，他是这块土地上的大力神，是人们心目中的英雄。村花小芬姑娘，天生美人坯子，两只眼睛像弯弯的月亮一样好看。在城里当工人的胜利瞅上她，可她却对岗子叔情有独钟。起初她娘还嫌岗子叔家成分高，但小芬爹支持，最后小芬一分钱彩礼不要嫁给了岗子叔。这是村里的一段佳话。

乡村是崇尚力气的，那时候，青年后生明里暗里比谁力气大，谁胳膊上的肌块硬；做游戏除了掰手腕、摔跤，就是玩碌碡。下雨天，不能下地，后生们闲得浑身发痒，不用招呼，他们先后来到村头场院屋子。那里有一排敞篷，打完麦场后的碌碡都集中在棚子下，这就是大家的好玩具。竖碌碡，滚碌碡（用脚），是最低级的，小军嗷的一声把一个碌碡扛在了肩上；大保憋住气，一个腋下夹起一个碌碡。那寂寞了多日的碌碡们经人逗弄，快活极了，蹦蹦跳跳，翩翩起舞。水叔带我去看过这种游戏，他被将军也一试身手，可竖了三竖，才勉强把一个小碌碡竖起来，遭到大家嘲笑。从那他再没去过，我便自己去，十几岁的时候我也能用脚滚碌碡了。

211

血脉之河的上游

在乡村生活二十年，我注意到一个很奇怪的现象：最累的活，父老乡亲们干起来恰恰最来劲儿、最痛快、最过瘾——他们在劳动中显示，甚至是炫耀一种力量、一种美。

盖屋垒墙，垒到一人多高，扎起了架子，泥瓦匠们隔两三米一位，在木板上站了一圈儿，等着传来的土坯。上下有一条传坯的链条，这根链条的第一环——最下面这个人，得把土坯搋上去。这是个苦差事，可得到这个差事的汉子却立刻抖起了精神。他脱掉外衣，亮出饱满坚硬的肌块，甩甩粗胳膊，手指关节咔吧响，这明显是在对外宣布：看我的，这个，小意思。瞧他左小臂托住土坯，弓弓身子，跃起的同时，右手用力一推，嗖——土坯飞起来，保证上面的人顺顺当当地接住。一个土坯足有二十多斤重，垒一圈墙得一百多个，这一圈刚砌完，下一圈又开始了……

六月，是农人们激情燃烧的季节。小麦收获的喜悦还鼓荡着胸膛，秋天丰收的景象又诱惑着他们。小麦地里套种的玉米已长到一拃高，需要松土，把遗留的麦茬锄掉。这个活叫"拼麦茬"——不知为什么乡亲们用"拼"这个字，我理解是表达要和麦茬拼命的意思。那的确是一场恶战。红泥地浇过水，又晒干，板结如石，锄头砸下去直冒火星子。但乡亲们天生都是犟脾气，愈挫愈勇，杀红了眼，一下一下砍。每每干着干着，那些犍牛似的汉子，又控制不住蛮力的爆发，发起飙来，蒙着头抢锄杠，吭哧吭哧往前奔——看谁先到地头。体格弱一点的就被落在后面，但他们也不认输，咬着牙紧追不舍，可哪里追得上？往往是越追越远，村人把这叫"拉趟子"。远远望去，长长的田垄里像有一群鱼在溯流而上。而对那跟不上趟的，另一个比喻更为贴切：狼狈不堪的败兵。汉子们拉起趟子来真是不要命，不管有没有女劳力在场，都光着上身，下身只穿件裤衩儿。汗水小溪一样顺着脊梁流到脚跟，"千层底"鞋底都湿透了。低低的日头喷着毒焰，他们浑身晒成绛紫色，背上蜕一层皮，又蜕一层皮，就像砧子上的铁块抖落表层的碎屑，这样炼成铁疙瘩。

透迤的杏花河绕过村庄向北流去，河以东，直到黛溪，中间没有村庄，是一个方圆百里的小平原，祖辈传下来称它"大东洼"。我记事起，大东洼里的庄稼都是单一色的，冬夏全种小麦，秋季则是无边无际的青纱帐，这就不同凡响了。玉米发起身量，把大东洼塞得满满的，田埂都被挤没，白云被赶跑。它停住呼吸，天地间万籁俱寂，静得可怕；一阵微风吹过，它又涌起吞没一切的潮汐。这是一个神秘的世界，握着镰刀，提着镢头，挺着胸脯，晃着膀子，哗笑着从土路上大步走来的农人们，一进来就消失了，没了踪影。但是大东洼深处这里打漩涡儿，那里翻浪花，好像一百条蛟龙闹海。东边响起虎豹在森林里扑斗、铁尾扫断树枝的咔咔声；西边传来两军对垒、短兵相接、厮打肉搏的叫喊……过了很长时间，平息下来，大片大片粗壮的玉米棵子全被放倒了，一群一群庄稼汉却挺立在那里。他们憋得难受，赶紧脱掉能拧出水来的布衫，凸起的三角肌、肱二头肌在阳光下闪闪发亮，一个个都经了罗丹的手，都是累不垮打不倒的铁塔汉子！

"阳刚之美是大地的钙和盐……"水叔说，他越来越像一个乡村哲学家。

"可惜，可惜……"他闭上眼，半晌，又自言自语，"从垣颓壁断，到肌块塌方……"

我发现，他眼角渗出两颗泪珠……

村庄和墓地的错位

那里是热闹的,这里很冷清。站在公墓边,望着不远处的村庄,这种感觉很明显。记得有一年冬末的一天,我驱车二百多里,从邹魏大道柴家路口拐向这条土路,颠颠簸簸行了一段,刚在公墓旁停下,正好村里骤然响起一阵噼噼叭叭的鞭炮声。周围寒冷的空气顿时被驱散,我兴奋地倾听、张望,村头一户人家门口扎着彩虹门,人头攒动,人们欢欢喜喜地簇拥着新郎新娘举行婚礼。我久久伫立,感叹古老的村庄又添新人,而且,明年一个新生命又将呱呱坠地……

土黄色的阳光胡乱涂抹着墓地,风沙沙啦啦地掠过坟上稀疏的枯草。也许经常来、经常在里面转悠的缘故,在我眼里,墓地早没有了阴森之气,坟头也好像都变得矮小了,不过是一个个的小土包。如果不是碰巧有引魂幡插在一座新坟上摇晃,你不会有沉重的心情。

我每年都来几次,因为我的父母长眠于此,只要回故乡,我就来看望他们。我总觉得父亲母亲没有死,他们只是搬了家——搬到这里,在这里开始了另一种生活,一种摆脱了沉重负担的不再忙碌的轻松悠闲的生活,受了一辈子苦的他们在这里算是享清福了。

父母坟前有砖砌的供桌,我把供品摆上,双膝跪地,结结实实地磕了三个头。然后我在坟根儿坐下来,我清清楚楚地看到父母那边的光景,还是土坯草房,墙壁抹了黄泥。小院不大,扫得很干净,有一棵枣树投下了一大块阴凉,使院子里显得有点暗,但也更为幽静。屋内也十分静谧,母亲在西间床上做针线活,父亲戴着老花镜,在东间半橱抽屉里翻找着什么。他们各忙各的,但你能感觉到气氛很和谐。这一点与他们生前因为日子窘困,常常吵嘴打架,弄得家里硝烟弥漫,很是

卷三 疼痛的旧风景

不同。

通常我并不说什么，就这么默默地坐着，心里平静、踏实而甜蜜。我又回到父母身边，又成了一个有爹有娘的孩子。有时候，也忍不住想对他们诉说。漂泊在外兜头而来的风霜雨雪，化为酸甜苦辣冲撞着喉头。但最终还是压下去，别再让他们牵挂了，无论如何不能再打搅父亲母亲，我只愿这样近距离地默默地看着他们。

父亲在母亲去世十七年后病故，与母亲合葬在一起。第二年我们就给父母立碑（家乡的风俗是新坟不过三年不立碑），我有些迫不及待。我选了一块青龙山上的大青石，委托一位书法家朋友在碑上刻字，行楷的"万古留芳"四字端庄典雅。墓碑用小拖拉机拉来，哥哥、堂弟他们五六个壮汉，铆足了劲都抬不动它，最后放在两根粗木棍上，才一寸一寸地滑到坟跟前。当他们嗨哟嗨哟把石碑竖起来的时候，父母的坟头一下子生出了辉光。这是迄今为止公墓里最高的石碑。这也是我要的效果。父亲母亲生前没有华屋高台，他们那么羡慕别人，无用的书生儿子没有能力帮他们实现心愿，唯有在他们的坟上立一块高高的墓碑。除了表达一份无法弥补的未尽孝道的歉疚，我还觉得，这碑父亲是受之无愧的，这高大的石碑是有众人的口碑做支撑的：在家乡，我无数遍地听到村人说，东闸子庄有一个半好人，而这其中的"一个"，就是指我的父亲（为什么人们这样评价父亲，以后我会专门写一篇文章）。

时间充裕的话，在父母坟上坐一会儿后，我会起身，在墓地里到处看看。你可能认为我这个人古怪，我在我们村的墓地，就像在村子里街上转悠一样，我是想从这里了解故乡的变迁。我看到王大梁的墓、二旺大娘的墓、于赵氏的墓、孙云山的墓……他们早就在这里定居了。还有一些新居民，根子、石娃、丰收、财旺……在一块水泥墓碑上我发现了赵双喜的名字，这使我一惊。赵双喜是我的邻居，我们同一年生人。我眼前浮现出那张从小很少舒展开、近年又刻满了深深的皱纹的脸。幼时父母离异，谁也不要他这个累赘，他流落在街头，三十七岁那年才有好心人帮他张罗了一个瘸子媳妇，生了俩儿子，总算有了个像样的家。

然而好景不长，媳妇竟患绝症撇下他爷仨走了。他可不能让亲骨肉没人管没人疼，他既当爹又当娘，累死累活，苦苦挣扎。他真是被生活的重荷压垮了？可怎么说他也不应该这么早就撑不住了啊！我感叹上苍的残酷。

看到另一个同龄人刘永生的石碑，他可是"少年得志"呀，高中一毕业，顶替退休的父亲当了工人，在农技站开收割机。麦收秋收他最风光，坐在高高的驾驶室里，车子一颠，黑亮的长发一掀，神气得很。后来收割机承包给个人，要自己找活，可收割机遍地跑，活并不好找，他反过来给乡亲们递好烟抽了。但总体看，虽然头不再昂得那么高，也没受多大难为，他早早来这里我有些意外。

孙小强！——又一个儿时伙伴的石碑撞进我视野的时候，我打了个寒战。我忽然意识到，我们这一代人也老了，我的两鬓不是已经染霜了吗？人生太短暂，时光无情。乡亲们常说："人有啥活头？"我好像懂得了这句话的含义。

他们一个个都跑到这里来了，怪不得村子里冷清了呢！村子没有以前那么旺的人气了，死气沉沉，倒使你觉得它有点像墓地。当然，这主要是因为很多年轻人到外地打工，有的在县城买了楼房，不再回家住；还住在村子里的，白天四处寻活挣钱；孩子们又上学，村子成了"空城"。但不能不说，减了这么多人，也是其中一个原因。这两年人们都在议论，一家大企业汩汩地往外排放重金属含量超标的污水，当地饮用水污染严重，出现种种怪病，一些人还在壮年就莫名其妙地死去，甚至，附近一个村子被称为"癌症村"。

我在墓地里走着，两腿被草莽纠缠，滞缓下来。时令已是初春，"草色遥看近却无"。仔细瞅脚下，星星点点的绿芽像银亮的针尖，悄无声息地钻出来，正在突破枯草的硬壳，开始进入轮回。去年这个时候，我也来过墓地，眼前的枯草就是当时的绿芽芽，而眼前的绿芽芽又将是明年的枯草，生命就是这样漫长而短暂，坚韧而脆弱，高贵而卑贱，旺盛而易朽。这样想着心里便释然了。再往前，我在大嘴杨婶墓旁驻足，大嘴杨婶生前喜欢串门，往人堆里扎，哪棵槐树下、哪个大门过道里有女人们说闲话，那里准有大嘴杨婶嘎嘎的笑声。她消息也灵通：谁家儿媳虐待公婆，婆婆气得喝了农药；谁家嫁闺女要彩礼，一口价两万八；小卖部卖的奶粉是假的；张寡妇屋里半夜溜出了一个男人……她热心为丰富村里的"文化生活"出力，有时也会惹出麻烦，但儿子是村支书，大嘴杨婶腰杆子硬，照旧口无遮拦。加上嘴巴咧得大，于是人们送她外号"杨大嘴"。这是好听的，背后有人则骂她"老母驴"。

也巧，大嘴杨婶墓东面就是杠爷的墓，杠爷以擅"抬杠"闻名遐迩。杠爷抬杠，那可是一种投入战斗的姿态，活像一只大公鸡，跳到高处，脖子上青筋暴起，眼珠子瞪得溜圆，唾沫星子满天飞，勇猛、无畏而坚定地捍卫真理。其实，多数时候"真理"不在杠爷手里，他一套一套的"理论"都是谬论，他就是专和别人对着来，你说硬他非说软不行，你说东他非道西。村里的人都不敢正面和他说话，怕他"杠"起来，可他却主动出击，好像不抬杠生活就没有意义。有一次他赶集回来向人们显摆："我在牲口市碰上了四个犟种，个个眉头上长着大犟疙瘩……我使出吃奶的劲才犟过他们。"说这话的时候，他脸上飞扬着一种少见的神采。别说，杠爷以抬杠为乐，还真受了益。前些年他一直不走运。他不听老婆劝，买了一台脱绒机，收棉花加工，可被工商局逮住了五六回，罚款一次比一次多，最后连脱绒机也被查封。不服输的他又改做养鹅生意，可有一个大风夜鹅棚无缘无故地起了火，五千多只大鹅葬身火海。村人都担心他这回跌倒再不能爬起来，但他硬是挺了过来，在家待了三天就憋不住，又出门找老伙计们抬杠去了。

杠爷也是乡村不可缺少的人物。如果村子里只有勤劳、节俭、厚道、老实的庄稼汉，而没有抬杠的、骂街的、醉汉、懒汉，甚至偷鸡摸狗的，那也不是一个完整的村庄。就像一盘菜没放佐料，那样的村庄是缺少味道的。

各色人物都到齐了，是不是有一出好戏要开场？他们会不会也像过去在村庄里一样，闲暇时串门拉呱，下雨天三五知己凑一块儿喝两盅儿，夏天的夜晚聚在村头场院里乘凉？月色的轻纱笼罩了大地，物象朦朦胧胧，远处村庄里的灯都已熄灭，人们劳作一天沉入了梦乡；这里却萤火闪烁，虫声奏乐，他们轻松愉快地说天说地，也说年景，说儿孙们的日子。赵双喜脸上的皱纹有所舒展，刘永生也不点头哈腰讨好人了，大嘴杨婶又在发布"新闻"，杠爷嗓门儿最大，还辅以有力的手势。这时，不知谁说了一句笑话，引得大家哄然大笑……

我的父亲母亲就在里面，父亲缓缓吐着烟缕，偶尔插一句话。母亲时停时续地摇着蒲扇，她只静静地听，神情是安详的、恬淡的。

…………

村庄在破败，瓦解，消失，难道这里是仅存的一块"乐土"？

但是，我回到城里不到半年，却传来了让我震惊的坏消息：哥哥打电话告诉我，那家大企业要扩大规模，杏花河以西的土地，连同村庄和公墓这块地盘都要占用。村人分散迁入社区楼房，公墓则在河东一块地上另建，统一制作小水泥窨放骨灰盒。人们反应不一，多数人想把长辈的坟迁到自己的责任田里，我哥哥的想法是人入土为安，迁来迁去纯粹是折腾先人。他主张平掉坟头，让父母和大地真正融为一体。我没意见，早晚也得是这样。可这样，以后上坟位置怎么确定呢？

都说有根的地方就是清明节有一个可以磕头的地方，难道我们以后连这个磕头的地方也没有了吗？我们的根就这样被拔掉了？心中悲凉如水……

钉在老树上的故乡

　　站在这里，我猛忆起，二十七年前的一天晚上，我接到哥哥发来的母亲病危的电报，第二天带着妻儿往老家赶，一路上想，母亲可能躺在病床上起不来了。一进胡同，看到五服以内的兄妹、侄子、侄女们穿着白鞋，我明白母亲已经过世。我慌忙往母亲住的北屋跑，想看母亲最后一眼，可是不见母亲躺在病床上，她的床空了，整个屋子都空得吓人——国家刚推行火葬，而父亲要土葬母亲，如果停棺时间长，怕乡里知道后阻止，就仓仓促促地把母亲埋进了公墓。

　　没有了母亲的那种空，那种虚无，把大块的惶恐、悲痛、绝望，永远地烙在我的记忆里。

　　现在，我眼前又是那样一块白色的空和虚无。我的村庄消失了，一点痕迹没有了，连废墟都不存，旧址上长出了小麦，已经一拃多高。绿油油的麦苗荡漾着圈圈涟漪，把往昔所有的故事覆盖在下面。如果不是在这里生在这里长，熟悉周围的风物和气味，你绝对不会想到这里曾有过一个村庄。

　　在路边待了一会儿，我顺着一条麦畦缓缓地往里走，两脚陷在松软的泥土里，越发沉重。虽然我已听说城镇化的热浪席卷我的小村，乡亲们都住上了社区新楼的事，可是眼前的情景还是让我难以接受。

　　突然，我的目光被什么扯去——麦田里孤零零地立着一棵大树。啊，它不就是村子中间那棵老槐树吗？这棵老槐树又给了我方位感，村子的模样浮现出来，纵横的街道，一排排红砖瓦房，小卖部，池塘……它们都活了起来，脸上抹着霞光，头顶飘着炊烟。

　　我像见到久别的亲人，趔趔趄趄朝着老槐树奔去。

老槐树是这个平原小村前世今生的见证，也几乎是它的别称，方圆百里的人来我们村，不说东闸子庄的村名，而说到老槐树那里。这棵树有来历，传说，当年李家兄弟二人从山西洪洞县老槐树下出发，捡了一把槐树种子揣在怀里，来到渤海滩荒洼种下，又在一旁垒土屋住。从此人生子育孙，形成了一个村庄；树抽叶展枝，悄悄地触摸天空。槐树和村庄一起长，一起经历磨难。灾荒年，人们吃光了粮食，吃光了野菜，吃光了豆秸、麦糠，再吃什么呢？树就把叶子、皮献出来。本来干旱让树也面黄肌瘦，它们也在苦苦挣扎，但它们宁愿牺牲自己也要养活人。刀、铲一下一下刮树皮，疼得抽搐也挺着，不哭不叫。皮刮得狠的树都死了，只有这一棵，许是长在大队部门口，社员们得敬它三分，手下留情的缘故，才幸运地躲过一劫。

我小时候最喜欢到老槐树下玩了，它的根部有一个很大的树洞，里面能藏三个人。小娃娃们钻进去，都不敢说话，屏住呼吸。有怦怦的声音，那是树的心跳吗？我们感到神秘得很。这棵树半边身子糟烂了，可是它的枝叶却很茂盛，像一团绿色的云，下面一块巨大的阴凉地不漏一丝阳光，黑沉沉的。夏天走路，被太阳晒得发了蔫，一到这阴凉里就有了精神。晌午头这里聚了很多伙伴，弹琉璃蛋，打三角。阴凉地中央还有一个老人——三奶奶，她老是吃完午饭就来，拖着旧草席子，躺下打盹，任她的小孙子呀呀着在腿上爬。我们吵嚷她也不管，有的孩子被打哭她也不抬头看一眼，头发一直那么散在地上，像一把白麻批。我们背后都叫她"白毛女奶奶"。

农历五月，老槐树开花了，簇簇淡黄色的花从层层叠叠的叶丛中冒出来，圆鼓鼓的树冠镶着金边，很是好看。不过乡亲们一般是不让槐花盛开的，他们要采集花蕾，制作槐米茶。汉子和媳妇搭档，母亲喊着闺女，一对一对来到树下，一人举起绑有铁钩子的长杆往下钩，一人铺开篷布接。一大包花蕾枝杈背回家，捋净，晒干，变成半簸箕金黄麦粒儿样的槐米。把它炒熟，用瓶子装好，喝水的时候捏一撮放在杯里，水橙黄色，抿一口，顿觉清爽许多。槐米茶能败火，家家都会制，但大伙儿公认槐花嫂子炒制得最好。槐花嫂子是百里挑一的俊女人，高挑个儿，大眼红唇，常穿一件米黄色短袖衫，从你身旁走过带着一缕暗香。这样的女人制的槐米茶能不好吗？尤其是槐花嫂心地善良，东邻西舍槐米茶用完了，向她讨要，她总是笑吟吟地给你包好递上。就是那些醉翁之意不在酒，借讨茶来和她搭讪甚至说轻佻话的人，她都能以礼相待。四十年前我在家乡劳动，也没少喝槐花嫂子的槐米茶，喝着那么美。到城里工作，我又喝龙井、乌龙、铁观音和金骏眉，一比，惊讶槐米茶实属茶中的次品（如果它也算一种茶的话），实在是不能和上述名茶相提并论，完全不像我们夸耀的那样。前年夏天回故乡，在街上碰见槐花嫂，她虽然额头有了皱纹，但眉眼间的秀气仍掩不住（如果是对城里人就用"风韵犹存"来形容她了）。她拉我到她家坐坐，临走还特意送给我一包槐米茶。可返城后，我拿出来泡了一杯，却简直不能下咽。它其实香味很淡很淡，而且喝下去拉嗓子，喝多了还伤胃。我有些不明白了：我的乡亲们为什么祖祖辈辈喜欢喝这种茶？

槐花花蕾是采不尽的，你采得多么厉害，老槐树还是满树花。这些花结的果实叫槐铃铛豆子。秋后，槐叶凋零，一串串槐铃铛豆子擎在枝头，阳光下闪着点点金光。槐铃铛豆子也可以制茶，也可以制成食品。制食品工艺很复杂，先放在水里泡，泡掉皮，泡掉苦味。那苦味来自骨头里，除去并不易。泡三七二十一天，再上锅蒸，放上盐，就可以吃了。豆子四周有厚厚的肉，嚼起来黏溜溜的，别有一种味道，那个年月它就能给人们解馋。今天也还有人好这一口，老辈里的习惯改不了。而如果进行"深加工"，把蒸熟的槐豆裹上面，摊在簟子里晾、捂、发酵好了，掺进切好的白菜疙瘩、萝卜丁，一碗槐豆做了一大缸豆豉咸菜，一家人能吃一个冬天。所以槐铃铛豆子一成熟，人们又来抢收了。最积极的要数三奶奶。这个老婆婆一年到头睁不开眼，迷迷糊糊，在生产队里干活不是咋呼腰酸，就是喊胳膊疼。可是这个时候，她两眼瞪起来，腰也挺得绷直，走路脚跟捣得地咚咚响。每年第一个来到老槐树下的是她，抢得最多的也是她。槐铃铛豆子不是生产队的庄稼，生产队的庄稼是不许随便拿回家的，槐铃铛豆子却能任意拿，三奶奶就瞅准了它，这个便宜不占白不占。

这时节，我们这帮野小子也高兴得像过年，在槐树底下抢槐豆，打打闹闹。我们不用钩竿，我们发射石头、砖头"炮弹"，击落"敌机"。有供"弹药"的，有"高射炮手"，一声号令，万"弹"齐发。而杀伤力最强的要数大荒哥那今天想来堪称巡航导弹的"新式武器"——那不过是一根掉了小镢子头的镢柄棍子，可到了大荒哥手里就不寻常了。大荒哥黑不溜秋，粗胳膊粗腿，一身蛮劲。他扔出去的镢柄棍子仿佛一只大鸟，在树梢上扑棱棱扇动翅膀，槐铃铛豆子便像金雨一样哗哗抖落。我们先是抱着头跑开，又一哄而上捡拾。大荒哥憨憨地笑着，听凭大家抢，他从来不独占，他的乐趣就是把镢柄棍子扔得绕着树冠翻飞。长大之后的大荒哥也是这样为人，他不惜力气，常常光着膀子帮人拉土、脱坯、盖屋、砌猪圈。自己的地也种得不赖，前几年他又和媳妇养鸡，鸡棚粪便的臭味熏得人不敢张嘴，他却站在门口憨憨地笑，大声地和路过仓皇逃窜的人打招呼。养鸡让他发了点小财。有一天一个朋友捂着鼻子钻进他的鸡棚，拉他参与高息借贷，他心实，把存折全掏给朋友，可是后来民间借贷链条断裂，朋友失联，找不到人，他的二十万元等于蒸发了。老婆一气之下跟一个来串乡卖蘑菇的私奔，他受不了打击，成了疯汉，天天蹲在坍塌的鸡棚前，张着大嘴憨憨地笑……

暮色渐渐浓了，田野空旷、沉寂，暗灰无声地铺展到天边。我来到老槐树下（就像一个流浪的孩子回到老爷爷身边），我不知道跟它说些什么好。自母亲去世，我回来的次数少了；没了村子，我就真的无处可回了，我将沦为一个没有故乡的人。满腔的忧伤往外漫溢，不能自制。我轻轻抚摸它，手在颤抖，它中空的躯干只剩一层老皮，要不是一根铁条箍着可能会散了架。它确实很老了，但我分明感到，它的心没有死，它要倔强地活下去；干黑的枝条虽然还没发芽，却已透出绿意，用不了两场春雨，它又将一树新叶，婆娑起舞——我却更觉悲哀。

卷三 疼痛的旧风景

所向披靡的推土机、铲车凶猛地扑倒那些房屋，顷刻把整个村庄夷为平地。那是一场摧枯拉朽的战争，一场荡涤一切的风暴，一片瓦、一块砖都不留，可是钢铁巨臂在伸向老槐树的瞬间却软了，缩回去了。我多么感激它，我想象着那个感人的场面，一遍遍默念"行善积德，行善积德"。不管怎样，我要向这份善致敬！

急急奔来没注意，等回过神，才发现老槐树树干、树枝上缠着、垂着一缕缕红布条，就像浮来山那棵被人们尊为神的三千岁银杏树身上披红挂彩一样，这可是过去不曾有的。凝神注目，我又发现，树干一人多高的地方，钉着一个长方形铁牌，上写："东闸子庄。"下面还有一行小字："洪武年间立村，公元二〇一五年卒。"我喟然长叹，只觉喘不过气来……

补记：到了哥哥家，嫂子对我说，村子拆迁，这块地归了政府，本来老槐树也得连根拔掉，可是那天全村老老少少都来了，团团地把它护住，不许挖掘机靠近，有些老婆婆还下跪、求情，这样才保住了老槐树。嫂子的眼里含着泪水，继续说，村子里什么都没有了，就剩下这棵老槐树了，人们认为老槐树就是早先养育了大伙、给了大伙痛苦和欢乐的村庄。过年的时候，大伙儿都到那里去，系上一条红布、红绳，让老槐树、老村庄过个新年，也希望它们保佑一家人平平安安、无病无灾。嫂子还告诉我，搬进楼房后，不叫"东闸子庄"这个名了，改叫同泰社区，"东闸子庄"这个村名只保留在老槐树树干的小铁牌上了……

卷四 高楼背后的他们

正 午

满世界都是白晃晃的阳光，闪闪烁烁的碎银片从空中飘落，在房顶、墙壁、煤气管道、铁栅栏上跳跃，水泥地面像覆了一层厚厚的碱屑，晒化的柏油路发出嗞嗞的响声，路两旁的树们头昏脑涨，病恹恹的。这个时候，城里人都躲在装有空调的室内休息，或者在绿藤架底下，沏一杯茶，细细地品。街上几乎没有行人，偶有一个也烧焦了叶的禾苗似的，慌慌地逃着。四周是可怕的空廓、寂静。

他们却还待在这儿，在路边的石沿上，黑黑地排了一溜儿。圪蹴着的；坐着鞋底，把骨节粗大的赤脚摊在面前的；抽了筋，散了架，斜倚着树干百无聊赖地哼小调儿的；汗衫铺在身子下，四仰八叉地躺着，拿张报纸遮住脸，不顾酱紫的肌块露在外面呼呼大睡的……神态各异。但灰灰的头发大都蓬乱着，胡茬也都很长，腮颊多呈锈红色，好像是尘土慢慢侵蚀的。那边堆着的几个刚刚干完活儿回来，骡马似的大口喘着气，脸上、脖颈上的泥垢让汗水冲出道道亮沟儿，用手一抹，活像京剧舞台上的张飞、关云长——真叫同伴们羡慕、嫉妒！

他们就这样横倒竖歪、懒懒散散地待在这儿。被滚滚的热浪蒸着，被漠漠的枯寂噬着，皮皮实实的他们也已萎蔫，身子懒得动一动，连话也不说一句。那个青年人总喜欢从对面的摩天大楼上辨认出经过他们之手的沙石灰料（他常常在村里炫耀呢），现在也没有幻想的心思了。整个儿宛若一潭死水。但是他们的神经却始终高高地挑着，他们靠第六感觉感应到在很远的地方，一队满载着沙子、石子、石灰或者煤炭的车辆，正隆隆地朝着这座小城驶来，仿佛一条蜿蜒的长龙，气派、过瘾着哪；而与此同时，需要卸车的雇主正朝着这儿、朝着他们走过来。雇主还没走到跟前，他们已经抖掉身上的慵乏腾地跳起，打着鼾的汉子来了个漂亮的鲤鱼打挺，蹲在前头。立刻，早备好铁锨、钢镐，整装待发，渴望拼杀的自行车，插上了翅膀，或者变为匹匹剽悍的骏马，撒一路清脆的铃声，迎着那沙子车、石子车、石灰车或者煤车疾飞、奔驰而去……

但是现在，还没有雇主走来。空荡荡的马路上不见一个人影。只有十字路口东北角篷布下卖西瓜的老汉，守着绿汪汪的西瓜摊，扑打着破蒲扇，半晌沙着嗓子吆喝一声："流蜜含糖的大西瓜，九毛钱一斤！"

一个手提小包的人打这儿路过，这些眯着的眼睛都悄悄撩开一角，远远地瞄准了目标，雷达似的跟踪、移动。它们在对方的脸上好一番搜索、探询，未看出有用人的意思，又失望地关闭了。

有时候，行人在这里稍一停步，他们就会呼啦啦上前围住，像一群饿狼。

他们不是来自一个村子。一个村子的自然形成一伙儿。而一个雇主都用不了多少人，他们伙与伙之间因为抢雇主发生争吵、打斗是家常便饭，有时甚至发生流血事件。上个月，河畔村的张小三就在这儿丢了一根胳膊。

树影向南挪开两拃宽，太阳的金箭射疼了他们，雇主还没有出现。他们有点坐不住了。他们身上的肌块松弛下来，酸酸的痒痒的，好像无数条小虫子在里面钻来钻去，小家伙昂着头，甩着小尾巴，畅饮着血浆，发誓要把其抽瘪似的；脸色也阴沉了，原有的那点亮色渐渐消失，蒙上浓重的乌云那么难看。"今儿个雇主们是咋了？都死绝了！""没给财神爷烧炷香，他妈的碰不上个好运气！"他们这样愤愤地诅咒着，心里冒出簇簇火苗，一下一下地舔胸腔，直舔得他们如热锅上的蚂蚁。实在是一分钟也不能再待了，如果这样蹲到天黑（有时会出现这种残酷的结果），可怎么进家门？他们怕见老婆，怕老婆那一通夹着冰雹、蒺藜的臭骂，或者无声的怨气，或者低低的抽泣；还有孩子，孩子的鞋露脚趾了，衣服也该换新的了……

有人拿拳头捶打自己麻木的脑瓜儿，有人用力地撕扯着头发，有人虎啸一般长长地叹了一口气。

　　这种闲散的等待是这么折磨人，哪有出点力气好受。当雇主把他们带到场地，一见那庞然大物似的沙子车、石子车、石灰车或者煤车，他们简直就像瞥见舞动的红绸子的西班牙斗牛场上的公牛，眼里充了血，两臂胀得发烫，嗷嗷叫着扑过去。他们干起活来很凶狠，仿佛是怀着满腔的仇恨，同敌人展开殊死搏斗。谁也不是他们的对手。敌方不甘溃败，引爆漫天飞扬的灰尘作烟幕弹，他们恼怒了，疯狂了，咬着牙在烟雾里左冲右突，摸爬滚打。他们痛痛快快地滚一身泥土，又痛痛快快地以汗洗身。他们尽情地释放着肉疙瘩里的蛮劲，也尽情地释放着心头的重负。对他们来说，劳动真是无上的幸福。他们哪里还相信人世间另有盛夏躲在装空调的室内和在绿藤架下品茶的享乐！

　　可雇主还没有来。

　　可他们还要苦苦地熬下去，把"宝"押在下一刻上。

　　十字路口东北角的西瓜堆也一点没见小，老头儿纳闷，出啥症候了，他们都聋了？他清清喉咙："七毛钱一斤了，流蜜含糖的大西瓜！"

红木 "王朝"

我陪老师赶到时，她并没有像她说的那样在约定的地点等候——她说得多好啊："贵客！贵客！难得到我们这小地方，我早早去我们家具城门前，我要亲自陪您挑选，陪您好好玩玩！"电话里的声音那么热情，甚至是亲热。其实她和我的老师也不熟，老师远在京城，是从这里路过，由于对红木有研究，一个准备买一套红木家具的朋友便请她做参谋。而这位朋友正巧家里有病人，离不开，就打电话嘱咐家具城老板接待好老师（看来他们之间关系不错）。路上，老师收到了她的联系电话，应该说榫头卯眼都对好了，可是……

"王朝家具城？"老师盯着那高高的玻璃钢字，"怎么起这么个店名？"

我附和道："我们那里也这样，什么帝都宾馆，什么大富豪商场，什么龙鼎老窖……"

"有意思，有意思，这也算中国特色？"老师翘了翘嘴角。

我们自己来到展销大厅，顷刻，心里这一丝不快荡然无存。宽阔的展销大厅摆满了造型完美、色泽柔和、淳朴端庄而又气质高贵的红木家具，熠熠地映亮了我的双眸。空气里弥漫着它们散发的奇异的芳香，这芳香是洁净的、温暖的，像原野上裹着花草气息的风扑面而来，叫你微醺；绝非甲醛那样刺鼻，也没有那种发腻的油漆、脂粉味。置一套这样的家具放在房间，幽幽的灯光下打开一本书，静静地读，那是什么光景！然而这却不是谁都可以享受的，你得有钱。那年我们黄河家园建成，四百多户一起入住，很多家庭借乔迁之际弃旧添新，只有一个过去当过副市长的人购的是红木家具。老师的朋友也不是平头百姓，据说是一位肩膀扛星的少将。我悄悄瞥了一眼标签，好家伙，这组八件套沙发标着99.99万元！这个价格是如我等者可望而不可即的，能来闻闻香味就够奢侈了。这也是沾了老师的光，要不是陪她，我哪里敢闯这"大观园"？看出我是个红木盲，老师给我讲，"红木"是个统称，红木中紫檀最名贵，自古有寸檀寸金之说。清朝紫檀被定为御用木，俗称官木，民间禁止用紫檀做家具。现在紫檀进入市场，应该说是历史的进步。老师除了文学，在艺术领域也涉猎广泛，现在她走在甬道上，眼一扫，就能说出哪是小叶紫檀，哪是黄花梨，哪是鸡翅木，我不由得暗暗钦佩。"这件作品好，雕刻巧妙顺应了木纹，自然纹理俨然是一幅风景画，重山叠翠，湖面泛起层层涟漪，可把身处烦嚣中的都市人拉回大自然。"老师在一个书柜前驻足欣赏，我也忙凑上去细瞅。

"哎呀，怠慢了，怠慢了！没想到我的两条腿跑不过您的汽车轮子，从办公室下来晚了！"未见人影，高而尖的声音先传过来。她借用了电影《南征北战》里的一句台词。

无疑，她就是那个老板。老师转过身来接话。

这个人给我的印象，极似鲁迅先生小说《故乡》中刻画的那个杨二嫂：凸颧骨，薄嘴唇，两手搭在腰间，张着两脚，像一个画图仪器里细脚伶仃的圆规。

"杨二嫂"领着老师看她的家具，客厅系列、卧室系列、书房系列、餐厅系列。她眼里放着光："全是真货。非常纯正。这家具，无形中就能烘托出居室主人的尊贵身份和生活品位。"

老师则把注意力集中在平雕、立雕、浮雕、透雕的细节上。她好像沉浸在里面，那流畅的线条，亦卷亦舒的花朵，呈现出简而稳、静而美、疏朗而空灵的艺术面貌。"是手工雕刻。手工雕刻才会是活的，有气息。"她深深赞叹。

"我们从来不用电脑刻绘，电脑刻绘僵硬、死板。""杨二嫂"愈加神气，"方圆百里都认我的'王朝'牌，山南别墅区的家具都是从我这里拉走的，企业给领导送礼都来找我，也有领导介绍客户过来……"

"借鉴中国古典家具的历史背景，融入现代审美元素，这是你们的长处。"老师还沿着自己的思路评价。

"杨二嫂"极力推荐清式家具，说清式家具绚烂、豪华、富丽堂皇；老师却偏爱明式家具的质朴、典雅、浓浓的书卷味儿，倾向于选这一种。她考虑到了那位少将朋友也是个作家。"红木家具不仅具有使用功能，它还是一种艺术品，一种文化。"老师说。

老师把初步的"考察"结果报告给她的朋友，大功就算告成。接下来，"杨二嫂"邀我们到楼上办公室品茶。可真是家具城老板的办公室，陈设很不一般，沙发、茶几、桌椅、书橱、博古架材质都是小叶紫檀的，每一件的工艺也颇讲究，雕、嵌、镶、描金无所不用，玉、石、翠、螺钿无所不镶，珠光宝气。室中央还有相当完好但显然经过艺术处理的巨大的黄花梨树根，上面置有精致茶具，四围配以根雕矮凳。在这环境里品茶，想来很有情调。翘头案上陈列着玫瑰紫、胭脂红、帝王黄各色瓷器。墙根则摆了一溜儿木雕工艺品：木包石大白菜、三羊开泰、李白醉酒、大肚子弥勒佛。墙壁上还挂着名人字画。"这是请欧阳中石题写的，这是我们市政协主席的，这是县委书记的……""杨二嫂"眉飞色舞地一一谝着。但在我这个书法票友看来，除了有两幅章法、笔法都见才气和功力，多数虽然书者地位显赫，字却还仅在"涂鸦"阶段，很可能是酒的派生物——不少官员喜欢酒后挥毫泼墨，酒店投其所好，备有纸笔。书者没当回事儿，而得者却如获至宝，精美装裱，悬挂起来用以抬高身价。"杨二嫂"的办公室很贵族，很王朝，然而格调却不高，甚至有些低俗。

出于礼节，老师自然要夸奖一番，"杨二嫂"听后，高而尖的嗓门安上了扩音器："我另一个办公室比这里还漂亮！"她自然而然地说起，县里给她安排了一个传统文化研究会副会长的职位，在文联大楼上有她的办公室。"可惜，我不常去……"——有的地方就是这样，你创了业，有了钱，就可在"准衙门"里弄个闲职。浏览完她的"宝贝"，"杨二嫂"坐在老板椅上，习惯性地仰起了脸——这把椅子好像是特制的，比通常的椅子高出许多。也许觉得这样对待老师不太礼貌，她又下来，张着两脚，两手搭在腰间说话，转而向老师献殷勤："您看我表演茶艺吧，我手很巧的，只是近两年很少亲自动手了。"说着她伸出长而尖的手，持竹夹洗茶壶、茶杯，持木匙挖出肥硕滚圆的茶颗粒倒入紫砂壶，提起已烧沸的电热水壶，水流先低后高冲击茶颗粒……动作的确优雅流美，斟于杯中的茶汤呈琥珀色，也颇好看。遗憾那杯子太小了，只可供雅人品尝把玩，而不能解渴，无法想象出大力、流大汗的劳动者用它补充生命必需的水分——可见我乡巴佬对茶道一窍不通。

茶助谈兴，老师与"杨二嫂"拉呱聊天。老师问她工作忙不忙。"我没有什么可忙的，我就是玩，事儿还用那么正儿八经地去干吗？玩就行，我是个玩家。""杨二嫂"说话依然那么高而尖。不过可爱的是，她倒是直来直去，尽管这直来直去带点儿放肆、无所顾忌。本来此"玩家"非彼"玩家"，但眨眼间，她们的话题却慢慢由这个词过渡到了收藏上。没想到她还是个搞收藏的老手，从收藏字画说到收藏玉、收藏石头、收藏瓷器，又说到收藏贵金属制品，收藏纪念币……她说这些时不用"收藏"一词，而用一个"玩"字。这个"玩"字从她口里出来是那么溜滑。这几年，我不串门，不上网，只埋头读散文、诗歌之类的东西，封闭于象牙之塔，孤陋寡闻到了呆傻的程度。我竟不知道眼下是一个"玩"的年代，人们都在这样"玩"。当然也不乏对艺术品、对某一类珍贵物件特别喜爱、迷恋的人，但不能不说那些有钱人，更多的却是从投资、牟利或者聚财出发。多少人在玩股票，多少人在玩期货，多少人在玩房地产！不动声色地玩，大张旗鼓地玩，串通一气地玩……听她们的谈话我得知，这"玩"里大有道道，能玩出大名堂。相当数量的"玩家"就这样轻而易举地玩成了富翁，占据了财富金字塔塔顶。

"明眼人面前不说暗话，我的家具城就是玩木头。新玩法罢了，与时俱进嘛……古旧家具我也玩。""杨二嫂"掩饰不住这个时代一个如鱼得水的成功人士的踌躇满志，或者说她在有意谝一谝。她伸出两根尖长的手指："去年我的利润还可以，八千万！"

"噢？！"看上去老师也甚是惊讶。

她们谈起了不断升温的木头市场，谈起这个市场火到名贵木材开始以斤、两论价。这时，"杨二嫂"又伸出两根长而尖的手指，意思是去年她趁越南黄花梨价格走低，陆续购进二百方，储存在仓库一直未动，她期望它们能创造奇迹。"我给你算笔账……""杨二嫂"轻巧地捏起茶盅，饮下，润润喉咙，继续往下说。

她算得很精细，夹杂着好多专业术语，我听不懂，便一人出了楼道。

果真到了一个"玩"的年代？我不相信，也不愿相信。心里矛盾着，两腿也犹疑，去哪儿呢？营业楼后面有一排低矮的简易厂房，好像是家具城的生产车间，不知一股什么力量牵引着我的脚步向那里走去。

车间里完全是另外一种情形，十几个工人在忙着解木头，吱吱的电锯声尖锐刺耳，锯末纷飞如蝇，黑压压的蝇们飞累了落下来，积了厚厚一层，差不多没了脚面。下一道工序是把解开的木板截成方材，一块块码成垛儿，废弃的下脚料扔在地上，碍事的才被抛到一边，墙角已堆了一座废弃物的小山。薄薄彩钢板的房顶哪里架得住太阳的火球在上面滚，仿佛要烧红、烧化，把成吨成吨的热闷在屋子里。木工们大多光着上身，腰背都生了铜锈似的，那是汗水粘住了木屑粉尘。窗台上搁着高高低低但都像小水桶一样的塑料瓶子，装着白开水（抑或是从自来水管子里灌的生水），汗流多了，就咕咚咕咚喝一肚子，这功能是那小如酒盅的茶杯所不具备的。但这却被讥讽为"牛饮"——我是刚才从"杨二嫂"嘴里听来的。我第一次进这样的车间，好奇地东转转、西瞧瞧，没有谁管我、搭理我。他们之间也没有话，没有说笑，一个个全是木然的表情，机械地搬动着木料，甚至需要协作时也不言语，但却配合得很默契。看了半晌，我猜不透，他们是怕斗不过那大嗓门的电锯而缄口不语，还是长年累月和木头混在一起已经变成了木头人？

雕花车间轻松了许多。这里很静，墙那边的电锯声好像被挡在千里之外，听不见了，也没有纷扬尘粉的干扰。雕工们凝神屏息，一刀一刀，趴在木板上雕花卉、雕虫鸟、雕山水。每人面前都摆了一二百把大小不一的刻刀，刀口从宽如凿到细如针的都能派上用场。换刻刀的时候不必挑拣，信手拈来就是适用的那一把。刻刀是那么灵活自如，好像长在她们手上，是她们的第六根手指，一根可以抠进木头肌理的手指。这个小雕工也就十八九岁，偶尔一抬头，让走近的我看见了一双透着灵气的大眼睛。从她清秀的脸庞，还可断定这是个心地纯洁、美好、满怀青春梦想的人。她刀下的花草自然芬芳馥郁。一位年纪大点的雕工正在雕一组复杂的图案，喜鹊登梅，松树仙鹤，五只上下翩飞的蝙蝠，还有串串垂挂如瀑布的浑圆的葡萄。她说这幅图已雕了三个多月，完工还得两周左右。她不时下意识地轻轻拂一下自己的作品，眉梢挑着骄傲的神色，而不见一丝一毫的腻烦。她也明白这是给别人雕的"喜庆福寿"，但还是要把全部的柔情、全部的智慧、全部的爱都倾注到刻刀上。可以想见，这作品极富美的内涵。想起老师说的，人工雕刻百倍地胜于电脑雕刻，按说电脑的精微无可比拟，但它缺少鲜活的生命。在艺术创作中这恰恰是至关重要的。我受到不小的震撼，同时感叹那个"杨二嫂"太精明了，这里全用女雕工，美女子与美与艺术是同义词，她深知她们的价值啊！在雕花车间，我流连忘返，看着她们精心地投出每一刀，看着她们陶醉于美的创造里的专注的样子，我羡慕得不得了。可是负责艺术指导的老师傅的话才使我了解，这个"轻体力活"却也不轻快。她们在案子上一趴就是几个小时，一人一天平均在坚硬如石的木头上刻一万多刀，像蚂蚁啃骨头，像愚公移山。眼睛累得发疼、发花，下班出了屋子好长时间看不清东西。年龄没多大就患上颈椎病，亭亭玉立的姑娘过早地驼了背，上了年纪手关节没有不出毛病的……看来确如哲人所说：美很多时候是与苦和痛相伴而生，诞生于身贱位卑者繁重艰苦的劳动之中。但岁月会流逝，个体生命会完结，艺术的花朵却历千秋而不凋（公平的是，艺术家的生命也在其作品里得到了延续）！

一切在由纷乱到有序，由繁杂到简洁。经过组装工序，一件件红木家具、工艺品亮丽地立在了那里——丑小鸭出脱为白天鹅。这些白天鹅是从蒙了灰尘的黑黑的木头堆上跳下来的,是从满是木屑的黑黑的大手、锋利的刻刀上飞起来的,在梅兰竹菊、梅花鹿、麒麟的簇拥下,伴着声声喜鹊、仙鹤、春燕清脆的鸣叫而来,简直让人十二分地惊喜。它们还要进行刮磨,会更加光彩照人。这个车间只有一个工匠,他正蹲在一张太师椅旁仔细分辨木纹和雕刻时刀法的方向,瞄准了,拿过一块砂纸打磨起来。打磨一会儿停下,用手摸摸,再换一张细砂纸打磨。少顷,再停下摸摸。这只探测器似的手掌的神经特别丰富、灵敏。他渐渐感觉到了平整、光滑,感觉到温热柔润如爱人的肌肤了,嘴角现出了幸福的微笑——而他的手却越来越粗硬。我发现,他们,包括那些雕花的女子,都手掌粗糙,手指粗短,他们没有"杨二嫂"那样柔荑般好看的手。我不忍打扰他,趁他蘸水清洗刮磨的地方的时候,才和他攀谈几句——我不能再等,我估计"杨二嫂"谈生意经快结束了,到去大酒店的时间了。

"这么一套沙发能卖多少钱?"我问。

"俺不知道。"他担心我误解为这是保守商业秘密,补充道,"俺是给老板打工的,只管干活。"一副很诚实、很自卑的样子。

我相信他说的是真话。

我还想问:"老板给你开多少工钱?"话到嘴边却咽了回去。根据常识,老板是不会在雇工身上花多少钱的,他们的工资都很低,与他们带来的效益很不成比例,还常常不能按时拿到手。这种情况如果要他对人说,那不是在他心上撕伤口吗?

出了厂房,我脑海里突然迸出一句话:"红木是温暖的,人间却这样冷酷。"接近营业大楼,又迸出一句:"红木不易腐朽,有些事物却可能烂得很快。"思绪火星一样乱迸,好像没有联系,又好像有联系。

…………

此事过去三年多了,我再没去过王朝家具城,再没遇到"杨二嫂"。她的家具城肯定红红火火，财源滚滚，君不见"玩风"长盛不衰、愈演愈烈。但"杨二嫂"那精悍机灵、逸乐尊贵的大玩家形象却在我记忆里渐渐模糊，倒是那一群浑身木屑、粗手大脚的木工、雕工的身影越来越清晰——有时是忽地跳到眼前，生动而亲切；有时是山一样耸立在不远处，你须仰望——而每当这时，如同画外音，鲁迅先生的那段名言便沉雷似的在耳畔回响："我们自古以来，就有埋头苦干的人，有拼命硬干的人……虽是等于为帝王将相作家谱的所谓'正史'，也往往掩不住他们的光耀，这就是中国的脊梁。"

高楼背后的他们

纯金的阳光总是最先落在高楼的尖顶。鲜艳的红瓦上荡漾透明的波浪，发出叮叮咚咚的悦耳的琴音。然后它们顺着向阳一面的长檐流下来，如同一挂七彩的瀑布。而投射到刷了乳胶漆的楼身上的光束，则仿佛已调入那柔和的米黄色，添了几分光泽、几分斑斓，高楼越发像刚出浴的美女，娇娆迷人。

叫作"黄河家园"的这片楼群真是漂亮极了。新辟的居民小区，一色的新楼房，一个崭新天地。温暖，洁净，明亮，甚至有点炫目。不像老城，怎么改造也盖不住角角落落陈年的混浊和旧房顶那抹抹暗灰。这上百座高楼是雨后春笋般冒出来的，从推土机铲平地面，打桩机打下第一排水泥桩，到现在历时一年半。短短的一年半时间，这里再不是往日荒郊的冷寂景象。这是谁的巨手写下的壮丽诗篇？

只是在一座高楼后面的阴影里、路边的水泥砖地上，还扎着两架破陋的帐篷。帐篷原先的草绿色已被风雨洗褪，而近乎土黄了，篷壁有撕裂的口子和一块块磨掉皮的"疤"。每架帐篷内安了三四张木板床，住着六七个新楼交工后负责维修的建筑工。

他们到这里，算起来已是第四次搬"家"了。刚开过来时，他们住的是简易的板房，那正是工程嗷嗷叫着大干快上的时候，白天工地上人头攒动，晚上板房地铺上背贴着背，翻身都困难，汗臭味、臭脚丫子味熏得人不敢喘气。好不容易挨到大楼的毛坯房矗立起来，他们迫不及待地搬进了那些"大窟窿"，那里可宽敞了，并且夜里有穿堂风拂去全身的疲乏。他们真如乔迁一样兴奋，有人竟在还没装门的砖框上贴了一副大红对联："华屋建成喜气盈，新居进住精神爽。"横批是：

"燕入高楼。"（我好奇地去看这副对联，那字歪歪扭扭，倒是带着难得的野趣。）可是毛坯房进入了全面装修阶段，他们不得不搬到地下室去住。这批楼的地下室面积也不小，他们打扫干净，买来女明星像挂历挂在墙正中。然而很快楼房要交工，城里人分到房子后就陆续把家里乱七八糟的杂物往地下室运，他们只好给人家倒出来。美化环境，板房拆除了，好在大队人马转到了新的工地，留下来的几个人两架帐篷就足以安身了。

在光彩照人的新楼房丛林里出现了这么两架帐篷，显得很不协调，新区居民们接受不了，一些人指指点点说有碍观瞻，一些人睥睨地一瞥赶紧把目光移开。帐篷的主人中午和傍晚收了工，坐在前面的烂混凝土预制件上歇息，这一切都看到了。他们又不傻，他们和城里人一样有两只眼两只耳朵，可是他们却不怎么在乎。他们不怕城里人看，不怕城里人议论。他们刚从乡下来到城里时，圪蹴在路边吃饭，手里托着地排车形状的面卷子，从一大铁碗菜汤里捞稀稀拉拉的菠菜叶儿，狼吞虎咽，正好被路过的城里人瞄住，脸会唰地红到脖根儿；工间，随地躺下打个盹儿（他们在自家的地头上就是这样），得把头深深缩进衣领里，或者用帽子，要不就是报纸遮住面目。但是慢慢地，类似的场面多了，他们就啥都顾不上了。他们那可怜的羞耻心，被蹭得也如这两架帐篷少皮无毛了。

无家的人处处是家。这几个人居然置全了锅碗瓢盆、油盐酱醋，两块砖支起灶就烧水做饭。从周围拾干树枝子当柴，菜是从集市上买。附近有一家"老关东酒坊"，他们去打来散酒，半碗花生米作酒肴，喝得有滋有味。有时还划拳、压指，吆五喝六。城里人路过这里都远远绕着走，我却找借口凑了上去。一是我想接近、熟悉他们，搜集素材，写两篇反映农民工生活的散文；二是我老觉得他们就是从我老家来的，是我村里的老少爷们儿（真的，我见到民工们，心底老泛起这种感情）——那个黑瘦黑瘦、过早地白了头发的中年汉子，从模样到一举一动都特像我哥哥。我哥哥就是农民，仨孩子上学、找工作、买房子，拉下了一腔饥荒，他也想出来打工、干苦力。但我嫂子怕他犯冠心病，这事儿上死活不松口。

卷四　高楼背后的他们

　　一天傍晚，我来到他们的帐篷前。这是我第二次来。上次我以借刷子为由和他们搭上了腔。他们正在喝酒，油漆斑驳的小方凳上放着一碗切成大块儿的猪头肉。瞧见我，立刻拉我"入席"，那铁钳似的大手不容你不坐下。老刘推给我他的酒杯（一只玻璃瓶子），非要我干一杯。小孙把筷子让给我用，他去折了两根细木棍儿。老的少的同声催促我："吃啊，吃啊！"老王见我不夹肉，着急地嚷："放心吃吧，不闹人。"遂将一块白乎乎的猪头肉送进嘴里大嚼，油便从他的嘴角溢出。我又想起我哥哥。每年我和妻子儿子回故乡过春节，摆了一大桌子菜，哥哥专拣我们拨在盘子沿上的肥肉吃，还一遍遍说："这个才香呢！"他在洛阳工作的女儿制止他，讲了一个个她单位的同事减肥的例子。我没有说什么，我的心是沉重的：哥哥有肥可减？就是肥肉，他一年能吃多少回？

　　果然，拉了一会儿呱儿，我了解到他们都来自我老家邹平县南部的山旮旯里（他们也从口音上早就猜出我是邹平人），相互间是邻村。也许因为地处偏远，那一溜儿村子至今还很穷。村里极个别富起来的，要么是叔叔在县里任局长，能为侄子揽个运输的活儿；要么是舅舅在某大企业当家，把厂里的环卫工程承包给了外甥。大多数人都没有门路，就是出苦力的差事也得提着两瓶酒去托人找，而辛辛苦苦干一年，年底却往往拿不到工钱。他们中，小孙血气旺，有棱角，突然拿刀子猛地砍在木墩子上："我恨不得杀了那狗东西！"其他人都是老实巴交的庄稼汉，说到这里都垂下头，怨自个儿没本事，连攥紧拳愤愤地骂两句的胆量也没有。

　　这之后，我读书、写作倦了，就去他们这里转一遭儿。

　　白天他们忙得不得了，这家水龙头还没修好，另一家已追在屁股上嫌踢脚线接头不合缝。城里人仔细，瓷砖划了一道也要换。求着你卖力，嘴甜得像抹了蜜，递烟端茶；一修完，转身就不认识你了。夜晚他们却闲得慌，那实在是一段难熬的时光，没有人来喊他们去干活，支使得他们跟头骨碌了。去公园玩的一帮接一帮，蹬起的尘土扑了他们一脸，可没谁问一句："你们劳累一天，不去遛一遛？"他们简直受不了这种冷清，他们大口喝酒，他们直着眼瞅路灯下飘过的女人。夜深了，心情略略平静、好受了，说起了地里的庄稼，不免又是一阵长吁短叹。几乎天天是这个话题，词儿也几乎一成不变。老王还是絮叨那两句："我家的麦子长得不好，浇不上水，孩子他娘腿有病。"老刘挂在嘴边的话是："干完这里的活，我就不出来了，好好拾掇拾掇我的地，明年种西瓜。咱还得吃地，地荒在那里不是个事儿。"小孙一听这话就不耐烦："地、地，地有啥可恋的？咋就不明白你这辈子为啥这么窝囊！"

天气一天天热起来，他们干活回来不只是一身土了，汗水湿透了衣服。他们把湿衣服脱下扔在帐篷上，从水管子上接来凉水冲洗。光着膀子，穿着裤衩，裸露着质地坚硬的肌块，像一尊尊青铜雕像。这时候他们也有些微的骄傲，也就隐隐地期望有人能注意一下自己，朝这里看一眼。小孙一边冲洗一边唱歌，先是低声哼，越唱音越高，歌也换成了"妹妹你大胆地往前走，往前走，莫回呀头"，公鸭嗓子不打弯儿。歌声惊得帐篷后边的花草叶子哗啦啦地响，但真的没有人回头，这歌声好像消失在了茫茫沙漠。这天，小孙不知从哪里弄来一台旧彩电，放在外面的一张破条桌上，调到放武打片的频道，音量大大的。他好像不甘心，好像在有意搞出动静。但整整一个夏天，满街是出来"散热"的人，可除了乱窜的孩子过来看看热闹，大人们是从来不停停脚步的。好像人们根本就没看见他们，根本没感觉到他们的存在。是他们已经被这座城市接纳，融入了这座城市，还是这座城市里其实并没有他们生存的空间？

我承担了为一位老画家写部传记的任务，采访，整理，投入创作，一向松松垮垮的我拧紧了发条。我去他们住处的次数少了，十天半月也不去一趟了。当我完成传记前半部分的初稿，顾不得天色已晚，大步走出三区大门，拐向那个地方，那两架帐篷却无影无踪了。我在那里惘然地站了很久。凉凉的秋风袭来，逼我快离开。

只有那上百座高楼依然在夜色下闪闪发光……

卷四 高楼背后的他们

折翅之鹰

　　我一直在想这样一件事，假如一座城市要树城雕，应该树一尊建设者的塑像。比如建筑工，是他们建造了这座城市，让这座城市一节节升高，成为最撼人心魄的奇迹、神话。

　　多少年来，只要见到建筑工地，我就不由得驻足，我喜欢看建筑工们劳作的情景。在高高的脚手架上，他们那么矫捷，那么潇洒，简直就像空中搏风击雨的雄鹰！

　　可是我也注意到，从脚手架上下来，他们却换成了另外一种模样，腰弯背驼，无精打采，腿脚发软，走路晃荡，常常挽着裤腿敞着胸，胡茬总是将半张脸荒芜。在城里人眼中，这是一些懒散、邋遢的人，一些低贱的人。他们不但与城雕无缘，而且现实中常常遭遇尴尬。

　　2008年11月26日下午，北京永定门长途汽车站候车室。我们刚到一会儿，忽然门口有很大的动静，转脸看，只见一群带着鼓鼓囊囊大包小包行李的人呼啦啦拥进来。从他们头发上蒙的一层尘土、衣裳上洗不净的斑斑泥浆，我一瞥便知，这是一帮农民建筑工。天冷了，工地上不开工了，他们便要回老家了。

　　供旅客休息的连椅全被占满，领头的那人四下寻不到座位，停住了脚步，随手把用床单打好的被褥包裹往地上一扔，坐在了上面。后面的也效法他的样子，纷纷丢下肩上扛着、手里拎着的蛇皮袋、麻袋。有的干脆枕着包裹躺下，打起了盹儿。有的倚着包裹吸烟，或者从兜里掏出瓜子津津有味地嗑，很快脚下吐了一摊瓜子皮。

　　我们乘坐的那辆车离检票还有半小时，我完全可以趁这段时间和他们拉拉家常。我上前打招呼，他们却好像没听见，或者不想搭腔，都懒得抬抬眼皮。可我还是接近了他们，我看清了他们的面目，那是一张张重重地涂着疲惫的脸；我感受到了他们身体的律动，全系松弛下来的脉管和肌块。是啊，他们的力气都在脚手架上耗尽了——脚手架上，他们揽月采星，托云架虹，从将水泥预制件铺得平平整整过程中的一处细节，到砌砖时勾出一条笔直的灰线，到向上攀缘的一个灵巧的动作，无不以力气作支撑。正是因为他们的力气全部倾注到了高楼大厦身上，那幢幢高楼大厦才那样威武雄伟。威武雄伟的高楼大厦是他们本质力量对象化的产物。只不过高楼大厦站立起来，他们却躺倒了。想到这里，我觉得我似乎更深刻地理解了他们。然而面对眼前这帮"面目全非"的人，我还是有点不敢相信自己的眼睛，很难把他们和高空中那群矫健无比的雄鹰联系起来。

也就一支烟的工夫，这堆人中间竟响起了长号一样的鼾声，那是从一位长者张大的嘴巴和朝天的鼻孔里发出来的。这位长者大约六十来岁，瘦弱，苍老。他这体格在家里还能当个劳动力使，出门和壮汉们摽着干可吃不消，在外这些日子受了多少累？别打扰他，让他好好睡一觉吧。几个骨头还不硬棒、出来跟着学活的小子，虽没有这么响的呼噜，却也已东倒西歪、四仰八叉了。只有领头的那人及他身旁的同伴还好好地坐着，这可是些铁打钢铸的汉子，黝黑的肤色，粗大的手脚，结实得酷似青龙山上的大青石。而现在看上去，他们显然也是在强撑，他们好像知道这里不是自己的地头，不是他们自由自在随便怎么着都行的地方，他们竭力想拿出个样儿来，但深度的疲劳把他们变得表情呆滞、麻木，泥塑一样缺少活气。

他们和他们那庞杂的包裹就这样占据在地板当央，候车室突然间狭小了，甚至有碍旅客通行，不小心就被他们舒展的四肢或者衣物绊了脚。加上那鼾声越来越震耳欲聋，并由单音扩大为合奏，路过的和周围的人不能容忍了，议论纷纷，稠稠密密地抛来白眼。他们却一概视而不见，听而不闻。对面连椅上和我同来的小陈放下手里的书，从旅行包里掏相机。她要把这个场面拍下来，记录、欣赏他们的丑态？这还了得！对方会以为你在侮辱他们，会跳起来把你的相机摔碎的。可我还没喊出声，小陈早端起相机对准他们按了快门。我捏了一把汗，但我的担心是多余的，他们没有在乎小陈的镜头。他们没有任何反应，依然安安稳稳待在那里。是劳累使他们已全然顾不上别的？是经历得太多，以致对此已经习惯了（他们中一个人还咧嘴笑了笑）？心隐隐作痛：这就是那群勇悍、豪迈的雄鹰？他们在脚手架上创造美好世界的时候曾是多么自信、自豪啊！

　　这时，候车室西首车站办公室里出来一名管理人员，大檐帽和一身整洁庄重的制服，遮掩了她女性的柔美，显得十分威严。她站在办公室门口嚷："都拿出身份证！都拿出身份证！"大厅里立刻一片骚动。她扫视一圈儿，却径直朝农民工们走来。近年我很少到车站坐车，不了解这类新规定，坐个车还需要验明正身？这锐锐地刺激了易冲动的我。但那一刻，我首先想到的却是如何阻止她查这帮农民工的身份证——我也说不清为什么这么做，好像就是想保护他们。我下意识地往前跨了一步，挡在她和农民工之间：你先查查我吧！然而是因为我穿戴讲究一点，还是举止文雅一点？管理员对我微微一笑，轻轻拨开我，擦肩而过。而她冲着农民工的嗓门却提高了八度："快拿出来！"我忍不住义愤填膺：你不认识这些人？不知道他们是给你们城市建造高楼大厦的人？他们在脚手架上流汗流血、死干硬拼的时候，你怎么不去查他们的身份？难道他们的身份还不够明确，他们就是那座座高楼大厦，有能耐你去查查那高楼大厦的身份证啊！

　　事态的出人意料和情绪过于激动，令我一时失语。其实这番话我能喊出来吗？喊出来又有什么用呢？只能任它在胸膛里冲撞，然后慢慢平息。我退到一边，呆呆地看着他们被人从香甜的梦中惊醒——或许正梦见住进漂亮的楼房呢——睡眼惺忪、懵懵懂懂地把自己的身份证交出来，我的心却疼得更厉害了……

她、"十八盘"和一支小曲儿

十几年前的一天上午，民歌《茉莉花》的小调在楼道里响起，欢快悠扬，缭绕翻飞。邻居们都上班去了，宿舍楼成了一座空城，恰如一只大音箱，让这原本细弱的声音膨胀到得意忘形。这是谁在哼？我打开一道门缝瞧，是一个清洁工，她正哼着小曲儿用抹布擦楼梯护栏。这个清洁工是新来的，我还是第一次见。两人目光一碰，我慌忙往后缩头，但晚了，她喊我了。

她喊我"大哥"，喊得结结实实，我听得却心虚。据我不甚精确的估计，她比我年长，看上去得六十开外，脸上的皱纹很有深度了。过去我们小区里的清洁工虽说不是宾馆里那种年轻漂亮、聪明伶俐的姑娘，可多数也就是三四十岁，五十以上的极少。像她这么大年龄能做了这重活儿？当然，她身体健壮，手脚也麻利。

我们就这样认识了，自此，不论在什么地方相遇，她老远就喊我大哥。我实在不愿赚这个便宜，纠正过若干回，可她依然不屈不挠地叫。我还发现，她对别人也是这么称呼，好像小区里所有上点年纪的人都是她的大哥。我便不再较真，我想，这可能是她们这帮人的习惯性叫法，或者是向城里人套近乎的一种方式，乡村在城市面前显出了卑微。

看书看得腻味了我就下楼"放风"，在花园里转一转。我曾向几个人打听，可都不知道这个清洁工的名字——小区里的清洁工好像都没有名字——但有人能说出她的大体来历。她家在城郊，有一个女儿，女儿已经出嫁，小外孙读初中了，再不用她操心，亲家嫂拿孙子娇得捧在手里怕化了。地被开发区征用，做生意又缺本钱，老两口大半辈子勤劳，一闲下来骨头发痒，就商量进城求个差事，一来打发时光，二来也过过城里人的日子（不是说咱都是市民了吗？）。老伴到附近一家公司看大门，她则在我们小区做清洁工。

也许因为这样，她和其他清洁工有很大不同。多数清洁工是抱着挣钱，还上盖屋欠下的一腔饥荒，或者为给儿子娶媳妇做准备的目的来的，可是清洁工工钱却特少，她们就不痛快，就消极怠工，就拉长了脸不理睬业主。有的清洁工身在曹营心在汉，一旦谋到收入高一点的差事，立马走人。而她却满足，乐观，开朗，活干得卖力、仔细，还总是对人亲得不得了的样子。

是乡村的卑恭让城市舒坦了，还是这座小城刚刚踩着乡村的地基站立起来，朴素的情感尚未泯灭，她很快被小区人接纳，很快就和小区里老老少少混熟。帮这家拎粮袋，帮那家提菜兜，你卖废品她插手折叠纸箱板，你给花换盆她跑过来扶住花枝。这天，我写完一篇小文，意犹未尽，心血来潮，利用物业铺停车场剩下的花砖，铺一条从我们楼旁穿过小树林通向大路的捷径。我低估了铺这条不到三十米的小路需要掷出的力气，这是对付土石之类硬家伙啊，铺了一半就气喘吁吁，暗暗叫苦：愚公真不好当。就在我骑虎难下的时候，她收工路过，二话没说，放下笤帚、铁簸箕，就去搬水泥砖。一趟又一趟，汗水湿透了后背衣衫。我劝她回去休息，她却不，一直干到花砖小路从垂柳下钻出来。这条小道给大家带来了方便，人们走在上面褒称它为"登建小道"。（没想到我这一生中还修了一条路！）可是当初，这些四体不勤的城里人却只站在树荫下袖手旁观。

修路之后，我开始主动跟她搭腔，谈些关于家庭、打工、收入的事情。她对我说了些"悄悄话"。她说有人怀疑她偷懒，竟使出这样的招数：先拿粉笔在门上画一道杠，第二天看还有没有；又在楼梯拐角放了两根头发……"真是笑死人！"她还说，有个珠光宝气光鲜照人但年纪、长相都与她颇为相似（只是不从事体力劳动和涂了厚厚脂粉的缘故，皮肤细白）的女人，见了她就捂鼻子，后来明白，人家是嫌她身上满是尘土，有臭味儿……这，她也是当笑话说的——她笑个不止，最后笑出了眼泪。

小红帽火焰样闪烁、跳跃，米黄色工作服幻化成蝶羽，翩翩起舞——这本来并不好看的两样东西，她穿戴上就漂亮了，成了小区里最鲜艳的色彩。我的眼睛总是不自觉地寻找它们，每每一抬眼就能寻见——她早晨从七八里以外的村庄赶来，先捡拾草坪、花坛上的塑料袋、纸片，打扫路面，把一车车垃圾推到垃圾池倒掉（城市可真能制造垃圾），接下来在楼与楼之间穿梭……她快乐地忙碌着，好像身上有使不完的劲儿，好像没有六十多岁，而是一个青春少年。这似乎是她改变不了的个性。

不久，她通过关系在小区里弄到了房子，住了下来，不必每天顶风冒雨来回跑。她欢喜得合不拢嘴，喊人的声音更响。可怜那是从泵房里间隔出来的一块小空间，安下一张双人床、一张半橱就没了插足的地方，两只小板凳得放在门外。但如果两眼不只盯着脚下，空间就变大。窗台上可以摆花，她一下摆了两盆，一盆是那种花的家族里很低贱、很泼辣的草本花卉"天天开"，另一盆还是"天天开"，两盆"天天开"加倍了她有了"家"的好心情。墙上挂着一幅小区书法家的作品，五个俗不可耐的龙飞凤舞草书字："以小区为家。"不知是书法家的词儿，还是她的意思。我去过她的房子，一进房间，电机水泵的轰鸣声震疼了我的耳鼓。问她怎么承受，她一愣，说听不见有啥噪音，又笑笑："这算啥呀，还不如老伴的呼噜响呢！"见我感慨、叹息，她反问，那些来砌路边石、埋电缆的兄弟，中午不是在草地上倒头就睡吗？她就是这样喜欢她的新家，新家也确实使她的生活有了质的飞跃。傍晚收了工，老伴也回来了，门前水泥地扫得光光，花花搭搭洒上水，打开折叠矮桌，饭菜端上来，有滋有味地吃（可比早先在豆棚瓜架下敞亮多了）。吃过饭，华灯初上，城里人的夜生活拉开黑丝绒大幕，她却从不跟着大妈们跳广场舞。她洗去一身疲劳，换一件碎花长裙，文文静静的，伴着男人上街散步，她觉得这才是城里人的样子。不过，头两回她还羞涩得很，老走路边，往灯影里躲……

这是她迟来的浪漫？是沉睡在心底的那粒种子抽芽了？只遗憾这些都发生在干一天活、公司下班之后很短的时间内。而第二天早晨，她又套上那身质地粗糙的工作服。实际上，她的工作远非捡捡塑料袋、废纸那么轻松，这只是上班前或者走在路上的"顺手牵羊"，她的"主阵地"在楼群"腹地"，打扫我们宿舍楼的卫生。她管着十个楼道，每个楼道六个楼层，每个楼层二十级台阶，加起来一千二百级。诗人把踏楼梯想象得像双脚叩响琴键那么迷人，但于她，没有如此诗意，如果非打个比喻，那这些楼梯就是她的泰山南天门"十八盘"。按规定楼道一周须全面打扫一遍，今天扫地，明天拖地，后天擦楼梯护栏、墙围子和门窗。白天她在楼道里忙上忙下，晚上老做梦爬山，两腿沉重、酸痛，好不容易爬到山顶了，恍恍惚惚，咋又落到山脚下？一次次攀上"高峰"，又一次次沉到"谷底"，无始无终，这不成了那个滚石头的西西弗斯？其实累和苦都不要紧，最令她头疼的是单调、乏味，她全部的世界就是这一级级的楼梯，哪一寸地面、哪一寸扶手没摸过千百遍？一丁点儿新鲜感都没有了，连眼睛里都生了硬硬的茧子，拖把早已厌倦，水桶不肯再待在这儿。可是她却好像把自己卖出去一样，再躁再烦，楼梯两边再没风景（南天门"十八盘"还有悬崖峭壁的险峻之美呢），这"山"也得爬，命中注定了这是她永远也走不到尽头的路（难道，是楼道里太枯寂，她在外面才那么欢？）……

"乱丢果皮，随意吐痰，可耻、可耻啊！"我狠狠地骂自己。现在我看到一个烟头，就像看到一个敌人一样厌恶、痛恨。可我懂得这一点太晚了，我可曾想过，我们干净清爽的居住环境——这我们视若无睹的东西——是以她们付出巨大的劳动作代价的；不爱护公共卫生——何时把这当成一个问题？——是对他人劳动的轻侮。然而我又帮不了她什么，我仅仅能做到，从外面回来，先蹭蹭鞋，少沾点泥土上楼；刮大风的时候，赶快关上楼门（有人在楼门上焊了一个铁钩，在外面墙上装了铁环，白天把铁钩挂在铁环上），不让那打滚奔跑的树叶窜入楼内……

这年夏天，小区里角角落落滚动热浪，和酷暑气温一起升高的是人们的情绪，大家聚团成堆包围着一个话题——涨工资。你涨多少，我涨多少，只只眸子光芒四射。工资每年都小调，这次是大调，上调幅度特别大，是个官儿就涨一千多元。市委市府宿舍区，天上随便掉下块石头就能砸着一个当官的，所以整个小区好像在过年。我想到了清洁工们，她们的工钱却不涨，听说她们的工钱多年没涨了，她们的工钱低得叫你不好意思问，问会伤她们的自尊心，说到底工资关乎尊严。为什么不给她们涨工钱？没有人管这些。那个时常站在院子里，叉着腰，指手画脚，监督她们的人，应该熟悉她们的情况，清楚她们流了多少汗水，可是他却掉转过脑袋，装聋作哑；或者，你提要求吧，向电视台反映吧，就是不给你涨，你能怎么着？不是有人"闹事"过吗，有什么用？更堂而皇之的理由是，她们"不在二十四节气之内"，一句话，就轻轻地将所有的质疑推开，这就好像释迦牟尼一翻那只遮天的大手，把区区孙猴子扣在下面，困你五百年，没商量。

在这世上，胸有道义是这么难！甚至只是抱一颗同情的心有时都很尴尬。这段时间我沦为小毛贼似的，怕与她狭路相逢，怕她问起我们涨工资的事。还好，她还是从早到晚欢快地劳作，兴致勃勃，好像她并没听说什么，或许她懂得一切都与她无关。要是这样反而好了。可是有一次她在水龙头下接水，我外出买菜，她却把我喊住，走过来小声问我，工资能涨到个啥数。我略一迟疑，竟如实告诉了她。但旋即我就又悔又恨，因为我的工资十倍于她的收入还要多，而且我说那个五位数数字时竟掩饰不住几分优越感！"你们多好，你们多好。"她连连向我道喜，艳羡不已，但继而脸上漫过浓浓的雾霾。我不知道怎么安慰她，好在手机响了，救我慌慌逃开……

秋送走了夏，又迎来了冬，排排喜庆的热浪还没完全消退，一场百年不遇的暴雪呼啸而至，小区深陷于零下二十二度的冰渊。梨花似的雪絮在空中绽放，美丽无比，湿滑了路面却有碍出行。以往雪一停，左邻右舍纷纷出来，扫的扫，铲的铲，热火朝天，那是一幅多么动人的画面！可是近年下雪，人们都猫在家里不露头，你不干，我也不干，连"门前雪"也不扫了（这天正好是周末，大家都在家啊），而专等着清洁工来清除，好像人家就活该在雪地里受冷，你就理应在温暖的室内享受；人家就天生微贱，你就天生尊贵。更有人不惜在楼下拍雪景，冻透身子，也绝不铲一锨雪。我注意到，我们楼前只有她一个人在扫雪（记得夏日雨天排水也是她自己）。她吃力地抡着那把大扫帚，扫啊扫；对车轮碾过结为硬"痂"的雪，她又挥动铁锨，铿铿锵锵地铲。尖利的老北风吹起她蝶羽似的工作服，好像要一刀一刀剥开、割碎它，她也顾不上扎紧。这里结束，她又急急火火地转向另一座楼。被皑皑大雪裹住、压低的楼群，一片银白，只有她的帽子在中间红艳着，只有这一簇火苗在蹿动，在燃烧！

　　大热大冷都远逝了，一切归于平静、平淡。又过了多久，谁也说不清，小区的日子已被时光之水洗涤得发了白。人们依旧上班、下班，循环往复；她也依旧快乐地忙碌，日复一日，一遍遍数那一千二百级楼梯，在她的南天门"十八盘"上攀缘。百无聊赖了，孤独了，她就哼小曲儿（仿佛这是她驱逐寂寞的一根棍子）。这天，我从外面回来，踏上楼梯，听见她在二楼我家门口的位置，一边拖地，一边哼唱——她哼的是民谣《小白菜》！"弟弟吃面，我喝汤呀；端起碗来，泪汪汪啊……"声音如丝如缕，哀婉凄恻。在寂静无人的楼道里，独自哼唱，这才是真实的她，至少是她的一个侧面。这颠覆了我对她的认识，原来我并不真正了解她。这叫我惊愕万分，可是转而又想，这很正常，这支歌谣，哪个农家女不会唱？小时候我听奶奶唱过《小白菜》，也听母亲唱过。不只我们这个地方唱，北方地区到处流传。而这只是有代表性的一支，在我们鲁北，还有《菠菜花》《苦菜花》《小黄翅》《拉纤谣》《吃和穿》《十八的大姐九岁的郎》《光棍汉》等不少这种苦调的歌谣，祖祖辈辈都在传唱这些歌谣。

　　我停下步，我不能打断她……

看看他的脸

我怎么就没注意过他的脸呢？我一直都是紧紧地盯着他的手。那是我的眼睛捕捉的一只小松鼠。我一刻都没放松过追踪，目光长了脚，随着它跳到这里，又向那里蹦。这只手其实很粗大，与它主人的年龄很不匹配，主人好像还是个少年，它看上去至少已五十多岁，面目显出苍老，骨节里凸外拐，裂开长长短短的纹路。但它依然灵巧，且因粗大愈加灵巧（所以我愿意把它比成小松鼠）。

我每次来修车都是这样。我修车从来不是把一头病牛拖进屠场，扔下走人，你怎么处置不关我的事。而是站在一旁，从头到尾、一点不落地看着他们修理。叶子板没扳平整，我当即指出来；格栅不够严丝合缝，你给我重装；螺丝少拧了一圈儿，也逃不过我的眼睛……我有的是时间，也有的是耐性，还乐于"吃苦遭罪"。冬天，汽修车间里没有取暖设备，气温冷到砭骨，手不肯往外伸。这时在室内干还算好的，更多的则是在院子里。院子里横七竖八地摆了不少车，一半以上是来补漆。喷漆之前，先在刮了车漆的地方涂上泥子，待其干得差不多，再用砂纸蘸水把泥子地磨光滑。水桶里是层层冰碴儿，从里边捞出来的手指像一根根红萝卜。冬阳洒不下多少热量，寒风却一个劲儿往身上扑。但天气再坏，修理工们照干不误，我也都要"在场"。

近两年我常去的这家"汽修美容中心"，三四间临街房，一帮年轻人。小老板大约三十来岁，伙计们有的二十多，有的十六七。小老板兼着大师傅，工作服上满是油污，和伙计们区分不开。创业伊始的老板们恐怕都是这样，手还是粗糙的，等到指头上箍了金戒指，就渐渐变细腻、肥厚了。这五六个年轻人处得很好，一个锅里吃饭，一耳锅子白菜炖豆腐就都吃得头上冒汗。彼此兄弟相称，重活脏活一起上。小店充满生气，正处在蒸蒸日上的阶段。

精明又厚道的小老板与我同乡，是我娘舅那条街上的人，对我很是关照，收费也就保个本儿。我每次来，他都沏上一杯茶，让我到客厅里慢慢喝，说完工后及时告诉我。他媳妇也跟着他出来闯荡，做了他的一个伙计，拆坐垫，擦车，一刻不停手。她一声声地喊我"叔叔"，用的是家乡话，听来格外亲热。我有什么理由不相信他们？我有必要守在这里吗？可是我的性格不行，我太认真，不亲眼看着心里就不踏实，生怕他们百密难免一疏，某个环节没在意，漏了过去……

这伙年轻人中活做得最细心、最漂亮的是小孙，这个只有十九岁的孩子技术已很熟练，好像他天生就是做修理工的料，笨重的工具到了他手里都有了灵性。人也实在，从不糊弄你，不像有的修理工看你不懂行，一面给你讲怎么修才能保证质量，一面悄悄地减了工序。小孙不是这样的人，他少言寡语，但各个环节都力求做得叫你称心；你哪里不满意，他再按你说的一点点地仔细拾掇。马善被人骑，人善被人欺，有的车主反而对小孙缺少应有的尊重，鸡蛋里挑骨头，嫌这嫌那，百般刁难，目的是少付点钱。小孙默不作声，你嚷你的，他埋着头，趴在车上检查、加工，那样子像一头哼哧哼哧的老牛。我喜欢小孙这孩子，常常点他的号，后来小老板一见我来，就把小孙从别的车上抽到这边。不过，小孙给我修，我也是站在一旁"监理"（我不说成监工或监督），于我，这似已成顽癖。

这一次，小孙在为我的车封釉。封釉是一种保护车漆的新技术，在漆面上打蜡后再打亮油，我理解，这样亮油就封住那蜡了。小孙先从机舱盖下手，抹上蜡，开启封釉机，蜡轮旋转着来回游动，以均匀地把蜡"压"进漆里。干这活得有手劲，只见他两手死死按住封釉机手柄，手臂上的肌肉一块块跳起来，不一会儿背上的工作服就溻了一片。机盖打好，他又踮起脚打车顶。打车门下部时，他弯腰、蹲下，一条腿跪在地上。这是最低的劳作的姿势。我有点感动，说些新鲜事给他听，他半晌才哦一声，算是应和。这样一遍打完，没喘口气接着打第二遍。第二遍速度稍快了，那蜡轮像只美丽的鸟儿，欢唱着绕车子翩翩起舞，我的目光由这美丽的鸟儿牵引着飞来飞去，当然它并没忘记自己的使命。

  我就是这时突然察觉到我老是盯着他的手，而从没注意过他的脸的。这一发现使我打了个愣：我有异于那些认为小孙不过是个卑贱的打工仔，对他横加指责甚至辱骂的人吗？我笑我的虚伪。我的眼睛转向小孙的脸，这张脸和那粗大的手形成了强烈的反差，脸上稚气还未褪尽，上唇刚抹了两撇淡灰。此刻，那黑亮的眸子瞄着漆面，双眉微微蹙着，屏气凝神，简直像姑娘绣花一样，像一位丹青高手在巧运妙思。周遭寂静无声，他完全沉浸在了创造的快乐和幸福里，其他什么都已抛在脑后。这是我没有想到的，我受到了不小的震撼。

  自此，我改掉了一个习惯性动作：原先见哪里修得还不到位，要求重修时，我都是用脚尖一指；现在我改为用手，同时要走上前去……

沾一身夜色

　　古街还未完全修复，街筒子里游人已成团成簇。其实再现古街原貌，还原Q州明末清初的市井风情，只是一个响亮的口号，街两边的布庄、茶庄、糕点铺及花样繁多的工艺品商铺，和在别处见到的大同小异，并无什么特色。而且门面都太新，缺少那种"旧"的味道。历史已经走远，它不可能回到原地，刻意仿造，多是费力不讨好。我们看了几家就没了兴致，不再挨家店铺逛，有的干脆一家也不进了，站在街上看风景。

　　街上还真有一道风景颇可玩味：隔不多远就有一座或立或蹲的铜像。铜像塑的都不是什么大人物，而全属引车卖浆者流——剃头匠、磨刀人、卖糖葫芦串的老头儿、跟着爷爷卖唱的小女孩……这类塑像容易出特点、个性，活起来，它们无不生动而传神。面部那烟熏火燎的污痕，不仅与生活中这些人物的身份极为吻合，还透着苍苍岁月的颜色，增添了艺术感染力。大家被铜像吸引——已忽略主体的真实身份——一个个跑过去照相。A女士在压得驼了背的轿夫铜像前摆各种优雅的姿势，B女士在一脸愁容的乞讨农妇的铜像旁笑成了花，C男士也上前摇挑担串乡汉子手里的拨浪鼓……

　　这，也许正是古街开发设计者想要的效果。在这里，铜像不过是古街的点缀，是戏里的道具。我们当然不能要求设计者赋予铜像崇高的成分，对底层百姓有更多的尊重，但他们有意无意地省却社会背景，淡化他们生存的艰辛，把不了解他们的人的认识导向了另一个方向。游客娱乐着别人的痛苦，倒是玩得很开心，可熟悉他们如我者，却觉得别扭。

　　小时候，记得交了腊月，尤其是到年根儿，胡同里就有了"爆米花了——"的叫卖声。央求母亲许可，挖半瓢子棒子粒儿追出来，那戴着一顶扇着"翅膀"的棉帽子、穿着辨不清布料到底是什么颜色的破棉袄、走路一瘸一拐的汉子就收住步，在土墙下安好爆花机。他腿脚有毛病，手却特利索，转眼间生着火，左手呼嗒呼嗒拉风箱，右手咕噜咕噜转那炸弹模样的黑家伙——它吞到肚子里半瓢棒子粒儿。火苗一蹿一蹿，黑家伙转一圈又一圈儿。在我和姐姐一遍遍催促下，汉子把鱼鳞口袋套在黑家伙头上，那只孬脚荡荡悠悠找到"机关"，踩下去。嘭一声，伴随爆好的米花出炉，空气里飘散一股很好闻的粮食的香味，他也得胜般地咧开嘴笑了，龇着很长的牙齿。是这响声传遍了小村，还是好闻的粮食的香味弥漫开来，孩子们从四面聚到这里，有的带着棒子粒儿，有的空着手来看热闹，哄抢几粒迸出口袋的米花儿。这是那个年代馈赠我们的糖果。我们快乐着，围着他玩一下午也不厌倦，有时候还跟着他浩浩荡荡地从这条胡同拐到那条胡同。大人谁把他当碟咸菜？远远地招呼："哎，爆米花的瘸子，来这儿！"我们不，他几乎是所有孩子心中的英雄。嘭——"炸弹"爆炸，放出一团烟雾，我们吓得抱头鼠窜，他却岿然不动。我们怎能不着迷？

深冬，往往傍晚起风，太阳落山后天冷了许多。这时人们躲在屋子里，偎向炕炉，手里再端一碗热粥。爆米花的瘸子叔却还待在胡同口，添煤，加料，慢慢地转那个黑家伙。除了主顾等着取米花，围观的孩子们都被大人喊回家吃饭了，他身边冷冷清清，寒风就越发凶猛地扑来。他不嫌冷？他一瘸一拐的，什么时候才能回到家？他就不怕漆黑的夜路上有鬼？爆一罐才一毛钱，他为什么这么贪图多爆一罐？不知道。小小的火苗仍柔柔地舔着黑夜，嘭一声响的时候，他亮亮的牙齿仍然在夜色里一闪……

夏天就不见爆米花瘸叔的影儿了，常来村里转悠的是一个扛着一条长凳的磨刀人。可是不像京剧《红灯记》里磨刀人那样身材高大、挺拔，这是一个佝偻着腰的瘦瘦的老头儿；他也不够机警，动作笨拙、迟缓。把凳子放在街心大槐树下，他看看天，倒背着手，遛来遛去，哼着《红灯记》的唱词："为访亲人我四下瞧。红灯高挂迎头照，我吆喝一声'磨剪子来抢菜刀！'"这后一句是真喊的。然后踅回，解下和凳子腿绑在一起的磨石。不一霎儿，收工早的女人回村了，有人拿来用钝了的菜刀。他撸撸衣袖，两只手掌沙沙地搓一搓，摘下挂在另一条凳子腿上的瓶子，从瓶盖的眼儿里往磨石上淋一点水。磨石一头顶住凳子面上的铁钉，另一头被左脚蹬紧的绳子勒住，手扶着刀把，放平两臂用力推，霍霍——看这架势，你才知道这个干巴老头儿的臂力还是蛮大的，而且臂膀上还有壮年人的肌块。只八九下，磨石上就出了油，黑黑的，稠稠的。用水冲掉黑油，再磨。这样重复几次，他便眯起眼瞄刀刃，用大拇指试一试，又放回磨石。最后，他从头上削下一绺头发，这把刀就完成了，这时他会把刚才断了的《红灯记》唱段重新叼在嘴上。

　　人们陆陆续续收工回村。这家的菜刀，那家的剪子，都要磨，按先后顺序放在地上。你尽管回家吃饭，吃完饭来拿。乡间习惯了这样。面对涌上来的买卖，磨刀人心里像有什么东西在鼓荡，可是天却近黄昏了，他的家在北乡，六七里路远。门口的李奶奶替他着急："还不散？天晚了，路上黑呀！"他口中应着："快完了，快完了！"手上却仍不紧不慢，一丝不苟。暮色一层层织密，把他裹成一个大包，他躲着黑暗，凳子挪到那泻出灯光的窗下。如果只剩一两把，他则干脆不予理会，就摸黑磨，他摸黑磨出的刀也不卷刃。所以人们都认他磨的刀，刀不快了人们就念叨："磨刀的刘二麻子咋还不来？"

　　这天下午，小区大门一侧坐着一位老者，从他锈色的衣襟、他夹烟的锈色的手指，我就知道他是个磨刀人。像是去我们村转悠的那一个，又好像不是。我在城市定居已经三十多年，三十多年没遇到他们了，忍不住上前搭讪。真是"三句话不离本行"，老者很快就把话题引到刀上，夸耀他与刀打了大半辈子交道，把刀吃透了。他说刀的性子和人有相似之处：好磨的刀使不住，不好磨的刀能使住；不好看的刀好使，好看的刀不好使。当年张铁匠打的刀黑乎乎的，可削铁如泥；如今大工厂生产的不锈钢刀，花拳绣腿。怪了，城里人就喜欢锃明瓦亮，专用这类刀。说话间，有顾客来，拎的正是一把不锈钢刀。磨刀人掂一掂，撇撇嘴："看这刀，刀背刀口一样厚，哪有刃啊？"接下来，他捻灭烟头，运运劲儿，不再说话，全力来对付这把刀——有点如临大敌的样子——先是猛摇砂轮斜着打刀口，火花、铁末四溅；又用抢子抢，铁屑纷纷脱落。那吃铁的抢子真够厉害的，可这也需要力气，这道工序下来，额头就冒出了汗珠子。他抽下搭在凳掌子上的锈色的毛巾一抹，转入了"正题"：在磨石上磨。最后以发试刀，无声地削下一绺头发——这个环节千篇一律，好像是磨刀人的徽记。

"明天我再来。"磨刀人起身——没站稳，险些摔倒——扑打着身上的粉尘说。实在太晚了，城里人饭后遛弯都回来了。虽说路灯永远伴陪着，可不巧家里有件急事要办，他不得不把还没磨的刀寄存在门卫室，长长地叹口气——心存不甘，他哪回儿丢过到了嘴边的食？可是第二天他没有来——昨晚城郊出了一场车祸，听说是一个磨刀人被汽车撞死了。

多数人就像对待一个街头新闻，传过就算了，我却好几天老想这件事，想磨刀人的模样。那些到乡间爆米花、赊小鸡、打铁、镟缸的也都挤到眼前，他们都沾着一身夜色——贪图多做一点活，多串一条街，天不黑不往家赶。我不寒而栗，近年开车我深有感触，晚间路上车流滚滚，一个行人简直像一只蚂蚁一样极易被忽略。有一次，纷乱刺眼的强光中，前面飘飘忽忽似有一物，车过后我吓得心怦怦直跳——那是很大一捆柴，柴捆下压着一个很小的人！而时时扯疼心肝的是，我哥哥就是一个早出晚归的串乡人——为了帮城里的儿子买套楼房，六十多岁的他天天顶风冒雨，走街串巷去卖暖瓶。甲壳虫一样的小三轮，装满货晃晃悠悠，一条干硬的深车辙就能将它绊倒。然而我那哥哥却逞能，好钻南山里没人去的村庄。在那疙疙瘩瘩的羊肠山道上，哥哥是怎样抖抖瑟瑟地前行？十有八九是满天星了才回到家，也不清楚哥哥那光线微弱的车灯是怎样穿透厚厚的黑夜的！

很难想象，驻扎在大华超市门台角落里的这个磨刀人，是两年前在小区门口磨刀、回家路上死于车祸的那位老人的儿子。这种苦差事竟也子承父业，代代相传。俗语说："龙生龙，凤生凤，老鼠生的会打洞。"实质是现实社会里，父贵子亦贵，父贱子难尊，都想改变命运，可穷苦人的命运好改变吗？

和他父亲不同的是，这是个少言寡语的厚道人，他就那一句话："总得活，别的不会，就会这手艺。"但他大大拓展了父辈的业务范围：磨石旁边摆着两把待磨的菜刀、一把掉了"眼圈儿"的剪子；补鞋机旁是一双待修的皮鞋、一摞胶垫；斗子车车把上挂一木牌，黄漆写着"修拉锁"三字；车架子上搁着一台电子配匙仪，盒子里有一串匙坯；工具箱里锤子、钳子、扳手、木锉、螺丝刀、"哥俩好"强力胶……应有尽有，这都证明他是一个无所不能的"杂家"，你有什么问题，到他这里都会迎刃而解。或者说他样样通，不愁没活干。可是，他备下的那四五只马扎子却常常空着，倒是一个在家闷得慌的退休工人——他的棋友，见缝插针，来和他排兵布阵，"杀一盘"。

不管怎样，他一天都不落地来这里"上班"——新区开发，占据了他们的村子，大华超市的地盘正是他家的责任田。没地种的他便"赖"在这里摆摊，城管也睁一只眼闭一只眼——他以这种方式成为市民。他做活很实在，一只鞋捧在手里，琢磨从哪里下针，反过来正过去瞅；换拉链，尼龙线得跑两遭。当然收费也不含糊，分厘不让，用他一枚小钉子也要你俩钢镚儿。可能与此有关，他在这里混得不好，来来往往的人都面熟，可没有谁跟他打个招呼。而姑娘少妇们，为了哄他把活做细，少收钱，甜言蜜语，大哥长，大哥短；活一干完就变了，冷着脸，远远地扔过一张票子。他并不很在乎这些，早已习以为常。真正叫他忍受不了的是，碰上不走运，半天不来一个顾客，他手闲得发痒，摸这不是摸那不是，呆呆地坐着，一个上午白白浪费。他狠狠地骂自己："今天没挣出饭钱，你就扎住嘴巴吧！"

吃过晚饭，我出去散步，又来到他对面的马路上。职业养成的习惯，每路过大华超市我总要观察他一番。我隔着马路注视着他——我为什么不走近他，而要保持这段距离？——我看见华灯初上的时候，他为一个年轻人修好自行车，送走这最后的主顾，开始收拾工具，一样样地装在斗子车上，又打扫场地，把散落的废料碎屑捡进垃圾箱。我注意到，这个健壮的汉子也就四十岁出头，背却挺不直，站起来也留着劳作时的弯度。按说他的工作并不需要付出多大的体力，可看上去他疲顿不堪。再没有什么可收拾，他才恋恋不舍地推起车子往城外走，脚步显得有些沉，不像一个满怀收获喜悦的人，而像是扛着太多太重的愁绪。他踽踽而行，背影慢慢变小，慢慢变成一个黑点，被茫茫夜色吞没。

身后，整个城市灯火辉煌，一片欢腾……

夜色荡漾

游客三一帮、五一伙散去，酒店一家家打烊，肩挨肩、脸对脸的美食铺面都已收摊，桌凳整齐地码在街中央，那人如潮，声如沸，海浪轰鸣般的喧闹退远了。

我在冷清的街上走着，把脚步放轻。这时候再来小镇，我要看一看它歇下来的静美，甚至为感受它亢奋后的疲惫。

轻柔的静谧一层层围拢过来，像团团海雾。潮湿微凉的风吹拂着路旁的海桐花，我裹了裹衣衫。我一个铺面一个铺面地看，生煎海鲜，鸟子煨肉，虾扯蛋，朝鲜族打糕……几乎每个门框都垂着一串小红灯笼，要么就是红鱼灯、红辣椒串、红爆竹辫子，它们在招牌灯箱的光晕里明明灭灭。

忽然，我发现一家店铺门口，一少妇端着簸箕，往石磨上倒粮食。天这么晚了，她还在磨豆腐？恍然大悟，是那尊黄铜塑像啊！这个小镇和其他民俗小镇一样，也有爆苞米花的、担担推车的、沽酒的、剃头的市井人物塑像，然而细看却有所不同，这里的塑像，男人都健壮结实，女人都端庄漂亮，不像有的地方将这些底层劳动者塑成歪瓜裂枣。而且这里把它们放在很显眼的位置，这座少妇磨面像就在街心，乍看就是一个真人。这才是真正对劳动者的尊重和赞美，那种本意不是出于为劳动者塑像，仅仅把它们视为民俗的点缀，用滑稽、丑陋逗观众一乐的行为是卑鄙、可耻的。当然塑像的神态还可再"活"一点，比如白天我在街上看到的一个人就可作为塑像的模特儿，他是黄金鸡柳的摊主，守着一只滚沸的油锅，不停地用漏勺把炸好的肉段捞出来。光头，面如才出笼的馍儿，一笑这馍儿绽放如花；上身裸着，肚子堪与弥勒佛一比。我听说这种胖并非因为营养多么好，属职业病——皮肤时时在"喝"油。我觉得他与我们在场馆会所见到的大腹便便、脑满肠肥的"弥勒佛"完全不是一个类型，一点不丑，而有一种美。如果为他塑一尊像，这座塑像应该是既美又妙趣横生。

我还要特别建议为一只臂膀塑一尊像。它属于一个娇小的女人。她做面馆生意，由于总在用力抻面，日久天长，臂膀变形了——发达得像一个拳击手的臂膀，出奇地宽，虎头肌凸得高高，不再是美女子的弱骨削肩，与下肢极不协调了。但若没有这样的臂膀，她怎么支撑起沉重的家；没有这样的臂膀，又怎么支撑起吃货们坚挺的食欲？

白天，不，刚刚那炽热的场面在眼前挥之不去：满街筒子都是吃货，大人、孩子、男人、女人。走着吃的，摩肩接踵，尝了这边尝那边，一只只手伸得那么长；围着小方桌从从容容吃的，盘摞盘，碟压碟，啤酒泡沫喷涌。他们说笑，大声嚷。吃啊，喝啊。快活，狂欢。不知为什么，我竟联想到解放 R 县战役中那战士们杀红了眼、端着刺刀、嗷嗷叫着扑向敌阵的情景，联想到那纷飞的炮火、四溅的血花，我说不出这二者之间是怎样的关系。

夜往深处陷，宁静如止水。

这不是那个小茶厂的摊位吗？四五个茶簟子，有沾着露珠的鲜叶，有杀青过的，还有制好的成品。一位戴着斗笠的四十多岁的汉子，半蹲着，在一只锅里炒茶。他的手就是铲子，翻来翻去，又按又压。估计锅很热，那手像一只无处可栖的鸟儿扇着翅膀。在我的意识里，从树叶子到香远益清、同禅一味的茶，这个过程神秘无比。我全神贯注，直到他锅里的茶叶呈现扁平形状。记得我曾在阿里山看茶农制那种球状的茶，包装前，经过三四十个重复动作，才能把茶条揉捻成小球。一斤茶叶有多少个小球，都是用手一个个揉捻出来的！尽管我仍然没看懂茶，但却清楚不管是球状还是扁平状，它们有一个共同的名字——"艰辛"。

五光十色的灯光像魔术师，使小镇变幻着迷人的模样。洗墙灯打出一方方粉白的块面，上面不时映现摇曳的翠竹、横斜的花枝；投光灯在凸显光明的同时，让另一部分暗夜具有一种幽深之美；LED数码管灯条勾勒出明清风格建筑简洁、古朴的轮廓。明暗、高低、疏密……仿古建筑群像一支节奏分明、韵味无穷的乐曲。我心情轻松多了。我转到伏羲街，看到民俗文化博物馆、美术馆，感慨这里不仅仅有美食。

一家非遗工坊店门敞开着，好像在等我来。迎门是一幅书法作品"拙朴文化"，那字确不乏"拙"味。紧挨着是一幅众人合力拉网的农民画，色彩鲜艳，构图饱满，质朴率真，画家是地道的庄稼人、渔民。后边的画作也多表现春耕秋收、打井修渠、采桑捕鱼、养鸡养鸭及农家休闲娱乐等主题。里面是一排排由云南杉木的原木按传统手法叉起来、未做外加工再处理的货架，货架上摆着当地黑陶（粗陶）、草编花篮、手绣作品、剪纸。见我津津有味地观赏，一个眉黑眼亮、文质彬彬的小店员上前问好，又邀我落座品茶。品的是日照绿，口感鲜爽、甘醇。年轻人叫王子墨，每天都早早来到店里，先是整理收来的艺术品，等有游客来，就开始讲解他们的非物质文化遗产，一拨一拨，讲不完，还不断联系安排"非遗人"和游客见面；指导游客体验扎染、制陶等非遗手作。一天到晚满当当的，送走最后一个游客回家时，有时是夜里十点多，有时是十一点多，说不准。

我抿了一口茶，年轻人立刻给我添。他自己一饮而尽，空茶杯在手里捏得吱吱响，恨不能捏碎似的："不少非遗人七八十岁了，一手绝技，可是却没有传人。"

"不是出台了很多抢救政策吗？"我问。

"这个不时兴了，人们都不认了……"他不正面回应我，像是自言自语，语调低沉。

惭愧我对历史文明在当代遭遇的种种尴尬、灾难知之甚少，朋友圈里谈及有关"拆毁事件""断根行为"，我只是当传闻过耳而已，哪如对面这位年轻人有切肤之痛？他与非遗人朝夕相处，情感里融进了他们的快乐与忧伤。

"老非遗人都在默默坚守，我们也不泄气，不悲观绝望。"他抬起了头，脸上的倦意一扫而光，"我们开非遗工坊，目的就是让更多的人了解、认识我们的宝贵文化遗产，把传统文化传承下去。"

小镇还有这样一群人，这样一群特殊的劳动者，他们好像不是传统意义上的勤劳致富，但他们的辛勤工作同样为小镇增添了魅力。

这样想着，信步来到一座拱形桥下。木台阶，踏上去犹如琴键。凭栏望去，蝉翼般的夜色裹着一堆堆亮闪闪的三角形、四边形、弧形，那是潟湖岸畔的房舍、亭台、桥梁。这个包裹不知哪里裂了口子，洒了长长一溜儿碎银，原来是波光粼粼的夷水河。站在桥顶，目不暇接，只觉得数不尽的宝石、珠玉涌向我，包围了我，我也成为一粒灯火——我通体透亮！

环绕小镇的这条河，连接潟湖，通向大海。其实大海就在六七百米的地方，那里正在涨潮。在这静静的夜里，有一股巨大的力量把海水一浪浪地推上沙滩，舒缓而强劲的涛声通过夷水河传导过来，我已隐约听到。

小镇的夜是如此怡人而激动人心，在如此美好的夜晚，我怎能回宾馆酣睡？那是不能原谅的浪费，我要在小镇再走三遭！

我走过一家大门一左一右高高地挂着大红灯笼的渔家院落式客栈，走过一扇透着江南韵致的青瓦拼花漏窗，走过龙神庙，走过祈愿阁，走过六一书院……

幽暗的小胡同里拐出一个人，一手推着自行车，一手牵着孩子，或许是刚关了店门回家去，看上去两腿略显迟缓。我不能确认她是从哪个店铺出来的，但我敢肯定她也是一个和王子墨一样忙碌到深夜、明天又早早上班的人。

一座大敞四开的木板房里灯火通明，几个农民工在喝酒——他们可能收工回来得晚，也可能习惯"拉长战线"喝——用的是大海碗，吆吆喝喝，抡胳膊攥拳，粗鲁里带着壮健和豪气。酒能消除疲劳，亦能沸腾热血，他们的豪饮激荡着小镇厚厚的夜。

大戏台子上空空荡荡，青绿色彩绘的廊柱寂寞地立着。白天这里可热闹得很啊，天天演大戏，《铡美案》《白蛇传》《海霞》《日出东方》……台下观众如云，掌声如雷。

而与戏楼逸出的飞檐遥相呼应的一家叫"水边"的歌吧，此刻却歌声袅袅。歌者是五六个青年，有男有女，他们都是店员，已经没有客人，但是他们下班后却不回家，而是拿起留着客人手温的话筒。这还不过瘾，索性跨出屋子，向着夷水河，向着潟湖，向着大海，尽情地又唱又舞，染黄的头发呼呼地蹿动簇簇火焰。

我在旁边听了好一会儿，眼睛瞪得大大的，可一句歌词也没弄明白。我们中间隔了差不多半个世纪，以往我看不惯这种时尚、新潮、另类，但今夜我很兴奋：这是小镇新的元素，给小镇注入了新的生机。

一颗星从远处飞来，刷亮亿万颗星星，闪烁、跳跃在辽阔无边、碧波荡漾的水面……

卷五

处处是吾乡

天穹下（四章）

一

　　北大荒的树不同于我故乡梁邹平原上的树。梁邹平原上的树远观是一团团绿雾，若撷一枚叶子把玩，那就是一片透明的翠。而北大荒的树，那绿里又添了一份绿，也可说融入了些许墨色，是那种分量很重的绿，那种凝聚了绿之精气的绿。

　　无边无际的北大荒到处是树，树又使这块苍黑色的土地更为宽广、沉雄。你看那条望不到头的林带正急匆匆去往远方，那是长驱直入，是浩浩荡荡；另一支绿色队伍朝这边奔来，也挟风裹涛，气势磅礴。这里陈兵百万，那里驻扎着一个军，它们虽静止不动，好像正在休整，但正所谓不怒自威，震慑四方，凛然不可侵犯。在鲁北，我的梁邹平原不可谓不广袤，大道和河岸交会处，几路绿树会师也万头攒动，那群情激昂的生命的宣言，常常激动着我的心；滩地、土坎上也有众树聚集，那热血沸腾、渴望自由的呐喊，时时地感染、召唤着我。但是到这里一看，那阵容就太小太小了，永远热爱家乡的我也不能不感到汗颜。我也到过江南，游览过不少私家园林，那是另一种迷人的美，但与这里相比，则不免叫人怀疑幽雅灵秀的美学价值。这里不是玲珑剔透，不是曲径通幽，而是直通天外的豪迈，是大景观。

　　车子铆足了劲儿向北、向北，我趴在窗口，眼睛恨不能瞪得窗玻璃那么大。我奇怪，北大荒的树几乎没有零落地散在田间的，不像梁邹平原上仨一帮，俩一伙，类似女人领着孩子稀稀拉拉去赶大集；更少单棵独株的树。好像这样会破了这块土地的气，就与北大荒的格调不协调。

其实也有，但那必定是树冠入云、银髯飘飘的"长者"，或者是一个粗壮结实、顶天立地的"汉子"。我搞不清这是什么原因，但事情就是这样。你看右边空旷的原野，一时树们竟纷纷撤离，就那么仅存一棵大树，甚至连一个绕膝的"小孙儿"也没留下，陪伴它的只有脚下黑沉沉的大地。它就这样形单影只地站在那儿，伸出手臂把下坠的天空托高一点，再托高一点，倾尽了力气，显得有些悲壮。但看上去它并不孤独，或者说它战胜了孤独。金色的阳光镀亮它满身的叶子，通体放光，俨然一支燃烧的火炬，壮丽而生动！

并不缺少柔情。前面，一片湿地，丰茂的水草荡漾着轻波微澜，现出羊群棉絮似的脊背。旁边跟有一老汉——实际上，他抱一支红缨长鞭在打盹儿。而稍远处的马匹则无人照看，它们悠然自得得很。它们好像并不是来吃草充饥，而是来玩耍的，来谈情说爱的。你仰头啃我的脖颈，我以尾扫你的臀部。再一前一后去饮水，饮罢却恋在水畔的垂柳下。垂柳不高，长长的柳丝随风飘曳，恰好拂着它们的鬃毛……这情形，在这块苍茫、厚重的土地上一闪就消失了。

这时，天空乌云堆积、翻卷，眨眼间列成巍峨逶迤的云阵，好像是天上的大树、天上的林莽。这天上的林莽和地上的林莽挨近了，但它们形同却质异，不是友军，倒更像是两群敌对的雄狮狭路相逢，双方都示威似的发出怒吼。这怒吼合起来蕴含着多大的力量？而这力量正在酝酿一场骇人的风暴。一束干树枝一样的闪电充当导火索，天上的林莽打着"天兵天将"的旗幡，乘着狂风暴雨，盛气凌人地压下来；地上的林莽没有退缩，它们同仇敌忾，弓背挺胸，奋力反击。来犯之敌凶狠残忍，甩出一个个炸雷；地上的林莽挥舞长剑，把串串火团劈得粉碎，它们以这块土地给予的一腔血性，以严寒酷暑炼就的钢筋铁骨，与来敌厮打拼杀。它们衣裳被撕破了，长发散乱，但却没有一个退出阵地，而是越战越勇——我们的车还没驶入雨幕，在局外清晰看到了辽阔疆场上这场惊心动魄的激战。这真是一次叫人大开眼界的奇遇！羞愧我们只做了旁观者，没有助正义一臂之力。

车子穿过雨幕，仅仅数步之外，竟漫天哗响着金属质的阳光，空气一派澄碧。天际隐约有一条优美的波浪线，那是起伏的绿树的山峦……

二

伫立在290年前新期火山喷发遗留的熔岩台地上，我依然感觉到胳膊、脸庞被烤得发烫。

我无法想象，那炽热岩浆贪婪吞噬掉的绿色是怎么重新杀回来的，可是它们真真切切待在这儿，紫萼藓、过山蕨、瓦松、岩败酱、刺五加、达子香、樟树、榆、槐……低等的，高等的，陆陆续续都回来了，一个不少。

我不知道，这条从零开始，不，是从负数开始的路，多么漫长而艰难！

在积满火山砾的山坡，在遍布浮石的谷底，在峭壁缝隙，在石屑堆里，生长着一丛丛、一簇簇绣线菊、垂枝藓，那里没有土壤，没有水分呀！

浩瀚的石海汹涌着渣状熔岩的浪涛，那黑色的浪涛汪洋恣肆，壮观无比。但对于植物来说，它却是死亡之海。这亿万吨冷凝下来的"铁"——凉透心的铁愈发冷酷无情，用牢不可破的硬壳封住了生命的咽喉，你不要指望这里还会有叶绿花红。可是，就在那熔岩溢流叠加而形成的喷气碟的底部，却冒出一蓬娇艳的库页悬钩子，尽管它干细叶窄，瑟瑟地在风中抖动，孱弱得叫人心疼，但它毕竟挺立起来，并且高过了碟体——它标示着石海的高度，我须仰望——打破了这黑色王国的一统天下！熔岩碎块间还不时见到接骨木、珍珠梅、山梅花和一些不知名的花草，可怜这些鸟儿衔来的种子，就靠了熔岩风化产生的一点点土、风吹来的一点点土，在这死亡之海里生根发芽。它们从少到多，一寸一寸地扩大着自己的领地，一代一代繁衍生息——你没注意到，库页悬钩子枝头结了红红的果实吗？

火山杨有着"拓荒者"的美誉,台地、崖头、石河畔、古道旁,到处跃动着它们的英姿。可是,仔细瞧,你却不禁大惊失色:这是怎样一种树啊,为了与恶劣环境抗衡,它们尽量缩小身体;它们本来是可以成为伟岸巨木的,却不羞于像灌丛一样匍匐;枝叶从未梦想抚摸蔚蓝的天空,根系却极为发达——四处游走,搜索点滴生命之源,那裸露在外面的苍老根须,鹰爪一样死死地抓住岩石。老黑山山腰有一棵百岁火山杨,是狂风吹折,还是霜雪压弯,它曾跌倒在地,但在着地的地方生了新根,头颅重又高高昂起——这很像我故乡梁邹平原上那能两三番扎根的红高粱——整个形状酷似一架巨大的犁杖,人们便给它起了个富有诗意的名字:"开天犁。"是的,它就是那张这块土地遭遇浩劫、万物毁灭之后,在沉闷暗夜里,在寂寞孤独中,划开玄黄天地、洪荒宇宙,拽出第一道希望之光的犁!

走在龙门石寨木栈道上的时候,一棵"死树"白晃晃地刺得我两眼睁不开。这是一棵白桦树。与在别处见到的亭亭玉立的白桦树不同的是,这棵白桦腰围很粗,纷繁的枝杈横斜逸出,且弯曲多节,然而却没有一片叶子。这样,那白色的枝杈就有些像根根白骨:这是一具树的尸骸。我正要感叹这棵树死了也不倒下,当地人却说它并没有死,这不过是它活着的策略。没有叶子,可以减少水分蒸发,就像它周围石面上的紫萼藓,平时发黑,遇水才显出它本应有的碧绿——对它,这是一种奢侈——以最大限度地保存体能;另外,它生长在坚硬的岩石上,根须虽网一样撒开,却无法深扎,如果披挂一树绿叶,来一阵风就会把它卷走。这真是一位智者!你看它处变不惊地站在漩涡四起、狂澜裂空的石寨中央,像一位饱经沧桑的老人。它高龄几何?百岁?千岁?万岁?谁也说不上来。这不必细考,我相信它是一位树神,它是老期火山喷发以来就活着,身历数个喷发周期而不死的永生的树神!它看着生命周而复始地在这里轮回、演替,它知道多少生与死的神奇故事?它沉默着,一任滔滔石流在脚下奔竞,澎湃松涛在耳畔呼啸——不要再被迷惑了呀,这只是这位智慧老者的表象,它的心依然年轻,它老而不衰,受尽磨难而锐气不减。它曾号召绿色大军一次次在烧焦的土地上集结，它还将引领着它们向前走，永远！

从五大连池火山群回来，这一个个顽强生命对我的震撼，使我彻夜难眠，我可能终生不会忘记这次旅行。

三

我以为它是地球上最可爱的树——白桦，树干修直，树皮粉白，枝叶疏散，极似身材苗条、肌肤白皙、清秀纯洁的少女。

如果树林里点缀着三五棵白桦，它们亮丽的风姿、不俗的气质立刻凸显出来。云杉的刚劲挺拔，松柏的屈曲盘旋，杨柳的婆娑弄影，都变得平平常常了，你的目光一下子被它们吸引过去。而它们毫无招摇的举动，从不抛一个媚眼，"静女其姝"，只自个儿揉着手指，或者互相牵着衣袂，几分矜持几分羞涩，让你都不好意思直视、呆看。

如果这里是一片白桦林，即使夜晚，远远近近也都是明亮的——那一树树的银色晕圈聚成的融融辉光可以驱散黑暗，更不用说有太阳的金斑洒下来的时候——同时传来了阵阵清脆的欢笑声，它们正在举行联欢会，一曲多声部小合唱并不高亢，轻盈的舞姿却舒展而优雅。活泼，爽朗，无忧无虑，充满幻想，青春的旋律随着雾纱缭绕、飘荡。你真想混到它们之中，可又不敢，你知道你已老气横秋，还从城市沾染了一身恶臭，与它们格格不入。

最早，我是从画报刊登的摄影作品上认识它们的——有的摄影家偏爱霜染桦林、满树金黄的华丽景象，但我却更喜欢青枝绿叶的白桦，我以为这才是桦树的本色——我们梁邹平原上看不到这么美的树。梁邹平原上的白杨和白桦有相似之处。说实话白杨也是卓尔不群的，但白杨肤色稍稍黑了点，身板稍稍茁壮了些，是帅气的小伙子，而不是俊俏柔婉、风韵天然的少女。所以我便再忘不掉它，它成为我常青不凋的梦。如今我不远千里追寻梦境，一直追到北大荒、黑河岸边。我是来赴一个甜蜜的约会。

　　这会儿，什么都顾不得了。我急切地跑向它们，心怦怦地撞击胸膛。晶莹的晨露垂在那嫩叶尖儿，湿润的空气里弥漫着淡淡的清香。我在白桦林里转来转去，望望这棵挺秀的梢头，拂拂那株光滑的躯干，慢慢地我醉了。但人醉心不醉，我确认有一棵就是我的初恋情人，三十多年过去，她还是原来的模样，黑黑的头发好像刚洗过，蓬松着，修长的手臂圆润而柔韧，身上散发热热的成熟麦穗的气息……可定睛看，她却不见了；转眼，她又在前面招手，在那里等候着我……

　　我就是这样迷恋、深爱着白桦树！

　　此前，我孤陋寡闻，不知道俄罗斯曾把白桦比喻为"林中少女"。这里，我不怕被讥为"庸才"，拾人牙慧，仍坚持用这个比喻。这是我的第一直觉，是我内心真实的感受。而且，我写的不是俄罗斯的白桦，而是中国黑河的白桦。今年七月，我随《散文海外版》杂志社组织的作家采风团，来到黑龙江省黑河市爱辉区新生乡。以密密丛丛的白桦林为背景，热情好客的鄂伦春姑娘斟满野生浆果酿造的下马酒欢迎我们，又为我们表演原汁原味的鄂伦春民族歌舞，美丽的姑娘们穿着桦皮花纹的衣裳出现在舞台上，我恍惚中感觉那就是一棵棵白桦树。自此，一说白桦，我立刻联想到鄂伦春女子；一说鄂伦春女子，我眼前立刻浮现出白桦林。二者在我的词典里是同义语。

　　与白桦朝夕相处，形影不离，鄂伦春女子能不被赋予白桦的灵性和气质（抑或是白桦吸收了鄂伦春女子的精气）？她们不但像白桦一样美，而且有着相同的性格和命运。白桦树外表柔弱，骨子里却坚韧，干燥阳坡、潮湿阴坡、瘠薄山皮，甚至沼泽地，都能生存下来，其富含油脂的桦皮还特耐寒，不在乎雪袭冰封；鄂伦春女子勤劳、善良、勇敢、无畏，采集、狩猎、打柴、担水、熟皮子、晒肉干、制作桦皮工艺品，多累的活也能干，多苦的日子也熬得过。鄂伦春民族园内，还保留着一溜儿叫"斜仁柱"的圆锥体小草房。这种草房用白桦木搭架，然后覆盖经水煮过缝合起来的桦皮围子，里面安着桦木排的床铺，中间桦木支架上吊着一只铁锅，锅下是未燃尽的白桦树枝。这就是鄂伦春人家的"标本"。东南方向，百十米处，还有一座叫"恩克那力纠哈汗"的小斜仁柱，那是专门用于妇女生孩子的产房。产房一般由丈夫搭建，如果丈夫出猎，已经活动不便的孕妇只好自己动手，气喘吁吁地来回搬运材料，颤巍巍地爬上梯子捆牢其顶部。鄂伦春族崇拜给人间带来光明、温暖的太阳和火，为了不让污血亵渎了火神，即使在冬季分娩，产房里也不设火塘。三九天山里气温低到零下四五十度，冻死牲畜、黑熊、狍子们都趴在窝里不露头，可她们却一点也不胆怯，不紧张——身边全是温馨的桦木，有白桦相拥还怕什么呢？而生下来的婴儿，一落地就要接受这个世界的第一个考验——助产婆拿白雪擦洗那娇嫩的身子。但恰恰是这样，鄂伦春孩子的御寒抗灾能力才那么强。鄂伦春人就是这样生生不息，代代相继！

我好像明白了，鄂伦春族为什么又被称为"桦林民族"……

四

是因为它的神秘，还是久因于城市钢筋水泥堡垒的缘故，在去原始森林的路上，我只嫌车子慢，简直像一只蜗牛。

好像多数文友都没见过原始森林，车上，大家热烈地谈论着与原始森林有关的话题。

赵本夫说："原始森林恐怕是人类最后的退守之地了！"

赵玫说："我们有退守的地方吗？再晚来两年，恐怕连原始森林也看不到了！"

叶北言说："人类太霸道，老子天下第一，依照自己的意志改造一切，对生态的破坏肆无忌惮。离大自然越来越远，将来必将遭报复、惩罚。"

陈世旭说："从根本上说，这是一个对大自然、对生命缺少敬畏的问题。生命应该是自由自在、多姿多彩的，应该顺应天性。一个民族没有这个意识是很可怕的，也是很悲哀的。"

李存葆又由此谈及目前轰轰烈烈的农村城镇化运动，谈及排山倒海之势的"大拆迁"，为国土上将再看不到草房小院、田园风光，失去乡村文明，只剩下单调的楼群而忧虑。

渐渐地，他们激愤的谈论我听不见了。不久前回故乡，我特意到杏花河去，那里有我少年的欢乐。那时，我和小伙伴们割草累得满身是汗，躲到河岸的密林里，随便找一块绿荫躺下，舒服极了。那份沁人心脾的清凉，什么空调，什么电风扇，如何比得上？我们还在林子里逮知了猴，摸鸟蛋……可是现在，河岸上光秃秃，那些亲爱的树无一幸存。呆立在墩残栏断的桥头，满目萧条，我黯然神伤。

难道只有原始森林还可暂时慰藉我们的心灵？难道有一天它也会变成一个象征、一个符号？我没了上路时的欢喜，心变得很沉。

出黑河市区不远，路过一个森林公园。按说这里有迎客松，有仿生木屋、森林浴场、高空铁索、炮台阵地等景点，是个很好玩的去处。可是大家草草转了一圈儿，就坐在路边木椅上休息，遗憾其美中不足：掺进了人工的成分，脂粉味过重。甚至对那棵一千多岁的樟子松树王也没有多少兴趣，"人封的"，使它大打折扣。

滚滚树浪哗哗地泼向车头，成堆成堆色彩的泡沫抛在车后，终于到了原始森林林区。车还未停稳，人们就拥向门口。

这是个庞杂的世界，自由的天地，野性焕发光彩的竞技场。乔木、灌木、葛藤、蕨类，千余种草木丛生、疯长；想抽叶就抽叶，想开花就开花，什么颜色都好看，什么姿势都动人。我们循着一条羊肠小道上山，但纷乱的枝条扯住衣裳走不动，得小心地将它们拨开，或者侧着身子从空隙钻过。脚下倒是海绵一般松软，不断踩到腐叶掩埋的枯枝，白骨一样酥脆；更多的是没捡去的塔形球果壳，蹦出来的种子悄悄在泥土里孕育，无声地开始了漫漫的生命长旅。这面山坡上，红松格外引人注目，粗糙的皮屑像板瓦，根部苔藓的"铜锈"足有二指厚，两三人才能合抱的树干高大挺拔，直插霄汉，青翠欲滴的松针片把天空擦拭得明净、瓦蓝。椴树、柞树、山榆们虽略微矮小，但树冠或撑圆，或披散，或如一把蒲扇，或似鹰隼的巨翅，各尽其态。有的树顶上爬满了萝藦，织就宽大的花被子，遮阴蔽日；抖落下来的如同挂挂水泡四溅的绿瀑布，顺势遍地流淌。再往上走，风渐大，林涛轰鸣响如沉雷。屏息谛听，这天籁里有鼓，有号，有笙，有埙，竟亦有琴。忽然，大乐骤止，暴露出灌木丛后林间仙子们的窃窃私语和低吟浅笑。我们的莽撞肯定惊扰了仙子们，她们隐身而去。附近稠密、婉转的鸟鸣也戛然而止，大家不约而同地用口技学起了鸟儿啼叫，也啁啁啾啾，但却都是大舌头的笨嘴儿；没于森林深处的"先驱"同人则传过来"我是东北虎——""我是小松鼠——"的呼喊，嗡嗡地在林间碰撞、回荡……

而那只跳跃的野兔就是我吗？起初好奇而怯生地闯入这荒蛮又和谐的世界，荆棘的针刺扎破耳梢，龙舌兰的利剑划痛腹部；后来便调皮地在海芋棵间玩耍、嬉戏，你难以辨清哪是草丛哪是我，我真正找到了栖息之地，回到了家。啊，我与大自然融为一体了，我的脉管里汩汩流淌着新鲜的汁液；灵魂澄澈得不沾一粒纤尘，整个身心轻盈地飞扬起来……

仰望一棵大树

一

我确信那个传说是真的：老早老早以前，这里还是一片汪洋，有一只成了精的龟时常兴风作浪，把岸上的房屋、庄稼、老人小孩都卷到海里。人们恨龟精，焚香烧纸求玉皇大帝惩治它。玉皇大帝了解了情况后，派二郎神背着一座山，在龟精又祸害百姓的时候，一下子把它压在了山底。知道被压在山底的龟精还会挣扎，往外吐水，日子久了，水积多了，山会漂移，二郎神把一棵长生不老的银杏树栽在山上，让银杏树的根永远喝着龟精吐出的水，这样山就不会动摇，龟精就不会爬出来。

浮来山上的这棵老银杏树，根盘绕在山底下，与大山同生共存。

如果不是亲眼所见，你无论如何也想象不到它的魁伟。干围达十六米，民间的说法更有意思："七搂八拃一媳妇。"说的是一个雨天，某书生在银杏树下避雨，忽然想量量这棵树有多粗。他从一个同在树下避雨的女子身边量起，张开手臂搂了七搂，又用手掌拃了八拃，量至倚树而立的年轻女子那儿，不好意思量下去，剩下的粗度就是"一媳妇"了。树干粗得惊人，冠幅之大也极为震撼：九百多平方米，繁荫数亩！枝丫错杂，叶片交叠，说它遮天蔽日，一点也不夸张。

我们下车后先到了清泉峡。峭壁上丛丛乱石，石头缝隙里挺立的松柏笔直、劲拔，一片连一片，蔚然成林。而在一棵古松折断、歪倒的树干上，一根檩条粗的枯藤缠成了"辘轳把"形状，枯藤另一头又抛出去，搭上五六米外的一棵树，像一架黑铁索的栈道。大家过去攀一攀，摸一摸，啊啊着惊叹大自然无奇不有。峡谷一眼老井，水平如镜，井下却藏着两个千年不竭的泉眼。水面离地上一米多，井四周的石头却都是泅湿了的。水汽缭绕、弥漫，风又送来了一股松香味。但即使在如此清凉之地，人们后背、额头仍热汗涔涔。怎么过定林寺门前的那条水泥马路呢？山峦上滚动着大团大团的火絮，水泥马路上更是腾腾地蹿白焰，令人望而生畏。

可是过了水泥马路，来到老银杏树下，感觉就完全不同了。烈日退去，这只刚才还紧追不舍、啄疼我们皮肤的凶鸟不见了，老银杏树张开宽阔的臂膀保护着我们，它给我们搭建了另外一个天地，浓荫匝地，凉爽而又温馨。我们仿佛到了安全岛上，不再惊慌、恐惧。我不由得想起省城一个文友，她的老家就在浮来山下，她很熟悉老银杏树，她曾对我说老银杏树是护佑人的。她还说，当地人有什么灾啊病啊，都是找老银杏树给化解，灵得很哩。据说她老老姑八九岁时厌食，个头"疙瘩住"了，被伙伴们嘲笑为"小矬子"。这年大年初一，大人带着她来给老银杏树磕头，一边磕一边说："银杏王银杏王，你长粗来我长长。"也怪，回来就能吃饭了，也开始发身量，没几年真的就出落成了一个细高挑的美少女。

老银杏树周围装了栏杆，上面搭满了红布条，都是许愿的人系上的。那里面凝结着对长者的孝心，对纯真爱情的向往，对美好明天的憧憬……

在人们心目中，老银杏树已是一尊大慈大悲的神。

二

老银杏树已经三千多岁，是公认的银杏之祖。

一棵树活了三千多年，三千多年沧海桑田，它站在这里不曾挪动；三千多年风雪雨霜，没有妨碍它枝叶融进云里，这不能不说是一个奇迹。

近年我走过一些地方，也见过一些老树，有一千多岁的，有七八百岁的，看上去却都像风烛残年，树干中空，被铁皮箍着才不至于散架；稀疏的枝条，缀着零零落落的黄叶，但也叫人欣喜不已。而这棵老银杏树却一点也不显老态，倒似是还在壮年。

老银杏树见证了多少世事变迁！有考证说，它实际是西周初年，周公东征时所栽。春秋战国时期，莒国国君莒子与鲁国国君鲁侯，在银杏树下结盟修好，《左传》记载了这件事，鲁隐公八年九月辛卯，"公及莒人盟于浮来"。这时它已能撑起巨大的华盖了。王侯们早已尘封进历史，那王冠上的珠宝不知流失在哪堆泥土里，而老银杏树依然在风中招展着一面鲜绿的大旗。

以一部《文心雕龙》名满天下的南北朝文艺理论家刘勰，在外游历治学多年后回到家乡，出家为僧，住在浮来山定林寺，在寺里建了一座校经楼，潜心研读校订佛经。累了，他从案前走出来，围着银杏树转一圈又一圈，静思默想，可是他心里的声音银杏树却听到了。朋友来找他玩，他干脆把茶几搬到银杏树下，一边品茶，一边说经论道。说到精彩处，银杏树便为他们鼓掌。

二十一世纪初叶的一个夏天，老银杏树又迎来了一个落魄书生。这个书生已走近六十岁的门槛，按他这个时代体制内的规定，六十岁退休，工作生涯即将终结。回顾大半生，跌跌撞撞，坎坷多，顺境少；一事无成，壮志未酬；日头像一枚金色的果子在空中悬着，可还没摘到手夜幕就已垂下来。愧悔、迷惘、忧伤，悲观绝望使他生命萎缩，腿在变枯，灰白的发丝飘如落叶——这个人就是我。

要说我来得也正是时候，老银杏树让我的灵魂战栗。我瞪大了两眼，只见老银杏树条条枝柯在舞动，如蛟龙腾空。响雷滚滚，狂风骤起……那气势，那力量，可是什么"苍劲""雄浑"之类词汇远远形容不出来的。

老银杏树不比你老吗？你不能"老"下去，不能"堕落"，你得振作，得重生！

而到深秋，晨露结霜，满山的草木渐渐凋零，老银杏树的叶子却在一层层地往上刷金。一树金箔，闪闪烁烁，天空被映得明晃晃。一片叶子展开翅膀，在空中曼舞，仿佛一只金蝶。十片、百片、千片叶子挣脱枝头，洋洋洒洒的金雪无休无止。叶子落在地上，除了游人像带纪念品一样拿走一些（回去当书签或者镶在镜框里），寺里的老僧并不打扫，而是特意保留着。落叶越积越多，铺作一床厚厚的金丝缎面的大花被，那是天底下最美最温暖的大花被！

秋天，我一定要再来浮来山，来看老银杏树的落叶。这是一种绚烂至极的景象，它会像一道冲天的电光，驱散我心底积聚的灰暗的暮气……

三

其实，我这次日照之行就是奔着老银杏树来的。

前不久我刚来过日照，而我居住的城市距离日照又很远，所以"阳光海岸，活力日照"活动组委会邀请我时，我没有立刻答应。但当知道活动中有一项内容是去看老银杏树，我改变了主意。

我渴望见到这棵"天下第一银杏树"已多年。说不清是什么时候，隐约听人讲它的故事，像讲神话一样，我便忘不下它。打那，我从报纸、电视上关注有关它的消息，还向朋友要它的照片，朋友给我照了一大摞。一棵不曾谋面的大树，高高地立于我的精神旷野。

组委会工作人员小沈到车站接我，一上他的车，第一句话，就是关于老银杏树的。没想到这个经常见到老银杏树的人也是它的崇拜者，他带着感情回答我的询问，告诉我老银杏树前临清泉峡，后倚佛来峰，背风向阳，生存环境极好……

"听说前几年老银杏树生了病，五月份叶缘就干枯，那是怎么回事？"我问。

正在兴头上的小沈，脸阴沉下来。

我又想起省城那位老家在浮来山下的文友。2012年我们一起参加省作协组织的林业采风，会上，省林业厅的专家介绍全省的名树，当说到浮来山的老银杏树，这位文友很是自豪。可当说到老银杏树莫名其妙的症候，文友瞬间就忧心忡忡。因为恰巧那里修路，我们没能去看老银杏树，而是在五莲止步。站在九仙山一块大石头上，她久久地注视着不远处的浮来山，眼里蓄满了泪。回到省城，她给老银杏树写了封信，表达内心的牵挂、疼痛和担忧，还恳请老银杏树一定要挺住，战胜病魔。这封信发表在一本刊物上，我读过，那可谓是一篇至情好文。

痛苦、无奈、愤怒，这些神情变幻在小沈的脸上，或者说他脸上混合了这些神情。

车子驶出去很远，一颠，好像才把他颠醒，接续上刚才的话题。他说山里整个脉气被破坏了，空气在变质，噪音昼夜不停，光污染越来越严重。地面硬化，到处铺大理石，抹水泥，雨水渗不下去，无法参与地下水的循环，地气不能与空气交接。这已成为很大的灾难，人不堪其苦，树就能忍受得了？难道树就不是生命？这两年，旅游业兴旺，看到观赏老银杏树的游客剧增，一夜之间冒出了那么多旅游文化开发商，饿虎般扑上来。然而他们懂文化吗？一棵三千多年的大树本身不就是文化？他们却不搞树文化，"别出心裁"地劈开山体，修筑什么长城烽火台，驴头马面，不伦不类！还有一帮"强盗"，强取豪夺，把挖掘机和推土机开到浮来山东部，它们张着大口，龇着獠牙，撕皮啃骨，一车车石子被拉到市场上出售……

"利益统领一切，欲望强暴了大自然，人类这不是强奸自己的母亲，在'轰轰烈烈'的所谓现代文明中乱伦吗？"小沈义愤填膺，猛烈抨击那些"铜臭小人"。

"贪婪，无耻！"我也控制不住了，我的家乡同样上演着类似的悲剧。梁邹平原南面有一座九节青龙山，在我的村头就能望见，读小学时每年清明节老师都带领我们到山上踏青。这座山造型酷似一条龙，有龙头，有龙身，蜿蜒起伏，腾云驾雾——想想当年我骑在它的脊背上是多么快活、神气！可是如今那昂起的"龙头"却被生生地砍掉了——一家大企业建厂房需要石头，一炮一炮把龙头山炸得稀烂——白骨茬子暴露在天空下，扎得人眼疼。"青山绿水，林茂花繁"的梦早已缩小到广告牌上，仅仅是电脑制作的一幅画！

骂了一会儿，小沈不作声了，情绪低落，一脸的沮丧——这是一个什么都写在脸上的可爱的年轻人。直到在宾馆门前停下车，他才像是喃喃自语地说："老银杏树生病的时候，我真想用我的命换它的命。我微不足道，死不足惜，可老银杏树不能死，这个地方不能没有它……"转而声音亮了起来："好在，省内、国内的林业专家们来给老银杏树会诊，老百姓也对老银杏树百般呵护，老银杏树总算恢复了健康。"他脸上这才浮现出笑容。

听了小沈的讲述，我很感动。记得我的文友当时也这么说过，这可能是浮来山人共同的心愿。

四

定林寺里还有大雄宝殿、三教堂、菩萨殿、五百罗汉阵，尤其是文艺理论家刘勰晚年亲手所建和使用的校经楼值得拜谒。大家都去这些景点了，我却留在这里，我要再好好看看这棵大树。

一群叽叽喳喳的中学生在树下照完相离开了，三三两两年老的游客嘴里念念有词，往栏杆上系了红布条也走了。天已近中午，一时再无人来，只有我一个人待在大树下。单独和大树相处，隔得这么近，触手可及，我怦怦的心要跳出胸膛！

这是一棵叫人百看不厌的大树，它实在是美不可言！

我的目光又一遍从下面一寸一寸地往上移动。它环抱着整座大山的根系，遗憾我无法看到（那该是一个多么庞大、繁盛的世界啊）。但它少许老根裸露出来，向四面延伸，织了一张巨网；长长的根须像苍鹰疙疙瘩瘩的铁爪，紧紧地抓住泥土。粗壮的树干不但没有半点枯朽的迹象，表皮没有"老年斑"，反而上面长出了一棵棵小树、密密的嫩条，盎然着勃勃的生机——这是我在大兴安岭原始森林，在阿里山神木群都没见过的——接着，树杈次第张开，十余股两抱粗、一抱粗的树杈，呼的一声把蓝天擎起来！

谁有这般威武雄壮？谁比这更壮美？

是的，没有谁可与它匹敌，也没有谁能把它打倒。在它漫长的岁月里，厄运不断。远的不说，一百多年前，一年的正月十五，山上举办庙会，男人女人，老妈妈小媳妇，头上戴花的小姑娘，穿新衣的小男孩，从四面八方跑来，热热火火地在定林寺欢腾了一天。晚上人散寺静，可没注意到，香客未燃尽的纸钱里包着火星，结果酿成一场大火，火势蔓延到树干、树枝，连烧四十日才扑灭。它全身焦黑，人们都以为它被烧死了，然而一阵春风吹来，它抖落身上的灰烬，又绽出繁星般的亮晶晶的新芽！

我绕到它的正面，站定，九十度弯腰，给大树鞠了三个躬。

大树依然沉默着，这一霎你都看不见它枝叶晃动。它经历了大苦难、大哀痛，有过激情澎湃，有过绚烂辉煌，现在它是这样安详、朴素、冲淡、平和，但这越发显示出它的深厚和睿智、尊贵和庄严。

对它，我只有仰望，仰望它的高大、富有、自信和力量。

清气丝丝缕缕轻拂着我的肌肤，我不再觉得闷热，慌乱的心平复下来。我不再害怕那个把我追赶得无处躲藏的太阳，与此同时，我似乎也不再怕大街上喧嚣的市声，职场上明争暗斗的厮杀，食品、药品以及楼房涨价的狂飙……甚至生命无常的威胁——生活中有好多东西让我紧张、焦虑、恐惧——在老银杏树下，它们都离我远去，这里这么祥和，这么甜蜜，给人的安慰叫你永生难忘。

定林寺愈显古老，群山更加寂静，一切更加美好。我耳畔又响起小沈写给老银杏树的诗句：

因为你

大地呈现自己的辽阔
天空呈现自己的广远
时间才有了可以感受的温情
所有的河流和星辰
都挂在你的枝头
…………

卷五　处处是吾乡

一片枣林的召唤

一树一树的绿浪，起伏翻涌，向四野荡开，广袤的庆云平原像波澜壮阔的海洋。一到枣林边，你不由得怦然心动，脉管鼓胀。可这不是大地上最平常的景象吗？在鲁北平原，甚或在华北平原，这个季节哪里不是撩人心旌的草木茂长？你慢慢向林子里走，开始惊讶了：这片枣林里有很多几百年树龄的老树，三四百岁的顶多算是壮年汉子，五六十岁的不过是小儿童。而不论老的少的，枝干都疙疙瘩瘩，树结挨着树瘤，主干部分更是黑鳞斑驳、伤痕累累，那是岁月在它们身上留下的印记——金丝小枣树每年都得开枷，树干上割一遭韭菜叶子宽、深到木质部的口子，以阻止花期养分倒流，多坐果。农谚云"芒种到，枷枣树"，这时候枣花开了，米粒一样的小黄花一簇簇、一丛丛在阳光下闪耀，清香飘洒在平原上。农人都舍了麦田，提着篮子，拿着刀或镰，来到枣林。女人们也掺进来，因为这是个干净活，她们一个个换上好衣服，姑娘脖颈搭了彩色的纱巾，裙子款款地摆动；小媳妇手里牵着花花绿绿的孩子，孩子们一见枣树就野了，爬树攀枝，疯跑打闹。三个女人一台戏，女人们一边转动刀子，一边说笑，就是隔着几个枣趟儿也大声地对答。

"这三亩地，秋后收七八千斤枣，少说也得四万块，馋杀个人哪！"

"老替俺算账，你园子里不也是摇钱树？你那口子会管理，村里数得着的大师傅！"

"姊妹们，甭管咋的，咱都别惜力气呀！"

裹着枣花香气的暖风一缕缕一缕缕吹拂着，脸庞痒痒的，酥酥的。

这是平原上最轻松最惬意的时节，谁注意刀刃上全是血泪一样的汁液？谁会想到枣树们在忍受"割腹"之痛，肉体又添一道新伤，弄不好还有性命之虞？

一个甜蜜的约定就这样揣在了心里，结结实实、粗手大脚的枣树们，和平原上质朴的庄稼人一样憨厚。从这一刻起，它们带着伤痛，没白没黑、顶风冒雨向这里赶。秋天，枣儿熟了。又大又密的枣儿缀满枝头，沉沉的，风晃不动，叫你担心它承受不住，说不准哪会儿就折断。整棵树被压矮，单看树姿都有点丑了。但是你再看，那纷披的枝条仿佛一挂挂金瀑，流光溢彩，壮丽无比。而哪一棵枣树不是凝紫垂丹，哪一片哪一坡不飞虹落霞？平原的天空被映得红彤彤。三天两头来枣园转悠、左瞅右瞧等消息的枣把式，眼睛眯着，皱纹里漾着得意，摘下一颗放进嘴里，嘎嘣，脆脆的，甜甜的。他们一分钟也不能耽搁，急巴巴找出长杆，但那和粗壮的手臂接在一起的长杆却不肯使劲儿，只在树头上轻轻地抹。这亲密的接触让枣儿们大为感动，它们满怀欣喜从空中倾泻而下，哈哈地大笑，痛快地叫喊，欢畅地蹦跳。树下的炕席、床单、包袱皮上堆成玛瑙山丘；而成群结伙的顽皮"小子"则专钻草丛，在沟底栖息，可苦了捡枣的老婆婆。

我从没见过这阵势，只恨眼睛、耳朵不够用。这里红雨阵阵，那边雷声隆隆。团团热浪猛烈地冲撞着我的胸口，但是我必须从这集体狂欢中撤出。我拐向一条僻静的林间小路，背靠一棵树，一个人细细品咂这沾着露珠、散发着泥土气息、跳跃着阳光的金斑的枣儿的韵味，回味无穷；细细地感受这平原喷涌的不竭的激情，让它荡涤我身上的沉沉暮气……

我再忘不了这片枣林，我好像对它产生了一种特殊的感情，它能给予我某种感召和引领。然而当我一想到枣树们在困苦中挣扎、抗争，我的心却是那么不好受。这块土地并不肥沃，或者说有几分贫瘠，地处渤海湾沿岸，黄河泥沙沉积，大海被驱赶着步步东移，海潮退去却留下了盐碱。"瘠卤之区，十居三四，一望旷莽，海气薄注。"我从本土作家刘月新的散文《枣乡手记》中看到这样的描写。她小时候出去打猪草，白花花的盐碱地上寸草不生，唯见一行行的枣树直立挺拔。这也就是几十年前的事。当然枣树早在两千多年前就在这里生存了，一代一代繁衍生息，如今遍地都是它们的子孙。为什么它们是这样的境遇？为什么它们的命这样苦？上苍不公！但是，枣树却不怕盐碱，不怕干旱，碱不死，旱不死，乡亲们亲昵地称它们"铁杆庄稼"。它们真的是铁打的吗？瞧它们的根，利器一样，猛往下扎，汲取地下苦咸的水，捧出来的却是世上少见的甘果。金丝小枣糖高蜜厚，矿物质和维生素含量丰富，枣果晾晒到半干，用手一掰，能拉出寸长的金色细丝。我家长年不断金丝小枣，主要是煲粥吃，妻子在放枣时总是把枣掰开，欣赏那亮晃晃的金丝——那是从它肉里抽出来的丝。我顶着一头风霜外出归来，热气腾腾、混合着甜味的饭香直扑面颊，每每感慨家里才最温馨。

又一次看枣林是在冬天，这很重要，如果没见过冬天的枣树，你还没有真正认识它们。那是前年冬末的一天，文友约我到庆云海岛金山寺玩，看罢金碧辉煌的万佛殿，意犹未尽，我们同时想到了这片枣林。它就在城外不远处，但前几天降过一场大雪，车子沿着两条铁轨似的冰辙缓慢行驶，大约半小时后才到达。我缩了缩身子下了车，眼前几乎什么都没有，庄稼收了，野芦苇、黄蓿菜棵都被埋在雪被下面，寒冷、凄凉、恐怖主宰了这个世界。枣树们站在雪地上，就那么孤寂地站着，叶子凋零殆尽，当初光鲜的果实此刻正煨在别人的火炉里，自己只剩下裸露着的黑色枝丫。但是它们并没有让我们这帮前来赏景的人失望，那黑色的枝丫纵横交错，如蛟龙遨游者，如乱箭穿云者，如鹿角、牛犄者，坚硬、倔强、刚直、遒劲、傲然。在这儿，我头一回发现"黑"是那么美，那么有力量，它竟突破铺天盖地的"白"的围困，跳起熊熊烈火般的舞蹈。等静下来，这"黑"与"白"又组成一幅简洁的版画（有的树干、枝杈上面还覆着白雪，使那黑愈加凝重而鲜艳），格调清新，意境深远，是一件大作品。

老北风卷着雪粒呼啸而来，根根枝条铮铮作响，这是古老平原上悲壮的琴声。

"唐枣树喊我们去了，快走啊！"我招呼这次同来的文友——来枣林是不能不瞻仰唐枣树的。这棵老枣树实际植于东晋，1680多岁，树身像一块布满青苔的假山石，像一堆锈蚀的铁。一根铁条箍在腰间，里面已经糟空。根部大半圈儿枯朽了，往上是条条很深很深的裂缝和一个个巨大的树洞，树皮差不多被磨光，木理扭曲、搓拧成粗粗的草绳状。但是，尽管有三五根树枝被雷劈断，整体看树冠却依然茂盛。啊，平原上耸立着这样一棵巍峨的大树，这块土地就不一般了，就有了魂。你看，这棵老枣树高擎着一杆绿色的旗帜，身后集结着百万大军，从遥远的地方走来，正气势雄壮地向前方进发。

庆云人把这棵老枣树尊为神，写进县志，为它立碑，给它装了铁围栏。一位叫周德宝的七旬老人，雷打不动，早出晚归，义务看护它。我们每次来，老人都像见到亲人一样，笑哈哈地迎上前，不厌其烦地给我们讲历史上瓦岗英雄罗成曾在树下拴马歇脚，以枣充饥；唐太宗赐给它"唐枣"的名字；明燕王扫北，它借漫天大雾庇护逃难的百姓；抗日战争时期，倭寇的铁蹄踏入枣林，他们找不到神出鬼没打游击的八路军，气急败坏地向老枣树挥起屠刀，当地村民舍身相护（和所有的千年树神一样，它也有一串传说、故事）……他还讲他亲眼见到的一幕：21世纪初的一个夏天，一场狂风暴雨摇撼着庆云平原，唐枣树訇然倒地，这可把人们吓坏了，它哪里还经得住这般折腾？扶起它的时候，大家心情异常沉重，都不抱什么希望了。可是它又慢慢活了过来！——老汉一边比画一边说，干枯的眼里闪着泪花。

已是老朋友，他打开铁围栏的小门，"特许"我们进去摸摸老枣树，和它合影。

我围绕唐枣树转了一遭又一遭，唐枣树始终沉默不语，神态安详。这是一位饱经沧桑、阅尽人间的圣哲，我能感觉到它目光深邃，里面包含了很多智慧。我想从中读出一点什么，即使读不出，在它的绿荫下站一站，那种踏实、安恬、幸福的体验也叫人难以忘怀。

西北侧的侧枝又蹿出几根嫩条，向下披散着，排列整齐、闪闪发亮的叶子酷似孔雀的羽毛，一颗颗刚涂了一层淡胭脂的枣儿藏在叶间。诗人马行个头高大，突然伸手抓住枣枝，问老者："摘几颗仙果尝尝可以吗？"

周德宝老人的脸色唰一下白了，笑僵在嘴角，半晌，结结巴巴地说："吃、吃吧！"——看得出他是多么心疼他的枣（枣还没熟啊），可又不好慢待了客人，况且在枣乡吃一把两把的枣算个啥？

马行当然知道这枣的珍贵，他写了一首题为《四个仙枣》的诗，其中一段是这样写的：

　　一个，给了身边的散文家登建
　　一个，给了登建夫人
　　一个，给了一直在拍照的庆云文联的小闫
　　最后一个，就是用一座金山银山也不换
　　我把它放在了手心

我们的话题又转移到唐枣树身旁的小枣树上。近年这棵大树旁边不断冒出小树秧子，枣树是无性繁殖植物，繁衍靠的就是它的根，小枣树当是唐枣树的子孙。这多么令人欣喜、振奋啊，可是大家却一致主张除掉它们，他们认为小枣树夺老树的养分，将导致唐枣树衰亡，没有了唐枣树可怎么得了！我想，这其实是不懂唐枣树的心：唐枣树肯定一点也不在乎自己的荣誉，它甘愿牺牲自己的生命，让后代早早成长起来，一棵接一棵，一片连一片，如波如潮，涌向天边。你没见唐枣树注视小枣树时，捋着长长的胡须笑得那么慈祥吗？

唐枣树以北二里许，有一条河叫漳卫新河，古称鬲津河，为禹治九河之一。唐宋时，黄河水夺鬲津河入海，轰轰烈烈数百年。这擂鼓般的涛声至今仍在枣林上空萦回，旋进了它们的年轮……

古镇之古

这条街有些年岁了。石板路留下了太深的光阴的履痕。路面不再光亮、灰白、斑驳。长长的条石都已松懈，中间的缝隙很宽，且忽凸忽凹、七拱八翘，而那高出来的石板，边缘都呈圆弧形，不见哪一块还带着棱角。街两边是一家家商铺，铺面木板和廊柱的上端，辨不清油漆刷过多少遍，发了黑，漆厚的地方结了痂，疙疙瘩瘩；下端是暗红色，门框、窗口，一片片漆面被磨掉，露出了木纹；最底部有糟烂的迹象，幸好青苔前赴后继往上爬，不断将其掩蔽……

一棵千年的老树成了树神，一块千年的石头成了石仙，一个千年古镇呢？也并不意味着死亡。它的残破不是残破，是沧桑；它的老旧不是老旧，是古朴。从下涞滩到上涞滩，古镇经历了多少世事变迁？都"活"过来了，一程程地走到了今天。不过，它也成了一个老人，一个气定神闲的安详的老人。

在古街上走，时时感觉到这位老人慈善的目光的抚摸，心从未有过地安适。

古镇古，古得有味道。一口沿儿残缺的石臼，不知道是什么年代的，舂过多少米，也不知道什么时候被废弃，什么时候又被主人蹾到了门口。现在臼里漾着水，张开一蓬碧碧的睡莲。你一点儿不觉得它粗笨和滑稽，干不该它干的差事，倒显得特别朴厚。半截碑碣（像碑碣的石块），上面并没有刻字和图案，形状也没有什么特别之处，哪年哪月谁随意地把它扔在墙根的也未可知。风雨洗去了它的色泽，苔屑脱落又沾满，镇上人早已把它忘在了脑后，异乡客却围上来，瞪大眼睛刨根问底，追寻它的来历。它沉默不语，就越发叫人好奇、惊叹。在古镇，你千万别装渊博，一个小物件看上去不起眼，可说不定就是古董。甚至一张小矮桌、一只木桶什么的，也被搁放成了艺术品，有了灵性……

古镇人也古。唐代以来，恃渠江水运之利和滩头之险，涞滩逐渐扩为有名的水码头和江边集市，商客络绎不绝。近年为缓解工作压力和现代生活的紧张感，更多的城里人往这里跑，自然要住宿吃饭带土特产。所以古镇居民除了种田，还从事一些商业活动，可他们向游客出售的东西，从来都不是靠进货，没有什么物流中心，而全是自己手工制作。临街的人家大都是前店后宅，一进二进的院落里就是这样那样的小作坊。门头摆的老腊肉、腊蹄花汤、合川肉片、坛子肉、水磨豆花等等特色菜，还有梅子酒、枇杷酒、柑橘酒，直接从小作坊里搬出就是。而野生葛粉、红苕粉之类，原料则采自镇子后面的鹫峰山和山下的田野，然后在小石磨上磨。不少铺主还一边照看货摊，一边做活。一家做油果子的，大油锅就架在当街，油烧得滚开，果子在里面活蹦乱跳。油果子做得好吃不好吃，窍门在看好火候，手疾眼快。炸到金黄色，快速捞出，及时添上新的。一个人很忙活，可是这中间，汉子却耽误不了向买黄金豆、豆豉酱的顾客收钱。另一家的廊下，阿婆送走一个要锅巴的客人，重新坐在台阶上，戴上皮手套，往鸭蛋表皮涂抹调好的草木灰泥。她涂得很仔细，一下一下一丝不苟，涂过的鸭蛋已有半篮子。下面的工序是将其放入缸内，用泥封住，在温室里储藏二十天。急了不行，"反应"不充分，就出不来晶莹的蛋白、墨绿的蛋黄。你要吃好皮蛋，就得耐住性子。

突然，人们向一家店铺聚集，只见一个师傅从托盘里捧起一团刚刚熬好的麦芽糖，搭上揳在门框的大铁钩。趁热一点点抻，抻长了绾回。再抻，再绾回。这时候它就不再是一团糖稀，而成了轻柔的绸缎。颜色也变了，由铜黄色到澄碧透亮。越抻越长，抻一次，一条水晶链；抻一次，一道七彩虹（掺进了阳光）。待抻至两米多长，已完全冷却，放到案板上，折成一节一节（缕缕纤维也断了），拿擀面杖敲成拇指大的糖瓜。帮手往小纸袋装糖瓜的时候，师傅才顾上瞅瞅烫起燎泡的手掌，虽为时已晚，但还是要用嘴吹。做出的姜糖装了六十多小袋，一小袋卖八毛钱。

不是所有的产品都能在小作坊和货摊前做，不要紧，古镇有"大车间"——村头处处是制作阴米的露天"厂房"。收获了当季的糯米，除去杂质，清水浸泡三五个时辰，沥干，蒸熟，晾至装袋不黏，就是阴米。阴米有滋阴暖脾补中益气的功效，受到顾客的青睐，它可说是涞滩数量最多的特产。每年这时节，古镇外围，长长的墙阴里，巨盖样的黄桷树树冠下，或架在凳子上，或铺在石板上，家家的竹席全都在晾阴米。一片连一片，白花花的像下了一场大雪。而收了这茬，下一茬又接上，天天都有晾阴米的。好些日子，小青瓦、大红灯笼的古镇都被这雪浪花簇拥着，那可是涞滩非常壮观的一景！

戏楼那边传来婉转悠扬的唱腔："我本是卧龙岗散淡的人……闲无事在敌楼我亮一亮琴音……"我对京剧略知一二，这是一段西皮慢板，我也不由自主地跟着哼起来。

在"水八碗"老食店附近，遇上几位白发苍苍的老者——是凑巧，还是古镇老寿星多？其中两个正在饭馆里用餐。这是一对老夫妻，出来散心，打此路过，索性坐下就吃。饭菜其实很简单，一份回锅肉，一份素炒苦瓜，一份豆腐菜汤，都是他们平常吃的菜。男人还要了二两喝惯了的米酒。但他们吃得很慢，细细咀嚼，好像在细品生活的滋味。另一位是那待在对面店铺外廊灰空间的老者。这位老者坐在一把藤椅上，一直闭着眼睛，可能街上的一切他都不用看了，他看了近百年了。他更多是在想、回味早年的事情，打发静谧的时光。还有两位老人，是一对亲姐妹，姐姐八十七岁，妹妹八十五。姐姐穿着花褂子，妹妹穿着花裤子，两人都鹤发童颜，但腰都弯了，动作也迟缓了。她们在自家门前包粽子，铝盆里盛着糯米，箅子里顺着竹叶。竹叶好不容易找到糯米，在指头粗短的手里绕半天，一只粽子才包好。但她们不停手地包着，这样，就活得很快活。几乎是同时遇到这几位老人，我感到很有意思，但我不知道这是不是一个"寓言"。

"老姐姐，忙着呢？"随着话音，一个挑担的老人从这里路过。这老人看上去也得七十多岁了，个子不高，腰板儿绷直。一前一后两只箩筐，前面筐里装了两袋阴米，后面是紫薯冰皮饼、千锤酥、苹果、橘子。

"又去看小外孙呀，歇会儿再走，大兄弟！"姐姐亲热地招呼。但挑担的老人没有止步，他换换肩，去了小寨门方向，慢慢下了石梯……

醉在华陶窑

简单，素朴，四根柳杉木扎了一架大门。顶部两根平行的横木之间，钉着一块形状不规则的木片——好像是从树根上锯下来的——木片上雕着"华陶窑"三字。

过了这个大门就是华陶窑了。

路上，台湾导游向隽心先生介绍，华陶窑系一处融合了建筑园林和原生种植物的烧陶教学示范艺文园地。窑主叫成文辉。三十年前他辟建这块占地约十六甲的园区时，目的并不是经营、赢利，而是旨在延续传统文化——让游客通过到园区观光，了解烧陶艺术，不忘记过去的生活。因为来自大地的陶自一万多年前出现以来，一直与人类的生存贴得最近，尤其是那质朴、粗糙的陶罐、陶碗之类，简直就等同于农家贫穷、粗糙的日子。导游又说，直到今天，华陶窑烧的陶器都不上釉，这也是为了更好地保持一份泥土之情，撩发人们对乡土的怀想。

车停下，路西院子里就是华陶窑的展览室和习陶工作室。红砖院门低矮、简陋，像一家普通农户。门上的对联首先引起了我们的注意，门心短联是"华泥洗客心，陶然共忘机"，横批"斯土有情"；门框长联为"尘世不相关几阅桑田几沧海，胸中何所有半是青山半是云"，横批"本来自在"。这颇具禅趣的对联，一下子就把你"度"到了一方净土上。

我没有跟随众人进院子，而是站在原地辨认树种——来到台湾，我对亚热带的植物产生了浓厚兴趣，我已经记下了一百多种我第一次见的树木、花草的名字，像木棉树、八卦木、鱼尾葵、乌桕、海葡萄、林投、台湾檫树、香水垂梅、笑靥花、莲雾……它们都叫我感到亲切，每认识一种我都像结识一位新朋友一样高兴——街旁的树又是不曾见过的。正巧过来了两个搬运陶坯的女工，我上前请教，得知它们分别是无患子、小榄仁叶、胡氏肉桂、龙眼树。我忍不住去抚摸它们的身子，树叶儿一阵沙沙响，好像是它们向我问好。这里的树都很茂盛、高大，搭在一起的枝丫遮严了天空，骄纵的阳光只能在上面喧嚣，下面的世界免受侵扰。走在绿色长廊里，我很是惬意。

一顶独自遮住半边街的树冠是从墙那面探出来的，循着它我来到东院。墙旮旯里一棵大榕树，看上去年岁不小了，树干基部一遭板根，块块像厚钢板；枝杈上散落的气根年久的已长成粗壮的柱根，十五六条之多，都碗口那么粗，它们共同支撑着树冠云朵似的舒卷。过去听说一木成林，见了这棵榕树始信此言不虚。树下放了四五把木椅，没油漆，纹理裸露，显得有些破旧。我坐上，突然感觉自己变成了一个白发老者，眯着眼，平静地看世间的一切，我还不由自主地捋了捋胡子。

东院是一个玲珑剔透的庭园，阶台、回廊、水塘依地势起伏而建，层叠有序，曲径通幽，组成一串通透而流畅的空间意象。园中有浓绿欲滴的旅人蕉，有蓬蓬勃勃的苏铁，有笔挺俊朗的非洲橄榄、台湾翠竹；薜荔长藤缠绕飘荡，大花曼陀罗朵朵绽放，红芽石兰生机盎然，炮仗花火火爆爆……但这并不影响整个园子的幽静氛围。砌驳坎的石块取自园后的火炎山，铺小径的鹅卵石取自园前的大安溪，竹子矮墙、木楼的阶梯是用旧枕木做的。东北角凉亭里摆着一张可坐十多人的圆桌，桌面巧妙地利用了一只废弃的大牛车轮子。而古色古香的陶灯、陶壶、陶罐、陶盆的随意点缀，更平添了几分绝尘的味道，看了心里恬淡得很。尤其令我流连、驻足、再三品咂的是陶片上的古典诗词名句，如"小亭门向月斜开，满地凉风满地苔。此院好弹秋思处，终须一夜抱琴来"，如"一榻烟茶留客话，半帘花影枕书眠"，如"为君持酒劝斜阳，且向花间留晚照"，如"几日闭眼关竹户，一番细雨长春花"……在这典雅的名诗中，却夹着一句引人发笑的话，那是写在一扇木门门板上的（这扇木门可能是一座窑房的后门），纸已被风雨洗白，字也已漫漶不清:"窑主醉了,请勿开门。"由此可以想见这里的人是多么超逸、悠然。

从竹篱步道拐出去,庭园北面疏密相间地坐落着六七座古式房子,它们墙体多采用荷兰的砌砖法,房顶是日本的黑色文明瓦,门窗却是我们闽式的双扇门扉。台湾曾被荷兰、日本占据多年,不可避免地掺进了殖民统治的文化因素。这座座古式房子皆在浓荫的掩映之下。而顺着弯曲的山路再往上走,就是火炎山山崖了——来到这里,你就明白为什么园区这么多大树了——这里蔓延着大片原生林,参天的巨木、蓬散的灌木、泼泼辣辣的蕨类杂生共长;藤蔓植物又爬上乔木的树干,在梢头结网,网结大了,那梢头承载不了,哗地抖落,一挂挂地垂到地面。一面山崖上全这样。站在崖下,我想,这茂密的林子,这古老的树,正是华陶窑再好不过的背景呀!

华陶窑有多种样式的窑,最有代表性的是柴烧登窑,俗称目仔窑。包括火柜头、三间窑室、一间通气室和烟囱,靠热气不断循环来烧陶。我看的这座柴烧登窑位于园区中央一个大院子里,长长的窑体比我在别处参观过的陶窑都大。不用说那窑门是黑黑的,周身都染了重重的烟火色(使我想到那些烧了一辈子窑的老窑匠,我眼前浮现出一个个这样的身影)。窑这边,摆着一溜儿陶器,虽是残破的,但也逗人喜欢。那边,高高地摞了两垛劈好的木柴,那是从火炎山上砍来的相思木。华陶窑以树龄十年以上的相思木为柴薪,故烧出的陶器有一个动听的名字:"相思陶"。遗憾今天窑没生火,看不到那火舌流窜、烟气缭绕的情形。只有两个女工(我在大树下遇到的那两位)在一里一外配合着往窑室里装陶坯,轻轻轻轻地,像呵护新生儿一样小心、爱惜。我问她们窑上写的"烧甋食缺"是什么意思,圆脸蛋儿的姑娘抬起头,闪着黑亮的眸子,说:"过去窑工都很苦,辛辛苦苦干一年,挣的钱不够买米面的。现在窑主用这四个字教育我们,到什么时候也不能丢了俭朴的美德。"我深深点头。

当我转了一圈儿回到习陶工作室,我的同伴们还在忙着车胎、拉坯、修坯、雕刻，沉浸在体验制陶的快乐之中。

　　洗净手纹里的苗栗陶土，导游向先生带我们穿曲径，过小桥，来到西院南端的木质长廊，围桌而坐，谈论起窑主超尘拔俗的思想境界、对本土精神的可贵的坚持和他建园的独到匠心。我们每人要了一杯茶，慢慢啜着，随便聊着。可不经意间，眼睛又被窗外的景物紧紧吸了过去——木质长廊外面坡下就是一块绿油油的菜地，六畦小白菜，五垄青萝卜，四沟大葱，三两棵辣椒，一个侍弄菜地的汉子，画面简洁而生动。菜地那边则是棋盘似的稻田，一方一方，整整齐齐，柔滑、漂亮、崭新的绿锦缎一般。而调皮的风却无所顾忌地在上面打滚儿，还不时鼓动着稻浪颠覆田塍，你乱作一团了，它又打着呼哨看起了热闹。这就是可爱的苑里平原吧？这碧透的绿漫漫涌向很远的地方，望着望着，我只觉得心在悄悄变绿，杯中的茶也仿佛换成醇香的金门高粱酒了……

在舜耕路与大舜相遇

三月，春风已将阳光擦拭得银片一样，在舜耕路上铺了厚厚的一层，映得路两旁高楼的瓷砖墙壁都亮晃晃。会议结束，我多留一日，从宾馆出来，沿人行道丢着悠闲的步子。这是我三十多年来第一次拿出时间从从容容地在济南的大街上走。花池子里的连翘开得很热闹，像一串串燃爆的鞭炮。白玉兰、紫玉兰花朵硕大，花瓣是透明的，那么洁净，叫人联想到少女的纱裙。法桐枝条上的小黑球悄悄撑裂了，新叶从裂口钻出，像孵化的鸟儿破了壳，抖开半只翅膀。前面有两团黄绿，原来是两棵老柳树。柳树绽芽早，此时满树垂挂"布结"，失去了那金丝儿轻曳的曼妙韵致。但我还未走近，心就猛地突突跳起来：这不是它们吗？

三十多年前我在济南求学，学校离千佛山不远，周末常登山游玩，知道千佛山古时叫历山，《墨子·尚贤》"古者舜，耕历山"，记载舜帝为民时曾躬耕于历山之下，就是在这个地方。千佛山上、趵突泉畔曾有祭祀大舜的舜祠，历下区古迹舜井和许多街道以虞舜命名亦可佐证。一次下山途中，山根烟雾迷蒙，我恍恍惚惚看到大舜正在那里垦荒。这是个中等个儿的年轻汉子，身板结结实实，头戴斗笠，手握镢柄，一下一下地翻开泥土。他四围全是荒地，野草疯狂蔓延，地下则盘根错节，它们死死地缠住镢头，相当于拉扯他的胳膊；而草丛里散布着乱石，火星每一迸射，镢板就被咬出一个豁口，不一会儿就钝如木头了。大舜干得很吃力，他拄着镢柄攒攒劲儿，又咬着牙猛刨一阵。唯一的一朵云彩溜之乎也，天空响晴，日头如同炼钢炉，哗哗地往下倾倒毒火，汗水把他的衣衫完全湿透。嗓子开始干得冒烟，焦渴难耐。地头有两棵柳树，树影婆娑。大舜踉跄着走到绿荫里，先搬起瓦罐，咕咚咕咚喝一肚子水，然后四仰八叉摊在地上，这时他才觉出了腰酸背痛，不愿动一动了。

我穿过田野急匆匆跑来，但却不见了大舜的踪影，只有这两棵柳树迎风而立，叶片摩擦出古调古韵。它们老迈而沧桑，母体已枯朽，风化为木渣、尘埃。看上去这是根部重发的新树，都粗得不能合抱了。当时我一遍遍地抚摸着那树干，万般感慨，我相信它们就是给予大舜一地阴凉、让大舜四肢由干瘪慢慢鼓胀起来的那两棵柳树。又是三十多个春秋过去，世道多变，没想到这两棵树还守在这里——果真是它们吗？不错，它们没有动，是城市不断扩张，它们从冷冷清清地待在地头到被挤在闹市中央。大舜踩出的那条小径，也被拓成了六车道的柏油路，就是现在这条舜耕路。路上车辆涌动，如同一条奔腾不息的大江。

我脑子里"转"着大舜，渴望着与这位古代先贤再次相遇。我要问他一些问题，比如他预料到社会发展会这么快、济南会像今天这样美没有？路东什么时候建了一座"舜耕公园"？进大门，过人工湖，拾级而上，"大舜象耕"石雕高矗在面前。这组傍山的大型石雕长65米，高26.4米，雄伟壮观，古朴厚重。大舜立于大象之背，右手擎托日月星辰，左手把握石犁，臂力千钧，目光如炬。它再现的是大舜披星戴月、驭群象耕作的情景。传说大舜烧荒垦地感动了上帝，这天他干活的时候，忽听到呼哧呼哧的鼻息声，抬头看，只见一头大象从西面山丘向历山走来，径直走到他身边，用鼻子卷起一块尖利的巨石，帮大舜犁地，一会儿就犁了一大片。第二天又来了几头大象，从此大舜便训练象群垦荒。地多了，种上庄稼管不过来，一群群小鸟像网一样密密地撒在地里，啄着杂草和害虫。象耕鸟耘的故事于是成为千古美谈。但我却不喜欢这组雕像和这个传说，他们把大舜神化，也把事情简单化了。我甚至对大舜后来成了至孝至忠至仁的楷模、成了和尧齐名的一代明君也不感兴趣，我还是喜欢那个纯朴、勤劳、晨培一条垄昏平一畦田、不吝力气劳作不止的青年农夫。他把茅棚搭在历山脚下，以野果充饥，日出而作，日落而息。风雨把他的衣衫撕得褴褛，阳光在他全身遍刷棕色的油漆。他累得又黑又瘦，一边干一边呼哧呼哧粗喘，不堪其苦。野地无边，他要开出更广大的田亩，而每垦一寸都那么艰难……有时他感到力不从心，望着漫漫荒野一脸迷惘。可是仅仅犹豫了一刹那，他立刻又浑身是劲，神色坚毅，往手心吐一口唾沫，高高地抡起镢头……

这可能更接近真实的大舜。

文友简墨发来短信，要到宾馆找我聊天，我得赶紧回去。出了公园，重新回到舜耕路上，把那两棵古柳甩在身后，车流、人潮、滚滚的市声扑面而来，济南早已没有丁点儿田园气息。我心想，这可离大舜越来越远了。但是，眼前仍时时闪现出大舜的身影。他忽而出现在如林的高楼之间，忽而出现在立交桥上，忽而叠印于闪闪烁烁的商业广告牌，忽而就在我对面——近在咫尺！他还是那么苗壮，挥舞镢头的双臂还是那么有力，还是满身草屑、泥土，汗水淋淋……啊，他在朝这边看，我们的目光相遇了，我注意到他的眸子里带着一丝忧伤，但更多的是自信，是执着，一种叫人震颤的自信和执着（遗憾我一时激动，忘记向他提我的问题了）！

大舜从来都没有远去，他一直在这块土地上耕耘。济南是一片荒滩时，他在这里耕耘；济南五谷飘香时，他在这里耕耘；济南成为美丽的城市，他还在这里耕耘……

春秋寨忧思

烟雨迷蒙，鲤鱼山宛然一帧水彩画。可那位大画家尚嫌气韵不足，仍一遍遍地濡染。花的红涸开，草的绿涨满，饱和的色彩从花瓣、叶梢一串串往下淌，泥土都被浸透了。真是酣畅淋漓，眼底一下子变得清新爽朗。渐密的雨并未影响兴致，我们精神亢奋。踏着石阶攀升，我只觉得自己也成了一抹橙黄。

石头却没有在泛滥的色彩里溶解，只是颜色深了些许，原来是灰白，现在近于黑色——一种质地坚硬的颜色。漫山漫坡，草木稍不留神，这样的石头就裸露出来；其实草木遮掩的地方，也是这样的石头，一只只石头的尖角已拱破薄薄的土层。山本来就是石头的王国嘛。才到半山腰，草木明显稀疏，丛丛簇簇巨大的石头叠加、积压在一起，好像大山健壮躯体上饱满结实的肌块；峭壁刀削斧劈，那是他劲拔的前胸。这是一个身上蕴藏着无穷蛮力、铁青着脸、一言不发的威猛武士，谁也打不垮他的。再往上，更为奇特的景观出现在眼前：武士宽阔的肩膀扛起一座拥有一百五十间石屋的古山寨！这座古山寨系五霸之一的楚国为抵御外敌侵略而修筑，历尽沧桑，数千年的金戈铁马赋予它深厚的文化积淀，四射的魅力吸引各地游客前来觅踪寻访。我们就是奔它来的。

而我，还怀了一个心愿——拜谒关公。建安二十三年，关公与占据襄樊的曹仁对峙，曾驻扎于此。我很快找到关公的居室，果然见到了他。他端坐在几案前，一手托着一本厚厚的书，一手拈着长髯，心神专注，都没抬眼和我打个招呼。关公读的是《春秋》，他十分喜爱这本尊崇正统、大谈仁义的鲁国史书，外出征战也带在身边，一有时间就看几页。还有一个有趣的故事，说的是一次关公兵败被迫降曹，曹操故意安排他跟刘备的两个夫人同处一室。谁料关公整夜守在房门口，借着月光读《春秋》。偷觑的曹操悻悻而去，关公骄傲这是仁义道德的胜利。

　　这尊形神毕肖的塑像还原了关公秉烛夜读的情形，为我走近关公提供了一条路径。我看到，关公读书两个时辰，眼睛发涩了，他起身出屋，他要查看一下兵营，这是他每天都坚持做、从不疏忽的事情。夜已深，除了哨兵身影晃动，训练一天疲惫的将士们都已熟睡，山寨一片静寂。他先去北碉楼，那是山寨的北大门，扼守着通往宜昌和巴蜀的要道，怎不牵动他的心？北碉楼上下三层，雄踞于层峦叠嶂之上，一米多厚的墙壁全是由大方石垒起来的，石门如同两扇磨盘，可以说一夫当关万夫莫开。"我这石头构筑的堡垒啊！"关公抚摸着城墙，一丝微笑浮上他重枣色的面庞。

　　西风猎猎，将箭垛上"关"字大旗鼓得满满，也撩起他的战袍。空气里多了几分寒意，而清冽的月光却愈加明亮，落在石头上发出碎银的脆响。关公从瞭望孔望了一会儿，山脚下虫鸣如琴，远处，汉水对面的曹营也没有什么动静。他要再去南碉楼，转身的一瞬，猛然发现，顺依山势迂回而建的山寨，自北向南呈条形布局，形状酷似他的青龙偃月刀。他关大将军那把青龙偃月刀谁人不晓？两米长，八十二斤重，在赤兔马上一挥，呼呼生风，过五关，斩六将，所向披靡。绰号"虎头"的名将颜良，头颅硬不硬？那可是铸进了钢筋的，也经不住它轻轻一抹呀。此刻，这把大刀，刀刃在月光下闪闪烁烁，像是刚刚磨砺过，其锐利，其英气，昭然炫示。"对，以守为攻，山寨是我的另一把大刀！我有两把青龙偃月刀了，还有什么不能征服？"

　　走了数步远，关公停了停，习惯性地向小山村陆坪投去目光——白天他每次经过这儿都这样——虽然那里模模糊糊，对关公来说却是一目了然。这个荆山山脉环抱的小山村得天独厚，碧波粼粼的茅坪河逶迤着从中间穿过，两岸土地肥沃，庄稼茂长，农人执缰喝牛在田里劳作，乐而忘返。可是当战火燃起，两军交锋，杂沓的马蹄踩断细细的阡陌，男女老少纷纷外逃，有的跑到山寨避难（他们都得到过关公的善待、抚恤），有的钻进深山山洞里藏身。战事过去好多日子，凋敝凄冷的小村才慢慢恢复生气，有了狗吠鸡啼，房顶上飘起缕缕炊烟……这些，关公再熟悉不过了！

查完兵营，本来踌躇满志的关公脚步却变得沉重，卧蚕眉皱作疙瘩，那团让他纠结的忧思又缠绕在心间：石堡果真坚不可摧吗？大刀确可惩恶扬善吗？仅靠武力能治国安邦，挽回世道衰微、纲常不整的局面吗？鲁国二百多年诸侯攻伐、篡弑，城毁国破的历史和眼下混乱的形势，不都是对这一切的否定？礼、乐、忠、义、仁、信、智才真正有力量，最柔软的东西有时候恰恰最强大，就连曹操都被吓退了啊！然而自己却卷入了这场无休无止的厮杀，给百姓带来灾祸；夜里读《春秋》，天亮却又披挂上阵，趁热血涌上头顶逞匹夫之勇，这实在是与自己向往的"上安社稷，下保黎民"的大仁大义南辕北辙……想到这里，关公两颊发烫，内心塞满了惭愧、痛苦。他疾步回屋，捧起《春秋》——只有读《春秋》他才能平静下来，才能得到安慰——他要对照《春秋》检点自己的行为，找回迷失了的方向……

这是关公的一段真实的心理变化，虽鲜为人知，但人们大都清楚关公与《春秋》的关系。关公的忠、孝、廉、节、仁、勇、礼、义源于《春秋》，是从《春秋》里汲取滋养的。所以，后来邓氏兄弟在关公读《春秋》的地方建了一座高达五层、四角翘檐、铜铃叮当的春秋楼以示纪念，后人又将青云寨易名为春秋寨。

需要补记的是，一千多年后，一个烈日灼人的上午，一群意气风发、斗志昂扬的青年学生冲向春秋寨，在震天的锣鼓、口号声中，抡起棍棒，稀里哗啦，很轻易地把经历日军飞机两次轰炸仍巍然屹立的春秋楼，以及关公雕像、"关圣帝君八德叠字咏歌"石碑统统捣毁了。彼时，义、仁缺席，恶、凶肆虐，石头已不堪一击如鸟卵。躲到云端的关公目不忍睹，连连悲叹："无仁无义，其破坏力远远甚于刀枪；倘若丧失人性，这个世界不可救药……"

小调三听

　　哪座山上缺石头呢？但是天蒙山上的石头似乎格外多。山沟里一滩大大小小的石头，被清凌凌的河水冲刷荡涤得珠圆玉润，引得有捡石头癖的人哇哇直叫。山坡上的石头或像懒卧的老青牛，或像低头吃草的小山羊，它们让整面山坡作了牧场，一片欢快的长哞短咩。再举头望，是树浪拍打着的簇簇岩石和云雾缠绕的峭壁。山是石头的家乡和母亲。

　　山麓有个小村庄，叫白石屋村，不用说，就是埋在石头堆里的。进村的小路乱石铺就，曲曲折折地向上爬。一条小溪却在石径一旁叮咚叮咚地跑下来，一口气跑到山沟前，跳成了一挂挂瀑布。从哪里来的这道山泉水？哦，它是从石坝的一个缺口里涌出来的，再找，却不见踪影了。正疑惑呢，忽然又在上面一道石坝上捕捉到它。山有多高水有多深，有山就有水。

　　白石屋村也就十几户人家，房子参差错落，都是小石屋，坚硬的石头经风雨剥蚀，少皮无毛，标示着小村的古老。这应该是一个"阡陌交通，鸡犬相闻"，僻静安乐的好去处，千百年来村人"不知秦汉，无论魏晋"地过日子。可惜近年他们受什么东西诱惑，陆续往城里搬。闲出来的房子被一家旅游公司看上了，维持其原貌，教游人了解这一带的民风民俗，也沉一沉尘世里那浮躁的心。

　　在一座石屋前，一左一右坐着两个正在编筐编篓的中年人，他们是少数不愿离开大山的人，可以说是最后的山民。天天摸石头的手指已磨得又粗又短，却灵巧得很，藤条在他们手上绕来绕去，柔软如丝。这些藤条都是从山上收割来的，它们长在山崖、石丛、石头缝里。葱葱茏茏的天蒙山上有多少种植物？谁也说不清。我只认得杨、柳、榆、槐、桑、竹、黄栌、花楸、鹅耳枥、连翘，还有当地人说的狗嘎子。加上山前茂盛的黄草和山后梯田里丰产的麦子、玉米，草柳编的资源用不尽。石垛上摆着这两位手艺人的杰作：花篮、花瓶、酒坛、小提篓、鱼篓、水果簟子、杯套。它们都绿色环保，取两件放在客厅会散发淡淡的清香。旁边，有一个手绣展区——几块大石板上铺着印花台布，上面是双喜枕、虎头枕、虎头鞋、猪崽小鞋、刺绣鞋垫、荷包、布鸳鸯、布驴、布马……琳琅满目。三个老婆婆飞针走线，表演给人们看，那蓝底白花褂子和藏青裤很招眼。老人脸上的皱纹就像大山里的沟壑，纵横交错。她们饱受了生活的风霜，甚至战火，可依然含着笑，把浓浓的情意密密地缝进一个个祥瑞之物。我在这里逗留了好一会儿。屋内则是剪纸，墙上全是，又铺了一炕，矮桌上还有一大摞。作品的图案有山上盛开的娇艳的花朵、压弯枝头的累累果实，有飞翔的珍禽、款步的猛兽、朴实的农人，也有耕种、纺织、牧羊、养鱼等各种场景，那大红颜色，显然是裁自映红门框上春联的片片云霞……细细观赏，嗅到一股鲜鲜的泥土气息，感受到大山的粗犷、浑厚，泉水的清纯、灵秀。

　　看了这家看那家。这是个典型的农家小院，进门就是两个草垛，木头架子上搭着三五个系起来、一提儿一提儿的棒槌子，屋檐下垂下长长的红辣椒串、白蒜头辫。正屋对面是敞棚，敞棚里，东侧一盘石磨、三个粮缸，西侧一架老式织布机、一辆小推车。四壁也得到利用，大木橛子上挂着一张木犁，短钉上挂着镰刀、锄、蓑衣、马灯。梯子竖在墙角，棚顶吊着竹篮、筅箕，地上散乱着小板凳、水桶、脸盆、空油瓶，还有半蛇皮袋地瓜、一捆干豆秸……

　　特别新奇和有趣的是，院子里没种海棠、玫瑰、三角梅、君子兰之类花草，甚至连蜀葵、鸡冠花等贫贱的花也没有，而是种了一棵茄子，在院子正中央，周边还用石头砌了花池——主人是把它当牡丹养的！这时节，正是茄子的花期，它擎着一朵朵淡紫色的小花，像个羞涩的山妹子，叫人怜惜。不过，在众目睽睽之下，独自无声地绽放，这勇气又是多么可贵！

　　小院子里聚了很多人，人们都来听一位当地农民歌手演唱《沂蒙山小调》。这首唱响大江南北、几十年不衰的名曲就诞生在这个小山村。那是抗日战争时期，为了揭露反动民间武装组织"黄沙会"的罪恶面目，驻扎于沂蒙山区白石屋村的山东抗日军政大学第一分校文工团阮若珊、李林等音乐工作者，白天到沙沟峪、马头崖一带搜集创作素材，晚上回到碎石砌墙、茅草盖顶的简陋民房里进行创作。后来随着形势的不断变化，歌词有所增删，内容逐渐从反映抗战演变为赞美沂蒙山风光。众多著名歌唱家唱过这首民歌，但是在它的诞生地听本地农民歌手演唱，另有一种情致。这里已成为天蒙山景区的一个景点。

　　一位六十多岁、身着红袄红裤、扎着蓝兜兜的"演员"——今天，为欢迎我们，她特意穿上演出服，但脸上仍掩不住山里人的淳朴——站在敞棚里巴掌大的空地上，向大家笑笑，亮开歌喉：

　　　　人人（那个）都说（哎）沂蒙山好，
　　　　沂蒙（那个）山上（哎）好风光。
　　　　青山（那个）绿水（哎）多好看，
　　　　风吹（那个）草低（哎）见牛羊。
　　　　高粱（那个）红来（哎）豆花香，
　　　　万担（那个）谷子（哎）堆满仓……

　　嗓音那么甜美，又那么质朴，还带点野腔野调，真是大山里才有的歌声，直听得人泪花盈盈。此时，外面果园里一帮干活的老乡也在哼《沂蒙山小调》。他们的歌声汇在了一起，扩散开来，在苍茫的山谷里回荡、缭绕。

　　这位农民歌手叫宋守莲，地地道道的沂蒙山人。家境贫寒，没上过学，但从小喜欢唱歌，自学识谱，放羊、拾柴的时候唱，锄草、割麦的时候唱，在山道上走着唱，在树荫下歇着唱。石头传递给她坚强的品格，泉水滋润了她的歌喉。后来日子好了，唱得更带劲儿、更入迷，有机会到外地参加演出，得了个"沂蒙山金嗓子"的美名。

  宋守莲这个名字我早就知道，我不是第一次听她唱《沂蒙山小调》，记得前不久，电视上播一个叫《中国民歌大会》的节目，她就是穿着这身漂亮的演出服，站在中央电视台那灯光炫目、五颜六色的舞台上演唱这首歌。但说实话，也许过于紧张，也许那个华丽的舞台不是她的沂蒙山，不属于她，我感觉她那次发挥得并不好，远没有今天唱得自然、亲切、动人。

  天蒙山旅游区把宋守莲演唱的歌曲制成了光盘，我要了一张，回来的路上放在车载音响里播放——我没听够她原汁原味的《沂蒙山小调》——可是我不敢相信自己的耳朵：少了最难得的在沂蒙山下演唱的那青石、山泉味儿！什么原因？因为这是她被关在没有丁点杂音、不透气的录音棚里演唱的？因为我离开了那座大山？我怅然若失，忍不住向来路张望，满山饱满、坚实的石头在击打、和鸣，清亮芬芳、逶迤婉转的泉水在欢跳奔跑，它们热热地包围了我……

买石记

第二天，同光兄要我搬到市中心的祥云大酒店住，他说那里条件好一些。我没去，我还是喜欢这个老石屋客栈。尽管这里地面有点潮湿，墙缝有虫子，一只多足虫还大摇大摆地从床上巡视一遭儿。但客栈的房子是石头垒的，门前的路是乱石铺的，对面有一个很大的苹果园，正是苹果树开花的季节，花落花飞风雪弥漫。

同光兄的画展是在毗邻老石屋客栈的奉高书院举办的，观者云集，除了当地书画爱好者，从各地赶来祝贺的老同学、来自烟台的同光兄原单位的老领导也不少。老同学都安排在老石屋客栈，老领导们在祥云大酒店。开幕式结束后同学们就回返了，客栈这边留下来的只有我自己。一个在城市钢筋水泥丛林中困久了的人，一人拥有这么一个小客栈，你想象一下会多么美，会是怎样一种享受吧！

书院里热闹一天，同光兄晚上陪他们去了宾馆，工作人员家也都在市里，这里彻底静下来。沿着弯弯曲曲的小路漫步，仿佛回到我离别多年的故乡。路南边苹果园像洇开的大团大团的浓重水墨，西面群山隐约的轮廓线却很细，喧嚣的市声沉淀在远处，而我的脚步不慎招惹了一只守卫果园的狗。它的吠声又唤起周围同伴的合唱，那是些粗豪、宽广的男中音，我小时候经常听全村的狗这样放声高歌。这，又使夜更显沉寂，也使我的乡愁更深。

美中不足的是，客栈不备早餐，附近也没有卖的，吃早餐得向市里方向走约一公里，东外环以内有一溜儿小吃摊点。看到我犹豫，正在大树底下石台上用餐的客栈管理员对我说："来，和我们一起吃吧。"说着分给我两个油炸馃子、一碗豆浆。她们的真诚叫你不好推辞，大山里的人就是淳朴。

奉高书院里一边搞展览一边搞书画笔会，同光兄在一张丈八宣纸上尽情挥洒。他是那种"玩命"的画家，他的狂风暴雨能把你卷进去，血脉偾张，心跳加速。长时间注视受不了，我去院子里转悠，舒口气。这个书院是国内知名文博专家王恒明先生策划、设计、施工、创办的，规模虽不算大，但布局颇具艺术匠心，双顶古亭、老船木雅座、奇松、翠竹，还有许多点缀其间、为其增添魅力的泰山石。我这时才好像从梦中醒来：我们这是在泰山东麓啊，书院的背后是泰山啊！

观赏完院内的泰山石，我不由自主地跨出大门，意欲出去捡一块。这些年每到一地我都捡块石头回来，我家陈列着天山石、祁连山石、庐山石、阿里山石、长白山石、九龙山石、长岛石、五大连池石、青海湖里的石头、长江朝天门的石头……这次来泰山，一定得弄块泰山石，不虚此行。捡石，我已经有一点儿经验，在大地的皱褶里——河谷、沟壑、滩头，只要你有一双慧眼，都有可能遇到与你有缘的石头；运气好的时候，石堰甚至路旁也会邂逅"知音"，何况来到泰山脚下呢！果然一出大门，我的两眼就被点亮了，一块浑圆形的泰山石古朴敦厚，光润亮泽，可它在一户人家的门口蹲着，我只能拍个照，不能取走；一块次棱角形的泰山石峭险奇崛，如倚天之剑，可它正面刻着村名，是这个村的徽章，亦不属于我；再前面有一块巨石耸立在天地之间，巍峨雄伟，云缠雾绕，可那是整个泰山啊，天下人共仰之，我可不敢据为己有，再者，我也搬不动啊！我老老实实来到一条小溪上，溪底铺满色彩斑斓的石头，我挽起袖子，踏着高出水面的"石栈"，从水里抠出一块。又抠出一块。但也许是来过的人太多，把好的都捡去了——前些年出现了一股泰山石热，山民们挖石都挖疯了，可谓掘地三尺寻宝，那是泰山石的幸运呢，还是它的悲哀？——忙碌大半个下午，我竟一无所获。

在我踏破铁鞋无觅处，十分沮丧地回书院的时候，路过原军工电讯三厂，瞥见大门一侧，十几块大大小小的泰山石寂寥地待在墙旮旯儿。

我喜出望外，赶紧过去，翻来拣去。

"你要买石头吗？"身后有人问，吓了我一跳，不知他是从哪里冒出来的。

我转过身，这是个五十多岁的中年汉子，敦敦实实，面色黧黑，看表情很憨厚，是典型的山里人模样。我怎么回答他呢？我家里那些石头都不曾带有商品属性——我与石头结了天缘——要说让我花钱买石头，我尚没有思想准备。可是这堆石头显然是刚从市场上撤下来的（据说有关部门出台了禁止出售泰山石的文件），有的上面还贴着标签，主人放在这里肯定是等待政策松动的时机，不掏钱，绝对得不到。三十年前，在太行山山旮旯里，一个老汉听我赞赏他家影壁前的石头，就豪爽地说："要是中意，你就带上一块吧！"——那样的事不会再有了。

迟疑片刻，我继续翻拣石头，如果有真打动了我的，也不妨花点钱。市场经济时代了，与时俱进才行。

"泰山石能镇宅避邪，保你'石来运转'啊，请一块放在家里，怪好哩……"他开始做广告了。他当地口音很重，很土，来自黄河北岸、梁邹平原的我并不排斥这种笨拙，倒感到亲切。但我却不信他这一套，我赏石完全是要一种情趣，是一种雅好。他又推荐，这块石头上画面像什么，那块石头上纹饰多么好看，我也没采纳。或许与人生态度有关，赏石我也讨厌花里胡哨和小巧玲珑，而看重石头的拙朴、浑厚、凝重、缄默不语，这样的石头才厚道，才有意味，怎么看也看不厌。

但是我还是相中了一块有图案的石头，这可说是一幅三骏同奔图——三匹骏马套在一起的图案。我之所以看好这个图案，是因为一个算命先生说马是我儿子的吉祥物，从那见到马的工艺品我就买。我家里有一百多匹马了，铜的、木的、玉的、陶瓷的、琉璃的，最接近真实的是从内蒙古草原上买回来的用马皮制成的马，甘草黄的皮毛散发着马身上的气息。这块三骏同奔石太难得了！谢天谢地，也许切入的角度不同，他是立起石头来看，我是把石头横过来看；也许这个图案并不多么明晰，只是意象化的，需要做必要的艺术联想和想象；也许百密必有一疏，他并未注意到这个图案。我不能告诉他我的发现，如果让他知道，这块石头就身价倍增了。

我又挑出两块石头，搁在一边。他的嘴角翘了一下，他是在嘲笑我的眼光，我也暗暗嘲笑他。艺术就是这样，仁者见仁，智者见智。

该谈价格了，我问他收多少钱。他兜开了圈子："泰山是圣山，它的石头就是圣石，无价之宝。一石一景，一石一物，一石一天地，一石一世界。"——他变得很文化。"全世界哪座山能和泰山相比？都无法比。这是咱中国的骄傲，咱得保护好它，爱护它的草木，爱护它的石头。"——他变得很生态。"泰山石可不能随便卖，到处都买不到了。我这些石头本来也不打算出手，要不是看你实在、面善，说啥也不……这么着吧，多少收点费，就一个整数吧。"他伸出了两个手指头。

"二百元？"

"两千！"

我的嘴巴张得大概能塞进一个鹅蛋去，这太出乎我的意料了。他这堆扔在墙角的石头，是被人挑过多少遍剩下的，属残品次品，不值钱，人来人去，谁还瞧得上它们（我不愿这样说，这样说有侮辱石头之嫌）？我接受不了这个价格，说不买了，慢慢往外走。

他愣愣地站在那里，我走出很远了，听到他喊："大哥，回来，好商量，好商量，你出个价。"

其实，我往外走也是做做样子，我舍不下那幅三骏图。我觉得那块石头就是为我准备的，它一直在这里等我，我不能辜负了它。我说："我再加一百，三百元。"

他递给我一支烟，笑嘻嘻地说："三百不行，最少也得五百。"

我再次做出要走的样子（"走"成了我的杀手锏），他追上前几步，很为难地摊开两手："交个实底，这石头不是我的，我替人家看管，人家不让贱卖，你再加一百，行不？"见我又要走，他眼珠机灵地转着："好好，不加一百，加五十。我打电话问问这个价卖不卖，我给你争取优惠。"

他掏出手机，后退到墙根，装模作样地拨号。我想到不少商场里的营业员，当双方议价僵持时，她们就说请示经理，实际是借此稳住你，也给自己找个台阶下。这是商人惯用的手段。

这时候，从外面进来一个人，也是五十多岁年纪，脸粗糙得像石头，高个儿，却不住地点头哈腰。他摸摸我买下的石头，又问价格，然后对我说："你真有眼力，这三块石头不一般，花的钱也不多。"这个热心人不吝力气，帮我把石头搬出来。趁往车后备厢里放，他悄悄地说："你买他这烂石头干啥？我家有好的，成堆成堆的，任你挑选，我要价也不会像他这么高。第一排从东边数第一户就是我家，你来瞟一眼？"

"天晚了，以后吧。"我说。

当晚我在水龙头下把那三块石头反复冲洗，急不可耐地搬到房间观赏。灯光下，它们熠熠生辉，又那么纯净、素雅。且不说质地、造型、蕴涵，单说泰山石那独特的黛青色，实在太迷人了，又加有简洁的白色线条相映相衬，真是妙不可言。我沉浸在得了珍宝的满足里，忘记了再买石头的事。

三天后，和同光兄告别，我要提前回滨州。刚驶出老石屋客栈，一个人挡住了我的车头——是那个帮我搬石头的汉子。

他领我来到他家，热情地把我让在沙发上，先沏茶，又端上水果。

一进门我就四下瞅，院子里没有成堆成堆的石头，房间里也没有，我很疑惑："你的石头呢？你的石头呢？"他指指摆在窗台上的一块石头："这不是吗？"我哭笑不得，他却不以为然："这是精品，一块抵得上他那一大堆哩！"

"这是你观赏的，我哪能要？"

"我一个种地的，有啥闲心观赏石头？你是文化人，大干部，石头归了你，是它找到'明主'了！"他凑近我："我需要的是钱，算你帮帮我。"

我经不住他的吹捧和忽悠，最终又将这块石头收入囊中。他加了我的微信，要和我处朋友，但价格上分文不让。

…………

补记：回来的路上，我患得患失，一会儿觉得这几块石头买得合算，一会儿又觉得买贵了，上了当。那两个卖石人狡黠的面孔、太行山老汉质朴的脸庞，在我眼前交替闪现。我感喟不已："唉，这年头什么都变了，还有什么不会变？恐怕只有石头。"

又记：过了两日，我的心忽然被什么重重地击了一下。在这场交易中，你扮演了什么角色？你不是也用尽心机，讨价还价、斤斤计较吗？你比他们高尚吗？我们习惯了站在高高的道德平台，指责农民愚昧落后、狭隘自私、唯利是图、目光短浅，等等等等，我们自己怎么不照照镜子，究竟是一副什么样的嘴脸？一种尖锐的羞耻感令我战栗不止……

在慢城

一

我好像第一次与水挨得这么近。

我入住的小木屋就在这条无"岸"小河的岸边，距离河水不足两米。

客房主人把我带到这里的时候，我的心一下子漾成了一泓碧水。虽然走了一天路，肢体僵得像木头，但我没有立刻进屋，坐在门前的木台阶上，端详这条小河。我发觉，它也在用吃惊而怜悯的目光打量我这个沾了一身城市的灰尘、满面倦容的人。

称它为河不是很准确，它其实是用来游览湿地景区的航道，曲曲弯弯地绕湿地景区一遭。水引自不远处的黄河，但已沉淀为青绿色；不见流动，只有风吹起的粼粼波光。水这边是蓑衣樊村，那边是大片大片的芦苇。这时节芦苇刚刚发身量，叶子脆生生、软绵绵，可爱极了。我很想轻轻抚摸它们，可惜手臂太短，手掌也不够大。

小河不语，我也没有大发诗兴啊啊两声。对视了好一会儿，我才转过身。小木屋木门、木窗、木地板、木沙发、木墙壁上，木头花纹自然、朴素，但电灯不是木头的，电视机、冰箱不是木头的，我希望没有这些东西，我是不动它们的。

走在路上我就注意到，小木屋屋顶有几个角，造型很像一颗星星——它是从天上落下来的？河边有七座这样的小木屋，正好构成了北斗七星的图案，这使我更加确认已经离开尘世了。

我早就向往这样一个去处，像当年的梭罗，在水边开垦一块荒地，种庄稼，种蔬菜，也养鱼养虾。干活累了，到小木屋里写一段文字。那样我会创作好多湿漉漉、沾着泥土的散文。但是到哪里弄这样一个地方呢？制约因素很多，首先是我不舍得在这方面花银子。退而求其次，我想到故乡的老宅。然而父母去世后，雨打风摧，老屋坍塌，院子里荒草齐腰深，蚊蚋逞凶。过年过节回故乡，都是吃住在哥哥家。哥哥嫂子待我特亲，嫂子做菜煎炸炖炒手艺全用上，哥哥拿出他藏了多年的好酒。我成了"贵客"，便不敢常回去。我离故乡越来越远，更离那个小木屋越来越远。

没想到，在这里与梦中的小木屋不期而遇！

可是，我只能住一晚，我不过是一个来采一点风的人！

慢慢等待这个时刻的到来——夜色渐渐浓了，包围了小木屋。我上床，打开全部感觉器官。

小河在我身旁，与我平行地躺着，无声无息。忙碌了一天，乌篷船、小溜子来往穿梭，欢声笑语追逐、碰撞、凝结成块。它承载了太多太多，也疲惫了吧？还是在想心事？它原是一条小水沟，丑小鸭似的，开发后出落为一条美丽的河，可是本色却有所损失。至于以后会不会变得像城市那样喧哗，也未可知，不免几分欢喜几分忧虑。村子那边，刚才还能听到出来串门的人在街头相遇、搭腔；家用轿车进村停在某个门口，熄了火；一家人都到家了，关大门的吱呀声；哪个旮旯传来了亲切的狗吠……此刻完全沉寂。村子好像很遥远，好像大海里的一个孤岛。

小木屋里缭绕木头的香气，时浓时淡，浸润肺腑，很有助睡眠，我却毫无睡意。

窗口抹上一层蛋黄色，小木屋在往上浮，身子轻轻飘起来。

忽然，小河里响起撩水的声音，哗哗啦啦，清亮亮的，这是什么？披衣下床，拉开窗帘一角。啊！我惊讶得不得了：月亮从厚厚的乌云里跳下来，在小河里洗澡！像一只白天鹅一样通体透明，无比迷人。它扑闪着翅膀，跳来跳去；夜里越发凶悍的风掀起浪花掩埋它，可它一跃，滑滑的水就从那洁白的羽毛上滚落，一滴不沾。风弓着背用力，但白费心机，它一次次钻进水里，又一次次挺起秀颈。这场打闹不分胜负，玩耍够了，月亮回到厚厚的云层，风也小了，夜色如同一团墨，沉沉地压在湿地上，什么都隐去形体，只有小河仿佛一匹抖开的黑绸缎，闪闪烁烁。

我揉揉缭乱的两眼，恍恍惚惚看到，在小河的拐弯处，一排木栈上，有一位头戴斗笠、身披蓑衣、苍髯飘逸的长者，手执长长的钓竿，将钓线放进水里。他眯着眼，一脸的悠闲自在——我知道这位老者是姜太公，这里曾是他的封地……

这一夜睡得真甜！

二

蓑衣樊的清晨，最早醒来的是鸟儿们。

我破例起了个"年五更"，向湿地走去，路上没遇上一个人——农人们已经不用摸黑下地劳作了——但是那些鸟儿却已早早起床，像歌唱家一样，一个个躲在角落里吊嗓子。你看不见它们的脸，它们的叫声却藏不住。调门有高的，有低的，翻来转去拐好多弯的，直溜溜拉得很长的。共同的特点是都很嫩、柔、轻，一声声，一阵阵，密密匝匝，掉到水里却溅不起一丝波纹。

凭我2.0的视力要把握湿地的全貌也有些困难。湿地面积很大，块块宽阔的水面，条条狭窄的水道，它们相接相通，曲折蜿蜒。当地人形容为迷宫，我看倒像一条青龙盘旋在那里。此时这条龙还在沉睡，它的呼吸化作缭绕的水汽。那才露尖尖角的小荷，像些好奇的孩子，睁着眼看这个神秘的世界。

围绕大块水面长满了树，高高低低，团团簇簇，像一串翡翠项链。我最喜欢这个时候的树，叶子没有一片是黄的，上面没有一粒尘埃，无论宽叶子、窄叶子、圆叶子、长叶子，一律明明亮亮，闪耀着青春的浓绿。它们中间的垂柳尤其惹人爱，婀娜的身姿映在水里，摇曳翩舞，生动了湖水；美女秀发般长长的柳丝垂至水面，未洗濯已湿淋淋，满湖都是芬芳。柳树是与水最匹配的一种树，是美人临水，是琼枝对碧玉。

我来到印月桥上。这是一座五拱石桥，桥下可行船，桥上铺了青石板，装着青石栏杆。桥顶是一个制高点，凭栏眺望，可以看清芦荡后面的九曲栈道、泺堤下的草棚、南大门口那高大的风车，还可以远望村北汹涌而来、奔腾而去的黄河，以及黄河岸边那头镇涛安澜的雄健公牛的雕塑——民间传说公牛张开锋利的犄角，能抵退河妖，保佑一方平安。我的目光投向村庄方向，村子里依然很静。白墙青瓦的村子被薄薄的晨雾裹着，像大地的一块胎记。街道、村头空荡荡，村外荷香码头的画舫默默地靠在岸边，那帮小鸭子似的乌篷船还未欢叫着出"窝"，还不到上游客的时候，人们就不急——千百年来祖祖辈辈养成的作息习惯好像在改变，但又好像没有变。

昨天上午我在村子里走的时候，看到一些村民，他们都在做旅游业的事情。几个老大爷在向游客出租双人观光车；一对对年轻夫妻支着铁板鱿鱼、黄金鸡柳、香油果子、虾扯蛋的摊子；一个中年汉子一边出售草篅子、草箱子，一边编织给游客看；一架凉棚下，摆着黄河大米、高青西瓜、大芦湖鸭蛋等当地特产，没人看守，人在院子里，吆喝一声就出来；还有，不仅姑娘们手里拿着太阳帽、墨镜和各种旅游纪念品叫卖，老婆婆也提着兜、挎着篮子在景区转来转去……

村东的戏台子上正在上演文艺节目——为乡村旅游助阵——演员都是村里的"闲人"。他们都是些戏迷，工钱多少不在乎，就是没有工钱也争着干。村里还保留着演戏的传统，每年冬天都排戏，春节演，多年下来也有了老戏骨。老戏骨当导演，年轻人呼啦啦围着他。山东快书、相声、通俗歌曲……节目很杂，压轴戏是吕剧。这一代是吕剧的发源地，男人几乎人人都能来两句"借灯光先偷把娘子看，摊了个媳妇赛天仙……"，女人则爱哼"李氏女在偏房泪如雨下……"平素土里爬泥里滚的庄稼人，化了妆，上了台，也像模像样，俊美的村姑一抹口红并不亚于明星。而且他们淳朴，演戏动真情，一招一式就像侍弄庄稼一样仔细。可是游客们也就是在台下坐一会儿，或者在场子边儿站一站，他们更乐于乘着小船在湖里漫游，抓拍立在荷叶上的蜻蜓，逗一帮憨头憨脑的小鱼儿，甚至躺在路旁的连椅上看摩肩接踵的游人。真正的观众还是本村和邻村的老人们。老人们吃了早饭就三三两两地来到戏台子下，谁来得早谁能抢到好位置。他们也懂行，个个是业余评论家，你哪句台词错了，哪个动作不到位，他们都清楚。这当儿正演吕剧《小姑贤》，台上人又唱又哭，台下人又叹又恨。

县城的朋友邀我去城里大酒店吃午饭，我婉言谢绝，我要体验体验蓑衣樊的"农家乐"。蓑衣樊的餐饮业很可观了，这个只有187户人家的小村，近两年冒出了59家小旅馆、小饭店。水乡人家驿站，笠翁客栈，稻花香民宿，河岸居旅馆，溪南野味饭馆，一家亲鱼馆，小胡同鱼庄……这些旅馆饭店天天爆满。在城市打拼、挣扎的人节假日自驾到这里休闲，享受慢节奏生活和田园风光。我选中的这家饭店在村外，四根槐木棍子搭建的茅草棚，三面挂着苇帘子，下面摆着小方桌。鱼是黄河鲤鱼，蟹取自大芦湖。而茅草棚一边长着生菜，一边是大蒜大葱，顾客可随意拔着吃。服务员是姐妹俩，姐姐叫水莲，妹妹叫藕花，她们都很俊俏、利索，只是一口地道的高青话显得有点"土"。不会喝酒的我，也要了一瓶本地产的扳倒井老窖，可没喝两口，就醉了……

三

蓑衣樊看上去衣着整洁、朴素、大方，房屋一色的青瓦顶白灰墙。麦秸屋顶黄泥墙时代已经过去，只有那个具有纪念碑意义的木柱长廊还是茅草苫顶。街道的宽阔、笔直是乡村少见的——20世纪90年代初期，为给引黄济淄让路，原本在黄河滩里的蓑衣樊村统一规划在黄河以南建了新村。

饶有趣味的是，这个村这头有条狗伸懒腰村那头看得清清楚楚的小村，街道的名字却不一般。村头有指示牌，上面赫然写着：北京路、上海路、天津路、昆明路、济南路……这又完全不是一个传统意义上的小小村庄所有的格局。

我在村子里走走停停，一大景观吸引了我——在主街道北京路和天津路两边，每一面刷得雪白的墙壁上都用红漆写着一位古人涉及蓑衣的诗词名句。

我把这些名句抄了下来：

> 两岸白蘋红蓼，映一蓑新绿。（宋·陆游）
> 雨足高田白，披蓑半夜耕。（唐·崔道融）
> 耕蓑钓笠取未暇，秋田有望从淋漓。（唐·崔道融）
> 蓑笠朝朝出，沟塍处处通。（宋·王炎）
> 乃知溪上乐，把酒对渔蓑。（明·张正蒙）
> 名字因农具，襟怀属钓蓑。（宋·张镃）
> 青山青草里，一笛一蓑衣。（唐·栖蟾）
> 青箬笠，绿蓑衣，斜风细雨不须归。（唐·张志和）
> 归来饱饭黄昏后，不脱蓑衣卧月明。（唐·吕洞宾）
> 竹杖芒鞋轻胜马，谁怕？一蓑烟雨任平生。（宋·苏轼）
> ……

每一句诗词名句都像一只小舟，把我渡到遥远的古代，为我展开一片风景，辟出一重境界……

四

在蓑衣樊村的"人民公社大食堂"——他们别出心裁地搞了这么一个"景点"，大屋里摆了七八十张饭桌，来吃饭的人熙熙攘攘，又说又笑，那情景让人感慨——门口，我见到一件展览用的真蓑衣，外表发了黑，散发着岁月深处的霉气。

　　人们围了一圈儿观赏这件宝物，我也走上前摸了摸背面那不再柔软的茅草，提起来，掂量一下，足有十斤重。

　　它就是这个村子的魂吗？

　　黄河与大海相亲相爱亿万年，黄河带着炽热的渴望从天外疾奔而来，大海敞开滚烫的胸怀迎接。拥抱依偎中，大海不由得后退几步——造就了一块新生的土地。这爱是甜蜜的，但也苦涩，退海之地留下很重的盐分，黄蓿菜、芦芽、怪柳才能生存，却也蔓延着根须甜丝丝的茅草。

　　这就是厚土，什么生命皆养育。

　　生命就是这样，什么土壤都扎得下根。

　　黄河两岸，一丛丛、一片片的茅草，在风中起伏翻滚，阳光在上面跳跃，霞彩点染它们的梢头，美不可言。细而高、柔而韧的茅草还是草编的绝好材料。明末清初，有一樊姓人士在黄河南岸定居，白天开荒种田，晚上用茅草编织蓑衣。他勤劳、聪明、灵巧，编织的蓑衣远近闻名，买家都友好地喊他"蓑衣樊"，后来"蓑衣樊"成了他的村名——小村就是这样在广袤的高苑平原上立起来、站稳脚跟的。

　　我当然没有见过这位樊姓先贤，可是我却想到了我祖父。我祖父就是一个会编织蓑衣的人。在距离高苑平原不过百里之遥的梁邹平原上，有一个黑大汉，粗手大脚，一身力气。他长工出身，家贫如洗，要养活一家人，偷学了多种手艺，编蓑衣是其中的一项。

　　祖父沉默寡言，但两眼明亮，走在路上东瞅西瞧，哪里草长得旺，都装在心里。从三伏天他就开始为编织蓑衣备料，生产队集体干活中间休息，别人在地头抽袋烟，下土棋，枕着田垄打个盹儿，祖父却悄悄溜走，到他看好的路边、堰下或者茔地里割茅草。他专选叶片单细的"线茅子""小茅子"，这样的茅草编蓑衣好用。收工的时候，祖父的背上总是横着一捆茅草，回家在平屋顶上翻晒，经过两个晌午头就干了，用草绳子捆好，捋顺挓挲的叶子，放在虚棚上。

　　雨天是农人的节日，下不了地，谁家大门过道宽敞，女人们聚来纳鞋底，叽叽喳喳，像是一群喜鹊的沙龙；男人们也串门聊天，话年成，高兴了三五好友凑一块儿喝壶小酒，那是对多少日子流汗流血的补偿。祖父从不往人堆里凑，他扫净屋场子，摊开一捆茅草，均匀地喷洒清水，挥起锤子把茅草的根部砸软，然后拿出事先用布条搓好的双股领带，一头系在门鼻子上，另一头固定在腰间。这时，祖父的脸上阴沉下来，眉皱得很高，他取一撮茅草从双股领中穿过来，在茅草根部向上一拃长的地方拧上劲，形成一股，再与第二股打结绑好，这就是一扣。

祖父又取一撮长茅草，却不立刻续，在手中捋着、思量着——几十年后他的孙子写散文时恰恰也这样。我写散文无论情感多么充沛，也不会下笔一泻千里。我文章里每个词汇都再三斟酌。现在想来，祖父也是在创作一件作品。他在酝酿情绪，在进行艺术构思，在推敲每一个句子。

打好三十二个草扣，就完成了领子的编织，接下来是编蓑衣身。祖父把领子内侧朝上平铺在地面上，固定两头，抓过小马扎坐下，不慌不忙，不急不躁，一缕一缕地拧。他的手比铁钳还狠，每个扣都打得很结实。一件蓑衣要结上千个草扣，那些天他除了吃饭就蹲在那里埋头编织，那是一篇倾注了他多少心血的大文章啊！

祖父戴着自己编的斗笠，披着自己织的蓑衣从大街上穿过，新蓑衣微绿中透着金黄，他的身子一晃一晃——这个卑贱如草、从不被人多看一眼的汉子在炫耀自己。老天也有情，适时地来了一阵雨，别人被淋成了落汤鸡，祖父却毫发无损。雨水顺着茅草叶往下流，最后缀在叶稍，根根茅草就像孔雀的羽毛。看坡守夜，祖父也披着他的蓑衣，乏了随地就睡，那蓑衣能顶一床被子，隔寒祛湿。我小时候是祖父的"跟腚狗"，软缠硬磨跟着他到大东洼护青，他在青纱帐里迈着大步，我追着追着看不见他的身影了，只看到田垄里有一只大刺猬（后来祖父一直披着一件很旧的蓑衣）。

我家里却没有一件蓑衣，祖父没有送给我家一件。他和叔叔是一家，叔叔患了精神病，治病需要钱，祖父编好蓑衣就拿到集上卖。他五冬六夏，没白没黑地编，手指磨成一截草绳子，可就是那双手磨烂了，挣来的钱也远远不够用。我父亲是村长，天天在村里跑，没空待在家里，他没学过什么手艺，更不会编蓑衣。

祖父编蓑衣的手艺最终用不上了，油布、塑料布、塑料雨衣相继出现，蓑衣被取代，祖父成了一个无用的人。可他仍然拄着拐杖去坡里，呆呆地望着那一地绿油油的茅草，长长地叹口气，眼里含满了混浊的泪水。

祖父没有樊姓先贤那么幸运，他是个悲剧人物。

五

蓑衣樊村和村东的湿地，还有一个名字：慢城。

多么富有诗意的名字啊！

这个名字铺在蓑衣樊村长的办公桌上，印在一件件旅游纪念品上，老实厚道的蓑衣樊人还冒冒失失地把它高高地挂在了公路两侧的标志牌上。

然而，从那里回来后，我找来一本最新版的中国地图，上面还没有这个名字；我又打开山东地图，戴上老花镜，从各种颜色的线条缝隙里寻觅，也没有觅见。

什么时候能觅见它呢？什么时候它、它们会像花朵一样盛开在我们的版图上呢？

…………

图书在版编目（CIP）数据

血脉之河的上游 / 李登建著. —济南：山东文艺出版社，2021.12
 ISBN 978-7-5329-6486-4

Ⅰ.①血… Ⅱ.①李… Ⅲ.①散文集—中国—当代 Ⅳ.①I267

中国版本图书馆 CIP 数据核字(2021)第 240732 号

血脉之河的上游
李登建 著

主管单位	山东出版传媒股份有限公司
出版发行	山东文艺出版社
社　　址	山东省济南市英雄山路 189 号
邮　　编	250002
网　　址	www.sdwypress.com

读者服务	0531-82098776（总编室）
	0531-82098775（市场营销部）
电子邮箱	sdwy@sdpress.com.cn

印　　刷	山东临沂新华印刷物流集团有限责任公司
开　　本	650 毫米×960 毫米　1/16
印　　张	20.5
字　　数	269 千
版　　次	2021 年 12 月第 1 版
印　　次	2021 年 12 月第 1 次印刷
书　　号	ISBN 978-7-5329-6486-4
定　　价	59.00 元

版权专有，侵权必究。如有图书质量问题，请与出版社联系调换。